中央民族大学"211工程"三期重点建设项目

MINZU WENHUA

JIAORONG YU YUANZAJU YANJIU

民族文化交融与
元杂剧研究

云 峰／著

人民出版社

自　序

从民族文化交融的角度来研究元曲(包括杂剧与散曲),是我多年以来的一个心愿。关于散曲研究已有拙著《民族文化交融与元散曲研究》(广西师范大学出版社,2011年)出版。记得早在三十多年前读大学期间,在学习中国文学史元代文学时,老师讲到元杂剧繁荣兴盛的原因,往往罗列诸如社会黑暗、民族歧视、不开科举、知识分子没出路等理由,当时觉得虽然有一定的道理,但不是那么通畅或者说富有说服力。后来随着参加工作,从事中国古代文学及民族文化交融的教学与科研,这种想法就越来越强烈了。元代作为中国历史上第一个少数民族——蒙古族入主中原所建立的统一的封建王朝,它自有封建王朝的弊端,也有自己的特殊性,诸如一定程度的民族歧视及一度未开科举等。但对这些也要给予客观的评述,不能强调到不适当的地步,不能简单地认为这就是元杂剧繁荣兴盛的主要原因。

否则一些现象就不能得到很好的解释。比如说俗文学成为元代文坛主流,元杂剧爱情婚姻剧中明显的反礼教倾向和大胆的男女关系描写,元杂剧中占主导地位的大团圆结局等。以元曲为代表的俗文学成为文坛主流已得到了学界的认可,元以前的中国文坛上诗词歌赋等雅文学占主导地位,元及以后明清以至于现当代中国文学,可以说是俗文学占主导地位,其间元朝是一个关键点。为什么会出现这种情况呢?这就不得不从元代这一特殊的多民族文化交融的大背景下去思考。元杂剧爱情婚姻剧的描写也与其前后朝代有明显的不同。以王实甫的《西厢记》为例,其本自唐人元稹的《莺莺传》,《莺莺传》中张生与崔莺莺的爱情故事以始乱终弃结束,而王实甫《西厢记》中就大不相同。

《西厢记》中张生与崔莺莺真情相爱，在老夫人要悔婚约时，莺莺毅然与张生私会并成其床第之欢，莺莺的大胆泼辣与其后明清时期的同名剧相比较也是较为突出的。这说明以蒙古族为代表的北方少数民族及其文化对当时中原的封建礼教的冲击，以及他们具有人本思想的婚姻观的影响。这亦得从元代这一特殊的多民族文化交融的大背景下去思考。关于元杂剧的大团圆结局问题，亦是一个非常有趣的问题。据粗略统计，元杂剧大团圆结局的剧目占其总数的90%以上，而其前的汉、晋、南北朝、唐、宋的叙事文学作品之大团圆结局者平均为30%左右，而元以后以至于现当代的小说、戏剧及影视文学作品，大团圆结局亦占绝大多数，大团圆已成为人们占统治地位的美学欣赏观。这当然有中原传统文化的影响，但元代作为一个承前启后期，多民族文化交融的影响作用亦是不可低估的。所以欲研究这一问题，同样要从元代这一特殊的多民族文化交融的大背景下去思考。

从民族文化交融的角度来研究元杂剧，可以说目前已得到学界的广泛重视。如著名的元代文学、文献研究专家、北京师范大学教授李修生先生在《元杂剧史》中专设《元杂剧与蒙元文化》一节，强调了认识蒙元文化背景对研究元杂剧的重要性。黄天骥先生在《元杂剧史·序》中更是将这一重要性强调到"否则不足以论元剧"的高度。事实确实如此，如果不了解以蒙古族为代表的北方草原游牧文化及其在元代的多民族文化交融的情况，在深入研究元杂剧以及元散曲、元诗歌时，会遇到不可克服的困难。且不说作品的风格特征、人物性格、结构布局、音乐舞蹈等，单就从字面看有时候也会有看不懂的情况。如王季思主编的、人民文学出版社出版的《全元戏曲》，其中第一卷第一篇收关汉卿的《邓夫人苦痛哭存孝》，其开篇第一折为："(冲末、净李存信同康君立上)(李存信云)米罕(蒙古语，肉)整斤吞，抹邻(蒙古语，马)不会骑。弩门(蒙古语，弓)并速门(蒙古语，箭)，弓箭怎的射？撒因(蒙古语，好)答剌孙(蒙古语，酒)，见了抢着吃。喝的莎塔八(蒙古语，酒醉)，跌倒就是睡。若说我姓名，家将不能记。一对忽剌孩(蒙古语，贼盗),都是狗养的。"元杂剧中类似这种借用蒙古族语者比比皆是,如果弄不懂其含义,理解作品是存在一定困难的。有时候不懂装懂,望文生义,还会闹出笑话。这在本书第二章第三节《语言文字之影响》中有论述。

正是基于这种考虑,笔者在对古代蒙汉文学、文化均有涉猎的情况下,不揣浅露写成了拙著《民族文化交融与元杂剧研究》。其间需要说明的一点是,拙著主要想突出的是民族文化交融与元杂剧研究,或者说民族文化交融对元杂剧创作演出影响较直接者。至于元杂剧的渊源、名称、分期等拟在另外的著述中探讨。全书共分七章:第一章:《民族文化交融与元杂剧研究的社会历史文化背景》,重点研讨元代的民族文化交融状况,特别是以蒙古族为代表的北方少数民族与中原汉族的交融状况,为元杂剧的研究提供了一个较厚实的文化背景;第二章:《蒙古及北方其他少数民族文化艺术及其政治经济等对元杂剧繁荣兴盛之影响》,开头介绍了学界有代表性的几种关于元杂剧形成繁荣的观点,即民族歧视压迫说、汉族知识分子地位低下说、待遇优渥说、民族文化交融说、杂剧自身发展说等,接着介绍了蒙古及北方其他少数民族音乐舞蹈之影响,语言文字之影响,蒙古统治者对戏曲歌舞的爱好与关注之影响,较宽松的思想政治等人文环境之影响,城乡经济繁荣为文化、艺术发展提供了物质和群众基础等。在传统观点的基础上重点评介民族文化交融对元杂剧繁荣兴盛的影响;第三章:《俗文学成为元代文坛主流论》;第四章:《民族文化交融与元杂剧之爱情婚姻剧》;第五章:《元杂剧大团圆结局与民族文化交融》;第六章:《反映多民族关系和描写北方少数民族生活之杂剧》;第七章:《北方少数民族杂剧家及其创作》。这样,分专题在民族文化交融的大背景下对所涉内容进行了评述,企望能对元杂剧的研究有所裨益。当然,由于笔者学识所限及这方面研究基础的薄弱,不足之处在所难免,还望方家批评指正。

目　录

第 一 章

民族文化交融与元杂剧研究的
社会历史文化背景

  元杂剧与元散曲一起合称"元曲",代表了元代文学创作的最高成就。历代评论家给予其极高评价。代表者如王国维说:"凡一代有一代之文学:楚之骚,汉之赋,六代之骈语,唐之诗,宋之词,元之曲,皆所谓一代之文学,而后世莫能继焉者也。"①文学创作与当时的社会政治、经济文化是有密切关系的。研究元杂剧必须与元代的社会历史文化背景结合起来,而元代作为我国第一个少数民族——蒙古族入主中原所建立的统一的中央王朝,其社会历史文化背景又与当时的民族文化交融密切相关。本章拟重点研讨元代的民族文化交融状况,特别是以蒙古族为代表的北方少数民族与中原汉族的交融状况,为元杂剧的研究提供了一个较厚实的文化背景。纵观元杂剧研究史,进而扩展到整个中国古代文学研究,从 20 世纪 20 年代开始,其与民族关系相结合已是学术界的一个热点论题。钱穆的《国史大纲》、吕思勉的《先秦民族史》

---

  ① 王国维:《宋元戏曲史·序》,华东师范大学出版社 1995 年版,第 1 页。

等著作,从历史学方面把主体民族汉族和少数民族的关系作为论述的重点。王国维、陈寅恪诸人则又把中国古代文学研究与民族关系的梳理结合起来,取得突出成就。王国维的《宋元戏曲史》涉及了我国北方少数民族及其文化与元杂剧关系的研究。今人李修生的《元杂剧史》中专设"元杂剧与蒙元文化"一节,强调了认识蒙元文化背景对研究元杂剧的重要性。黄天骥在《元杂剧史·序》中更是将这一重要性强调到"否则不足以论元剧"的高度。田同旭的《元杂剧通论》中亦有"蒙元多元文化对元曲的影响"一节,对蒙古文化对元杂剧的影响给予了论述。高益荣的《元杂剧的文化精神阐释》和罗斯宁的《元杂剧和元代民俗文化》亦涉及了民族文化交融与元杂剧研究的内容。李炳海的《民族融合与中国古代文学》,在宏观方面把民族融合与中国古代文学结合起来进行研究,颇多创见。郎樱、扎拉嘎的《中国各民族文学关系研究》从民族文化交流的角度涉及了元代文学。涉及民族文化交融与元杂剧研究的论文也有不少。可以说民族文化交融与元杂剧研究目前已成为一个不大不小的热点话题,已经取得了值得肯定的成绩。但不容否认的是,这些研究零散或宏观方面者居多,专题专著深入细致地对民族文化交融与元杂剧研究者还很少,故该书在资料和理论借鉴方面还相对欠缺,肯定会存在诸多不足。

第一节　游牧文化与农业文化之特质及其交融

"元曲"习惯又称"北曲","北曲"者言其主要流传于北方也。故本书所论之"民族文化交融"主要指以蒙古族为代表的北方少数民族与中原汉族的文化交融。具体说北方少数民族,主要包括蒙古族及色目诸多民族,以及早已汉化的女真族、契丹族等。其间由于蒙古族作为统治民族,故蒙古族的比重更大一些。而蒙古族又是当时北方草原游牧文化的代表,故本书所论的"民族文化交融",主要是以蒙古族为代表的北方草原游牧文化与以汉族为代表的中原农业文化的交融。当然,也要穿插涉及色目诸多民族及女真族等。

中华民族由祖国各民族组成,中华民族文化亦由祖国各民族共同创造。这其中汉民族文化应该说占据了重要的和主导的地位,但其他各民族包括蒙古族及北方其他少数民族亦作出了自己的宝贵贡献。

元代的多民族经济文化交流,加上大家在一个共同的地域生活,因此还出现了民族的融合现象。当时汉族的经济文化发展水平要高于其他民族。以中原地区汉族为轴心,内迁进入中原的其他民族受到了汉族经济文化的重要影响,有的甚至融入汉族。如曾经建立辽朝的契丹族,建立金朝的女真族,以及渤海族等,由于长期居住在中原汉族地区,深受汉族经济文化的影响,基本上已经融入汉族。元朝蒙古族统治者也把他们视为汉族。如元朝的四等人中,蒙古族统治者将契丹、女真、渤海族划入第三等级,即汉人等级。这更促使他们融入汉族。所谓一等人的蒙古、色目诸族大量进入中原汉地,也导致了其学习汉文化,其中不少人已经汉化。如迁至江淮地区的西夏人(又称"河西人"、"唐兀人")的戍军,初到时尚保留着西夏人的民族特点,后来基本汉化。蒙古、色目人进入中原汉地后,也深受汉文化的影响,取汉姓、与汉族通婚等。这是本书所要论及的蒙古、色目、契丹、女真、渤海诸族与汉族经济文化关系的基本框架。

文化学术界一般认为,中国以汉民族为主创造和代表了中国农业文化,中国北方草原游牧民族,包括蒙古族创造和代表了中国游牧文化。而从祖国各民族组成中华民族这一概念意义方面来讲,中华民族从跨入文明门槛起,到西方资本主义殖民者大规模侵入止,就面对着在温暖湿润、江河纵横的自然环境中滋生的农业经济文化与在干燥寒冷的草原大漠中发育起来的游牧经济文化的冲突与整合这样一种文化生态类型。

农业文化和游牧文化有质的差异。这种文化差异与其自然环境(又称地理环境)、社会经济环境、社会政治环境等密切相关。因为这三种环境形成的综合格局,决定了民族的文化心理诸特征。其中地理环境虽然本身不是文化,但它却是文化赖以产生的基石。俄罗斯美学家、文化学家普列汉诺夫就曾说:不同类型的社会"它们的主要特征是在地理环境的影响之下形成的"。①

中国农业文化的地理环境主要指今黄河流域及江淮流域地区,游牧文化的地理环境历史上主要是指今东起嫩江流域西至天山,南起长城北至贝加尔湖这一片广大的草原地区。农业文化区地处暖温带和亚热带地区,有江河灌溉的便利,为农作物的生长提供了充分的热能和水分,故农业最早得到发展。游牧文化区多处北寒带地区,少雨干旱,多为草原和大漠,是流动畜牧的广阔场所,为发展畜牧业提供了良好的条件。正是由于地理环境和生产方式的不同,地理环境经物质生产方式这一中介,给生活于其间的各民族文化类型的塑造奠定了物质基石,使其文化若明若暗地熏染了地理环境提供的色调,影响到了其生活方式与思维方式。如大河农业文化的稳定持重,与江河灌溉造成两岸居民农耕生活的稳定有关;草原游牧文化的粗犷剽悍、向外扩张,与来自草原多变的恶劣气候提供的"射生饮血"的游牧生活方式有关。

地理环境为文化发展提供了多种可能性,并从多方面影响了生活其间的各民族文化,但这种影响是通过人的自身活动实现的,人文因素是转变为现实的选择动力。人与自然之间呈双向交流关系。一方面,人类的活动始终受到周围自然环境的影响和制约;另一方面,人类在自身的发展中又不断征服自然、改造自然。这样,人类在社会实践中就形成了自己的经济形态。如前所述,从事农耕经济的中原汉族聚居区,人们如不出现大灾荒、大战乱就甚少迁徙,即"固土重迁",并多年形成了保守性和受容性极强的文化心态。而与追求稳定的农耕人形成强烈对照的是从事游牧经济的北方草原游牧民族。他们无城郭,无耕地,迁徙无定,游牧为主;全民善骑战,极其勇猛强悍;畜牧、狩猎和从事扩张战

---

① [俄]普列汉诺夫:《普列汉诺夫哲学著作选集》卷三,生活·读书·新知三联书店 1962 年版,第 178 页。

争,是其生活方式的两个互为补充的方面。

这样,历史上中华民族从事农耕与游牧两种经济形态的人们就一直存在着长期对垒和互补、融合的局面。对垒是相对的,互补、交流、融合是绝对的。从对垒的角度讲,骑马游牧民族虽然经济文化一般处于较落后的地位,物质文明发展程度低于中原农耕民族,但他们善于骑射和勇猛剽悍,使其武功十分强盛,经济文化相对先进的农耕人往往难以抵敌。中国的万里长城就是中原农耕民族采取守势的很好证明。

但互补、交流与融合才是农耕民族与游牧民族两种文化的永恒主题。实际上双方的对垒战争亦是文化互补、民族融合的一种激烈形态。一方面,游牧人虽然整个社会经济发展水平处于较落后的地位,但他们也有其明显优势:其一,孔武善战,骑射为其绝技;其二,流动生活,成为异域远方文化的传播载体。在中国古代,中原农耕人学习游牧人的骑射技术,吸收游牧人从远方带来的异域文化,并以粗犷豪放的游牧文化作为农耕文化的复壮剂与补强剂。战国时期的赵武灵王"变俗胡服,习骑射",①使赵国迅速强大起来就是典型事例。唐代承魏晋南北朝以降汉胡文化融合之势,增添了新的生命活力,是构成唐代繁荣昌盛的动力之一。北方游牧民族还由于它的流动性强,能够学习别的民族的先进文化,将西域的科学技术传入中原农耕区。如契丹战胜回纥得到西瓜,又把种植西瓜的技术传给中原汉人;②宋代仿效"回回炮",③并加以改进推广,都是农耕区受到游牧区积极影响的生动事例。由此可以说明,经济文化相对处于先进地位的中原农耕区汉族人民,对北方游牧民族及其游牧文化是抱一种宽容接纳和积极学习态度的。虽然也不乏自视先进、鄙薄异族的事例,但总的来说还是能接纳和学习的。其突出

---

① (汉)司马迁:《史记·匈奴传》卷一一〇,上海古籍出版社、上海书店影印本《二十五史》1,1986年版,第319页。

② 参见(宋)洪皓:《松漠纪闻》续,收入《内蒙古史志资料选编》第三辑,内蒙古地方志编撰委员会编印内部资料本,1985年版,第76页。

③ "回回炮"系当时固定词汇,此处加引号径称。下同。

者如唐太宗就曾说："自古皆贵中华，贱夷狄，朕独爱之如一。"①又说："夷狄亦人耳，其情与中夏不殊。人主患德泽不加，不必猜忌异类。盖德洽，则四夷可使如一家。"②表明了盛唐文化的恢弘气度。至于元代与清代，更由于系北方游牧民族所建立，学习接纳游牧文化就更不在话下了。元、清两代统一长城内外，以疆域空前展拓，异域八方文化大聚会大繁荣而彪炳史册。

另外，从游牧文化的角度来看，游牧人则更大量地从农耕人那里学习先进的生产方式、政治制度、科技文化，以至改变了自己的生活习俗等，促使自身的社会形态发生历史性飞跃。其间尤引人注目的是，以征服者身份进入农耕区的游牧人在高势能的农耕文化氛围中，往往"为被征服者所同化"。③鲜卑人建立的北魏政权号召学习汉文化，《北史·北魏孝文帝纪》记载说，魏孝文帝元宏"雅好读书，手不释卷，五经之义，览之便讲。……好为文章，诗赋铭颂，任兴而作"。④他大刀阔斧地实行以三长制、均田制为基本内容的汉化改革，使北魏社会迅速发展。元代蒙古族人入主中原，亦热衷学习汉文化，促进了社会进步。从后金努尔哈赤开始，到清康熙、乾隆，更是汉文化高手，使中国封建社会出现了又一鼎盛期。从这些游牧、半游牧民族的领袖人物身上，看到了他们学习接纳汉文化的渴求与积极性。当然，一般百姓身上也同样有这种渴求，这样的记载史不绝书。

由此可以看出，中国农业和游牧两大文化区绝非是自我禁锢的系统，它们往往通过迁徙、聚合、战争、和亲、互市等形式，进行交流融合，不断互补，历数千年，方融会成今日气象恢弘的中华文化。因此，"在

---

① （宋）司马光：《资治通鉴》卷一九八，中华书局1997年版，第1589页。
② （宋）司马光：《资治通鉴》卷一九七，中华书局1997年版，第1581页。
③ ［德］恩格斯：《反杜林论》，《马克思恩格斯全集》第20卷，人民出版社1963年版，第199页。
④ （唐）李延寿：《北史·北魏孝文帝纪》卷三，上海古籍出版社、上海书店影印本《二十五史》4，1986年版，第2907页。

一定意义上可以说,中华文化是农耕人与游牧人在长期既相冲突又相融会的过程中整合而成的"。① 其间,在元朝时期,蒙古等北方少数民族在对待汉文化等方面,学习借鉴了其前北方游牧民族与汉族交流的经验及其教训,并影响到了其后的清朝统治者。

以上从理论方面简要论述了农业文化与游牧文化各自的特质及其互相融合交流以至冲突的概况,由此可见,以蒙古族为代表的北方少数民族与中原汉族地区的关系是在游牧文化与农业文化两种不同文化系统的冲突、交流与融合中进行的。其结果往往是具有多元性和开放性,充满生气、充满活力、不拘一格、豪迈刚健的游牧民族,向中原农业地区发起冲击,最后不同程度地受到融合。而具有理性因素和承受能力,善于吸收外来文化的中原农业民族,在冲突中主动或被动地吸收接纳游牧文化,为自己补充了新的文化因子。这样,为中华民族注入了新的生机,使中华文化充满活力。如中国历史上的所谓胡汉文化冲突,往往在强大的朔方冲击波面前,能使中原文化摆脱柔靡、软弱,焕发出刚健青春气息。从这一点来看,农业文化与游牧文化的冲突、交流与融合,对中华文化的发展是大有益处的。我们研究民族文化交融与元杂剧之关系,把握这一点是非常重要的。

第二节　蒙古族及北方其他少数
民族对汉文化的学习

蒙古族是个具有悠久历史文化传统的民族。关于其族源迄今学术界尚有争议。多数学者认为,蒙古出自东胡。东胡是包括同一族源、操有不同方言、各有名号的大小部落的总称。蒙古族就是由其中的室韦一支发展而来。"蒙古"这一名称最早见于《旧唐书》,称其为"蒙兀室韦",《新唐书》则称为"蒙瓦",辽金时又作"萌骨"、"忙骨子"、"萌古

---

① 　冯天瑜等:《中华文化史》,上海人民出版社 1990 年版,第 125 页。

斯"、"蒙古里"等,是"蒙古"的同名异译。起初仅仅是一个部落名称,游牧于今额尔古纳河南岸一带,是室韦部落联盟的一个成员。公元 12 世纪以前,蒙古部散布在鄂嫩河、克鲁伦河、土拉河的上游和肯特山一带。12 世纪末 13 世纪初,蒙古乞颜部孛儿只斤氏族杰出人物铁木真(1162—1227 年)把蒙古各部统一起来,并于 1206 年被推举为蒙古大汗,称成吉思汗,建立了蒙古汗国。从此,蒙古汗国所属各部,共用"蒙古"(忙豁勒)这一名称,蒙古部作为一个稳定的民族共同体正式形成。

蒙古汗国成立以后,成吉思汗采取了一系列政治、军事措施,在蒙古地区建立分封制度,设置护卫军,颁布"大札撒"法典,任命"札鲁忽赤"(即断事官)等,巩固了蒙古族内部的统一,发展了蒙古社会政治经济,使蒙古汗国空前强大,蒙古民族呈现出勃勃生机。接着,成吉思汗及其子孙们顺应历史发展潮流,先后灭亡了西夏、金政权。成吉思汗孙忽必烈(元世祖)于宋度宗咸淳七年(1271 年)取《易经》乾元之意,改国号为大元,元世祖至元十六年(1279 年)又灭了积贫积弱的南宋政权,统一了全中国。元朝的统一,结束了中国历史上近 500 年的民族纷争和血战,使国土空前扩大,"其地北逾阴山,西极流沙,东尽辽左,南越海表"。① 西藏等地第一次纳入中国版图,中外交往空前活跃,全国各族人民得以在比较安定、呈开放状态的环境中从事生产,建设物质文明和精神文明。蒙汉文化及文学交流亦可在更大范围内深入展开,推动了历史的进步。周良霄在《元朝的统一在中国历史上的意义》一文中,对元朝的统一在中国历史和中华民族的发展中的重大意义归纳为如下四点:"第一,元朝的大统一初步奠定了中国疆域的规模;第二,大统一为南北方经济的恢复、交流和进一步的发展准备了条件;第三,它在中华民族大家庭的发展上,占有尤其重要的地位;第四,推动了科学

---

① (明)宋濂等撰:《元史·地理志一》卷五十八,中华书局 1976 年版,第 1345 页。

文化的发展。此外,在促进中外文化交流方面也产生过巨大作用。"①

元朝的大一统,使中央政府与周边各民族的领属关系比以往任何时候都更加密切了。本书所论述的蒙古族及北方其他少数民族,诸如畏兀尔、唐兀、"回回"②、女真等均更加紧密地加强了与中华民族大家庭的关系,为中华文化的发展作出了自己的贡献。

当时,居住于天山南北的有畏兀尔人、可失哈耳人、斡端人、哈密力人等,他们都是今维吾尔族的先民。"其中居住于别失八里、哈剌火州一带的畏兀尔人,由于最先归附蒙古,在蒙古西征中亚、南伐中原的征服活动中效力甚多,因此很受蒙元统治者的信任与重用。畏兀尔人在元朝政治生活中颇为活跃。据《元史氏族表》的统计,畏兀尔人入仕元朝的竟达 33 族之多。至于畏兀尔首领亦都护及其家族,更被蒙古君主'宠异冠诸国'。这个家族自巴而术阿而忒的斤降附蒙古后,格外受到成吉思汗的优遇,被准许'仍领其地及部民',世世承袭亦都护之职。"③为了进一步加强与畏兀尔之关系,蒙古皇室还与其缔结婚约,世代通婚。成吉思汗曾将亲生女儿嫁给巴而术阿而忒的斤。元世祖忽必烈时期亦将这种联姻作为笼络畏兀尔首领的有效手段。这样元朝统治者通过封赏、联姻等方式,加强了与畏兀尔亦都护的关系,使畏兀尔地区成为元朝统治西北的坚强柱石。从而也使畏兀尔人在元朝大一统的局面下,与汉民族加强了文化交流,出现了贯云石这样著名的散曲家。

唐兀人原为党项羌人,是西夏政权的建立者。十三世纪时蒙古人称西夏为合申或合失,为河西之音转。成吉思汗征西夏,适逢窝阔台第五子出生,为炫耀武功,取名合失。合失早逝,窝阔台因痛失爱子,讳言合失,唯称唐兀惕。经蒙古大军多次攻伐,西夏于 1227 年灭亡。元朝

①　周良霄:《元朝的统一在中国历史上的意义》,《文史知识》1985 年第 3 期,第 17—21 页。

②　关于"回回"称谓,今统一称为"回族",但本书所引多为古称,为统一行文,特加引号引用古称,以示与古称不同并遵今称。下同。

③　翁独健主编:《中国民族史纲要》,中国社会科学出版社 1990 年版,第 552 页。

建立后,西夏故地隶属于甘肃行省管辖。元朝统治者在这里兴修水利、奖励农耕,使其经济文化得到了很大的发展,西夏故地涌现出一大批精通汉文化的学者文人。如余阙,西夏武威人,长于文学,曾为辽、金、宋三史修撰。观音奴、昔里铃部等人亦能诗善文。

今"回回"民族是从元代才开始形成的。13世纪初叶,蒙古大军西征,西辽破灭。葱岭东喀什噶尔等地信仰伊斯兰教的回纥(回鹘)人的后裔,同葱岭西的中亚及波斯、阿拉伯等广大地区不同民族的穆斯林,大批被签发或自动迁徙来东方。元代的"回回",原指成吉思汗及旭烈兀西征之后,葱岭东喀什噶尔等地信仰伊斯兰教的回纥(回鹘)人的后裔及葱岭以西地区迁居中国的侨民,包括波斯人、阿拉伯人以及其他信仰伊斯兰教的中亚民族。他们中除较多的军士与商人外,还有工匠、学者、官吏、医生等,三教九流,无所不包,人数亦相当可观。其散居全国各地,不仅大都、杭州等繁华城市有,而且偏远边疆地区亦不在少数。如"回回"人赛典赤·瞻思丁及其后人任职云南行省时,随从他们进入云南的"回回"人就有不少。这些多因从军或经商迁徙东来的"回回"人,大多单身,进入中国后不少人娶汉族或其他民族女子为妻,在当地深深扎下了根。加之当时元朝统治者对色目人的高度重视和重用,而"回回"人又是色目人的重要组成部分,故"回回"人的政治地位亦比较高。这样,优越的政治地位,广泛深入的民族文化交融,使不少"回回"人具有较高的汉文化修养,用汉文创作了大批诗歌、散曲及杂剧等文学作品。杂剧家有丁埜夫,可惜作品未传世。另散曲家有阿里耀卿、阿里西瑛、王元鼎、全子仁、兰楚芳、孟昉、金元素、金文石、全普庵撒里、丁野夫、月景辉、赛景初、沐仲易、虎伯恭、吉诚甫、大食惟寅、玉元鼎等多人。他们为元杂剧与元散曲的创作及其繁荣作出了杰出的贡献。

女真是中国东北的一个古老民族,与肃慎、挹娄、勿吉—靺鞨有历史渊源。女真人曾于1115年建立金朝,1234年亡于蒙古。在元代,迁入中原各地和散居辽东的女真人、渤海人、契丹人与华北汉人同被视为汉人。因其已基本汉化,故其汉文化水平比较高,涌现出了不少精通汉文的学者文人。杂剧家有石君宝、李直夫等人，散曲家有奥敦周卿、蒲察善长等人。

其间，北方草原游牧文化的代表者蒙古民族是中国历史上第一个统一中国、入主华夏的少数民族，其建立元朝及建元之前，面对偌大的以汉族为代表的中原农业文化，采取什么样的态度是非常重要的，这是决定其统治成败的关键。蒙古族统治者学习借鉴其前建立北魏、辽、金政权的鲜卑、契丹、女真等北方少数民族的经验，对以汉族为代表的中原农业文化抱一种学习与接纳的态度。蒙古族所以对中原农业文化抱一种学习与接纳的态度，详加辨析，其原因应该包括蒙古民族文化传统，政治历史地位变化后其统治的需要，人民交往的客观要求等方面。当然，对此过去的一些学者亦有不同的看法。故对元代蒙古族统治者学习与接纳汉文化的原因进行论述之前，有必要对这些不同看法给予介绍并加以辨析。

认为元朝蒙古族统治者不能或甚少学习与接纳汉文化者古已有之。如明代学者王世贞在《读书后》一书中说：

> 顾其君臣，日斳斳然思以其教而易中国之俗。省台院寺、诸路之长，非其人不用也。进御之文，非其书不览也。名号之锡，非其语不为美也。天子冬而大都，夏而上都，上都漠北也。其葬亦漠北，视中国之地若瓯脱焉，不得已而居之。于中国之民若赘疣焉，不得已而治之。又若六畜也，食其肉而寝处其皮以供吾嗜而已。于乎！不亦天地之至变不幸者哉？①

王世贞所说显然是认为元朝蒙古族统治者在入主中原后，想以自己的文化改变中原习俗，对中原文化没有一点认同感并加以抵制。随后，清代乾嘉时期的史学大师赵翼在《廿二史劄记》之《元诸帝多不习

---

① （明）王世贞：《读书后·读元史一》卷五，天随堂刊本，第7页。

汉文》一节中亦指出:"(元代)不惟帝王不习汉文,即大臣中习汉文者亦少也。"①显然,赵翼认为元代蒙古帝王及大臣不是不懂汉文就是很少懂得汉文。王、赵二氏之说流传颇广、影响颇大。台湾学人柏杨在《丑陋的中国人》中就说:"蒙古是一个非常奇怪的民族,侵入中土之后,对汉文化采取抗拒态度。九十年之前,他们怎样来到中土,九十年之后,也怎样离开中土。对汉文化,没有受到一点感染。"②国外学者也有受此影响者,如日本的羽田亨在《元朝对汉文明的态度》③一文中,对蒙古族受到汉族同化之说进行了批判,同时他也认为元朝"蒙古主义"弥漫,汉文化没有受到尊崇。甚至有的蒙古族学者也为了论述蒙古文化民族特点的鲜明性而持此种观点。上述说法给人一个总体印象是,蒙古人独擅挥戈跃马、弯弓射雕,而对汉文及其汉文化是一窍不通并且是不愿学习的,从而也就在终元近百年中与中原农业文化格格不入。其实这是一种非常片面、肤浅、武断的说法。事实上,蒙古族是非常善于学习汉民族及其中原农业文化的。这在以后的论述中会详细展开。另外需要指出的一点是,认为元代蒙古族能够并且善于学习汉文化的学者也大有人在,遍及中国内地、台湾、香港,以及日本、俄罗斯等国家与地区。如台湾学者萧启庆就有《元代蒙古人的汉学》④、《论元代蒙古人之汉化》⑤等长文,专门论述元代蒙古人学习汉文化等问题,对本节的论述也颇多启发。

关于元代蒙古人学习汉文化的原因可以从如下几方面来分析:

---

① (清)赵翼著、王树民校释:《廿二史劄记校证》卷三十,中华书局 1984 年版,第430—432 页。

② 柏杨:《丑陋的中国人·人生文学与历史》,台北:古吴轩出版社 2004 年版,第38 页。

③ [日]羽田亨:《羽田博士史学论文集——历史篇》,京都:东洋史研究会 1957 年版,第 670—696 页。

④ 萧启庆:《蒙元史新研》,台北:允晨文化实业公司 1994 年版,第 96—216、218—263 页。

⑤ 萧启庆:《蒙元史新研》,台北:允晨文化实业公司,1994 年版,第 96—216、218—263 页。

第一，元代蒙古族学习汉文化之原因，蒙古民族的文化传统在其中起了重要的作用。蒙古民族及其所代表的游牧文化与其先前游牧民族一样，属北方草原游牧文化系统。它具有多元性与同一性、开放性与凝聚性以及包容性等特点。北方民族的起源是多元的，经过征战兼并形成大的部落或民族，再分裂、兼并可能又形成新的部落或民族。蒙古民族的形成就是包容了很多不同的部落，较著名者如乞颜、弘吉剌、克烈、塔塔尔、篾尔乞、乃蛮诸部。这些部落在文化方面有一定的差异，有的语言、宗教、风俗习惯、生产方式也不尽相同，但在成吉思汗统一蒙古各部成立蒙古汗国后，各部文化综合形成新的蒙古族文化，使其呈现出多元性与同一性的特色。另外，其开放性、凝聚性以及包容性的特点也非常明显。逐水草而居的草原民族是个动态的民族，其创造的游牧文化也是一个动态的文化。所谓动的原因有几种：一是由牧业本身所决定的，它需选择水草茂盛的地方迁徙游牧，这种动是正常的动；二是在大的自然灾害面前不得不作远距离的迁徙，这种动是被动的，有时会酿成对农业区的入侵；三是农业区的富庶生活使他们眼红心馋，于是对农业区发动武装进攻。这种进攻有时是小股侵入，抢劫一些东西即撤兵回营，有时则是大规模入侵。由于这种富有侵略性的动态性，使游牧民族往往成为传播异域文化信息的载体。中国古代的四大发明在元代传入西方，西方或阿拉伯地区的医药种植等通过古丝绸之路传入中国等，无不与中国北方草原游牧民族有密切的关系。当然，从农业民族的角度来看，这是游牧民族对他们的侵略，虽然他们常常看不到游牧民族给他们带来了异质智慧因子，但经过较长时间的占领，农业民族经过仔细地观察和体验之后就能从他们身上吸取到新的东西，或者是新的思路、新的视点。游牧民族进入农业区之后，他们也在观察、体验，也能从农业社会及其文化中吸取到他们认为很新鲜且很有用的东西。当他们再侵入别的相对封闭的农业地区的时候，除了他们自身的东西外，还带去了从被他们占领的农业区的东西。当时几乎没有别的信息载体，只有靠人来传输，游牧民族能够经受漫漫征途，能够不畏艰险过关斩将。游牧民族这个信息载体,主要就是靠武力攻击,把信息带到许多封闭体,使这些相对封闭的农业地区能够吸取新的精神营养和物质营养。如蒙古汗国和元朝时期,中国的四大发明传入阿拉伯地区及西方世界,返回来又将阿拉伯地区的所谓"回回炮"传入中国;蒙古草原的皮工、毡毯及养畜技术传入中原农业地区,促进了中原农业地区这些行业的发展;蒙古民族及其文化对元杂剧、散曲繁荣兴盛的影响等。可见游牧民族及其文化具有开放性、凝聚性及包容性等特点,其物质文化和精神文化的产生必然是撞击、打破、交流和融合等过程的结果,从而形成其开放、吸收又不失凝聚性特色。蒙古民族从蒙古汗国时期开始,随着汗国军事政治的不断发展壮大,军事上的"南征、北讨、东进、西略",与中原汉地和阿拉伯世界发生了密切关系,当时世界两大文明区的中国汉族文化和阿拉伯文化对蒙古文化产生了极大的影响,本来具有兼容并蓄、开放吸收文化传统的蒙古族人民,通过学习两大文明区的军事政治、科学技术、文学艺术,特别是加强与中原汉族地区的亲密关系,学习优秀的汉文化,从而丰富和发展了本民族文化。

第二,由于政治历史地位的变化、统治的需要,统治者提倡向汉人学习是蒙古族学习汉文化的关键原因。忽必烈建立元朝灭南宋后,蒙古族的地位发生了很大的变化,由偏居塞北的民族,成了我国历史上第一个入主中原统一华夏的少数民族。作为一个经济文化与中原汉族地区截然不同且相对比较落后的少数民族,蒙古族统治者非常明白"天下可得之马上,不可自马上治"的道理,知道要想被汉族接受,进而很好地统治偌大的中原汉地,必须学习掌握汉文化,借鉴学习中原历代王朝传统的统治方法。这显然是由于统治的需要。既然是统治的需要,统治者当然要大力提倡了。这其中主要表现在对汉法的采行、对儒家文化的学习和对儒家知识分子的重视、对学校的开办和科举制度的实行等多方面。

采行汉法是元朝的开国皇帝元世祖忽必烈建政的主要内容。其间元世祖忽必烈的重要谋士郝经、徐世隆、许衡等人多次向他提出这方面的建议。如中统元年(1260年)八月,郝经向忽必烈上《立政议》一疏,明确提道:"昔元魏始有代地,便参用汉法。至孝文迁都洛阳,一以汉法为政,典章文物,粲然与前代比隆。""金源氏起东北小夷,部曲数百人,渡鸭绿,取黄龙,便建位号,一用辽宋制度。"①许衡在论述"帝中国当行中国事"的原则时也曾说:"考之前代,北方之有中夏者,必行汉法乃可长久。故后魏、辽、金,历年最多,他不能者,皆乱亡相继,史册具载,昭然可考。使国家而居朔漠,则无事论此也。今日之治,非此奚宜?夫陆行宜车,水行宜舟,反之则不能行;幽燕食寒,蜀汉食热,反之则必有变。以是论之,国家之当行汉法无疑也。"②这些谋士的说法当对元世祖忽必烈产生影响,或元世祖本来有此想法他们说了出来。另外,在内地成长起来的蒙古百官子弟由于已和儒家思想息息相通,亦同样迫切要求实行"汉法"。如不忽木、坚童、秃鲁等青年,曾主动上书忽必烈,要求"通习汉法"。③ 特别是忽必烈的嫡子真金,木华黎的后裔安童以及畏兀人廉希宪等人,都是在中原儒学的熏陶下成长起来的。这些人在政治上举足轻重,积极要求实行汉法的影响力是不可低估的。这里所谓的"汉法",当时人理解的主要是中原王朝的汉官仪制,实际通观之是与中原发达的封建经济基础相适应的上层建筑。这一问题早在元太宗窝阔台汗时期,在耶律楚材的经划下,就制定了某些与华北社会经济基础大体适应的制度。其后围绕这一问题进行了长期的斗争。忽必烈的即位,实际上也是所谓推行汉法的改革派的胜利。新王朝体制建设的核心,本质上也就是采行汉法的问题。

具体执行汉法仪制方面,忽必烈一即位,就在中央首次建立了上承天子,下统百司,以治民庶的行使宰相职权的最高行政机关中书省。诸

---

① (元)郝经:《郝文忠公集》卷三十二,清乾隆三年(1738年)凤台王鏴编刻本,第16页。

② (明)宋濂等撰:《元史》卷一百五十八,中华书局1976年版,第3718—3719页。

③ (明)宋濂等撰:《元史·不忽木传》卷一百三十,中华书局1976年版,第3164页。

宰执人员中虽多由怯薛成员充任,但此时中书省已作为外廷的政务机关正式从怯薛必阇赤人员中独立出来,总司政务。怯薛从此演变成为皇帝内廷的侍御与禁卫组织和人员。后虽又曾两度设尚书省,但都很快罢废,终元一代中书省是中央最高行政机关的定制一直没有变化。中央最高军事管理机关是枢密院,中统四年(1263年)始设。从此军政有了常设的统理机关。至元五年(1268年)设御史台,掌管对百官的纠察事宜。另外,又在中统二年(1261年)设翰林国史院,至元七年(1270年)设司农司,寻改为大司农司。前者管理文化事宜,以示对封建文士的尊敬,后者是重视农业生产的象征。至此,终元一代中央封建王朝的组织建制基本上趋于完成。与此同时,一系列的法令、条格、制度、仪制等也先后建立了起来。这些都是采行汉法中的重大步骤。经过这些步骤,一个总体上继承并发展中原传统王朝政治制度的新王朝已完整地确立了起来。

但应该看到,采行汉法只是元世祖建政纲领的一个方面。另一方面,他也强调和考虑到了保存蒙古旧制的重要性,因为元朝的统治毕竟与传统的汉族统治有区别。忽必烈早在开平即位诏里就提出了"祖述变通"的建政纲领。在其后的《中统建元诏》中,进一步把这一纲领表述为"稽列圣之洪规,讲前代之定制"。① 其前部分主要指要继承蒙古旧制,后部分则申明要同时采用汉官仪制。即元朝的政治制度基本上是以中原王朝传统的仪文制度为主干,又糅合不少蒙古旧制而成,亦即蒙汉杂糅以汉为主的政治制度。具体分析,元朝的机构与制度又可分为如下几种情况:

第一种是有的地方基本上保存和沿用了蒙古的旧有制度。如斡耳朵制度、怯薛制度、投下制度等。这些制度大体上是沿袭蒙古汗国时期的旧制,忽必烈把其变通或加以限制并承袭了下来。

第二种是在某些领域或地方因族而分、因俗而治,亦即中原汉制与

---

① (明)宋濂等撰:《元史·世祖一》卷四,中华书局1976年版,第65页。

蒙古旧制并行。如在宫廷以及民间的礼制、服饰和有关法律方面等。

第三种是完全仿照中原王朝传统的制度所建立的机构与制度。如前所举的中央以及地方的一些官府设置与相应的制度等。

元朝的这些政治礼仪制度,虽不免有一些民族特权和民族歧视的色彩,但总的来看对国家的稳定与发展以及民族间的交往是起了重要而积极的作用的。

对儒家文化的学习和对儒家知识分子的重视,开办学校和推行科举考试制度,是元朝蒙古族统治者提倡学习汉文化及蒙古人学习汉文化的重要方面和更广泛的方面。实际上蒙古人学习汉文化的历史非常早。如果从广义文化方面来讲,早在蒙古汗国期间的军事战争中,蒙古军队中就采用了猛火油、震天雷、制甲、制弓矢、造桥等中原先进的科学技术。金哀宗在解释自己失败的原因时就说:"北兵所以常取全胜者,恃北方之马力,就中国之技巧耳。"虽然这个亡国之君把蒙古强大的原因归之于马力与技巧,失之片面,但他看到蒙古人能学习其他民族的长处特别是汉文化之长处这一方面,不失为切身体验。早期蒙古部落的生产方式完全是逐水草而居的牧业方式,自成吉思汗时代起,迁内地农民北去种田做工,并"杂教部落",指导蒙古人种植粮食。阿尔泰山以南的称海,以及杭海、和林、五条河、唐努山北的谦谦河、吉尔吉斯等处,竟一时成了产粮基地。中原汉族先进的农业生产技术传入漠北,为蒙古民族的发展强大提供了可靠的物质保证。这是从物质文化方面来讲的。

对儒家文化的学习方面属精神文化的范畴。关于这一问题过去曾有不同的看法。如郑所南在其《心史·大义略叙》中曾说:"鞑法:一官、二吏、三僧、四道、五医、六工、七猎、八民、九儒、十丐。"①同时代的谢枋得在《谢叠山集》卷二之《送方伯载归三山序》里也有"七匠八娼、

---

① (元)郑所南:《心史》下卷,明崇祯十二年(1639 年)张国维刻本,第 86 页。

九儒十丐"①之说。这些说法主要是表达元朝对儒学及儒生的贱视，并且还一直被一些学者所引用。但实际情况并非如此，这些只是个别亡宋遗民的愤激之词。实际情况是，蒙古族统治者进入中原后，对具有高度汉文化修养的儒、释、道、医、卜者等文化人才非常重视。1235 年，蒙古灭金后打南宋，杨惟中受命随军在俘虏中搜求儒、道、释、医、卜者等文化人，从俘虏房中发现了理学家赵复、窦默诸人，并将他们带到燕京去传授程朱理学。"北方知有程朱之学，自（赵）复始。"②姚枢从学于赵复，许衡又通过姚枢得识朱熹之书。后姚枢、许衡、窦默诸人共在卫辉讲求程朱理学。他们以及杨惟中、宋子贞、郝经、王文统、张文谦、刘秉忠等人先后受到忽必烈的征辟，成为立纲陈纪、开创新朝的重要人物。1238 年，蒙古汗国政府发文对儒生进行考试，合格者准予豁免身役，并选用他们做官或教书。并曾重申了儒户与免差发的规定。军中所俘儒士，听赎为民。

开办学校和延请汉族儒士教授蒙古族子弟是蒙古族统治者鼓励提倡学习汉文化特别是学习儒家文化的一个重要举措，其影响甚巨。早在蒙古汗国时期的太宗五年（1233 年），窝阔台就诏谕燕京官员朵罗歹、石抹咸得卜及十投下官员，挑选蒙古族子弟 18 人，并汉人子弟 22 人，在燕京开办了大蒙古国的国子学。关于该国子学的情况《元史》之《选举志》里有简要记载。如《选举志》里说："太宗六年癸巳，以冯志常为国子总教。命侍臣子弟十八人入学。"又说："国初，燕京始平，宣抚槺请以金枢密院为宣圣庙。太宗六年，设国子总教及提举官，命贵臣子弟入学受业。"③该记载结合《析津志》等史料来看，有两点需要更正：

---

① （元）谢枋得：《谢叠山集》卷二，见王云五主编：《丛书集成·初编》，商务印书馆"中华民国"二十五年（1936 年）版，第 21 页。

② （明）宋濂等撰：《元史·儒学一》卷一百八十九，中华书局 1976 年版，第 4314 页。

③ （明）宋濂等撰：《元史·选举志》卷八十一，中华书局 1976 年版，第 2029、2032 页。

一是开办之年应是太宗五年（1233 年），而不是太宗六年；二是总教应为冯志亨，而不是冯志常。关于其设置经过和教学内容等，元代熊梦祥编撰的《析津志》等史料有记载。如《析津志》在记述该国子学的设置情况时说："太宗五年癸巳，初立四教读，以蒙古族子弟令学汉人文字，仍以燕京夫子庙为国学。"①点明了大蒙古国的国子学成立于太宗五年（1233 年），并简要指出其所学内容和所在地点。另《析津志》还引录了《蛇儿年（1233 年）六月初九日圣旨》石刻原文，具体介绍了该国子学的有关情况：

> 皇帝圣旨：道与朵罗歹、咸得卜、绵思哥、胡土花小通事、合住、迷速门，并十役管匠人、官人，这必者赤一十个孩儿，教汉儿田地里学言语文书去也。不选。但是，可以学底公事呵也。教学者，宣谕文字。但是你每官人底孩儿每，去底十八个蒙古孩儿门根底，你每孩儿每内，更拣选二十二个做牌子，一同参学文书弓箭者。若这二十个孩儿内，却与歹底孩儿，好底孩儿隐藏下底，并断案打奚罪戾。这孩儿每学得汉儿每言语文书会也，你每那孩儿亦学底蒙古言语弓箭也会也。粘哥千僧奴底孩儿亦一同学者，若学底会呵，不是一件立身大公事那甚么！教陈时可提领选拣好秀才二名管勾，并见看守夫子庙道人冯志亨，及约量拣选好秀才二，通儒道人二名，分作四牌子教者。②

该石刻圣旨系由蒙古文直译而来，故读之颇为费解，但大概意思还是可以明白的。其主要意思是说，令朵罗歹、咸得卜等官员，选择优秀子弟22 人编排为班（牌子），与选送到汉地的蒙古书生（必者赤，汉意为掌管文书或秘书之人）18 人，一起学习。蒙古子弟学习汉人语言文书，汉

---

① （元）熊梦祥：《析津志辑佚》，北京古籍出版社 1983 年版，第 197—198 页。
② （元）熊梦祥：《析津志辑佚》，北京古籍出版社 1983 年版，第 197—198 页。

人子弟则学习蒙古语言及弓马骑射。另元人许有壬在其所撰之《上都孔子庙记》里亦记载说:"太宗嗣位,择必者赤子弟十八人,学汉语文字。汉官子弟参学国语弓矢。且分四队以教,命中书令杨惟中主其事,作屋居之,饩廪育之,榎楚督之,迄定宗朝不辍。"①通过这些论述,大概可以了解大蒙古国国子学的创建时间、学生来源、学校规模、教学内容等方面的情况。其中学习内容方面,蒙古族子弟学习汉语汉文,汉人子弟学习蒙古文与弓箭。互相交流学习对方的语言文字,对蒙汉的文化交流是有好处的。当然,此时由于规模还较小,蒙古族子弟所学也只是一般意义上的汉语言文字,且重在培养翻译人才,真正对儒学展开大规模的学习还是以后的事情,但确实已经开了一个很好的头。

进入元朝以后,学校教育就更加受重视和更加正规。元朝开国皇帝元世祖忽必烈在其潜邸时就诏令诸王子及近臣子弟从汉儒学习儒家经典。如 1244 年命阔阔(1223—1262 年)等近臣子弟拜金朝时状元王鹗学,②又命蒙古生十人从赵璧(1220—1276 年)受儒书,③而其子真金(1242—1286 年)早年亦曾先后从学于姚枢、许衡、李德辉(1218—1280年)等著名儒学家。④ 其学校教育更加系统化和正规化。关于元朝的国子学情况,《元史·选举志·学校》里有比较详细的记载。如《元史》里记载:

> 世祖至元七年,命侍臣子弟十有一人入学,以长者四人从许衡,童子七人从王恂。至二十四年,立国子学,而定其制。设博士,通掌学事,分教三斋生员,讲授经旨,是正音训,……凡读书必先《孝经》、《小学》、《论语》、《孟子》、《大学》、《中庸》,次及《诗》、

---

① (元)许有壬:《至正集》卷四十四,清宣统三年本,第 43 页。
② 参见(明)宋濂等撰:《元史》卷一百三十四,中华书局 1976 年版,第 3250 页。
③ 参见(明)宋濂等撰:《元史》卷一百五十九,中华书局 1976 年版,第 3747 页。
④ 参见(元)苏天爵:《元朝名臣事略》卷十一,中华书局 1962 年版,第 1 页。

《书》、《礼记》、《周礼》、《春秋》、《易》。……其生员之数,定二百人,先令一百人及伴读二十人入学。其百人之内,蒙古半之,色目、汉人半之。许衡又著诸生入学杂仪,及日用节目。七年,命生员八十人入学,俾永为定式而遵行之。

成宗大德八年冬十二月,始定国子生,蒙古、色目、汉人三岁各贡一人。十年冬闰十月,国子学定蒙古、色目、汉人生员二百人,三年各贡二人。

武宗至大四年秋闰七月,定生员额三百人。冬十二月,复立国子学试贡法,蒙古授官六品,色目正七品,汉人从七品。试蒙古生之法宜从宽,汉人生则全科场之制。

仁宗延祐二年秋八月,增置生员百人,陪堂生二十人,用集贤学士赵孟頫、礼部尚书元明善等所议国子学贡试之法更定之。……蒙古、色目人,孟、仲月各试明经一道,季月试策问一道。辞理俱优者为上等,准一分;理优辞平者为中等,准半分。每岁终,通计其年积分,至八分以上者升充高等生员,以四十名为额,内蒙古、色目各十名,汉人二十名。岁终试贡,员不必备,惟取实才。……学正、录岁终通行考校应在学员,除蒙古、色目别议外,其余汉人生员三年不能通一经及不肯勤学者,勒令出学。

泰定三年夏六月,更积分而为贡举,并依世祖旧制。①

从以上所举大概可以看出元代国子学的基本情况。即元世祖忽必烈重建国子学在至元七年(1270年),当时仅有侍臣子弟11人入学。至元二十四年(1287年),国子学走向制度化,招生规模也有了扩大,招生入学者有百人,其中50人为蒙古生,50人为色目、汉人。成宗大德八年(1304年)起,更实施了国子贡试法,蒙古生员优秀或合格者可以任六品官,并在名额及考试内容等方面对蒙古、色目考生有一定的优惠

① (明)宋濂等撰:《元史》卷八十一,中华书局1976年版,第2029—2031页。

和照顾。这无疑对蒙古、色目生员研习汉学起了激励的作用。教学内容方面也基本是儒家经典。另外，除了中央的国子学外，各斡耳朵、诸王爱马（即投下）及以蒙古、色目军人为主的各卫军亦设有儒学，方便中下层蒙古子弟的入学。当然，此时还有蒙古国子学及路、州蒙古字学等，但它多以学习蒙古文为主，或学习汉文也主要是为从事翻译服务，儒家经典学习的较少，故不如儒学受欢迎。

科举考试的实行，对蒙古、色目等北方少数民族学习儒家经典更起了一种推动作用。到元代中后期，汉文化或汉学（主要指儒家学说）在蒙古、色目人中日益普及。元仁宗延祐二年（1315 年）恢复了科举考试制度，科举是以汉文、汉学为考试内容，蒙古、色目子弟欲想通过科举进身官场必须钻研汉文化或汉学，所以对其研习汉文化或汉学起到了激励和推动作用。元代的科举考试先后开科 16 次，录取进士约 1200 人，其中蒙古、色目人各约 300 人。因为根据《元典章》记载，元代科举考试原则规定，每科会试录取 100 人，蒙古、色目、汉人、南人各 25 人。①即蒙古、色目人录取者各约占四分之一。当然，这一录取原则未必非常严格执行，但元代科举考试按民族分别录取还是得到了贯彻的，所以这一数字大体还是可信的。另外，通过乡试而参加会试、廷试不被录取的蒙古、色目乡贡举子应三倍于此。再加上数十倍的在乡试中就不幸落第的蒙古、色目士子，那么在元代科举考试的促进下，当有数万的蒙古、色目子弟在埋首经籍、钻研汉学。根据《元史》记载，元代科举考试乡试与会试考试程式相同，规定"蒙古、色目人，第一场经问五条，《大学》、《论语》、《孟子》、《中庸》内设问，用朱氏章句集注。其义理精明，文辞典雅者为中选。……汉人、南人，第一场明经经疑二问，《大学》、《论语》、《孟子》、《中庸》内出题，并用朱氏章句集注，复以己意结之，限三百字以上；经义一道，各治一经，《诗》以朱氏为主，《尚书》以蔡氏为主，《周易》以程氏、朱氏为主，已上三经，兼用古注疏，《春秋》许用

---

① 参见《元典章·礼部四》卷三十一，中国书店 1990 年版，第 475 页。

《三传》及胡氏《传》,《礼记》用古注疏,限五百字以上,不拘格律。……蒙古、色目人,愿试汉人、南人科目,中选者加一等注授。"①从上述规定可以看出,研修儒家经典和程朱理学是元代科举考生求取功名的必由之路。而这么多的蒙古、色目士子为了科举及第钻研儒家经典,对蒙古、色目人学习儒家文化的作用是可想而知的。这其间仅从蒙古族方面来看,也确实出了不少蒙古族状元、进士及对儒学有深厚修养的蒙古族学者。根据桂栖鹏在其《元代进士研究》②一书里所举的16名蒙古族状元名单列表如下:

姓名	登科年份	姓名	登科年份
护都沓儿	延祐二年(1315 年)	普颜不花	至正五年(1345 年)
忽都达儿	延祐五年(1318 年)	阿鲁辉帖木儿	至正八年(1348 年)
达普化	至治元年(1321 年)	朵列图	至正十一年(1351 年)
八剌	泰定元年(1324 年)	薛朝晤	至正十四年(1354 年)
阿察赤	泰定四年(1327 年)	倪征	至正十七年(1357 年)
笃列图	至顺元年(1330 年)	买住	至正二十年(1360 年)
同同	元统元年(1333 年)	宝宝	至正二十三年(1363 年)
拜住	至正二年(1342 年)	赫德溥化	至正二十六年(1366 年)

　　元代科举考试分两榜取士,蒙古、色目人为右榜,汉人、南人为左榜,同时为了体现蒙古族的"国族"地位,各科右榜第一名只能由蒙古人充任,即所谓的"唯蒙古生得为状元,尊国人也"。③ 这16位蒙古族状元中虽有照顾的成分,但其学习及成绩应该是主要的。其中达普化、笃列图、同同、拜住、买住等人均有作品传世。另外,桂栖鹏还收集到

---

① (明)宋濂等撰:《元史·选举志一》卷八十一,中华书局 1976 年版,第 2019 页。
② 桂栖鹏:《元代进士研究》,兰州大学出版社 2001 年版,第 197 页。
③ (元)程端礼:《送朵郎中使还序》,《畏斋集》卷四,清乾隆翰林院抄本,第 10页。

18 位元代蒙古族进士名单及其资料。他们分别是叠卜华、完迮溥化、那木罕(以上三人均为泰定元年[1324 年]进士)、字颜忽都、爕理溥化、答禄守礼(以上三人均为泰定四年[1327 年]进士)、哲理野台、答禄守恭(以上二人为至顺元年[1330 年]进士)、帖谟补化、答禄与权(以上二人为至正二年[1342 年]进士)、笃列图、贴哥(以上二人为至正五年[1345 年]进士)、虎笃达尔(至正十一年进士),另不知为哪科的进士有穷闾律、爕理翰、溥仲渊、襄家台、塔海等人。他们中如哲理野台、答禄与权、溥仲渊等人也有作品传世。另外,状元、进士之外亦有蒙古族儒学及理学家。如元代蒙古族易学家保巴。保巴(? —1311 年),又作保八,字公孟,号普庵,居于洛阳,籍贯不详。约于元初任侍郎,后官至尚书右丞。少好学,精易理。著有《易源奥义》一卷、《周易原旨》六卷、《系辞》二卷,统名《易体用》。元代牟[芟]在该书跋中说:"普庵传圣人之全经,以善其用于今日。"肯定了其在易学研究中重视实用的学风。这些都有力地说明元代蒙古族对儒学的学习和所取得的成就。

第三,环境的改变和人民交往的需要亦是蒙古人学习汉文化或者说蒙汉民族互相学习对方文化的一个重要原因。元代由于地域辽阔,驿道等交通网络比较发达,各民族间经济与文化的交流频繁密切,多民族的经济文化共同体的形成与发展等,造成民族杂居情况比较突出。这种杂居主要包括大批少数民族迁居内地和大批汉人迁往边疆诸少数民族地区。这迁居内地的少数民族中,蒙古族由于系统治民族,其迁居数量应该多于其他少数民族。

民族迁徙对民族文化交融影响甚巨。葛剑雄主编《中国移民史》(第四卷)①以三章的篇幅《蒙元时期非汉民族的内迁》(上)、《蒙元时期非汉民族的内迁》(下)、《蒙元时期汉族人民的迁移》等,对蒙古、色目诸民族、契丹、女真迁徙中原内地,汉族迁徙少数民族地区的原因等

---

① 葛剑雄主编:《中国移民史》第四卷,福建人民出版社 1997 年版,第 529—692 页。

情况有详尽的介绍。结合有关史料及时人研究成果,大致可勾勒出元代蒙古、色目诸民族、契丹、女真迁徙中原内地,汉族迁徙少数民族地区的概况。

　　元代蒙古族迁居内地大概有如下原因:一是军事镇守屯驻。随着蒙古军的战争步伐,大批蒙古军进入并屯居中原内地及西南、东北等少数民族地区。对此,拉施特《史集》曾记载:"当忽必烈合罕征讨广大辽阔的乞台(金国)、南家思(南宋)、哈剌章(大理国)、女真(东北之女真部落)、唐兀惕(西夏国)及吐蕃地区时,他不断派遣诸王率领全体军队征伐上述各地。(上述各地)被征服后,他又派诸王驻守那些地区。正如下文所述,现在他们全都按照既定的惯例,驻在那些地区上。"①拉施特并点明是"既定的惯例"。今山东、河北、陕西、四川以及云南等地有大批蒙古军屯驻。另外,元大都附近也驻扎有左、右都威卫、左、右翊侍卫及宗人卫等中央卫军。这些驻屯蒙古军除完成军事守卫任务外,还要从事农业生产。因为元朝蒙古以及色目等军户在经济上实行自给自足政策,军费需自行负担,而农业生产应该是其解决给养军费的主要来源。如元世祖至元二年(1265年)诏令以(黄)河南北荒田分给蒙古军耕种。翌年又令将凡为僧所据之良田,听由蒙古人分垦。元成宗元贞元年(1295年)曾将今山东荒田给也速带所统征南北返之军。

　　二是仕宦迁居。终元一代,蒙古贵族统治者为了有利于其执掌政权,保证其统治地位,在各路、府、州、县录事司及非蒙古军队中设达鲁花赤一职掌全权,并规定只有蒙古人和个别"回回"、畏兀尔、唐兀等色目人可以担任此职。成宗大德三年(1299年)更规定"各道廉访司必择蒙古人为使"。上任达鲁花赤的蒙古人携家带眷,遍布全国各路、府、州、县,人数颇为可观。据萧启庆研究,元代"蒙古人担任朝官、京官及地方官大约共有三四千人。其家便因任所而定居,或在京师,或在各

---

　　① 〔波斯〕拉施特著,余大钧、周建奇译:《史集》第一卷第二分册,商务印书馆1992年版,第382页。

省,其例甚多"。① 另据俞希鲁著的《至顺镇江志》②载,当时镇江有蒙古户 29,口 163,驱 429。他们均是侨居于镇江之家庭或因仕宦而定居于镇江者。其他如大都、杭州、泉州等著名城市亦有类似情况,甚至更多更复杂。当然,元朝仕宦或流居内地的蒙古人之确切数字已很难统计,不过根据一些零散的资料考证推论,此数字应该是不少的。

三是因罪流放迁徙。根据元代刑律,"有罪者,北人则徙广海,南人则徙辽东",③《元典章·挑钞再犯流远屯种》载:犯挑钞罪者"汉儿蛮子发付辽阳,色目、高丽递去湖广行省收管屯种"。④ "北人"指蒙古、色目人,亦包括东北境内的高丽、女真等族人,"南人"则主要指南宋辖下的所谓"汉儿、蛮子人"。即如系蒙古、色目人等充发南方炎徼之区,汉人则流放辽东及极北奴儿干之地。元世祖至元二十四年(1287 年)诸王乃颜叛,忽必烈亲征平灭,获其所部蒙古军分置河南、江浙、湖广、江西诸省。元文宗至顺二年(1331 年),枢密院遣使括其数,共计 2600 人。元廷曾以乃颜及胜纳哈儿流散户籍为军,在泉州自杭州之间设立海站 15 个,每站配船 5 艘,水军 200 人,专门负责运输番夷及商贩奇货,并且负责防御海盗,成为一支由蒙古人组成的海船水军。还有一批涉叛的蒙古人被罚充沙不丁所领海船水军。这批人一般史有所载,数字较确切,人数比上述两类相对少。

四是因自然灾害或避战乱而迁徙。蒙古族生活的漠北草原及其游牧经济,抵御自然灾害的能力相对比较弱,如遇雪灾等自然灾害,往往大批衣食无着的蒙古族人要求南迁求食,有时还会驱赶着大批牲畜。如元世祖中统二年朝廷曾将漠北曳捏即地贫民迁往河南、平阳、太原等

---

① 萧启庆:《蒙元史新研》之《论元代蒙古人之汉化》,台北:允晨文化实业公司 1994 年版,第 227 页。

② (元)俞希鲁:《至顺镇江志》卷三,江苏古籍出版社 1999 年版,第 90—93 页。

③ (明)宋濂等撰:《元史·王结传》卷一百七十八,中华书局 1976 年版,第 4145—4146 页。

④ 《元典章·挑钞再犯流远屯种》卷二十,中国书店 1990 年版,第 333 页。

地就食。① 文宗天历二年(1329 年),朝廷将"蒙古饥民之聚京师者,遣往居庸关北",并发给适量的钱、粮及布匹等,使之"还所部"。② 虽然朝廷对南迁的漠北饥民,有时会采取措施遣送其北归,但不少情况是他们选择了定居,故会有数量不在少数的蒙古饥民定居中原不返。另终元一代分封在漠北及西北的诸王为了争夺大汗之位,屡次发动叛乱。如阿里不哥叛乱、乃颜叛乱、海都叛乱等。当战争发生时,漠北和西北的蒙古人为避战乱往往大批地流徙中原内地。如世祖中统五年(1264 年),西北诸王阿里不哥战败降忽必烈,加之又值饥荒,大批难民内迁。③ 据考证,今湖北"陆"姓蒙古人,即为阿里不哥后裔或属民。因阿里不哥排行老六,故其后裔或属民以"陆"为姓。海都叛乱失败后,"其民来归者七十余万,散居云(今山西大同市)、朔(今山西朔州市)间"。④ 这部分为避战乱迁徙内地者也应不在少数。

另外,从科举考试方面亦可看出当时蒙古人迁居内地的一些端倪。因为元朝恢复科举考试以后,参加各省乡试以及乡试得中赴大都参加会试的蒙古人均有一定的配额,从中可以看出蒙古人散居各地的情况。如《元史·选举志》记载乡试范围及各省赴大都参加会试的名额分配时说:"乡试,行省一十一:河南,陕西,辽阳,四川,甘肃,云南,岭北,征东,江浙,江西,湖广。宣慰司二:河东,山东。直隶省部路分四:真定,东平,大都,上都。天下选合格者三百人赴会试,⋯⋯蒙古人取合格者七十五人:大都十五人,上都六人,河东五人,真定等五人,东平等五人,山东四人,辽阳五人,河南五人,陕西五人,甘肃三人,岭北三人,江浙五人,江西三人,湖广三人,四川一人,云南一人,征东一人。"⑤该记载涉

---

① 参见(明)宋濂等撰:《元史·食货志》卷九十六,中华书局 1976 年版,第 2474 页。

② (明)宋濂等撰:《元史·文宗纪》卷三十三,中华书局 1976 年版,第 732 页。

③ 参见(明)宋濂等撰:《元史·世祖纪》卷五,中华书局 1976 年版,第 96 页。

④ (明)宋濂等撰:《元史·马绍传》卷一七三,中华书局 1976 年版,第 4053 页。

⑤ (明)宋濂等撰:《元史》卷八十一,中华书局 1976 年版,第 2021 页。

及行省、宣慰司、直隶省部路等 17 个之多,说明当时蒙古人散居之广,囊括了全国各地。而从各地配额多寡不一分析,除两都——大都和上都名额比较多以外,今河南、河北、山西、陕西、山东、辽沈等地的名额也比较多,说明这些地方的蒙古人也不少。从实际录取的蒙古族状元、进士情况来看,他们也都来自全国各地。明宋濂等撰《元史》及成书于元代的《元统元年进士录》等史书记载了蒙古族进士的一些情况,除指出其所属氏族等外,还点明其籍贯,即其户籍所在地,其中有不少是来自中原汉地。如叠卜华,字允恭,蒙古人,居蒲城(今属陕西),泰定元年(1324 年)进士;完迮溥化,字元道,蒙古忙兀台氏,居景陵(今湖北天门),泰定元年(1324 年)进士;答禄守礼,乃蛮氏,居陈州(今河南淮阳),泰定四年进士;帖谟补化,蒙古人,居龙兴(今江西南昌),至正二年进士;笃列图,字彦诚,蒙古逊都思氏,居绍兴(今属浙江),至正五年进士,等等。

这样,由于军事镇守屯驻、仕宦迁居、因罪流放迁徙及因自然灾害或避战乱而迁徙等原因,使元代蒙古人大批迁居内地,形成与汉族及其他少数民族杂居的状况。

除蒙古族外,北方其他少数民族诸如畏兀尔、唐兀、"回回"、女真等迁居中原内地亦对当时的民族文化交融产生了重要影响。畏兀尔、唐兀、"回回"均可归入色目之中。"色目"意为"各色名目",泛指元代西北各族、西域以及欧洲来华的各族人民,包括多种民族。元代史籍中最常见的色目人,有畏兀尔、唐兀、"回回"、乃蛮、汪古、康里、钦察、阿速、哈剌鲁、吐蕃等。此处将畏兀尔、唐兀、"回回"纳入"色目"的总体组成部分来介绍其迁居中原内地的原因等情况。

从"色目"这一群体来看,其迁入中原内地的主要原因,葛剑雄主编《中国移民史》(第四卷)①将其归纳为因沦为俘虏而迁移、因被征发

①　参见葛剑雄主编:《中国移民史》第四卷,福建人民出版社 1997 年版,第 546—565 页。

从军而迁移、因入侍而迁移及因经商、传教、任官等四种,结合其他史料来看,此论妥帖和符合实际。此部分所论多参见葛剑雄主编的《中国移民史》(第四卷)有关内容。

一是因沦为俘虏而迁移。蒙古大军初向外扩张,掳掠人、物,某种程度上是其主要目的之一。如成吉思汗进攻西夏时,拔力吉里寨,"大掠人民及其骆驼而还"。①《蒙古秘史》载:"继速别额台把阿秃儿之后征进之巴秃、不里,古余克,蒙格等诸殿下,使康邻(康里)、乞卜察兀惕(钦察),巴只吉惕归降。(渡)额只勒札牙黑(等河),破篾格惕城,屠斡鲁速惕,尽掳之矣。掳阿速惕(阿速),薛速惕,孛剌儿蛮客儿蛮乞瓦等城百姓。并使归降。置答鲁合臣,探马臣而归矣。"②掳掠了大批中亚诸民族之人口。《元史·镇海传》也记载:"(镇海)从攻塔塔儿、钦察、唐兀、只温、契丹、女真、河西诸国,所俘生计万口"。③ 这种现象在蒙古军早期扩张时比较普遍,其中大批色目人就通过这种形式进入中原。其中又有不少人是手工业工匠。如成吉思汗在攻占花剌子模的撒马儿罕后,将幸存的 1000 名工匠分拨诸子、诸妻、诸异密。④ 大将刘敏任职燕京时,手下有西域工匠 1000 多人。⑤ 上都附近的荨麻林,亦记载有 3000 户回族工匠。⑥ 此种记载史不绝书,可见其非常普遍。

二是因被征发从军而迁移。蒙古汗国时期蒙古军到底有多少人?史书记载不一。分析《蒙古秘史》所载,成吉思汗建立蒙古汗国后蒙古

---

① (明)宋濂等撰:《元史·太祖纪》卷一,中华书局 1976 年版,第 13 页。

② 道润梯步译注:(新译简注)《蒙古秘史》续集卷二,内蒙古人民出版社 1979 年版,第 388 页。

③ (明)宋濂等撰:《元史·镇海传》卷一百二十,中华书局 1976 年版,第 2964 页。

④ [波斯]拉施特著,余大钧、周建奇译:《史集》第一卷第二分册,商务印书馆 1992 年版,第 298 页。

⑤ 参见(明)宋濂等撰:《元史·刘敏传》卷一百五十三,中华书局 1976 年版,第 3609 页。

⑥ 参见(明)宋濂等撰:《元史·哈散纳传》卷一百二十二,中华书局 1976 年版,第 3016 页。

各部兵力,所封 95 千户外加 1 万名护卫军,总数应在 10 万人以上。①
拉施特《史集》中说,成吉思汗时期蒙古军队的总数是 129000 人。② 明
末努尔哈赤致林丹汗的信中又说元时进入中原的蒙古人约有 40 万
人。③ 但不管何种说法,要想征伐统治人口众多的中原汉地,兵力等总
是不够,这样就必须征发已征服民族来补充兵员。其中色目人是一个
很重要的方面。如早在 1221 年,木华黎攻金战争中,西夏国王就派 5
万军人参加作战。④ 畏兀尔国主巴而术阿忒的斤归附蒙古汗国后,曾
率部 1 万人随成吉思汗征西域,其孙马木剌的斤亦曾率探马赤军万余
人从蒙哥汗赴四川作战。⑤ 窝阔台汗率蒙古大军征服阿速国后,下令
选阿速军 1000 人,由其国主杭忽思之长子阿塔赤率领进入中原作
战。⑥ 其后蒙哥汗又率军攻陷阿速国之阿儿思兰城,命阿速军一半兵
员,由守将阿儿思兰之子率同蒙古军进入中原作战。⑦ 元武宗曾于大
德十一年(1307)两次派人到吉利吉思和唐兀征秃鲁花,并指出"秃鲁
花户籍已定,其入诸王、驸马各部避役之人及冒匿者,皆有罪"。⑧ 这样
的记载亦很多。

　　三是因入侍、任官而迁移。入侍主要包括充宿卫等。最早的蒙古

　　① 参见道润梯步译注:(新译简注)《蒙古秘史》卷八,内蒙古人民出版社 1979 年
版,第 221—222 页。

　　② 参见[波斯]拉施特著,余大钧、周建奇译:《史集》第一卷第二分册,商务印书
馆 1992 年版,第 362 页。

　　③ 参见转引自葛剑雄主编:《中国移民史》第四卷,福建人民出版社 1997 年版,第
546 页。

　　④ 参见(明)宋濂等撰:《元史·木华黎传》卷一百一十九,中华书局 1976 年版,第
2934 页。

　　⑤ 参见(明)宋濂等撰:《元史·巴而术阿忒的斤传》卷一百二十二,中华书局 1976
年版,第 3000 页。

　　⑥ 参见(明)宋濂等撰:《元史·杭忽思传》卷一百三十二,中华书局 1976 年版,第
3205 页。

　　⑦ 参见(明)宋濂等撰:《元史·阿儿思兰传》卷一百二十三,中华书局 1976 年版,
第 3038 页。

　　⑧ (明)宋濂等撰:《元史·武帝纪》卷二十二,中华书局 1976 年版,第 485 页。

宿卫亲兵(怯薛)是由蒙古各部长、贵族、将校之子组成,后由于战争的扩大,扩展到了色目诸民族。如回回贵族赛典赤·瞻思丁率千余骑归降成吉思汗后,"入宿卫,从征伐"。元代军制,宿卫军驻扎首都周围,蒙古军和探马赤军镇戍河洛、山东等中原腹地。初蒙古军"即营以家",色目等军随时调防,但后期色目亦多长期驻扎以至安家留居。如康里人也里白白,在成吉思汗时"奉旨南征至洛阳,得唐白乐天故址,遂家焉"。① 汪古部人赵世延担任蒙古汉军征行大元帅镇守蜀地,家于成都。江淮之间亦驻有相当数量的来自西夏故地的唐兀戍军。畏兀尔、哈密力等军户则广泛分布于凤翔、宣德、大同、南阳、江浙等地。至于在朝廷和各行省以及府、州、县里任职的色目人亦不在少数。元时人分四等,色目人居其二,政治地位高于汉人、南人,拥有很多特权。如元时各府、州、县及非蒙古军队中的达鲁花赤,除大多由蒙古人担任外,个别"回回"、畏兀儿、唐兀等色目人亦有担任者。另各路所设之同知,由"回回"人担任。这些色目官员及其随从部属,往往携带眷属分仕各方,散居于全国各地。他们的子孙后代,又多入籍其出仕之地。长期下去,这些色目后代也入乡随俗,成为当地居民了。

四是因经商等原因而迁移。元时商业经济发达,经商牟利者颇多,其中色目人特别是"回回"人格外活跃。大批"回回"商人从中亚等地络绎来到中国,定居在中原内地。《明史》中有"元时回回遍天下"之称。② 其中又有不少是经商者。当时大都及南方的杭州、泉州、扬州、镇江等都市中,富甲一方的"回回"人史不绝书。

女真人虽然在元时已明显汉化,当时在四等人中已把其归入"汉人"序列,但其在元代民族文化交融中亦产生了重要影响,涌现出了不

---

① (明)宋濂等撰:《元史·沙全传》卷一百三十二,中华书局1976年版,第3217页。

② (清)张廷玉等撰:《明史·撒马儿罕传》卷三百三十二,上海古籍出版社、上海书店影印本《二十五史》10,1986年版,第8720页。

少优秀的女真散曲家。元时女真人大多居住于黄河以北地区,其中又以大都周围较多。其原因主要有几方面:一是大都原本就是金朝的首都,女真人本来就不少;二是蒙古灭金以后,黄河以南地区人民由于饥饿及蒙古军驱赶等原因,纷纷向黄河以北地区迁徙,其中有不少女真人;三是有不少女真人被编入军队镇守华北各地。如在许多镇守大都及华北地区的宿卫军中就有由女真人组成的女真侍卫亲军万户府及女真人参加的右卫率府。另在江南及漠北也有女真人居住。据《至顺镇江志》记载,江南的镇江路(治今江苏镇江市)有女真人 25 户,261 口。世祖至元三十年(1293 年),因涉乃颜叛乱事,原居东北隶属乃颜部的400 户女真人被流放安排在扬州屯田。东北地区还有不少女真人,没有受到过多的汉化,他们当中也有一部分人迁入中原内地。如世祖至元四年(1267 年)十二月,朝廷签女真和水达达 3000 人,成宗大德元年(1297 年)迁沈州(治今辽宁沈阳市)一部女真人入新附户。① 虽然元时居住中原内地的女真人确切数字已很难确定,但应当不在少数。

汉族作为中国的主体民族,在元代这一特定历史时期,也有大规模的人口迁移。在蒙古汗国时期的战争过程中,大批被掳掠的北方人民,其中主要是汉族人民被送到漠北草原。如成吉思汗八年(1213 年),永清县富户史秉直降蒙后,奉命率领十余万家降人迁移漠北。② 另成吉思汗西征前,曾命大将镇海率领所俘的汉人及其他北方民族共万余人在阿鲁欢屯田,并建立了称海城(又称镇海,在今蒙古国科布多东南)。其中又有千余名汉族工匠被迁到谦州(又称谦谦州,在今俄罗斯西伯利亚叶尼塞河上游),从事粮食种植。"和林以北的毕里纥都,和林以西的忽兰赤斤,也都是汉族工匠的聚居地。漠北草原上土壤和气候适

---

① 参见(明)宋濂等撰:《元史·世祖纪》卷一百一十七,中华书局 1976 年版,第370 页。

② 参见(明)宋濂等撰:《元史·史天倪传》卷一百四十七,中华书局 1976 年版,第3478 页。

宜农耕的地区,往往被汉族农民开垦出来,建成定居的农业居民点。"①
成吉思汗十四年(1219 年),丘处机路经镇海城,"有汉民工匠络绎来
迎。……沙漠中,多不以耕耘为务,喜见此地秋稼已成。"②后随着对宋
战争的胜利,来自南方的汉族移民也进入漠北。世祖至元九年(1272
年),"减乞里吉思屯田所入租,仍遣南人百名,给牛具以往。"③此可能
为遣南人较早者,人数也不是太多。迁汉族军民往漠北人数较多的见
于史料记载的有两次:一为至元中刘国杰统领侍卫万人北征漠北并屯
田;④一为成宗大德十一年(1307 年),汉军万人屯田和林。⑤ 元时称
海、怯绿连河、和林、杭海山麓、五条河、呵札、益兰州、谦州、吉利吉思等
地均先后进行了大规模的屯田,其中汉族军民不在少数。另外,这些汉
族军民在漠北不仅从事屯田等农业生产,而且在城市建设方面亦有贡
献。如据《元史·刘敏中传》载,汉族大将刘敏中主持蒙古汗国首都和
林城的建城和宫殿建设,主要建设者是山东十路、山西五路两个总管府
的工匠和 500 名西域工匠。和林城中还有专供汉族工匠居住的城区,
以及供他们进行宗教活动的 12 座佛寺和道观。这些汉族军民迁移的
原因大体上有几方面,作为军人而迁移;被掳掠而迁移;被征用而迁移
等。另外,他们不仅迁移到漠北地区,在天山南北,河西地区,东北地区
亦有不少。他们所到之处,不仅带去了农业种植技术,而且也带去了汉
文化。

正是由于元代这样大规模地涉及多族群的迁徙活动,使元朝境内
特别是中原地区形成了广泛的民族杂居状况。据《大元马政记》载世

<hr />

① 葛剑雄主编:《中国移民史》第四卷,福建人民出版社 1997 年版,第 648 页。
② (元)李志常著,纪流注译:《成吉思汗封赏长春真人之谜》,中国旅游出版社
1988 年版,第 59 页。
③ (明)宋濂等撰:《元史·世祖纪》卷七,中华书局 1976 年版,第 141 页。
④ 参见李修生主编:《全元文》卷一千一百九十六(第三十八册),许有壬:《刘平
章神道碑》,凤凰出版社 2004 年版,第 346 页。
⑤ 参见(明)宋濂等撰:《元史·武宗纪》卷二十二,中华书局 1976 年版,第 492
页。

祖至元二年(1265年)六月诏旨反映,黄河以南、潼关以东至蕲县的广阔地域内,也里可温、答失蛮、畏兀儿、"回回"、女真、契丹、河西、蛮子、高丽等多民族人民参差杂居。江南地区多民族杂居的状况亦史不绝书。塞上上都附近的怀秃脑儿,亦是多民族包括汉族杂处。岭北行省之重镇谦州,"居民数千家,悉蒙古、回纥人。有工匠数局,盖国初所徙汉人"。① 特别是大都、杭州、济南等大都市亦呈现出多民族杂居的状况。如号称百万居民的大都,元世祖时,有为数不少的蒙古族及其他少数民族与汉族杂居,呈"犬牙相制之状"。② 据有关史料记载,大都有回族人户近三千户。畏兀儿、哈密力人、哈刺鲁人等这些来自新疆人户在大都亦不在少数。今北京西郊的魏公村,就是因为元时畏兀儿人聚居形成"畏兀村"而得名。据《元史》载:"(至元)二十六年……二月辛亥朔,诏籍江南户口,凡北方诸色人寓居者亦就籍之。"③这"北方诸色人"中,显然应该包括不少北方少数民族。《至顺镇江志》亦记载,元时镇江有不少蒙古、畏兀儿、"回回"、也里可温、河西、契丹、女真以及北方汉人等"侨居"人户。元中叶曾来中国游历的意大利教士鄂多利克在其《东游录》中曾言及,当时的杭州居住着大量蒙古族、穆斯林、佛教徒、景教徒等不同信仰、不同民族的人户,并感叹道:"我很奇怪,那么多的人怎么能安排住在一个地方?"④由此可见元代各民族大范围、多层次交错杂居的状况。

第三节　元代多民族在政治经济、科技文化及
风俗习惯等方面的相互交往与影响

　　正是由于元代多民族、多层次、大范围地交错杂居,大家在同一个

----

① (明)宋濂等撰:《元史·地理志》卷六十三,中华书局1976年版,第1575页。
② (明)宋濂等撰:《元史·不忽木传》卷一百三十,中华书局1976年版,第3170页。
③ (明)宋濂等撰:《元史·世祖纪》卷十二,中华书局1976年版,第319页。
④ [意]鄂多利克著,何高济译:《鄂多利克东游录》,中华书局1981年版,第68页。

地域内生活,使得他们政治经济、科技文化的联系加强了,同时在择偶婚姻、风俗习惯、价值爱好等方面的交往及其影响也愈加明显。

元代经济、科技体现出鲜明的时代特色。这特色又与当时的多民族、多层次、大范围的移民有密切关系。

其一,牧业经济比较发达。本是游牧民族的蒙古等北方少数民族在进入中原后,其所出产的马、牛、羊、骆驼等牲畜以及皮毛,都是中原人民不可缺少的。其中包括中原地区农业和交通运输业所需的畜力和手工业生产所需要的原料等。此时不仅蒙古族地区的牲畜和皮毛可以顺畅地运到内地,而且不少草原牧民因为随军应役进入全国各地,将他们所擅长的畜牧业生产经验与技术亦带入中原,对中原汉地甚至于南方偏远地区的畜牧业的发展起了积极的作用。如元代牧民不仅在中原汉地,而且在西南偏远地区摸索出了官牧场牧养马的方法。《元史·文宗纪》就记载:"亦乞不薛(当时鸭池河以西地区,今贵州毕节地区大部)之地所牧国马,岁给盐,以每月啖之,则马健无病。"当时中原郡县牧养马驼者各有常数。如元世祖至元年间,仅真定路就养有马匹四万多。其他如大都、保定、太原、延安、济南、南京、南阳等路,江淮、江西、福建、湖广等省,都有畜牧业。《元史·兵志》记载了当时畜牧业的繁荣与广泛,仅太仆寺所属的官马场就"东越耽罗(今韩国南部),北越火里秃麻(部族名,在今俄罗斯贝加尔湖一带),西至甘肃,南暨云南等地,凡一十四处,自上都、大都以至玉你伯牙(在上都西北)、折连怯呆儿(在今西辽河下游北),周回万里,无非牧地。"当然,在此带动下,民间畜牧业也很发达。同时,全国逾万所的驿站,每站有马匹二至四十匹,总计需备马逾三十万匹。当然,除了军用外,还有大量的民用马匹。可见当时饲养马匹的规模之大。这些无疑对汉地人民的交通运输以及畜牧业生产给予了极大的支持,同时体现了当时牧业经济的发达。另也可说元代中原汉族受蒙古等北方少数民族及其游牧文化的影响,或者说蒙古等北方少数民族对中华经济文化的贡献也是明显的。

牧业经济繁荣,使得中原汉地纺织业也有了很大的发展。元代纺织业主要指毡罽业，它是在元代发展起来的一个纺织系统行业。我国北方的蒙古族等少数民族，在长期的游牧生活中，很早就注意毡罽的生产。蒙古族入主中原后，宫廷、贵族对毡罽的需求量猛增，诸如铺设、屏障、庐帐、蒙车、装饰等物均需要毡罽，因而官方对毡罽业的发展很重视。当时掌管制毡工业的有大都毡局、上都毡局、隆兴毡局三所。另有剪毛花毯蜡布局。大都毡局有工匠 125 户，镇海管理的弘州局内也有不少工匠，汴京有织毛褐工 300 户。弘州在今河北省境内，汴京即今河南开封，包括大都均属于中原内地。世祖中统三年（1262 年），又在和林设局制造毛织品。所产数量也很多，如《大元毡罽工物记》记载，以大都毡局为例，中统三年设局的当年就织造了羊毛毡 3250 段，此后三年内又织成白毡 810 片，悄白毡 180 段，大糁白毡 625 段，熏毡 100 段，染青小哥车毡 10 段，大黑毡 300 段。另外，还染毡 1225 斤。其花色品种也很多。从成宗大德二年（1298 年）至泰定帝泰定五年（1328 年）间，随路诸色人匠总管府为上都皇后宫殿、斡耳朵、皇帝影堂织造的地毯，就有剪绒花毯、脱罗毡、入药白毡、半入白帆毡、无矾白毡、雀白毡、半青红芽毡、红毡、染青毡、白袜毡、白毡胎、回回剪绒毡等 12 种。其中英宗至治二年（1322 年）所造的一条地毯长 50 尺，阔 22.5 尺。另外，从山西大同元墓出土的毡帽、毡靴等物来看，其质地细致，保存完好，说明元代毡罽业的工艺水平很高。另外，中亚、波斯的纺织技术也随着其人口的迁入而传了进来。如"纳失失"就是元代从中亚、波斯传入的一种著名的织金绸缎。世祖至元年间，朝廷设"弘州"（今河北阳原县）、"荨麻林"（今河北张北县境）两局生产这种织金绸缎。其中荨麻林居住 3000 户来自撒马尔罕的"回回"工匠，弘州居住 300 户西域的织金绮纹工匠。这些均反映了蒙古及北方其他少数民族对元代纺织业的贡献。

其二，农业生产发展的范围更广，农业、水利建设方面随处可见蒙古等北方少数民族的身影。蒙古族本以游牧经济为主，初入中原时，一度时期曾忽视农业。随着其统治的深入和巩固，朝廷对农业生产越来越重视。如至元十二年(1275 年),世祖忽必烈诏谕参知政事高达曰:"昔我国家出征,所获城邑,即委而去之,未尝置兵戍守,以此连年征伐不息。夫争国家者,取其土地人民而已,虽得其地而无民,其谁与居。今欲保守新附城壁,使百姓安业力农,蒙古人未之知也。尔熟知其事,宜加勉旃。"①实际"世祖即位之初,首诏天下,国以民为本,民以衣食为本,衣食以农桑为本。于是颁《农桑辑要》之书于民,俾民崇本抑末。"②并发布禁令禁止军民损毁庄稼。世祖"(中统)四年,……禁野狐岭行营民,毋入南、北口纵畜牧,损践桑稼。……诏阿术戒蒙古军,不得以民田为牧地。"③使元代农业生产得到了很大的发展。其中一个特点就是农垦范围比前朝更广了,漠北草原地区的农业生产也从无到有并得以长足发展。如漠北的称海、怯绿连河、和林、杭海山麓、五条河、呵札、益兰州、谦州、吉利吉思等地的农业生产就呈现出一派欣欣向荣的景象。其间,移居漠北的汉族军民的贡献功不可没。中原农业生产的发展,蒙古等北方少数民族的加入是其特点。如据《元史·百官志》记载,早在世祖中统二年(1261 年),就设置管领种田打鹰房民匠等户万户府,掌管德、亳州、永、宿等二十余城各蒙古、汉军种田户差税。另据《元史·世祖本纪》记载,至元二年(1265 年),以河南北荒田分给蒙古军耕种;二十年(1283 年),蒙古侍卫军于新城等处屯田;二十二年,遣蒙古军三千人于清、沧、靖海等地屯田;二十六年,爱牙赤以所部屯田东北咸平懿州;二十八年,令蒙古戍军屯田川中。可见当时全国各地都有蒙古军民在从事农业生产,其效果较好、生产技术也较高。另外,农作物的品种也更大范围地传入或流传开来。如棉花、胡萝卜、"回回"葱等。棉花、胡萝卜有学者说在元代以前即传入,但却是在元代得以大面积种植和推广。"回回"葱,又称胡葱,最早记载始见于元代。运入

---

① (明)宋濂等撰:《元史·世祖纪》卷八,中华书局 1976 年版,第 166 页。
② (明)宋濂等撰:《元史·食货一》卷九十三,中华书局 1976 年版,第 2354 页。
③ (明)宋濂等撰:《元史·世祖纪》卷五,中华书局 1976 年版,第 93 页。

大都城的"回回"葱多产自荨麻林,当地居民大多是从中亚撒马尔罕迁来的"回回"匠人。根据忽思慧《饮膳正要》所绘图,"回回"葱即今所谓洋葱。今仍为维吾尔、回族等少数民族所喜爱的食物之一。

水利建设方面,不管是疏通大运河、重修四川都江堰,还是地方的水利工程中,都可见到蒙古等北方少数民族的身影。如《元史·博尔忽传》记载,世祖至元二十八年(1291年),修通惠河(大运河北端),博尔忽之子月赤察儿,穿"役者服"率所属四怯薛及诸府人参加修筑,划地包干,克日毕工;《元史·博罗欢传》记载,畏答儿子孙博罗欢,任河南行省平章政事时,汴南诸州洪水泛滥,亲赴决口处监督修缮;《元史·河渠志》记载,顺帝至元元年(1335年),重修四川都江堰动用木工二百五十人,石工、金工各七百人,徒三千九百人,其中就有蒙古军两千人参加了该工程的修筑;《元史·谙都剌传》记载,谙都剌为襄阳路达鲁花赤,"城临汉水,岁有水患,为筑堤城外,遂以无虞。"这样的记载还有很多,说明蒙古等北方少数民族人民在水利建设方面亦同样付出了巨大的劳动和智慧。

其三,科技发达,多民族交流特色浓。元代医学发达,其突出点是分科比前代更细。如唐代分四科:即医科、针灸科、按摩科、咒禁科;发展到宋代成为九科:即大方脉科、风科、针灸科、小方脉科、眼科、产科、口齿咽喉科、疮肿兼折疡科、金镞书禁科;到了元代增至十三科:即大方脉科、风科、针灸科、小方脉科、眼科、产科、口齿科、咽喉科、正骨科、金疮肿科、杂医科、祝由科、禁科。由于分科越细,钻研也就越精,从而在医籍整理、医疗诊断、内外骨伤、儿科等科的治疗方面取得了突出成就。特别是在外科和骨伤科方面的成就最为突出。元代新增设了正骨科,主要是因为当时蒙古族进入中原后,将他们善于接骨治伤的经验也带了进来,与中原传统医学结合,促进了外科及骨伤科的迅速发展。

元代的天文历法及其仪器制造比较先进。其间既继承了汉族传统的科学技术,也借鉴学习了当时世界上比较先进的"回回"的天文历法知识。元时有大批的"回回"天文学家来到中国。元世祖时期,为了管理"回回"天文学家及进行天文学研究,专设"回回司天台",后改称"回回司天监"。"回回"天文学家札马剌丁创制了咱秃哈剌吉(即浑天仪)、咱秃朔八台(即测验周天星曜之器)、鲁哈麻亦木思塔余(即冬夏至晷影堂)、苦来亦撒麻(即浑天图)、苦来亦阿儿子(即地球仪)、兀速都儿剌不(即确定时间的仪器)等七种天文学仪器。札马剌丁还于至元四年(1267 年)完成了《万年历》(太阳历法),世祖颁布各地。此历后被郭守进制定的更为先进的《授时历》所取代。另外,蒙哥汗还是第一个将欧几里得《几何原理》译介到中国的数学家;"回回"学者赡思,精通天文历法、地理水利、数学等;蒙古族营养学家忽思慧的《饮膳正要》,总结了汉、蒙、回、女真等民族的饮食营养经验;女真人蒲察都实与其弟阔阔出探访黄河源头,撰成《河源记》一卷,在我国水文勘测史上树立了一块里程碑。元代地图绘制亦比较先进,研究中国科学史著称的英国学者李约瑟在对明初朝鲜人绘制的《混一疆理图》给予了极高评价,指出:"这样广博的地理知识显然是通过阿拉伯人、波斯人、土耳其人的接触得来的,也许在更大的程度上和札马鲁丁(札马剌丁)1267 年来北京时所带来的地球仪有关……当然,从根本上说,这是蒙古人征服了几乎所有全部'有人居住的世界'的一项具体结果。"并且指出,朝鲜的这幅地图是以元代朱思本的世界地图为蓝本的。[①] 可知从阿拉伯传入的地球仪不仅对中国的绘图学产生了重要影响,而且又通过中国影响了朝鲜的绘图学。再者,西域传入的葡萄酒酿造技术等也在中原产生了广泛的影响。这些都充分地说明,元代科学技术的繁荣兴盛,是和当时多民族的杂居交往密不可分的。

经济、科技的密切交往以至互相影响,共同在一个地域内生活,势必会对各民族的择偶婚姻、风俗习惯、价值爱好等产生影响。

择偶婚姻方面,各民族相互之间出现了通婚的情况。对此,萧启

---

① 参见[英]李约瑟著,《中国科学技术史》翻译小组译:《中国科学技术史》第五卷第一分册,科学出版社 1976 年版,第 154—159 页。

庆、洪金富诸学者进行了富有说服力的研究。洪金富在《元代汉人与非汉人通婚问题初探》一文中,广泛收集元代各族间通婚的实例,说明当时各族间通婚已是一个比较普遍的现象。其中蒙古人娶汉人者30例,娶色目人者30例,娶契丹人者9例,娶女真人者60例,娶渤海、高丽人者10例,共计139例;汉人嫁蒙古人者52例,嫁色目人者110例,嫁契丹人者35例,嫁女真人者46例,嫁渤海人者4例,共计247例。①两方面合计共386例。此数字仅为初步统计且有确切记载者,实际数字应该远远不止于此。不过,从此亦可看出当时多民族通婚的普遍和频繁程度。此外,萧启庆在《论元代蒙古人之汉化》一文中指出:"若就蒙汉通婚的嫁娶对象加以分析,无疑亦可反映出两族互动的社会阶层性。即蒙古上、中、下层家族分别与汉人对等家族通婚。"②并进而指出,元朝虽有民族等级制度,但其并不足以构成族群间接触与交融不可逾越之壁垒,同时对有的学者认为元代禁止蒙汉通婚之说给予了辩驳。诚然,元代有一定的民族等级制度,但用阶级或阶层的观点来分析,各族的利益是以阶级或阶层来划分的。蒙古人在元代虽然贵为统治民族,但下层普通蒙古族老百姓,如一般蒙古军户,却由于兵役的沉重负担而致"每行必鬻田产,甚则卖妻子"。③甚至元代蒙古人沦为奴隶或被卖身海外的事例也史有记载。所以说,只有用阶级或阶层的观点才能解释这种现象。至于元代禁止蒙汉通婚之事,未见元廷颁布这样的法令,倒是《元典章》中记载,至元八年(1271年)二月,元世祖忽必烈在圣旨中规定:"诸色人同类自相婚姻者,各从本俗法;递相婚姻者,以

① 参见洪金富:《元代汉人与非汉人通婚问题初探》,台湾:《食货》(复刊)1977年第6卷第12期、第7卷第1、2期合刊。

② 萧启庆:《蒙元史新研》之《论元代蒙古人之汉化》,台北:允晨文化实业公司1994年版,第235页。

③ (明)宋濂等撰:《元史·千奴传》卷一百三十四,中华书局1976年版,第3258页。

男为主,蒙古人不在此限。"①即政府尊重各民族的婚俗,各族人自相婚姻,应按照本民族的传统习俗举行婚礼;不同民族人员之间通婚,以男子为中心,主要按照男方民族的习俗举行婚礼;蒙古人不受此限,如其他民族的男子与蒙古女子成婚,不必以男方民族的婚礼习俗为主。这充分说明元代各民族之间的婚姻是比较自由的。具体到蒙汉通婚的事例,可先看蒙汉上层家族的通婚情况。汉人世侯真定史氏、济南张氏两家与蒙古人的婚嫁关系比较紧密。史、张二氏在蒙古汗国时期就地位十分显赫,忽必烈建元后仍长盛不衰。史氏家族在蒙古汗国时期就与成吉思汗的"四杰"之一、蒙古汗国的开国功臣木华黎(1170—1223年)家族、北京都元帅乌野而(1163—1258年)家族等蒙古上层家族有联姻关系。张氏家族则与其所在地济南的蒙古投下主——成吉思汗之季弟按只吉歹家族有联姻关系。中下层蒙汉家族之间的联姻或通婚就更为普遍了。定居于山东潍州的管军百户太纳(1254—1325年)和潍州昌邑县达鲁花赤脱脱木儿两个蒙古中下层家族就多娶汉女为妻。另外,从一些蒙古族进士及文化人的家庭背景与婚姻状况方面亦可看出蒙汉通婚情况。萧启庆在《元代科举与菁英流动》一文中指出:元统元年(1333年)登科蒙古进士二十五人中,其母亲姓氏可考者二十二人,具汉姓者十五人(68.18%)。其妻子姓氏可考者十四人,具汉姓者十人(71.43%)。② 可见蒙古族进士家庭及其本人与汉人通婚的比率非常之高。这种通婚不仅促进了血缘交融,同时对双方文化方面的互相学习与融合,也起到了重要的作用。前举洪金富《元代汉人与非汉人通婚问题初探》一文中就说:"许多通婚异族的汉人具有异族化或蒙化的倾向;更多的通婚汉人的蒙古、色目人具有汉化的倾向,或者已经汉化了。"洪氏所说由于不同民族之间通婚,造成彼此文化等方面的涵化是符合当时实际情况的。

① 《元典章》卷十八,《嫁娶聘财体例》,中国书店1990年版,第280页。
② 参见萧启庆文见台湾:《汉学研究》1977年第5卷第1期,第129—160页。

关于这种多民族或者族际间的通婚状况，史籍颇多记载。如汉人娶北方少数民族者：真定史氏家族，史天倪，夫人有完颜氏（女真），史楫，夫人完颜氏（女真），史天英，妻蒙古达氏；①少中大夫赵珪，世家弘州汉族，配夫人石抹氏（女真）；②资德大夫大都留守郑制宜，汉族，泽州阳城县人，娶可烈直氏（蒙古），丞相孛罗公之女；③丞相上都留守贺胜，又名贺伯颜，汉族，祖上系隰州永和人，娶捏古真氏（蒙古），封秦国夫人，其女嫁中书平章政事阿里海牙（畏兀氏）。④

北方少数民族娶汉人者，蒙古族：如大元故平州路达鲁花赤行省万户塔本，蒙古人，有夫人俎氏（汉族），乐亭县儒士之女；⑤奉议大夫安定州达鲁花赤秃忽赤，蒙古人，娶黄氏（汉族），其二子卯兀那海，娶镇守衡州张万户之女；⑥荣禄大夫、平章军国事、太傅、上柱国，不忽木，蒙古人，娶王氏（汉族）；⑦资善大夫、河西陇北道肃政廉访使拔实，蒙古凯烈氏，善为文章，尤工于诗，娶刘氏（汉族）和塔塔儿氏；⑧明威将军脱帖穆耳，蒙古逊都台氏，其先祖是蒙古汗国开国元勋赤老温，其夫人中，一为蒙古哈鲁氏，另两位系汉族女子高氏、朱氏。生有五子，三子月鲁不花，

---

① 参见李修生主编：《全元文》卷一百三十八（第五册），崔铉：《史氏庆源之碑》，江苏古籍出版社 1999 年版，第 35 页。

② 参见李修生主编：《全元文》卷四百一（第十一册），刘敏中：《少中大夫同知南京路总管事赵公墓道碑铭》，江苏古籍出版社 2000 年版，第 610—611 页。

③ 参见李修生主编：《全元文》卷七百二十九（第二十三册），袁桷：《资德大夫大都留守……郑公行状》，江苏古籍出版社 2002 年版，第 513—515 页。

④ 参见李修生主编：《全元文》卷八百七十三（第二十七册），虞集：《贺总悫公神道碑》，凤凰出版社 2004 年版，第 261 页。

⑤ 参见李修生主编：《全元文》卷二百五十七（第八册），廉希宪：《大元故平州路达鲁花赤行省万户……塔本世系状》，江苏古籍出版社 1999 年版，第 286 页。

⑥ 参见李修生主编：《全元文》卷五百一十四（第十五册），吴澄：《故奉议大夫安定州达鲁花赤秃忽赤墓表》，江苏古籍出版社 2000 年版，第 449—450 页。

⑦ 参见李修生主编：《全元文》卷五百二十五（第十五册），吴澄：《鲁国太夫人王氏墓志铭》，江苏古籍出版社 2000 年版，第 492 页。

⑧ 参见李修生主编：《全元文》卷九百七十（第三十册），黄溍：《资善大夫河西陇北道肃政廉访使凯烈公神道碑》，凤凰出版社 2004 年版，第 202—204 页。

元统元年进士,四子笃列图,至正五年进士。兄弟同为进士者在元代少见,并且其母均为汉族,是民族交融的典型事例;①昭毅大将军忽鲁忽都,蒙古扎剌尔氏,伯祖系成吉思汗四杰之一的木华黎。其母丁太夫人(汉族),其夫人邢氏(汉族)生长子佛保,黄氏(汉族)生次子孛罗。②

色目:如中书右丞不阿里(本名撒亦的),西域人,妻蔡氏(汉族);③刑部尚书高克恭,西域人,其母翟氏(汉族),夫人曹氏(汉族)、刘氏(汉族);④飞骑尉剌马丹,于阗人,娶蒋氏(汉族)、周氏(汉族);⑤湖广行中书省右丞立只理威,唐兀人,娶梁氏(汉族);⑥平江路达鲁花赤黄世雄,唐兀人,娶朱氏(汉族)、周氏(汉族)。⑦

契丹:如赠奉政大夫骁骑尉萧君弼,契丹人,娶许氏(汉族)、郭氏(汉族)、钦察氏(色目),其长子众家奴又娶刘氏(汉族),其他后代娶汉族者更多。⑧

女真:兀林,女真人,娶夫人鲁氏(汉族);⑨昭武大将军嘉定路总管

---

① 参见李修生主编:《全元文》卷九百七十七(第三十册),黄溍:《明威将军管军上千户所达鲁花赤逊都台公墓志铭》,凤凰出版社2004年版,第345—346页。

② 参见李修生主编:《全元文》卷一千一百九十一(第三十八册),许有壬:《扎剌尔公祠堂记》,凤凰出版社2004年版,第207—208页。

③ 李修生主编:《全元文》卷三百九十七(第十一册),刘敏中:《敕赐资德大夫中书右丞……不阿里神道碑铭》,江苏古籍出版社2000年版,第550—551页。

④ 李修生主编:《全元文》卷六百四十九(第二十一册),邓文原:《故大中大夫刑部尚书高公行状》,江苏古籍出版社2002年版,第96—99页。

⑤ 李修生主编:《全元文》卷一千一百九十一(第三十八册),许有壬:《故忠翊校尉广海盐课司提举赠奉训大夫飞骑尉渔阳县男于阗公碑铭》,凤凰出版社2004年版,第372—374页。

⑥ 参见李修生主编:《全元文》卷八百七十九(第二十七册),虞集:《立只理威忠惠公神道碑》,凤凰出版社2004年版,第335—338页。

⑦ 参见李修生主编:《全元文》卷八百七十九(第二十七册),虞集:《平江路达鲁花赤黄头公墓碑》,凤凰出版社2004年版,第391—394页。

⑧ 参见李修生主编:《全元文》卷四百(第十一册),刘敏中:《赠奉政大夫骁骑尉……萧公神道碑铭》,江苏古籍出版社2000年版,第591—592页。

⑨ 参见李修生主编:《全元文》卷二百二十六(第七册),方回:《元兀林答碑》,江苏古籍出版社1999年版,第399页。

奥屯正卿,女真人,娶刘氏(汉族)、故氏(汉族)为妻。①

从上述所举者观之,有这样两个鲜明特点:一是呈现出多民族通婚的状况,这符合当时多民族迁移杂居的实际状况;二是多为上层人氏之间的通婚。因为普通老百姓很难有资料流传下来,但可推断,普通老百姓之间的通婚情况应该更多、更为普遍。

风俗习惯方面,虽然元廷规定诸族各从本俗,但在当时多民族迁移杂居的状况下,蒙古族及北方其他少数民族与汉族之间亦出现了结合与影响的情况,其中主要体现在婚姻习俗、丧葬习俗及姓名字号等方面。

婚姻习俗方面,本来蒙古族及北方其他少数民族与汉族之间是有很大的区别的,但由于当时特殊的时代背景,使其互相之间也出现了不同程度的交融。以蒙古族为例,其在元代尚实行多妻制。妻子的多少根据家庭财产状况而定。妻室中有明确的正、次或长、次之分。正妻只有一个,一般是结发妻子。正妻去世之后,可以将位置仅次于正妻的妻子立为正妻。另外在对待寡妇再醮方面,有收继婚习俗。收继婚又称为"转房"或"接续",指寡居的妇女可由其亡夫的亲属收娶为妻。收娶者既可是同辈的弟收兄嫂或兄娶弟妇,亦可为异辈的子收庶母、侄收婶母、孙娶继祖母等。这一习俗产生的社会背景主要是为了保证家庭和家族财产的稳定性,不致因寡妇的再嫁使财产流向其他家庭或家族。对此习俗有不少人包括受汉文化影响较深的蒙古、色目人曾提出过反对意见。如乌古孙良桢认为,"国俗父死则妻其从母,兄弟死则收其妻,父母死无忧制"不合纲常,并说此举"名曰优之,实则陷之,外若尊之,内实侮之,推其本心所以待国人者,不若汉、南人之厚也"。② 大翰耳朵儒学教授郑阗也曾说:"蒙古乃国家本族,宜教之以礼。而犹循本

---

① 参见李修生主编:《全元文》卷七百六十二(第二十四册),元明善:《大元故昭武将军嘉定路总管奥屯公神道碑铭》,江苏古籍出版社 2002 年版,第 387—388 页。

② (明)宋濂等撰:《元史·乌古孙良桢传》卷一百八十七,中华书局 1976 年版,第4288 页。

俗,不行三年之丧,又收继庶母、叔婶、兄嫂,恐贻笑后世,必宜改革,绳以礼法。"①乌古孙良桢、郑阻等人都想以儒家的纲常伦理来改变蒙古人的婚俗,但并未引起统治者的重视,因为这种风俗在蒙古人心中已根深蒂固,不可能一下子就改变,终元一代也未见朝廷明令禁止蒙古人实行收继婚。但由于受汉族贞节观的影响,也有少数蒙古妇女夫死守志不嫁,反抗收继婚的事例。最典型者如鲁国大长公主祥哥刺吉。她是武宗、仁宗之姐妹,文宗之岳母。她"早寡守节,不从诸叔继尚,鞠育遗孤",文宗因而诏封褒扬。② 还有蒙古弘吉剌部人脱脱尼,丈夫死后拒绝丈夫前妻之子"以本俗制收继"之求,并斥之曰:"汝禽兽行,欲妻母耶,若死何面目见汝父地下?"最后以死自誓得以保全清白。《元史》言其"以贞操闻"。③ 另《元史·列女传》里还记载有这样的事例,如"只鲁花真,蒙古氏。年二十六,夫忽都病卒,誓不再醮,孝养舅姑。逾二十五年,舅姑殁,尘衣垢面,庐于墓终身。至元间旌之"。④ 完全是一个封建节孝女子的典型。当然,这些影响还没有从根本上改变元代蒙古人的收继婚习俗。另外,元朝皇帝还有轮宿后妃宫院之制。其"三日一轮,幸即书宣以召之,苟有子则为验,遵大金遗志也"。⑤ 此制元后期更加严密,如顺帝前往上都避暑的途中,"帝遣内官传旨,欲临幸,后辞曰:'暮夜非至尊往来之时。'内官往复者三,竟拒不纳,帝益贤之"。⑥ 皇帝往往乘"羊车"前往后、妃之宫。

从汉族方面来看,其婚姻习俗亦受到蒙古族及北方其他少数民族

---

① (明)宋濂等撰:《元史·顺帝纪》卷四四,中华书局1976年版,第921页。

② 参见(明)宋濂等撰:《元史·文宗纪》卷三三,中华书局1976年版,第246页。

③ (明)宋濂等撰:《元史·列女传》卷二百,中华书局1976年版,第4495—4496页。

④ (明)宋濂等撰:《元史·列女一》卷二百,《元史·后妃传》卷一一四,中华书局1976年版,第4489、2879页。

⑤ (明)叶子奇:《草木子》卷之三下,中华书局1959年版,第63页。

⑥ (明)宋濂等撰:《元史·列女一》卷二百,《元史·后妃传》卷一一四,中华书局1976年版,第4489、2879页。

的影响。元代收继婚在汉族中也流行了起来，其中又以北方为盛。元朝政府起初不承认汉族收继婚的合法性，至元七年（1270）曾由尚书省出榜晓谕各地，不允许汉人、渤海人等收继。八年，中书省请求颁发"小娘根底、阿嫂根底休收者"的诏令，但得到的批复却是允许收小娘（庶母）、阿嫂为妻，亦即承认了汉族异辈及同辈收继婚的合法性。但不久政府又颁发了一系列规定，对汉族的收继婚加以限制，其中包括禁止异辈收继，同辈的也只允许弟收兄嫂。元政府在收继婚方面政策的不统一、不连贯，是与当时汉族中收继婚现象的存在密切相关的。《元史》记载："赵美妻王氏，内黄人。至治元年，美溺水死，王氏誓守志。……舅姑乃欲以族侄与继婚，王氏拒不从"。① 又"王氏，成都李世安妻也。年十九，世安卒，夫弟世显欲收继之。王氏不从，引刃断发，复自割其耳，创甚。亲戚警叹，为医疗百日乃愈。"②虽然因为封建正统观念的影响，所记为烈女子拒绝收继婚，但这也从反面说明当时汉族中收继婚存在的事实。当然，元代汉族收继婚多发生在下层百姓中，一般的汉人士大夫将此视为"乱伦"行为，并加以抨击。其中江南地区由于受理学思想影响较深，妇女的贞洁观与伦理观重于北方，所以收继婚现象较之北方为少。

丧葬习俗方面，元代蒙古族及北方其他少数民族与汉族各有其俗，但在当时各民族互相交流融合的情形下亦互有影响。从总的方面来看，元代汉族以土葬为主，但在儒家文化的影响下葬俗比较繁缛隆重，具体表现为除葬殓丰厚外，死者子孙后代还需居丧三年，做官者更需告假丁忧。以蒙古族为例，其在元代虽然也盛行土葬，但由于其游牧文化所决定，在丧葬规模礼仪方面却比较简朴随缘。如黄溍在《答禄乃蛮氏先茔碑》中说："北俗丧礼极简，无衰麻哭诵之节，葬则剖木为棺，不

---

① （明）宋濂等撰：《元史·列女传》卷二百，中华书局 1976 年版，第 4495 页。
② （明）宋濂等撰：《元史·列女传》卷二百，中华书局 1976 年版，第 4496 页。

封不树,饮酒食肉无所禁,见新月即释服。"①蒙古人的葬地对外是保密的,葬后驱赶马群踏平,地面上不留坟冢等标志,而且也没有守孝三年的习俗。涉足草原之外者,一般死后归葬草原。显然,蒙汉葬俗有很大的不同。但元代大批蒙古人进入中原汉地,其葬俗亦受到了汉人的影响。如蒙古人死后归葬草原之俗就很难做到。据史料记载,成吉思汗以后的窝阔台汗、贵由汗、蒙哥汗以及元世祖忽必烈以后的诸位皇帝,死后均北上归葬于起辇谷,但一般的蒙古官员及普通老百姓却有不少人留葬于中原汉地。如成吉思汗"四杰"之一的木华黎之后代拜住(1298—1323年),黄溍在《郓王神道碑》中记载说葬于大都宛平县;②别里哥帖穆尔(1286—1317年),黄溍在《札刺尔公神道碑》中记载说葬于檀州仁丰乡。③ 而成宗朝的大臣哈刺哈孙(1257—1308年),刘敏中在《顺德忠献王碑》中记载说,其虽然卒于漠北的和林,但却葬于大都附近的昌平。④ 拜住之父道家奴,"葬于京城文明门外东石村之原。"⑤蒙古普通老百姓葬于中原汉地的更是不计其数。这些有一定身份葬于中原汉地的蒙古人,其葬俗亦多学习汉人,其中竖立"神道碑"、"墓志铭"等就是汉俗的反映。⑥ 这些碑文有汉文撰写者,也有蒙汉合璧者,前者居多。并且既有大臣之碑,也有普通蒙古人之碑。说明此风的流行在蒙古人中有一定的广泛性。再如长辈去世为官的后代需丁忧三年之制,本来是汉人之俗或制度,但元代不少蒙古人亦有从此俗或此制的。本来元廷曾于成宗大德二年(1298年)规定:"凡值丧,除蒙古、

---

① (元)黄溍:《金华黄先生文集》卷二十八,四部丛刊本,第12—17页。
② (元)黄溍:《金华黄先生文集》卷二十四,卷二十五,四部丛刊本,第6、24页。
③ (元)黄溍:《金华黄先生文集》卷二十四,卷二十五,四部丛刊本,第6、24页。
④ 参见(元)刘敏中:《中菴先生刘文简公文集》卷四,北京图书馆古籍珍本丛刊,第298页。
⑤ 李修生主编:《全元文》卷九百七十(第三十册),黄溍:《真定路总管府达鲁花赤致仕道家奴嘉议公墓志铭》,凤凰出版社2004年版,第480—481页。
⑥ 参见李则芬:《元史新讲》第五册,中华书局1978年版,第457—459页。

色目人员各从本俗外,管军官并朝廷职不可旷者,不拘此例。"①即当初蒙古人、色目人及职位不可离开者勿须离职服丧。但此后的成宗大德八年、顺帝期间对其做了修改。成宗大德八年(1304 年)规定:"今后除应当怯薛人员、征戍军官外,其余官吏父母丧亡丁忧终制方许叙仕,夺情起复不拘此例。"②顺帝元统二年(1334 年)"诏蒙古、色目人行父母丧。"③这两次修改后的规定明确指出,除"不拘此例"者外,所有的蒙古、色目官员均需遵三年丁忧之制。特别是顺帝诏更是强制蒙古、色目人行三年丁忧之制。虽然此制在执行中亦有反复变化,但终元一代特别是上层人物中落实的还是比较普遍,从而可以看出元代蒙古统治者已经接受了汉人之丧制及其背后的忠孝文化内涵。对此元人许有壬在《丁忧》一文里作了阐释:"窃惟治道必以教化为大经,人道必以孝忠为大本。教化不施,虽有刑政,不能为善治。孝忠无取,虽具形体,不足为全人。而况忠出于孝,则是孝又百行之大者焉。钦惟圣朝以孝理天下,稽考典礼,除蒙古、色目各从本俗,其余居官,著为丁忧之制。将以美教化,厚人伦,为治之要道也"。④进一步将丁忧之孝忠内涵与统治结合起来。具体到蒙古官员接受并执行了三年丁忧之制的事例,史书多有记载。如许有壬在《拔实彦卿四咏诗序》中说拔实;"至正乙酉(1345 年),皇上轸念黎元,遣使者行天下。……使车四出,彦卿分湖广,持斧发硎始割,即游刃省县,驰声动天下。未几,有太夫人忧,于是臧吏之辞印绶、具舟楫将逸去者,皆复归矣。朝廷考使者,赏集贤侍讲学士,不起。"⑤直到丁忧满才就任集贤侍讲学士。许有壬《扎剌尔公祠堂记》载,辅国上将军忽鲁忽都"(大德)七年(1303 年),以

① (明)宋濂等撰:《元史·选举志》卷八十三,中华书局 1976 年版,第 2068 页。

② 《元典章·丁忧》卷十一,中国书店 1990 年版,第 183 页。

③ (明)宋濂等撰:《元史·顺帝纪》卷三十八,中华书局 1976 年版,第 823 页。

④ 李修生主编:《全元文》卷一千一百八十三(第三十八册),许有壬:《丁忧》,凤凰出版社 2004 年版,第 41 页。

⑤ 李修生主编:《全元文》卷一千一百八十七(第三十八册),许有壬:《拔实彦卿四咏诗序》,凤凰出版社 2004 年版,第 126 页。

辅国上将军移浙东道……八年,丁太夫人忧,归东阿。十年正月六日,以疾终,年六十”。①《元史·自当传》载:“自当,蒙古人也。……既而丁母忧,居闲久之,复起为浙西肃政廉访使。”②还有察罕不花,原为广西帅府经历,其父殁王事,守制三年,陆文圭曾写诗赞扬。③可见元代丁忧之制,不仅朝廷提倡,蒙古官员亦自觉或不自觉地接受了此制及其所包含的忠孝等儒家文化内涵。

　　蒙古族及北方其他少数民族与汉族互相以对方的语言文字取姓命名,既是在广泛交流的情况下进行风俗习惯的改变,亦是双方文化交流融合的体现,包容有更多的文化内涵。以蒙古族为例,萧启庆在《论元代蒙古人之汉化》一文中曾说:“蒙元朝廷虽未采纳明定蒙古姓氏之建议,但是不少蒙古、色目人采用汉式姓名与字号,也有甚多汉人采用蒙古名,可说是各族相互涵化的表现。不过,蒙古、色目人采用汉式姓名字号与汉人采用蒙古名之原因全然不同。由于蒙古人在政治上居于主宰,而汉人在文化上则占优势,汉人采用蒙古名者或为接近权力源头的宫廷近臣,或为冒充蒙古人身份而谋求一官半职的猎官之徒;而采用汉式姓名之蒙古、色目人则皆系汉化较深者。”④萧氏此说指出蒙汉民族之间以对方语言文字取名“是各族相互涵化的表现”是可信的,亦即可以说是蒙汉文化交流以及通婚、风俗习惯影响的结果。虽然萧氏亦指出汉人取蒙古名是由于政治利益所驱使,但也不排除一般汉人自发的情形。如蒙汉通婚家庭有时随一方父母取名,亦是可以理解的事情。这种情况在当代社会也是屡见不鲜的。萧氏在上举一文里还列举了蒙

---

　　① 李修生主编:《全元文》卷一千一百九十一(第三十八册),许有壬:《扎剌尔公祠堂记》,凤凰出版社 2004 年版,第 207—208 页。
　　② (明)宋濂等撰:《元史·顺帝纪》卷一百四十三,中华书局 1976 年版,第 209—210 页。
　　③ 参见(元)陆文圭:《墙东类稿》,收入《丛书集成续编》第 108 册、集部,上海书店出版社 1994 年版,第 496 页。
　　④ 萧启庆文见《蒙元史新研》,台北:允晨文化实业公司 1994 年版,第 240 页。

古人采用汉式姓名、字号的四种方式：即一、"正式采用汉姓、汉名，以致其蒙古本名失传者"；二、"采用汉姓，却仍保持蒙古名"；三、"保持蒙古名，但采用汉文字号"；四、"汉文通俗名"等。萧启庆所概括的这四种方式，应该说是元代蒙古人取用汉语汉文姓名、字号的主要方面。此处即根据萧氏所概括的四种方式说明之。第一种，采用汉姓汉名而蒙古本名失传者：如聂镛，字茂宣，蒙古氏，善歌诗，尤工小乐章；①张彦辅，号六一道士，居京师，元代后期一位蒙古族画家；②杨景贤，名暹，后改名讷，号汝斋。故元蒙古氏，因从姐夫杨镇抚，人以杨姓称之。善琵琶，好戏谑，乐府出人头地。③另外，萧启庆还在上举一文里列举了陶静隐、郭庸、溥仲渊、揭毅夫诸人。此类人比较少，一般汉文化水平比较高，且不少人有作品传世。第二种，采用汉姓但仍保留蒙古名者：如杨志玖在《山东的蒙古族村落和元朝墓碑》④一文中说，山东淄博的刘五公一族，本出自蒙古斡罗那歹氏，其家族中虽取姓为刘，但其子孙仍有取蒙古名者，并将汉姓与蒙古名结合起来叫。再如今湖北洪湖县之陆姓蒙古人，据僧格仁钦等《关于湖北省洪湖县陆氏蒙古人问题》一文和《陆氏宗谱源流序》言，该家族本出于元世祖忽必烈弟阿里不哥。据说阿里不哥与其兄忽必烈争位失败后，南逃定居洪湖，因其系拖雷第六子，故家族遂以陆为姓。早年间有在陆姓后冠蒙古名者，今已较为少见。⑤此类民族认同感还很强，汉姓只能看做是第二姓氏。第三种，保留蒙古名，但采用汉文字号者：此种情况比较多，且多是汉文修养比较

---

① 参见（清）顾嗣立等编：《元诗选·癸集下》，中华书局 2001 年版，第 1219 页。

② 参见赵相璧：《历代蒙古族著作家述略》，内蒙古人民出版社 1990 年版，第 70 页。

③ 参见（明）无名氏（或曰贾仲明）：《录鬼簿续编》，收入《录鬼簿》（外四种），上海古籍出版社 1978 年版，第 104 页。

④ 参见杨志玖：《山东的蒙古族村落和元朝墓碑》，《历史教学》1991 年第 1 期，第 8—10 页。

⑤ 参见僧格仁钦：《关于湖北省洪湖县陆氏蒙古人问题》，《内蒙古师范大学学报》1987 年第 3 期，第 129—132 页。

高的儒士文人使用之。如笃列图,字敬夫,一字彦诚,(蒙古)捏古氏,燕山人。① 同同,字同初,蒙古人,状元及第,官至翰林待制。② 察仅,字士安,(蒙古)人,自号海东樵者,家有昌节斋。③ 月忽难,字明德,蒙古色目人。……明德与刘伯温为文字交,其去也,伯温作序送之……④ 不花帖木儿,字德新,国族居延王孙也,以世胄出入贵游间,而无裘马声色之习。所为诗,落笔有奇语。⑤ 另外,早为人所熟知的元蒙古族散曲作家阿鲁威、诗人泰不华等,不但有字,而且还有雅号。阿鲁威,字叔重,号东泉,自署"和林鲁威叔重父";泰(达)不华,字兼善,号白野,白野者志其出身蒙古伯牙吾台氏。当时的汉族诗友文人分别称他们为鲁东泉、达兼善。第四种,取用汉文通俗名者:此种情况亦比较多。其中又可分受佛教影响、数字影响及动物名称影响等多种。受佛教影响者如观音奴、三宝奴之属;受动物名称影响者如万家驴、骡骡之属;受数字影响者如五十、六十二、七十三之属等。萧启庆在上举一文中认为,像这样的通俗名汉族一般为乳名或下层百姓使用,蒙古人则并不限于中下阶层,达官贵人中亦比比皆是。但是,原取通俗名之蒙古人如在长大后成为文士,往往使其名典雅化。如"万家闾"一名即由"万家驴"而来。这四种情形概括了元代蒙古人用汉语汉文取姓命名的一般表现形式。关于其取用规律及原因元时已有人论及。如揭傒斯在《送燮元溥序》中言:"庐州舒城长燮元溥,泰定四年进士也。元溥蒙古人,名燮理普化,无氏姓,故人取名之首字加其字之上若氏姓云者,以便称谓,今天下之通俗也。"⑥即蒙古人原本只称名不带姓,元时受汉文化影响将蒙古语名之某一音节谐汉音以为姓。至于字、号就完全是模仿汉族习惯

---

① 参见(清)顾嗣立等编:《元诗选》癸集上,中华书局2001年版,第346页。
② 参见(清)顾嗣立等编:《元诗选》癸集上,中华书局2001年版,第384页。
③ 参见(清)顾嗣立等编:《元诗选》癸集上,中华书局2001年版,第666页。
④ 参见(清)顾嗣立等编:《元诗选》癸集上,中华书局2001年版,第798页。
⑤ 参见(清)顾嗣立等编:《元诗选》癸集上,中华书局2001年版,第888页。
⑥ 李修生主编:《全元文》卷九百二十二(第二十八册),揭傒斯:《送燮元溥序》,凤凰出版社2004年版,第388页。

了。这一说法也符合今天一些蒙古人的取姓习惯。以今天蒙古人取用汉姓的规律来看，往往是其祖先取蒙古氏族部落名或人名中蒙古语含意及某一音节谐汉语汉字以为姓，其后世遂继承以为姓。如"巴尔奴德"，蒙古族古代姓氏之一。"巴尔"意为"虎"，"奴德"是蒙古语复数形式。据说该氏族的祖先以猎虎为生，其后裔遂以祖先职业为姓。其中一部分人现在采用汉字姓"胡"，是"虎"的谐音字。再如，"吉鲁高沁"，蒙古族古代姓氏之一。"吉鲁高"意为"缰"，"沁"意为"者"。据传该氏族的祖先是保管和祭祀成吉思汗曾用过的"马缰"、"马鞍"的人，其后裔遂以祖先职业为姓。其中部分人现在采用汉字姓"焦"（取蒙古姓氏第一个音节的谐音字）、"安"（将蒙古姓氏译为"马鞍"后取"鞍"的同音字）。还有"木华黎"，亦是蒙古族的一个姓氏。"木华黎"本为成吉思汗的"四杰"之一、蒙古汗国的开国功臣，其后裔以祖先的名字以为姓。该姓氏的产生比较晚，其中一部分人现采用汉字姓"李"，系根据蒙古姓氏末尾音节模仿汉族姓氏，谐其同音字以为姓。现分布于河南、北京、辽宁等省、市的部分地区。如当代著名的河南籍蒙古族作家李準就是木华黎的后裔。这样的例子还有很多。从其取用规律和内涵亦可看出与蒙汉民族及其文化的交流是密切相关的。

其他北方少数民族以汉语言文字取姓命名者也比比皆是。如仅从元曲家来看，杂剧家：杨景贤，名暹，后改名讷，号汝斋，故元蒙古氏；李直夫，女真人，汉姓李。散曲家：贯云石，本名小云石海涯，别号酸斋、成斋、疏仙、芦花道人，畏兀儿氏。其父贯只哥，他即以其父名字第一个字模仿汉姓取姓为"贯"。薛昂夫，名超吾，号九皋。昂夫乃其字。汉姓马，故又称马昂夫。元色目之回鹘族人。有意思的是，元人王德渊《薛昂夫诗集序》中论及其名字来由说："薛超吾字昂夫，其氏族为回鹘人，其名为蒙古人，其字为汉人。盖人之生世封域不同，瓜瓞绵亘，而能氏不忘祖，孝也。仕元朝明圣之代，蒙元朝水土之恩，名不忘国，忠也。读中夏模范之书，免马牛襟裾之诮，字不忘师，智也。"①说明从其姓氏、名字来看,完全是多民族文化交融的产物。孟昉,字天晖,本西域人。阿里西瑛,字西瑛,原名木八剌,又称里西瑛、长西瑛,西域人。奥敦周卿,又作奥屯周卿,名希鲁,字周卿,别号竹庵、沧江,女真人。蒲察善长,汉姓李,女真人。此例,举不胜举,其规律大概也与蒙古人类同,亦是当时民族文化交融的结果。

另外,元代汉人取蒙古名者亦不少,如清人赵翼《廿二史劄记》之《元汉人多作蒙古名》条中说:"元时汉人多有作蒙古名者。如贾塔剌浑本冀州人,张拔都本平昌人,刘哈剌不花本江西人,杨朵儿只及迈里吉思皆宁夏人。崔彧弘州人,而小字拜帖木儿,贾塔剌浑之孙又名六十一,高寅子名塔失不花,皆习蒙古俗也。盖元初本有赐名之例,张荣以造舟济师,太祖赐名兀速赤。刘敏,太祖赐名玉出干,……"②赵翼不仅举了汉人取蒙古名的实例,而且还指出其不少为皇帝所赐,当然其他原因赵翼未进一步说明。另还有燕公南,"字国材,南康之建昌人,宋礼部侍郎肃之七世孙。(至元)二十二年(1285年)夏,召至上都,奏对称旨,世祖赐名赛因囊加带。"③刘哈剌八都鲁,"河东人,本姓刘氏,家世业医。……世祖谓其目有火光,异之,遂留侍左右,初赐名哈剌斡脱赤。"④贾昔剌,"燕之大兴人。……典司御膳,以其须黄,赐名昔剌,俾氏族与蒙古人同。"⑤其后代有锡烈门、观音奴、完者不花、也先不花、脱哥里不花、布延不花、忽都不花等人,亦多取蒙古名。⑥ 杨赛因不花,

①　李修生主编:《全元文》卷九百八十七(第三十一册),王德渊:《薛昂夫诗集序》,凤凰出版社2004年版,第18页。

②　(清)赵翼:《廿二史劄记》卷三十,中华书局1984年版,第701页。

③　(明)宋濂等撰:《元史·燕公南传》卷一百七十三,中华书局1976年版,第4051页。

④　(明)宋濂等撰:《元史·刘哈剌八都鲁传》卷一百六十九,中华书局1976年版,第3969页。

⑤　(明)宋濂等撰:《元史·贾昔剌传》卷一百六十九,中华书局1976年版,第3969页。

⑥　参见李修生主编:《全元文》卷一百八十四(第六册),王恽:《大元嘉议大夫签书徽院事贾氏世德之碑》,江苏古籍出版社1999年版,第41页。

"初名汉英,字熙载,赛因不花,赐名也。其先,太原人。"①可见元代汉族人士取蒙古名者不在少数。其特点一是上层人士居多,二是多为赐名。可以想见,在当时多民族迁移杂居以及互相通婚的情况下,普通汉族老百姓取蒙古名者也应不在少数。总之,元代蒙古族及北方其他少数民族与汉族以对方语言文字取姓命名是其互相交流融合的结果,并且也会将互相之间的交流融合推向更高的层次。

第四节　元代多民族文人的雅集交往

蒙古族及北方其他少数民族与汉族在社会制度、经济生产、风俗习惯及婚姻姓名等方面的联系与交融,必然进一步在文学艺术等方面产生广泛的联系与交融。如元代蒙古族作为第一个入主中原的少数民族,提倡学习汉语言,学习汉法,与汉民族在政治经济、风俗习惯等多方面产生了交流与融合,进一步出现了两族文人的密切交往和蒙古族文人运用汉文进行文学创作、汉族文人创作了反映蒙古族及其游牧生活的文学作品等的情况。北方其他少数民族也一样,由于与汉民族交往的加深,文人及文学艺术之间的交往也就更加密切。

蒙古族及北方其他少数民族文人学士与汉族文人学士有关文学艺术之密切交往主要表现在其雅集、游宴及互相赠答酬唱、题跋作序等方面。如果说当时蒙古族及北方其他少数民族文人学士学习汉文及其儒家经典,汉族文人学士学习蒙古语言文字及其文化含有政治功利目的的话,那么他们在文学艺术方面的学习交往就相对要超脱得多。而且也与本书所要论述的民族文化交融与元杂剧研究有更紧密的关系。当然,这种交往还主要在汉文方面,故作为蒙古族及北方其他少数民族文人学士,其较高的汉文化造诣是其交往的基础。正因为他们具备了这

---

① （明）宋濂等撰：《元史·贾昔剌传》卷一百六十五,中华书局1976年版,第3884页。

样的基础,才能参与具有典型的中原汉文化传统的文人雅集这一以文会友的形式。当然各民族以文会友的聚会都程度不同地存在着,只不过是没有汉族那样典型或者说佳话迭传。如两晋时的华林园雅集、金谷园雅集、兰亭雅集等,在汉族文学艺术史上有重要的影响。

雅集的内容非常丰富,文人学士们聚在一起饮酒品茗、游览山水,兴之所至写诗作赋,填曲绘画,鉴赏书画作品,几可包括文人士大夫文化活动的各个方面。关于元代各族文人士大夫的雅集聚会,萧启庆的《元朝多族士人的雅集》①和《元朝多族士人圈的形成初探》②两文有比较深入的论述。萧氏以不同族群士人参加之雅集为研究对象,根据雅集中主要活动之性质,分为文学之会、艺术之会与游览之会三个方面加以论述。其中三种聚会中除汉族文人学士外,蒙古族及北方其他少数民族文人学士亦有参加。

蒙古族及北方其他少数民族文人学士参加或主持的文学艺术之会主要有玉山草堂雅集、玄沙寺雅集、天庆寺雅集和礼部同仁圣安寺游宴等聚会。玉山草堂雅集的主持者是东南名士顾瑛。顾瑛为昆山富豪,宦门之后,一生不屑科考仕进,凭借家中财富在昆山之西筑玉山草堂以招徕文人学士雅聚。当时的玉山草堂颇类今天的文艺沙龙,元时在东南地区颇有影响。元人杨维桢之《铁崖文集》、《东维子文集》中之《玉山草堂雅集序》及文化艺术出版社 1993 年出版的幺书仪之《元代文人心态》里对玉山草堂及其雅集有描述。玉山草堂雅集从元顺帝至正八年(1348 年)起,先后持续了十七年之久。参与者有据可查的达 69 人。从职业身份看,既有达官显贵,又有胥吏布衣;既有文化名人,又有僧道人士。从民族成分看,元代所谓四等人之蒙古、色目、汉人、南人均有。

---

①　萧启庆文见《中国文化研究所学报》,香港中文大学,1997 年第 6 期,第 179—203 页。

②　萧启庆文见萧氏《元朝史新论》,台北:允晨文化实业公司 1999 年版,第 203—242 页。

其中蒙古、色目文士参加或者说与玉山草堂雅集有关者共有 8 人。如泰不华、昂吉、聂镛、旆嘉问、萨都剌等人。

泰不华(1304—1352 年),蒙古伯牙吾台氏人,通理学、善诗文、工书法,为当时名家。有诗作传世。他曾于元顺帝至元五年(1339 年)访问玉山,观赏了曾经苏轼品题之假山,并题古篆"拜石"二字于坛,另为拜石坛之所在地寒翠所、草堂中之鱼庄、金粟影、雪巢等处题名、题匾及撰联,在众多名公贤达中为草堂题名最多。萧启庆言泰不华虽以后未能再至玉山,却可说是玉山草堂雅集之先驱。

聂镛,字茂先,蒙古人,自号太拙生。史载其幼聪慧,从南州儒者学,通经术,善歌诗,尤工小乐章。据顾瑛编《玉山名胜集》所言,聂镛曾于元顺帝至正八年(1348 年)参与了"碧梧翠竹堂题句",①并写有《碧梧翠竹堂》古乐府一首,另有与顾瑛唱和的《寄怀玉山》二首。

旆嘉问,蒙古人,据顾瑛《玉山名胜集》中所言,他曾于元顺帝至正九年(1349 年)参与了草堂听雪斋分韵赋诗。② 其诗中有"我从高书记,穷冬走吴下"句。高书记指昂吉,昂吉汉姓高,旆嘉问曾与他一起走访玉山并参与雅集。

昂吉,字启文,唐兀(西夏)人。顺帝至正八年(1348 年)进士,历任翰林编修、绍兴路录事司达鲁花赤。顾瑛在《草堂雅集》中说他"多留吴中,时扁舟过余草堂,其为人廉谨寡言笑,非独述作可称,其行尤足尚也。"③昂吉常出入玉山草堂,顾瑛编《玉山名胜集》收其玉山草堂雅集中唱和诗文甚多。

萨都剌,字天锡,蒙古人,一说回族人,是元代著名诗人。有《雁门集》传世。萧启庆言,萨氏于元顺帝至正三年(1343 年)擢江浙行省郎

---

① (元)顾瑛:《玉山名胜集》卷三、卷五,文渊阁《四库全书》本,第 16、3 页。
② (元)顾瑛:《玉山名胜集》卷三、卷五,文渊阁《四库全书》本,第 16、3 页。
③ (元)顾瑛:《草堂雅集》卷十,《四库全书》本,第 46 页。

中,在自河南赴杭州途中,或曾走访草堂,与顾瑛宴饮。① 其《雁门集》中有《席上次顾玉山韵》一诗。

蒙古、色目文士参与了玉山草堂雅集并留有诗作,显示了其文化、民族的多元性与交融性。如陈建华就评价此次雅集说:"在时间的延续性、地域的广袤性、文化的多层性、艺文的结合性以及审美的世俗性等多方面是空前的"。②

玄沙寺雅集,主持人或邀集者是宣政院使廉惠山海牙,举办时间为元顺帝至正二十一年(1361年),举办地点在福州西郊玄沙寺。参加者有户部尚书贡师泰、治书侍御史李国凤、翰林院经历答禄与权及行军司马海清溪。其中答禄与权为蒙古人,其他四人廉惠山海牙、海清溪为畏兀儿人,李国凤、贡师泰为汉人。五人身份尊贵,汉文修养高,在玄沙寺山堂设宴饮酒,酒酣耳热之际,放浪形骸,赋诗言志,抒发忧国忧民之情。贡师泰在其《春日玄沙寺小集序》中对此次雅集描述道,廉惠山海牙"数起舞,放浪戏谑",李国凤"援笔赋诗,佳句捷出",而答禄与权则"设险语,操越音,问禅于藏石师"。席将散时,贡师泰说:"吾辈数人,果何暇于杯勺间哉? 盖或召,或迁,或以使毕将归,……故得以从容相追逐,以遣其羁旅怫郁之怀,而非真欲纵情丘壑泉石。"③五人感慨元朝末年社会动荡危亡的局面,于是以杜甫诗"心清闻妙香"句为韵,各赋五言诗一首,抒发自己的忧国忧民心情。此次雅集应该说是一个以汉文为纽带的多民族雅集。

天庆寺雅集,主持者或主人为蒙古鲁国大长公主祥哥刺吉(1284—1332年)。祥哥刺吉曾祖为元世祖忽必烈,祖父为真金(庙号裕宗,1242—1286年),父亲为答剌麻八剌(庙号顺宗,1264—1292

---

① 萧启庆:《元朝多族士人的雅集》,《中国文化研究所学报》,香港中文大学,1997年第6期,第189页。

② 陈建华:《元末东南沿海城市文化特征初探》,《复旦大学学报》1988年第1期,第31—34页。

③ (元)贡师泰:《春日玄沙寺小集序》,《玩斋集》卷六,《四库全书》本,第24—25页。

年），武宗、仁宗为其兄弟，英宗、文宗为其侄，文宗同时还是她的女婿。她于成宗大德十一年（1307 年）适弘吉剌氏之鲁王，封皇妹鲁国大长公主，赐永平路地。武宗至大三年（1310 年）夫卒，不从蒙古收继婚习俗继适诸叔，守节终身。仁宗即位，改封皇姐鲁国大长公主。文宗称帝后，加封"徽文懿福贞寿大长公主"。她屡受厚赐，资财雄厚，声势之隆超过元代所有公主。同时她对汉文化艺术具有浓厚的兴趣，收藏有不少历代名书名画，与当时名士虞集、袁桷、柳贯、朱德润等人交厚，对当时文艺、教育及宗教等颇有影响。此次雅集即是在她的号召下，于英宗至治三年（1323 年）在大都南城之天庆寺召开的一次全国性的艺文书画鉴赏大会。与会者几乎囊括了当时较有影响的文臣与艺文之士。如有中书议事执政官、翰林院、集贤院、成均监（即国子学）之在位大员。秘书监丞李洞主持。聚会肴馔丰美，场面隆重，盛装与会之大员和艺文之士"簪佩杂错，水陆毕凑"。酒酣兴阑之时，公主出其所藏书画请与会者鉴赏，并让有文之士题跋于后。据有关资料记载，题跋者有魏必复、李洞、张珪、冯海粟、王约、陈颢、陈庭实、字术鲁翀、李源道、袁桷、邓文原、柳贯、赵崇、杜禧等人。这显然只是题跋者中的一小部分。关于此次聚会史料比较缺乏，除了袁桷的《徽宗扇面》等四十一则题跋诗文和一篇记文外，其他只能从一些参与者的诗文集及题跋中去寻找。如清人顾嗣立所编的《元诗选》三集中就收有冯子振（海粟）的《奉皇秭大长公主命题王孤云渍墨角抵图》、《奉皇秭大长公主命题展子虔游春图卷》、《奉皇秭大长公主命题王鹏梅金明池图》、《奉皇秭大长公主命题周曾秋塘图》、《奉皇秭大长公主命题宋道君鹨鹕图卷》、《奉皇秭大长公主命题郭恕先升龙图二首》等诗；柳贯的《奉皇姑鲁国长公主教题所藏巨然江山行舟图》等诗；朱德润的《大长公府群花屏诗》等诗，另袁桷、柳贯、朱德润、虞集等人的文集中也有与公主往来的记载。这些都对了解鲁国大长公主及其所组织的此次聚会有一定的帮助。

关于天庆寺雅集，袁桷在《鲁国大长公主图画记》里作了如下描述：

至治三年三月甲寅,鲁国大长公主集中书议事执政官,翰林、集贤、成均之在位者,悉会于南城之天庆寺。命秘书监丞李某为之主,其王府之寮寀悉以佐执事。籩豆静嘉,尊罍洁清,酒不强饮,簪佩杂错,水陆毕凑。各执礼尽欢以承,饮赐而莫敢自恣。酒阑,出图画若干卷,命随其所能,俾识于后。礼成,复命能文词者,叙其岁月,以昭示来世。窃尝闻之,五经之传,左图是先;女史之训,有取于绘画。将以正其视听,绝其念虑,诚不以五采之可接而为之也。先王以房中之歌,达于上下。而草木虫鱼之纤,悉因物以喻意。观文以鉴古,审时知变,其谨于朝夕者尽矣。至于宫室有图,则知夫礼之不可僭;沟洫田野,则知夫民生之日劳。朝觐赞享,冕服悬乐,详其仪而慎别之者,亦将以寓其徼戒之道。是则鲁国之所以袭藏而躬玩之者,诚有得夫五经之深意夫!岂若嗜奇哆闻之士,为耳目计哉?河水之精,上为天汉。昭回万物,乔云兴而英露集也。吾知缣缃之积,宝气旁达,候占者必于是乎得。泰定元年正月,具官袁桷记。①

由此可见,鲁国大长公主祥哥刺吉凭借其威望和权势所组织的这次天庆寺雅集,确实是元朝规模最大的一次艺文书画鉴赏大会。萧启庆在《元朝多族士人的雅集》一文中曾言:"此次盛会之主人为蒙古人,而上述各机构(中书议事执政官、翰林、集贤、成均)之'在位者'必多蒙古、色目人。因此,天庆寺之会无疑是一次超族群的巨型雅集。"②

礼部同仁圣安寺游宴,大约于文宗天历、至顺年间(1328—1332年)举行,系礼部同人参加完大都南城之水陆会后,前往丞相秃坚帖木儿处的共同宴饮活动。嶹嶹(1295—1345年)在其所撰及所书的《圣安寺诗》序中说:"去冬十二月,圣安寺提调水陆会,本部伯庸尚书及咬住

---

① (元)袁桷:《清容居士集》卷四十五,王云五主编:《丛书集成·初编》,商务印书馆,"民国"二十五年(1936年)版,第768—769页。

② 萧启庆文见《中国文化研究所学报》,香港中文大学,1997年第6期,第195页。

尚书、梁诚甫侍郎等相访毕,咬住尚书邀往其伯父秃坚帖木儿丞相,葫芦套尽日,至醉而还,马尚书作序诗。嶔再拜。"①可知此次游宴有名姓者五人,秃坚帖木儿丞相,蒙古人;咬住尚书,蒙古人,有诗歌传世;马祖常(字伯庸,1297—1338 年),汪古人,诗歌名家;不忽木、嶔嶔父子,祖籍康里人,后入蒙古籍,前者善诗,后者诗书俱佳,尤其书法驰名;梁诚甫为汉族士人。从民族成分看,为多民族构成;从身份与文化素养看,均为显贵和汉文化造诣极高之人。他们把酒赋诗题书,尽兴而散,是一次极为儒雅的富有文化色彩的多民族的游宴聚会活动。

以上为相对集中或有一定规模的文学艺术聚会活动。至于说蒙古族及北方其他少数民族文人作为个体分别与汉族文人的诗歌酬唱、送别赠答就更多了。如泰不华,蒙古伯牙吾台氏,字兼善,初名达普化,有诗歌集《顾北集》失传,但仅从清人顾嗣立所编《元诗选》初集中所收 24 首诗作里就可看出其所酬唱对象的广泛。其中有虞集、钱惟善、宋本、杨维桢、宋褧、郑元祐、朱德润、傅若金、雅琥、李孝光、姚子中、吴善、祁志诚等人。具体酬唱诗作,泰不华有《寄姚子中》、《上尊号听诏李供奉以病不出奉寄》、《赋得上林莺送张兵曹二首》、《春日次宋显夫韵》、《送赵伯常淮西宪副》、《寄同年宋吏部》、《送刘提举还江南》、《送王奏差调福州》等诗作。别人与他酬唱者有李孝光及其《寄达兼善》、《送达兼善典金》等;傅若金及其《奉送达兼善御史赴河南宪金十二韵》、《戏效子夜歌体六首与达兼善御史同赋》等;朱德润及其《送达兼善元帅赴浙东》等;郑元祐及其《至元丁丑夏五宣城汪叔敬吴人千寿道丹丘柯敬仲国人泰兼善同仆游天平次往灵岩有作奉和二首》等;杨维桢及其《挽达兼善御史》等;钱惟善及其《送著作兼善赴奎章典籍》等;虞集及其《为达兼善御史题墨竹》、《送达溥化兼善赴南台御史诗序》等;苏天爵及其《答达兼善郎中书》、《题兼善尚书自书所作诗后》等;雅琥及其《寄

① [日]中弥三郎编:《书道全集》第十九卷,东京:平凡社 1930 年版,第 190—191 页。

南台御史达兼善二首》等。所涉人物众多,交往层次高且普遍。

与萨都刺(天锡)酬唱的文士亦很多。如虞集及其《寄丁卯进士萨都刺天锡》等,郑元祐及其《和萨天锡留别张贞居寄倪元镇》等,蒲室禅师大訢及其《送萨天锡照磨赴燕南宪幕》、《次韵萨天锡台郎赋三益堂芙蓉》等,俞希鲁及其《送录事司达鲁花赤萨都刺序》等,干文传及其《雁门集序》等。干文传评萨都刺诗曰:"其豪放若天风海涛,鱼龙出没;险劲如泰华云开,苍翠孤耸;其刚健清丽,则如淮阴出师,百战不折,而洛神凌波、春花霁月之便娟也。"①可谓知己。

与维吾尔族散曲家贯云石酬唱交往者,有张可久及其《贯酸斋学士席上》、《湖上酸斋索赋》、《次酸斋韵》二首、《酸斋席上听胡琴》、《为酸斋解嘲》、《次酸斋韵》、《和贯酸斋》、《秋思酸斋索赋》等;陈基及其《跋贯酸斋书归去来辞》等;欧阳玄及其《元故翰林学士……贯公神道碑》等;王炎午及其《上贯学士》等;程钜夫及其《跋酸斋诗文》等;王举之及其《栖霞吊贯酸斋》等;谭景星及其《通贯侍读酸斋书》等。特别是他与张可久虽然地位悬殊,但却交情深厚,原因是两人为散曲同好。张可久的《酸斋席上听胡琴》:"忆马上昭君,梭银线解冰,碎拆骊珠串。雁飞秋烟,莺啼春院,伤心塞草边。"描写听胡琴之感受,深悟其中苍茫沉痛之三昧,可谓知音。萧启庆对此曲及贯、张二氏的游宴交往评论道:"可见云石琴艺之高妙,亦可见曲家游宴与诗人、画家之不同。"②同时,贯云石对张可久及其曲作也进行了品评,如其《今乐府序》中言:"丝竹叶以宫徵,视作诗尤为不易。予寓武林,小山(张可久)以乐府示余。临风清玩,击节而不自知,何其神也!择矢弩于断枪朽戟之中,拣奇璧于破物乱石之场。抽青配白,奴苏隶黄;文丽而醇,音和而平,治世

---

① 李修生主编:《全元文》卷一千○一十九(第三十二册),干文传:《雁门集序》,凤凰出版社2004年版,第72页。

② 萧启庆:《元朝多族士人的雅集》,香港中文大学:《中国文化研究所学报》1979年第6期,第192页。

之音也！谓之《今乐府》，宜哉！"①评论张可久散曲颇中肯綮。他的
《阳春白雪序》更是品评了众多的散曲家，"北来徐子芳（琰）滑雅，杨西
庵（果）平熟，已有知者。近代疏斋（卢挚）媚妩，如仙女寻春，自然笑
傲。冯海粟（子振）豪辣灏烂，不断古今，心事天与，疏翁不可同舌共
谈。关汉卿、庚吉甫（天锡）造语妖娇，却如小女临杯，使人不忍对
觞"。② 他的这些评论多为后世借鉴引用，一方面说明他的曲学品位和
理论修养，另一方面也说明他与当时众多文人的友情交往。

与蒙古族及北方其他少数民族文人学士酬唱赠答、友好交往的汉
族文士（有的还是杂剧家）举不胜举。再如色目之回鹘氏散曲家薛昂
夫，有曹德及其《侍马昂夫相公游柯山》等；王德渊及其《薛昂夫诗集
序》等；刘将孙及其《九皋诗集序》等；赵孟頫及其《薛昂夫诗集序》等。
赵孟頫在《薛昂夫诗集序》中，不但介绍了其出生北方草原游牧民族的
生平经历，而且还对其诗歌、散曲创作给予了高度评价，并且指出其
"尝执弟子礼于须溪先生之门。"③西域散曲家吉诚甫，有任昱及其《詠
西域吉诚甫》等；钟嗣成及其《詠西域吉诚甫》等；无名氏及其《赞西域
吉诚甫》等，对其有高度评价。西域散曲家阿里西瑛，有杨朝英及其
《和阿里西瑛韵》等；乔吉及其《里西瑛号懒云窝自叙有作奉和》等。另
与阿里西瑛和作着还有多人，隋树森编《全元散曲》中言："阿里西瑛，
阿里耀卿之子。善吹筚篥。所居懒云窝在吴城东北隅，尝为殿前欢小
令以自述，贯酸斋、乔梦符、卫立中、吴西逸皆有和曲。"④

少数民族杂剧家比较少，但也有与汉族文人交往者。蒙古族杂剧
家杨景贤，有汤式及其《送景贤回武林》等。该曲［胡十八］说杨景贤

① 李修生主编：《全元文》卷一千一百四十四（第三十六册），贯云石：《今乐府序》，凤凰出版社 2004 年版，第 192 页。
② 李修生主编：《全元文》卷一千一百四十四（第三十六册），贯云石：《今乐府序》，凤凰出版社 2004 年版，第 191 页。
③ 李修生主编：《全元文》卷五百九十三（第十九册），赵孟頫：《薛昂夫诗集序》，江苏古籍出版社 2001 年版，第 74 页。
④ 隋树森编：《全元散曲》（上），中华书局 1964 年版，第 338 页。

"偎柳坐，枕花眠，生来长费杖头钱。酒中遇仙，诗中悟禅，有情燕子楼，无意翰林院"。① 以朋友的口吻叙述，对了解杨景贤的生平经历和创作风格有很大的帮助。贾仲明（或曰无名氏）所著《录鬼簿续编》里介绍了杨景贤的生平经历后，指出"与余交五十年"，②说明他们交往的时间之长和友情之深厚。

上述酬唱多以个人为对象，当时集体酬唱的活动亦有蒙古族及北方其他少数民族文人学士参与其中。如杨维桢所编的《西湖竹枝集》所收诗作即为集体酬唱所得。杨维桢（1296—1370 年）为元代诗坛大家，他于顺帝至正初年闲居西湖，首倡由巴蜀民歌发展而来的竹枝这一形式，歌咏杭州西湖的山水人物，一时蔚为风气，和之者众。后杨维桢于至正八年（1348 年）编辑为一册，名为《西湖竹枝集》，并在每人作品前系以作者小传。全书共收 119 位诗人，其中可以明确为蒙古人者有 4 位。即同同、不花帖木儿、聂镛、萨都剌等人。可确定为色目人者 7 位。即马祖常、边鲁、掌机沙、完泽、甘立、燕不花、别里沙等。由此可见，《西湖竹枝集》这一元代东南诗坛的重要活动，蒙古族及北方其他少数民族文人学士亦以其学识和创作参与其间，并进而加强了与汉族文人学士的交往与学习。

与这些蒙古族及北方其他少数民族文人学士酬唱交往者多为地位尊贵且学识渊博之人。如虞集（1272—1348 年），字伯生，曾任翰林直学士兼国子祭酒、奎章阁侍书学士等职，著有诗文词集《道园学古录》；朱德润（1284—1355 年），字泽民，曾任应奉翰林文字兼国史院编修官、镇东行中书省儒学提举，以书画著名，诗文创作亦有特色；李孝光（1285—1350 年），字季和，温州乐清（今属浙江）人。因曾隐居雁荡山五峰下，故号"五峰狂客"。著有《五峰集》二十卷，今存十一卷。泰不

---

① 隋树森编：《全元散曲》（下），中华书局 1964 年版，第 1480 页。

② （明）无名氏（或曰贾仲明）著：《录鬼簿续编》，收入《录鬼簿》（外四种），上海古籍出版社 1978 年版，第 104 页。

华曾拜他为师;傅若金(1304—1343年),字与砺,临江新喻(今属江西)人。文宗至顺年间到大都,以其诗作受到虞集等名家赞赏,曾出任广州路儒学教授。有诗集多种,合刻为《清江集》,今传有《傅与砺诗文集》。与这样的文人学士交往,同时也说明了蒙古族及北方其他少数民族文人学士的影响与水平。

蒙古族及北方其他少数民族文人学士与汉族文人学士之间的密切交往,特别是其相互雅集游宴、赠答酬唱、题跋作序等,已超越了一般学习汉文化的范畴,进入了相对摆脱功利目的进行文学艺术创作的阶段,对促进互相之间的文学交流,提高各自文学艺术创作包括杂剧创作有着至关重要的作用。

正是在这一民族文化交融的状况下,为元杂剧创作提供了一个深厚的社会历史文化背景,对元杂剧的繁荣兴盛产生了重要的影响。这种影响主要表现在两个方面,一方面是蒙古族及北方其他少数民族文化对元杂剧繁荣兴盛及其创作的影响。如蒙古族音乐舞蹈之影响;语言文字之影响;蒙古统治者对戏曲歌舞的爱好与关注之影响;较宽松的思想政治等人文环境之影响;为城乡经济繁荣提供了物质和群众基础等,以及对元杂剧创作风格、内容等方面的影响。如对元杂剧爱情婚姻剧之影响,对元杂剧大团圆结局之影响,甚而对俗文学成为元代文坛主流之影响等。另一方面是蒙古族及北方其他少数民族杂剧家及其创作丰富了元杂剧的创作。如蒙古族杂剧家杨景贤;女真族杂剧家李直夫、石君宝等。他们的造诣有的堪称一流,其创作使元杂剧更加丰富多彩。

第 二 章

蒙古族及北方其他少数民族文化艺术及其政治经济等对元杂剧繁荣兴盛之影响

第一节 概 说

元杂剧是中国戏曲步入成熟期的重要标志,关于其渊源、名称、分期等由于所涉内容甚多,此处不赘述。这里主要紧扣民族文化交融这一主题。作为元杂剧,其起点学术界一般认为是蒙古汗国灭金(1234年)前后,终止于元朝大一统终结(1368年)。即元杂剧这种戏剧形式兴盛于蒙(金)元之际,衰败于元末明初,辉煌于有元一代。为什么中国戏曲史上进入成熟期的戏剧形式元杂剧会在元代出现这种辉煌情况且与元王朝相始终呢? 明人王骥德对此迷惑不解,他在《曲律》中曾说:"此穷由天地开辟以来,不知越几百千万年,俟夷狄立中华,于是诸词人一时林立,始称作者之圣,呜呼异哉!"[1]

---

① (明)王骥德著,陈多、叶长海注释:《王骥德曲律》第四卷,湖南人民出版社1983年版,第208页。

关于元杂剧的繁荣兴盛,从古至今,有不少学者对这一问题进行了探讨研究,提出诸多方案与观点,其中不少言之成理、立论有据,但有些观点值得商榷,或失之偏颇。归纳起来,大体有如下一些主要观点。

一、民族歧视压迫说

此说较早并直接提出者是郑振铎。他在 20 世纪 30 年代所著的《插图本中国文学史》中曾说:蒙元统治下,"少数民族的压迫过甚,汉人的地位,视色目人且远下。所谓蛮子,是到处的时时刻刻的会被人欺迫的。即有才智之人,做了官吏的,也是位卑爵低,绝少发展的可能。所以他们便放诞于娱乐之中,为求耳目上的安慰,作者用以消磨其悲愤,听者用以忘记他们的痛苦。"①中华人民共和国成立后,不少学者也持此观点。他们认为,元时蒙古族统治者入主中原后,奉行民族歧视和压迫政策,将国人分为蒙古、色目、汉人、南人四等,使得当时的民族矛盾和阶级矛盾空前尖锐,而人们借杂剧这种文艺形式给予反抗和揭露,所以使杂剧创作空前繁荣。如周贻白在《中国戏剧史长编》中说:"当时社会中主要矛盾,是元蒙与汉人民族间的矛盾,元蒙则作威作福,汉人则到处遭受压迫,作家们根据现实情况,或借题发挥,或意存希望,这是元杂剧产生的主因。"②金逸人在其《试论元杂剧兴盛的原因》一文中亦说:"元蒙统治者推行民族歧视政策和对人民施行残酷的阶级压迫……这种广泛而深刻的社会矛盾,造成人民的痛苦,必然引起反抗和愤怒……给戏曲创作提供了源泉和题材的宝库。这是元杂剧繁荣的又一个原因。"③当代影响甚大的,游国恩等人编写的《中国文学史》亦持有相同的观点,如其说:"金灭北宋、元灭金的过程,同时是北方人民反

---

① 郑振铎:《插图本中国文学史》,人民文学出版社 1957 年版,第 638 页。
② 周贻白:《中国戏剧史长编》,上海世纪出版集团 2007 年版,第 192 页。
③ 金逸人:《试论元杂剧兴盛的原因》,《天津师范大学学报》1983 年第 3 期,第 68—90 页。

抗女真贵族、蒙古贵族的过程。人民反抗民族压迫和阶级压迫的艰苦斗争，要求有战斗性和群众性较强的文艺形式加以表现；而构成戏剧艺术的各种因素到这时已经过长期的酝酿而融为一体。这样，元杂剧就在金院本和说唱诸宫调的基础上，由于现实的要求、群众的爱好，大大扩大了题材和内容，展开了我国戏曲史上辉煌灿烂的一页。"还有刘荫柏、徐扶明等人及其当代有影响的一些文学史亦有此相同或相近的观点。

二、汉族知识分子地位低下说

此观点实际上是民族歧视压迫说的引申或衍化。亦即元时蒙古族统治者奉行民族歧视和压迫政策，不开科举考试，不重视知识分子，致使文人学士失去进阶之路，地位低下沉沦，转而与青楼歌伎为伍，从而促进了杂剧的繁荣兴盛。这一观点历经元明清至现当代影响颇大，是占据较大优势的传统观点。从元末以来持此观点者代不乏人。元至正进士朱经称："我皇元初并海宇，而金之遗民若杜散人、白兰谷、关已斋辈，皆不屑仕进，乃嘲风弄月，流连光景，庸俗易之，用世者嗤之。"① 钟嗣成在《录鬼簿·自序》中亦指出元曲家多"门第卑微，职位不振"之"不死之鬼"。明人胡侍说得更为明确，认为正是因为民族歧视，才造成元代文士多"沉抑下僚，志不获展"，只好"以其有用之才"，"编撰杂剧"，"一寓之乎声歌之末，以舒其怫郁感慨之怀，盖所谓不得其平而鸣焉者也。"② 后世学者多接受此说。如阿英在《元人杂剧史》中指出，元代统治阶级在法律上"严明刑法诸般禁忌"；在舆论上降低知识分子的社会地位，所谓"九儒十丐"，"儒人颠倒不如人"。③ 郑振铎在《插图本

---

① （元）朱经：《青楼集·序》，见俞为民等主编：《历代曲话汇编》（唐宋元编），黄山书社 2006 年版，第 466 页。
② （明）胡侍：《真珠船》卷四，《丛书集成初编》。
③ 阿英：《元人杂剧史》，见《剧本》1954 年第 4 期，第 10 页。

中国文学史》中也曾说:"元代考试已停,科举不开,文人学士们才学无所施展,遂捉住了当代流行的杂剧而一试身手。他们既不能求得蒙古民族居上位者的赏识,遂不得不转而至民众之中求知己。"①徐扶明在《元代杂剧艺术》中更明确指出,由于沦入市井间的文人"社会地位低下,受过种种挫折,和当时社会下层群众和戏曲艺人,有着比较密切的联系";为了疏泄内心的郁闷不平,他们自发地组织书会,"共同切磋,相互促进,使杂剧创作能够不断得到提高。"②中华人民共和国成立后出版的几部《中国文学史》类著作及顾学颉、王季思等学者也多持相同或相近的观点。如刘大杰在其《中国文学发展史》中指出:"科举之废止,也是助长杂剧发展原因之一",因为停止科举使"当日的知识分子都感到没有出路,既不能从事生产,又很难得到富贵功名,适此时杂剧兴起,既便于反映现实生活,描写故事,又可作为文娱的实用艺术,也可解决生活,于是以往日作诗赋古文之精力从事于此,这是有助于杂剧的发展和戏剧艺术的提高的。"③王季思在《元杂剧的形成和兴起》一文中说:"及至蒙古灭金以后,在将近八十年间,断绝了知识分子从科举进身的道路。……从宋金以来一直被列为四民之首的知识分子,骤然下降到与娼妓、乞丐为伍的境地。这激起了许多知识分子的愤慨,使他们从读书做官的道路转向为勾栏艺人写杂剧、为被压迫人民鸣不平的道路。"④

综述持上述观点者,大多把汉族知识分子地位低下说作为元杂剧的繁荣兴盛原因凸显,或把其强调到不适当的地位。也就是说,他们认为元代长期废止科举,导致了文士阶层整体的沉沦,而这又是元杂剧繁荣兴盛的逆向推动力。后者的渊薮当为王国维。他在《宋元戏曲史》

---

① 郑振铎:《插图本中国文学史》,人民文学出版社 1957 年版,第 638 页。
② 徐扶明:《元代杂剧艺术》,上海文艺出版社 1981 年版,第 14—15 页。
③ 刘大杰:《中国文学发展史》,上海古籍出版社 1982 年版,第 833 页。
④ 王季思:《元杂剧的形成和兴起》,张月中主编:《元曲通融》,山西古籍出版社 1999 年版,第 341 页。

中说:"余则谓元初之废科目,却为杂剧发达之因。盖自唐宋以来,士之竞于科目者,已非一朝一夕之事,一旦废之,彼其才力无所用,而一用于词曲发之。"①

客观而论,废止科举势必对当时的文人学士造成较大的影响,但将其对元杂剧繁荣兴盛的作用强调到不适当的地步,亦不是辩证唯物主义者和历史唯物主义者。故此说虽然是占据较大优势的传统观点,但随着研究的深入,亦遭到一些有识之士的批驳。如任崇岳就对科举废止促进元杂剧繁荣兴盛的观点持否定的态度。他在《元杂剧繁荣原因新探》一文中认为:"说元代一开始就压抑知识分子,是既无根据也不公允的";"元朝因废科举才促进了杂剧繁荣之说也不能成立。"②1998年翻译出版的《剑桥中国辽西夏金元史》中,特设《元杂剧在元代社会中的意义》一节,对传统的知识分子地位低下说作为元杂剧的繁荣兴盛的原因做了严厉的批评:"元杂剧的历史长期以来被错误地解释,并据此证实有关元代事实上的精英阶层所遭受的屈辱与排斥的程度的荒诞说法。早在14世纪,中国作家开始渲染说,由于贫困的学者在社会上不能找到他们合适的位置,为求生被迫为他们残酷的蒙古与色目主人写通俗的东西取乐,这些杂剧就突然在他们的头脑中呈现出来了。根据这种解释,这些地位改变、陷于贫困的才子们首次集中在一种活动上,在这种活动中他们深厚的文化资源必然造就出一种表达思想感情的工具,这就是大众戏剧文学中突然涌现出优秀剧作的原因。这种解释包含了部分的真实性,使之有着魔术般的吸引力,但在根本上它是错误的。"其立论是辩证地看待知识分子参与杂剧创作。③ 张大新在《金元文士之沉沦与元杂剧的兴盛》一文中亦指出:"科举之废止与元杂剧

---

① 王国维:《宋元戏曲史》,华东师范大学出版社 1995 年版,第 95—96 页。
② 任崇岳:《元杂剧繁荣原因新探》,《殷都学刊》1985 年第 1 期,第 28—31 页。
③ [德]傅海波、[英]崔瑞德编:《剑桥中国辽西夏金元史》,中国社会科学出版社 1998 年版,第 642—643 页。

之兴盛并非直接的因果关系,可它毕竟导致了制度文化的断裂,从根本上打碎了文人功业的幻梦和对宗法制度及其思想文化形态的迷信。使得先前一直摇曳在纲常伦理体系与虚妄的'修齐治平'理想中的自主个性以巨大的心理能量释放出来。贵己重身、任性自适的人格取代了循规蹈矩的依礼而动……以狂放不羁的生活方式排遣着内心的忧愁幽思,以敏感睿智的心灵感受着时代的风云。命运之神魔幻般地将他们与艺人连在一起,为他们选择元杂剧作为感应民族意绪与时代脉搏的精神武器提供了契机。时代选择了植根于广阔生活背景上的元杂剧,元杂剧选择了不甘沉沦的落魄作家。"①张大新此说既否定了科举之废止与元杂剧兴盛之直接关系,又从文化的角度分析了科举废止对封建纲常伦理的冲击,使得文人学士的"自主个性以巨大的心理能量释放出来",并参与杂剧创作,从而促进了元杂剧的繁荣兴盛。应该说这一观点比较客观辩证,是目前元杂剧繁荣兴盛研究方面多元探索的新成果,得到了不少学者的响应与认同。

三、待遇优渥说

此说提出的背景是,不少学者不认同将元代停废科举考试作为元杂剧繁荣兴盛的重要原因之观点。亦即元代文人学士并非穷困潦倒,而是待遇优渥。如20世纪50年代,著名历史学家翦伯赞在为郑振铎编《关汉卿戏剧集》所作序言中与郑商榷时指出:"把元代戏剧的发展归结于停止科举"……"不符合历史事实"。并说:"根据历史记载,在蒙古王朝统治时期,并没有废除科举制度,只是在这个王朝的初期停止了一个时期,到元仁宗皇庆二年(注:应是延祐二年)就下诏恢复了。""即使在停止科举期间,知识分子也不是完全没有出路","只要有人'举荐'或愿意接受蒙古族王朝的'延揽',还是可以取得一官半职",

---

① 张大新:《金元文士之沉沦与元杂剧的兴盛》,《文学评论》1994年第6期,第66—69页。

"进身的阶梯是没有抽掉的。"当然,也有学者对此提出异议,如陈茂琼在《元代文人与元杂剧兴盛相互关系论争综述》一文中说:"即使把窝阔台汗十年(1238年)的'戊戌选士'也权且算作灭金后科举取士的唯一特例,下距元廷开科取士,也足足相隔77年,这'一个时期'未免长了些。"①但这起码提供了一个信息,元代并非完全停止科举考试,而且如果单以元朝来说,元世祖忽必烈至元八年(1271年)建元至元顺帝至正二十八年(1368年)退出大都,有元一代共97年,其中据《元史·科举志》记载统计,从元仁宗延祐二年(1315年)至元顺帝至正二十八年(1368年)53年间开科举考试16次,开科占元朝97年的大多数时间。从而也说明不能把不开科举考试作为元杂剧繁荣兴盛的理由强调到不适当的程度。

随着研究的深入,到了20世纪80年代,肯定元代知识分子"有出路"的说法又成话题,并渐成"元初知识分子待遇优渥"说。如任崇岳、薄音湖在《历史教学》1982年第1期上发表《关于元杂剧繁荣原因的几个问题》一文,针锋相对地批驳学术界比较流行的"知识分子在元代备受压抑,仕进无门,九儒十丐,地位低下"观点,认为"元初知识分子待遇优渥,才给元杂剧的蓬勃发展创造了良好的条件","元初的知识分子不是因为仕进无门才去写戏,而是不屑仕进,才去嘲风弄月,从事戏剧创造的"。其后不少学者也从不同角度声张这一观点,一时引起学界注意。

客观而论,"地位低下说"和"待遇优渥说"两者都有失偏颇之处。两者均可以举出若干佐证。不过这样的争论可以使大家多元思考问题。即不能一概而论"地位低下"或"待遇优渥"。纵观有元一代,不少知识分子特别是那些为帝王赏识重用的知识分子待遇还是不错的,而一些下层文人地位就大多不高了。

---

① 陈茂琼:《元代文人与元杂剧兴盛相互关系论争综述》,《信阳师范学院学报》2002年第5期,第103页。

四、民族文化交融说

优秀的中华文化是中国各民族共同创造的。正如费孝通所倡导的,并得到学界广泛认同的"中华民族多元一体格局"说。费孝通阐述这一说主要有三方面论点:"第一是:中华民族是包括中国境内 56 个民族的民族实体,并不是把 56 个民族加在一起的总称,因为这些加在一起的 56 个民族已结合成相互依存的、统一而不能分割的整体,在这个民族实体里所有归属的成分都已具有高一层次的民族认同意识,即共休戚、共存亡、共命运的感情和道义。……第二个论点是形成多元一体格局有个从分散的多元结合成一体的过程,在这过程中必须有一个起凝聚作用的核心。汉族就是多元基层中的一元,由于他发挥凝聚作用把多元结合成一体,这一体不再是汉族而成了中华民族,一个高层次认同的民族。第三个论点是高层次的认同并不一定取代或排斥低层次的认同,不同层次可以并行不悖,甚至在不同层次的认同基础上可以各自发展原有的特点,形成多语言、多文化的整体。"①此说对于我们研究中国民族文化交融具有指导意义。事实也确实如此。自从有史以来,中国境内各民族的交流与融合就从来没有停止过。其间蒙古统治者建立的横跨欧亚的蒙古汗国及元朝,空前地加强了多民族文化的交流与融合,对元杂剧的繁荣兴盛提供了强大的推动力。对此,目前学术界已取得了广泛的共识和认同。

如游国恩等主编的《中国文学史》中说:"元朝的疆域广大,交通发达,密切了国际和国内各民族之间的关系。各民族之间的文化交流,特别是北方诸民族乐曲的传播,对杂剧的兴盛也有一定的作用。"②郭英德在《元曲与少数民族文化》一文中亦说:"金元时期,是各民族文化大碰撞、大融合的时代。少数民族文化以其风标独异的姿态,如泉涌般地注入中原汉族传统文化的肌体中,促进了中华民族文化的崭新面貌。

---

① 费孝通:《中华民族多元一体格局》,中央民族大学出版社 2003 年版,第 13 页。
② 游国恩等主编:《中国文学史》,人民文学出版社 1979 年版,第 183 页。

元曲就是这种文化大背景的产物。"并且郭英德还卓有见地地指出：
"以往我们研究元曲的形成和繁荣，总是仅仅注目于唐宋以来中原文
化的影响和元代社会政治经济的作用，而忽略了其中一个极其重要的
因素，即少数民族文化与元曲的关系。元曲产生并鼎盛于由女真族和
蒙古族统治的朝代，仅仅这一事实就足以说明，元曲与少数民族文化有
着多么密切的关系。"①郭英德在民族文化交融的大背景下，不仅肯定
了少数民族文化对元曲的影响作用，而且指出研究元曲必须重视这种
影响作用。田同旭在《元杂剧通论》中也指出："元杂剧是中国古代文
化的新发展，也是中国古代文学艺术的新纪元。……它是元代社会多
元文化的产物，是中原文化与草原文化相互冲撞又相互融合的艺术结
晶，更是一种既不同于唐宋文学，也不同于明清文学，唯有元曲才独具
的时代精神的体现。"②李修生在其所著《元杂剧史》第一章《导论》部
分专设《元杂剧与蒙元文化》一节，指出"元杂剧是在多元文化环境中
成长的"，"我们对元杂剧特质、内容以及兴盛原因的考察，都离不开对
蒙元文化背景的认识"。并特别强调不容忽视的几个问题：(1)"元杂
剧是在多元文化环境中成长的"；(2)"俗文学成为元代文坛的新盟
主"；(3)"元杂剧语言口语化程度"。③ 这几个问题都和民族文化交融
密切相关。黄天骥在为李修生所著《元杂剧史》中作序说："研究元代
杂剧，还会碰到一个难题。这就是：如何认识、表述居于北方的少数民
族的文化对中原地区汉族文化的影响。时下流行文化'碰撞'说。文
化而曰'碰撞'，多少变得有点'武化'的味道，这措辞未必妥帖。不过，
不同文化思潮的聚合交汇，在激起波澜的同时又相互渗透，其间出现种
种变化，确实值得研究。在元蒙时代，杂剧的兴起、发展，作者的思想感

---

　　① 郭英德：《元曲与少数民族文化》，张月中主编：《元曲通融》，山西古籍出版社
1999 年版，第 65 页。
　　② 田同旭：《元杂剧通论》，山西教育出版社 2007 年版，第 51 页。
　　③ 李修生：《元杂剧史》，江苏古籍出版社 2002 年版，第 62—74 页。

情乃至语言风格,明显有着文化'碰撞'的烙印,我们翻读经过明人臧晋叔修饰过的《元曲选》,在一些剧本里,还可以感受到其中浓盐赤酱或膻香辛辣的滋味。过去,我们研究元剧,对不同文化交汇所产生的特色,注意的很不够。这个问题,到今天似乎非深入钻研不可,否则不足以论元剧。"①黄天骥所论,实际上亦肯定了北方草原游牧文化与中原农业文化的碰撞交融对元杂剧繁荣兴盛所产生的重要而关键的作用。前举李修生所言亦有同样或类似的观点和看法。黄、李二位先生不约而同地认识到了解和研究元代的不同文化交融以及蒙元文化对研究元杂剧的重要性,甚至提到了"否则不足以论元剧"的高度。李修生和黄天骥是我国目前研究元杂剧的权威学者,他们所论是其多年研究元杂剧的心得之言,虽然不免有急切之情,但确实触及了研究元杂剧的一个核心所在,或者说如何使元杂剧研究更深入一步的一个关键问题。另外,门岿的《谈兄弟民族对元曲发展的贡献》(《中央民族学院学报》1985 年第 2 期),也有类似的观点。

综合上述各家所说,民族文化交融确实对元杂剧的繁荣兴盛产生了重要的影响,我们研究元杂剧从此入手是一个非常重要的方面。

五、杂剧自身发展说

元杂剧作为中国戏剧史上成熟的艺术形式,当然有它自身的发展过程与轨迹。它经历了漫长的孕育过程,具体说:就是"在宋金杂剧院本的表演形式和角色行当的影响下,吸取了诸宫调、唱赚等说唱艺术曲牌连套的经验"而逐步成熟完善的。② 中华人民共和国成立以后,这一问题成为讨论热点,并逐步形成共识。如翦伯赞在为郑振铎编《关汉卿戏剧集》的作序言中说:"元代戏剧的繁荣是戏剧自身的发展进程中

① 黄天骥说见李修生:《元杂剧史》序,江苏古籍出版社 2002 年版,序第 3 页。
② 王星琦:《关于元杂剧繁盛原因的纵向求索》,《中华戏曲》1988 年第 5 辑,第182 页。

必然要出现的高潮。从金末就开始发展的杂剧,到元代应该走向它的繁荣时代。"阿英的《元人杂剧史》在探讨研究了其前各种文学样式对元杂剧的影响后说:"宋词的成长,为元曲作了准备。宋词表现情感的多样性和复杂性,特别是充满激昂悲愤的南宋词,为元曲表现情感的法则提供了很重要的前提。唐传奇、宋话本的故事和道白,替元曲的故事和道白打定了基础,民间故事的叙述方法,在一定程度上也为元杂剧所吸收。"①游国恩等主编的《中国文学史》亦说:"元杂剧是在金院本和诸宫调的直接影响下,融合各种表演形式而成的一种完整的戏剧形式。"其间"传奇小说、话本小说等为戏曲准备了故事内容,并且提供了为人民所熟知的人物形象;说唱诸宫调的乐曲组织和曲白结合形式直接影响了戏曲的体制;各种队舞使戏曲的舞蹈身段和扮相更加美化;傀儡戏、影戏也给戏曲的舞蹈动作和脸谱以影响。它们的发展使戏曲表演艺术渐趋成熟,同时也为产生优秀的文学剧本准备了条件。从《西厢记诸宫调》、《刘知远诸宫调》和话本小说《蹀躞玉观音》、《错斩崔宁》等看来,这些新兴的文学形式在刻画人物、描写环境、结构布局、曲白结合诸方面,都达到了相当高的水平,使元杂剧和南戏的产生有了坚实的艺术基础。"②邓绍基主编的《元代文学史》中说:"元杂剧是在前代戏曲艺术的基础上发展起来的。"并综合分析各家说法后提出:"大致可以断定:第一,杂剧这种戏剧样式的最初出现大致是在金末到元初,也就是十三世纪初叶到中叶这个时期内,其间它经历了从不完备到完备的发展阶段;第二,杂剧体制的完备、成熟并开始兴盛起来是在蒙古王朝改称元王朝以后。"③20 世纪 80 年代以来,围绕着元杂剧体制形成的过程和原因,郝朴宁、藤振国、王毅、季国平、蒋中琦、曾永毅等人相继撰文,对诸宫调、宋杂剧、金院本对元杂剧体制的确立之影响与促进作

---

① 阿英:《元人杂剧史》,见《剧本》,1954 年 4—10 月号。
② 游国恩等主编:《中国文学史》,人民文学出版社 1979 年版,第 181—182 页。
③ 邓绍基主编:《元代文学史》,人民文学出版社 2001 年版,第 27 页。

用进行了深入的探讨,取得了多方面共识。可以说,目前学术界对这一问题的看法是比较一致的。

杂剧自身发展说是从纵向方面探讨杂剧以前各种文学艺术形式对元杂剧形成发展的影响,但为什么直到元代才产生大家公认的元杂剧这种中国戏剧史上成熟的戏剧品种呢?这就需要从横向影响以至决定方面来进行探讨。即要从元代特定的社会、政治、经济、文化等方面来进行综合探讨。其中民族文化交融是一个很重要的方面。

另外,还有统治者爱好说、宽松的思想政治环境说、文人学士参与杂剧创作说、城乡经济繁荣说等多种影响因素,由于以后章节将要详细论述,故此处从略。

总之,作为标榜"一代之文学"的"元曲",对其进行研究,必须从政治、经济、文化等综合方面入手,庶几可以得到比较客观公正的结论。如奚海在《元杂剧论》里就曾言:

> 元杂剧令人目眩神迷、突然爆发式的繁荣鼎盛,是由元代社会的政治、经济、思想、文化等各种因素交互作用产生的合力所导致的必然结果。片面强调某一元素在某一方面的重要性甚至惟一性,排斥、摒弃在更为广阔的历史背景上,对于多维的、复杂万端的人文因素作动态的、综合的、相互影响的和全面系统的考察,就很难对元杂剧一跃成为中国乃至世界戏剧文化史上的高峰这一奇观,作出令人信服的科学解释。①

奚海所言的元杂剧突然爆发式的繁荣鼎盛,是由元代社会的政治、经济、思想、文化等各种因素交互作用产生的合力所导致的必然结果之说,是非常有道理的。在各种因素里,很重要的一点就是元代蒙古族作为中国第一个入主中原、统一华夏的少数民族,所代表的草原游牧文化

---

① 奚海:《元杂剧论》,河北教育出版社 2001 年版,第 41 页。

与中原农业文化所发生的冲突、交流、融合,影响到了当时的文学艺术、政治经济等各个方面。也就是说,某种程度上元杂剧就是北方草原游牧文化与中原农业文化互相冲突、交流、融合的产物。如上所述,持此观点者现今学界已不乏其人。

可以说,没有元代各兄弟民族及其文化的大规模涌入中原,与中原农业文化的冲突、交流、融合,就不会有今天的元杂剧,或者说杂剧不会在元朝这一特定的时期繁荣兴盛。所以说杂剧是中华各民族共同创造的,这其中特别是蒙古民族作为统治民族,对杂剧的繁荣兴盛产生了重要的影响,作出了自己重要的贡献。故在北方草原游牧文化和中原农业文化交流融合的大背景下研究元杂剧,是非常必要而且是非常重要的。目前这方面已经出现了一个很好的势头,虽然比较深入的专门论述还比较少,但有上举李修生、黄天骥诸学者的提倡与身体力行,有涉及这方面内容的论著的不断涌现,相信这方面的研究会逐步深入展开。本书就力图在这方面做一些有益的尝试。

第二节　蒙古族及北方其他少数民族音乐舞蹈之影响

上已论及,元代蒙古民族作为中国历史上第一个入主中原、统一华夏的少数民族,其所代表的北方草原游牧文化与中原农业文化产生了冲突、交流、融合,其文化艺术及政治经济等必然对元杂剧的繁荣兴盛产生明显而重要的影响。具体表现在音乐舞蹈之影响,语言文字之影响,蒙古统治者对戏曲歌舞的爱好与关注之影响,较宽松的思想政治等人文环境之影响,经济繁荣提供了物质和群众基础等方面。

元杂剧作为中国戏曲成熟的一个标志,其将曲词、宾白、音乐、舞蹈、表演等融为一体,做到了"戏"与"曲"的有机融合。其中音乐结构及其定型对其剧本与演出体制的形成起到了一个关键的作用。也就是说音乐对元杂剧的形成与定型发挥了至关重要的作用。李修生在《元杂剧史》里也曾说:"中国戏曲成熟的标志是各种表演艺术紧密结合的综合性,它把曲词、音乐、舞蹈、表演的美熔铸为一,用节奏统驭在一个戏里。而这个节奏性就是体现出音乐对全剧的统摄作用。"①可见音乐或乐曲对元杂剧的重要性。那么,元杂剧的乐曲是如何形成定型的呢?或者说它源自哪里又受到怎样的影响呢?

总的来看,元杂剧的乐曲以至于其总体艺术形式,是在前代"大曲"、"诸宫调"的基础上发展而成的,这个基础很重要,但元杂剧的繁荣兴盛又是各种艺术样式交融发展的结果,特别是北方少数民族的音乐舞蹈与中原汉族的音乐舞蹈长期的交流融合,为杂剧音乐等艺术形式的发展、成熟提供了重要的条件。也就是说杂剧的乐曲主要由大曲、诸宫调、胡夷之曲等构成。

对此问题最早是王国维提出了自己的看法,他在《宋元戏曲史》中说:

> 元杂剧之视前代戏曲之进步,约而言之,则有二焉。宋杂剧中用大曲者几半。大曲之为物,遍数虽多,然通前后为一曲,其次序不容颠倒,而字句不容增减,格律至严,故其运用亦颇不便。其用诸宫调者,则不拘于一曲。凡同在一宫调中之曲,皆可用之。顾一宫调中,虽或有连至十余曲者,然大抵用二三曲而止。移宫换韵,转变至多,故于雄肆之处,稍有欠焉。元杂剧则不然,每剧皆用四折,每折易一宫调,每调中之曲,必在十曲以上;其视大曲为自由而较诸宫调为雄肆。……此乐曲上之进步也。其二则由叙事体而变为代言体也。……此二者之进步,一属形式,一属材质,二者兼备,而后我中国之真戏曲出焉。②

---

① 李修生:《元杂剧史》,江苏古籍出版社 2002 年版,第 62 页。
② 王国维:《宋元戏曲史》,华东师范大学出版社 1995 年版,第 79—80 页。

此处王国维在对宋、元杂剧作了对比分析的情况下,指出了元杂剧的进步处及其使用大曲与诸宫调的情形,接着他引用周德清《中原音韵》所记元剧所用曲三百三十五章(章即曲也),对元剧具体使用大曲、诸宫调的情形作了分析鉴别。另外,吴梅《中国戏曲概论》、郑振铎《插图本中国文学史》等书里也有类似的观点。可以说,目前学界对元杂剧乐曲主要来自于或者说受到大曲、诸宫调的重要影响,已取得了比较一致的看法。

不过,在肯定了大曲、诸宫调对元杂剧乐曲的重要影响作用的同时,亦有不少学者肯定了北方少数民族音乐的影响作用。如王国维在论述宋、元之大曲、诸宫调时就曾说:

> 以宋以后言之,则徽宗时蕃曲复盛行于世。……至宣和末,京师街巷鄙人,多歌蕃曲,名曰"异国朝"、"四国朝"、"六国朝"、"蛮牌序"、"蓬蓬花"等,其言至俚,一时士大夫皆能歌之,(参见吴曾《能改斋漫录》)今南北曲中尚有"四国朝"、"六国朝"、"蛮牌儿",此亦蕃曲,而于宣和时已入中原矣。至金入主中国,而女真乐亦随之而入。《中原音韵》谓:"女真'风流体'等乐章,皆以女真人音声歌之。虽字有舛讹,不伤于音律者,不为害也。"则北曲双调中之"风流体"等,实女真曲也。此外如北曲黄钟宫之"者剌古",双调之"阿那忽"、"古都白"、"唐兀歹"、"阿忽令",越调之"拙鲁速",商调之"浪来里",皆非中原之语,亦当为女真或蒙古之曲也。①

此处王国维论述了宋金元时期所谓"蕃曲"在中原地区的流行情况,以及在南北曲中的具体曲目。王国维所说"蕃曲",实际上就是指北方少数民族乐曲,其中主要指女真、蒙古乐曲。

金元之际女真人与蒙古人先后进入中原,带进了大量的乐曲与乐器,被元杂剧编写与演唱者多采用,对杂剧的演唱产生了重要的影响。

---

① 王国维:《宋元戏曲史》,华东师范大学出版社1995年版,第160—161页。

关于这一点元明学者已有不少论述。如曾敏行《独醒杂志》记载：

> 先君尝言：宣和间客京师，时街巷鄙人多歌蕃曲，名曰"异国朝"、"四国朝"、"六国朝"、"蛮牌序"、"蓬蓬草"等，其言至俚，一时士大夫亦皆歌之。（此说与王国维上引类同，可见其流传之广）①

江万里在《宣政杂录》中说：

> 宣和初收复燕山以归朝，金民来居京师。其俗有"臻蓬蓬"歌，每扣鼓和臻蓬蓬之音为节而舞，人无不喜闻其声而效之者。②

徐渭在《南词叙录》中说：

> 中原至金、元二虏猾乱之后，胡曲盛行，今惟琴谱仅存古曲。余若琵琶、筝、笛、阮咸、响盏之属，其曲但有"迎仙客"、"朝天子"之类，无一器能存其旧者。至于喇叭、唢呐之流，并其器皆金、元遗物矣。③

王骥德在《曲律》卷四中说：

> 元时北虏达达所用乐器，如筝、琵琶、胡琴、浑不似之类，其所弹之曲，亦与汉人不同。④

---

① （明）曾敏行：《独醒杂志》卷五，上海古籍出版社1986年版，第45页。
② （明）江万里：《宣政杂录》说略二、杂记二，商务印书馆"中华民国"四年（1915年）版，第1页。
③ （明）徐渭原著，李复波、熊澄宇注释：《南词叙录注释》，中国戏剧出版社1989年版，第32—33页。
④ （明）王骥德著，陈多、叶长海注释：《王骥德曲律》，湖南人民出版社1983年版，第208页。

陶宗仪在《南村辍耕录》乐曲里说：

> 达达乐器，如筝、秦琵琶、胡琴、浑不似之类，所弹之曲，与汉人曲调不同。①

上述诸家之说从多方面论述了女真、蒙古乐曲、乐器在金、元之际的流行情况，特别是他们大多系当时人，所论当为可信。另外，陶宗仪在《南村辍耕录》乐曲部分罗列了达达乐曲三十一种，②其中分大曲（16）、小曲（12）、"回回"曲附（3）三部分：

1. 大曲

　　哈八儿图　口温　也葛倘兀　畏兀儿　闵古里　起土苦里
跋四土鲁海　舍舍粥　摇落四
　　蒙古摇落四　闪弹摇落四　阿耶儿虎　桑哥儿苦不丁（江南谓之孔雀，双手弹。）
　　答剌（谓之白翎雀，双手弹。）　阿厮阑扯弼（回盏曲，双手弹。）　苦只把失（吕弦。）

2. 小曲

　　哈儿火失哈赤（黑雀儿叫）　阿林捺（花红）　曲律买　者归
洞洞伯　牝畴兀儿
　　把担葛失　削浪沙　马哈　相公　仙鹤　阿丁水花

3. "回回"曲附

---

① 参见（元）陶宗仪：《南村辍耕录》卷二十八，中华书局 1959 年版，第 349 页。
② 参见（元）陶宗仪：《南村辍耕录》卷二十八，中华书局 1959 年版，第 349 页。

优里　马黑某当当　清泉当当

　　陶宗仪所举这些曲目统称达达乐曲,应该是元代蒙古语或其他少数民族语言的汉语注音,具体属哪个民族以及其名目由于资料的缺乏已很难考证。但由于陶宗仪有一些附注并结合一些史料,有的尚可考证其确切内容及族属。乌兰杰认为,"达达乐曲"的命名,大致有以下四种情况:一是用那些被蒙古人所征服的民族或国家的名称来命名的,如《畏兀儿》,即今之维吾尔族之属;二是用归入大元帝国版图的地区来命名的,如《哈八儿图》,指元代我国新疆哈密地区之属;三是用乐曲所表现的内容来命名的,如《答剌》,系元代著名的蒙古乐曲"白翎雀"。白翎雀的蒙古名是"海儿古纳·哈勒斤",蒙古语中的"答剌",或写作"塔剌",系草原之意。白翎雀翱翔歌唱于草原之上,曲名以草原取之;四是以某些重大历史事件或历史人物来命名的,如《桑哥儿苦不丁》。据《蒙古秘史》记载,成吉思汗少年时,曾在桑沽儿河畔夺回被人抢走的仅有的八匹骏马,该曲当描写成吉思汗这一传奇经历。"桑哥儿"当指桑沽儿河,"苦不丁"应是"苦不干"之误写,蒙古语"苦不干"系河畔之意。故乌兰杰认为:"《辍耕录》中记录下来的'达达乐曲',其实并非都是蒙古族乐曲,而是包括蒙古人所征服地区的各个民族的乐舞。"[①]确实,由于陶宗仪所记三十一种"达达乐曲"大都失传,今只流传《也葛倘兀》、《畏兀儿》两首,故仅从其名很难确定其族属等,但大多为蒙古族乐曲或与蒙古族有密切关系当不为谬,否则陶宗仪也不会将其统称"达达乐曲"。元时之"达达"主要指蒙古人。从而这些乐曲流行中原,对元杂剧及散曲的影响也就不言自明了。

　　另外,元人周德清在《中原音韵》等书里也载有乐曲《者剌古》、《阿纳忽》、《唐兀歹》等,从其名称看,当为蒙古族及北方其他少数民族之乐曲。

---

　　① 乌兰杰:《蒙古族音乐史》,内蒙古人民出版社 1998 年版,第 112—116 页。

这里需要强调一点，音乐由于是一种声音的艺术，如果没有曲谱等流传就很难对其进行准确的分析定性，包括对其族属的确定，故本处以及本书涉及音乐部分，只是大的方面可以确定其北方草原游牧文化特色及其与中原农业文化的交融影响，具体族属有的地方有不确定性。具体针对元代对杂剧、散曲产生明显影响的"胡夷之曲"，多提蒙古族及北方其他少数民族乐曲，这是由于元代蒙古、女真乐曲很难给予准确界定所致。

蒙古族及其北方其他少数民族乐曲大量进入中原，必然与中原汉族的乐曲产生冲突、交流、融合，并产生新的乐曲系统，这新的乐曲系统当能反映时代精神和被广大民众所接受与喜爱，同时也被元杂剧和元散曲所使用。明人徐渭在其《南词叙录》中论述了这种转变和被百姓文人所喜爱和使用的情况，他说"今之北曲，壮伟狠戾，武夫马上之歌，流入中原，遂为民间之日用。宋词既不可被弦管，南人亦遂尚此。上下风靡，浅俗可嗤。"①虽然徐渭把这种新的乐曲斥之为"浅俗可嗤"，但他指出其具有马背民族"壮伟狠戾"的特色，继南宋后南北崇尚，上下风靡，倒说明了这种新的乐曲的特点和形成轨迹。明人王世贞在其《曲藻序》里也说："自金元入主中国，所用胡乐，嘈杂凄紧，缓急之间，词不能按，乃更为新声以媚之。大抵北主劲切雄丽，南主清峭柔远。"②他们这些论述进一步说明，蒙古人、女真人进入中原后，带进了自己的音乐。这音乐"嘈杂凄紧"、"壮伟狠戾"当指其节奏旋律快又风格雄浑，"缓急之间"当指其音域宽广、变化大，这正是北方草原游牧民族音乐的特色所在。其独具特色的音乐与原先中原的音乐碰撞交融，为杂剧和散曲所吸收，对杂剧声腔曲牌的丰富产生了重要影响，从而促进了杂剧的繁荣兴盛，使其更具艺术生命力。

独具特色的蒙古族及北方其他少数民族乐曲与中原汉族的乐曲明

---

① （明）徐渭：《南词叙录》，中国戏剧出版社 1958 年版，第 25 页。
② （明）王世贞：《曲藻·序》，明万历八年，茅一相刻本，第 1 页。

显不同。中原汉族的古代音乐以中正平和为正宗,隋唐时期在外族音乐影响下兴起的燕乐,音域有了扩大,音调方面也有了急促繁杂特色,但到了宋代经过多次整顿乐律,燕乐复又由急促繁杂逐渐走向啴缓、平整和雅化。作为词乐的啴缓、平整和雅化的燕乐很难再振奋人心,嘈杂凄紧、壮伟狠戾的蒙古族及北方其他少数民族音乐反而以其强烈的刺激性使人耳目一新并得到人们的普遍喜爱,蔚为风尚。这蔚为风尚的新的乐曲,对元杂剧及散曲的产生及繁荣兴盛起了重要的作用,使杂剧及散曲的音乐也明显地具有嘈杂凄紧、壮伟狠戾的特色,这种特色对元杂剧及散曲的声韵、句法和修辞等当然也会产生一定的影响。

1. 声韵方面

具有嘈杂凄紧、壮伟狠戾特色的元杂剧及散曲音乐,其声韵体现在唱法方面主要点是一字多音。这是因其音乐特色所决定的,与其前传统的一字一音的唱法迥然不同。关于此点许金榜在《北曲音乐和元曲的形式与风格》①一文中论述说:

> 《尚书·舜典》说:"诗言志,歌永言,声依永,律和声。"这一说法奠定了中国古代一字一声的谱曲规律。《文心雕龙·乐府篇》说:"凡乐辞曰诗,诗声曰歌。声来被辞,辞繁难节,故陈思称李延年闲于增损古辞,多者则宜减之,明贵约也。"朱熹《礼仪经传通解》中的《风雅十二诗谱》即是一字一声。在古代,一字多音被目为"淫哇"之声,其中一字一音之外多余的声音又称虚声(虚空着的声音)、泛声(泛滥之声)、散声(本声之外的游散之声)、缠声(本声之外的萦绕之声)。而隋唐以来,这些虚声、泛声又逐渐被实字代替,并从而导致了长短句词的产生。所以词的歌唱一般也是一字一声的。……可见一字一声的传统歌法在人们的心目中是

---

① 许金榜:《北曲音乐和元曲的形式与风格》,《天津师范大学学报》1990 年第 6 期,第 66—72 页。

根深蒂固的。但是，这种一字一声的歌法毕竟是太单调呆板了，所以历代都有民间歌曲在冲破它的束缚，但未能从根本上改变一字一声的传统。至北曲出，乐曲繁杂急切，声多字少，一字多声的歌法遂成为普遍规律。

元杂剧及散曲以前的诗词歌唱者多为一字一声已为学界所首肯，元杂剧及散曲打破了这一规律。一字一声者只能唱出一个字声音的高或低，而不能唱出一个字声音的高低变化和声调音势，故其格律方面只讲平仄少讲四声，乐音的高低分别与文字的平仄相配合。但汉字是一种有声调的文字，它除有阴平和入声字外，每个字的声音亦均有自己的高低变化，对此传统的一字一声唱法显然有其不及之处。而元杂剧及散曲的一字多音唱法却能充分反映每个汉字声音的高低变化情形，其曲词不仅要讲平仄，而且还要讲四声阴阳。对此，周德清的《中原音韵》、朱权的《太和正音谱》、吴梅的《顾曲尘谈》等书中均有论述。吴梅在《顾曲尘谈》中说：

> 诗古文辞，……若论入手之始，仅在平仄妥协而已，况高论汉魏者，有时平仄亦可不拘。……曲则不然，平仄四声而外，须注意于清浊高下，字之宜阴者，不可填作阳声，字之宜阳者，又不可填作阴声。……一曲中必有一定字数，必有一定阴阳清浊，某句须用上声韵，某句须用去声韵，某字须阴，某字须阳，一毫不可通借。①
>
> 每一曲牌，必有一定之腔格。而每曲所填词曲，仅平仄相同，而四声、清浊、阴阳，又万万不能一律。故制谱者审问词曲中字之阴阳，而后酌定工尺，又必依本牌之腔格而斟酌之，此所以十曲十样，而卒无一同焉者也。②

---

① 吴梅:《顾曲尘谈》，上海古籍出版社 2000 年版，第 5—6、79 页。
② 吴梅:《顾曲尘谈》，上海古籍出版社 2000 年版，第 5—6、79 页。

可知元杂剧及散曲讲究一字多声,并因此也非常注意汉字的四声阴阳。

元杂剧及散曲音乐的嘈杂凄紧、壮伟狠戾特色,体现在其曲词用韵方面比传统诗词要稠密得多。其间又多体现在其所谓起调毕曲的主音之处。元杂剧及散曲的每一支乐曲都有一个主音,起统率全曲的作用。而为了统率嘈杂凄紧之杂剧及散曲音乐,其主音也就会反复出现,杂剧及散曲曲词押韵的稠密也就容易理解了。许金榜在前举《北曲音乐和元曲的形式与风格》一文中曾说:"北曲音乐繁杂急切,为了使曲调统一而不紊乱,就必须加强主音的统帅作用,其主音也就要频繁出现,因而曲词的押韵也就比较稠密。"如白朴《裴少俊墙头马上》第四折:"【石榴花】常言道'好客不如无'。抢出去又何如,我心中意气怎消除!你是窨付:负与和辜,既为官怎脸上无羞辱?"其间句句押韵,其主音突出、音调凄紧不难体会。有的更是一句之中还要押韵。当然,杂剧这种每句押韵,如果像传统诗词那样平仄分押,就会显得呆板。为了避免这种情况的出现,元杂剧往往是平仄互押。如关汉卿《包待制三勘蝴蝶梦》第一折:"【仙吕·点绛唇】仔细寻思,两回三次,这场蹊跷事;走的我气咽声丝,狠不的两肋生双翅。"所押韵处"思"、"丝"为平声,"次"、"事"、"翅"为去(仄)声,平声者音调较平和,感情较舒缓,去(仄)声者音调较急促,感情较沉重,两者交替使用,较好地表达了其间感情的起伏变化。

2. 句法方面

检读元杂剧及散曲作品,可发现其句法与传统诗词相比更加复杂多变。以杂剧的五、七言句与诗词的五、七言句相较,杂剧中不仅有诗词中常见的二、三句法和四、三句法,而且还有诗词中不常见的一、四句法和三、四句法。王实甫《张君瑞害相思杂剧》(第三本)第二折:"【普天乐】将简帖儿拈,把妆盒儿按。"是一、四句法;马致远《马丹阳三度任风子》第二折:"【滚绣球】一只手揪住系腰,一只手揢住道服,把那厮轻轻抬举,滴溜扑摔下街衢。"是三、四句法。六言句里,杂剧有诗词中不常见的一、五句法和三、三句法,如刘唐卿《降桑椹蔡顺奉母》第三折:"【红绣鞋】看山林难描画,看山涧水流长。"系一、五句法;刘唐卿《降桑椹蔡顺奉母》第四折:"【滚绣球】我焚香祭赛天,不觉的睡似痴。"系三、三句法。至于杂剧及散曲中的口语化长句,其变化的复杂多端更是在诗词中少见。著名者如关汉卿的[南吕·一枝花]《不伏老》中之"子弟每是个茅草岗沙土窝初生的兔羔儿乍向围场上走,我是个经笼罩受索网苍翎毛老野鸡蹅踏的阵马儿熟","我是个蒸不烂煮不熟捶不扁炒不爆响珰珰一粒铜豌豆,恁子弟每谁教你钻入他锄不断斫不下解不开顿不脱慢腾腾千层锦套头"等句,第一句是三、二、三、三、三、三、二、四句,第二句是三、三、三、三、三、三、四句,第三句是三、三、三、三、三、三、二、三句,第四句是四、三、三、三、三、三、三、三、二、三句,极尽变化恣肆之能事。同时要论短句也有,有的短至一、两个字。一字句在元杂剧及散曲之[醉东风]、[驻云飞]、[山坡羊]、[寨儿令]、[月儿高]等曲中较见,而诗词中仅见词之[十六字令起拍]和[哨遍]换头处;二字句在元杂剧及散曲中随处可见,而诗词中多用于词之[兰陵王]、[暗香]等的换头处。而且一、二字句在元杂剧及散曲里使用得要比词中来得生动活泼。

元杂剧句法的复杂多变,是其乐曲嘈杂凄紧或者说错综复杂的一种体现,乐曲的错综复杂必然使其相配合的词也会复杂多变。

3. 修辞方面

元杂剧及元散曲音乐的嘈杂凄紧、壮伟狠戾,对杂剧及散曲的用语修辞等亦产生了一定影响。其中主要表现在叠句的运用、象声词的运用、方言口语的运用、排比句的运用等方面。

元杂剧中叠句的使用大量存在。如白朴《唐明皇秋夜梧桐雨》第一折:"【油葫芦】……悄悄蹙蹙款把纱窗映,扑扑簌簌风刮珠帘影。"包含 AABB 式句内叠字句两个。这种节奏紧凑、往复回环的词曲,与中正平和之燕乐词曲是有很大区别的。

方言俗语及象声词的使用亦是元杂剧的一个独特之处。如关汉卿《望江亭中秋切鲙》第二折:"【尧民歌】……你休得便乞留乞良搋跌自伤悲。"关汉卿《钱大尹智勘绯衣梦》第三折:"（正旦云）……好生的方头不劣也!"白朴《唐明皇秋夜梧桐雨》第四折:"【笑和尚】原来是滴溜

溜绕闲阶败叶飘,疏剌剌落叶被西风扫,忽鲁鲁风闪的银灯爆。"还有
"渐留渐零"、"橹篷剔留"、"失留疎剌"、"希飚胡都"、"乞留屈律"、
"必飚不答"、"咿呖呜剌"、"这答儿"、"悽惶"等多音节的形容性方言
口语,其确切含义只能根据上下文来确定;"这答儿"、"悽惶"作为地方
方言今在内蒙古西部地区等地仍在流行,"这答儿"即这个地方、这里,
"悽惶"形容处境不好或心里难受。这样大量使用方言俗语及象声词
一方面可看出乐曲的繁杂凄紧,另一方面这些语言的使用也会促使杂
剧曲词为了配合乐曲进一步的繁杂凄紧倾向。

　　元杂剧曲词还大量地使用了排比修辞手法,显现了其热烈奔放、铺
张扬厉的特色。如关汉卿《关大王独赴单刀会》第三折:"(关兴云)到
那里古剌剌彩囗磨征旗,扑鼕鼕画鼓凯征鼙,齐臻臻枪刀如流水,密匝
匝人似朔风疾。哭啼啼父子两分离,……笑吟吟齐和凯歌回。"使用了6
个排比句,表达了一种强烈的思念之情。这种大量地使用排比句,很适
宜表现作者那种奔放急切的思想感情,同时与元杂剧音乐嘈杂凄紧的
特点也是相吻合的。

　　综上所述,蒙古族及北方其他少数民族音乐不仅总体上影响了元
杂剧的形成与发展,而且使元杂剧在声韵、句法及修辞方面显现出了与
传统诗词的迥然不同。如其在声韵演唱方面的一字多音和讲究四声,
句法方面的灵活多变和生动活泼,修辞方面的多用叠字、方言俗语、象
声词及排比句等。关于这一点,有的学者已经论及,但总觉得还是比较
笼统。究其原因,恐怕主要是因为作为声音艺术的音乐,其在元代时本
来面貌如何,今已无从得知,今只是从前人的论述中大概得知其具有嘈
杂凄紧、壮伟狠戾的特点,故论述起来很难做到具体细致,但愿随着研
究的深入能做到这一点。

　　所谓的"胡舞",即元代蒙古族及北方其他少数民族的舞蹈也对
元杂剧产生了一定的影响。这从杂剧剧本中可看出一些端倪。如白
朴《唐明皇秋夜梧桐雨》楔子:"(安禄山云)这是胡旋舞。"又第一
折:"(旦扮贵妃引宫娥上,云)……此人猾黠,能奉承人意,又

能胡旋舞。"可知元代蒙古族宫廷及民间舞蹈应对杂剧的舞蹈表演有一定的影响。因为杂剧采用了不少蒙古族及北方其他少数民族具有刚健勇武特色的音乐，其舞蹈肯定亦会吸收具有同样特点的蒙古族舞蹈。

第三节　语言文字之影响

　　蒙古族语言文字丰富了元杂剧的词汇和表现力。元杂剧中直接引用蒙古语的例子比比皆是，因为元杂剧的音乐、舞蹈、宾白、唱词等不少具有北方游牧民族的刚健勇武特色，加之元代蒙汉文化交流广泛，不少人互懂对方语言文字，所以引用蒙古语言文字也就成为可能的事情。关于这一问题，明人张楚叔已有认识。他在《衡曲尘谭》中所说："自金元入中，所用胡乐嘈杂缓急之间词不能按，乃更制新声（散曲、杂剧）以媚之，……大江以北渐染胡语（女真、蒙古语言）。"①另早在二十世纪三十年代就有人专门论及。如 1930 年由商务印书馆印行的贺昌群的《元曲概论》一书，其中就有专门章节论述了元曲的渊源及其与蒙古语的关系等。进入 21 世纪以来，2001 年由汉语大词典出版社、云南大学出版社联合出版的方龄贵的《古典戏曲外来语考释词典》一书中，共搜集了近两百个元明戏曲中使用的蒙古语词汇。② 该书是从释词方面考证研究元明戏曲中使用蒙古语的集大成著作。这方面的专门论文也有不少。如严望舒、吴晓铃的《谈元曲的蒙古方言》，③包双喜的《谈元杂

---

　　① （明）张楚叔：《衡曲尘谭·作家偶评》，明崇祯十年（1377 年）张师龄刻本，第 3 页。

　　② 参见方龄贵：《古典戏曲外来语考释词典》，上海汉语大辞典出版社、云南大学出版社 2001 年版。该书是 1991 年汉语大辞典出版社出版的作者的《元明戏曲中的蒙古语》一书的扩充。《元明戏曲中的蒙古语》收蒙古语词汇 114 条，该书收蒙古语词汇近 200 条，扩及清代戏曲，并收有少量波斯语、阿拉伯语，以及满语借词。

　　③ 严望舒、吴晓铃：《谈元曲的蒙古方言》，张月中主编：《元曲通融》，山西古籍出版社 1999 年版，第 200—201 页。

剧中蒙古语的运用》,①王永炳的《元剧曲中的蒙古语及其汉语音译问题》,②牧兰的《简析元明杂剧中的蒙古语》③等,多方面探讨了元杂剧中蒙古语的使用情况。涉及这一问题的论文、论著更不在少数。

不同民族间的文学以至文化交流,语言当是其重要手段。元杂剧中使用蒙古语常见者如"兀的"(这、这个、这里)、"也么哥"(什么)、"抹邻"(马)、"巴都儿"(英雄)、"倒刺"(歌唱)、"米罕"(肉)、"弩门"(弓)、"速门"(箭)、"牙不"(走)"兀刺"(鞋底、脚掌或一种皮制的靴鞋)、"胡同"(长、直、深的去处)、"打刺孙"(酒)、"莎搭八"(酒醉)、"倚的"(吃)、"火不思"(一种乐器)、"厮麻"(津、液)、"怯薛"(护卫军)、"火里赤"(带弓箭之人)、"怯烈司"(拴马的处所)、"罟罟"(蒙古贵族妇女所戴之一种冠饰)、"站"、"窝脱"(官商)、"撒和"(人事)、"兀剌赤"(车夫)等。下面举一些具体使用实例。

1. 兀的,蒙古语,汉意为这里、这个、这、这些、这样。指示代词。

如关汉卿《哭存孝》第二折:"(李存孝云)兀的(这个)小人,你告甚么?"

关汉卿《哭存孝》第二折:"(李存信云)……英雄曲死黄泉下,忠心孝义下场头!邓夫人也,兀的(这)不苦痛杀我也!"

白朴的《董秀英花月东墙记》第三折:"(夫人云)……与这等不才畜生私约,兀的(这)不辱没杀人也?"

高文秀《刘玄德独赴襄阳会》第二折:"(司马云)兀的(这)不是刘玄德?"

杨显之《临江驿潇湘秋夜雨》楔子:"(正旦云)……天阿,兀的不害

---

① 包双喜:《谈元杂剧中蒙古语的运用》,《内蒙古民族大学学报》2008 年第 5 期,第 38—40 页。

② 王永炳:《元剧曲中的蒙古语及其汉语音译问题》,《民族文学研究》2003 年第 1期,第 33—39 页。

③ 牧兰:《简析元明杂剧中的蒙古语》,《赤峰学院学报》2007 年第 1 期,第 32—33、54 页。

杀我也。"

"兀的"一词在元杂剧里出现的频率颇高,粗检王季思主编的《全元戏曲》有千次之多。但关于其确切解释目前还未看到,查阅不少元曲释词词典类及相关论著论文,多解释为语助词、虚词,言无意。虽有个别者如陆澹安的《戏曲词语汇释》中解释"兀的"为这,但未说明其系蒙古语。如以蒙古语"这"、"这个"、"这里"解释之,不仅上下文通畅,而且也可知其是有实际含义的。

蒙古语是有一整套表示近处和远处的指示代词的。其中表示近处者词根为[ə],表示远处者词根为[tə]。例如:

近　　处	远　　处
[ənə] 这个	[tərə] 那个
[əgun] 这个	[təgun] 那个
[əimu] 这样	[təimu] 那样
[ədə] 这些、这些人	[tədə] 那些、那些人
[ədəgər] 这些	[tədəgər] 那些
[ədui] 这么多	[tədui] 那么多

元杂剧中的兀的[udə]与上述蒙古语[ədə](这些、这些人)对应,只是把词首展唇元音[ə]记作圆唇元音[u]而已。而且从上述所引例证来看,兀的解释为这里、这等意是比较确切和可信的。其尾音之[d]、[ə]的不同,当为汉族人士发音不准所致,或古今蒙古语发音变异的结果。

2. 也么哥,蒙古语,汉意为什么、什么啊、什么吗,也可转意为怎么、怎样。疑问感叹词。其出现的频率更高,粗检王季思主编的《全元戏曲》亦有数百处之多。查阅不少元曲释词词典类及相关论著论文,亦多解释为语助词、虚词,言无意。如陆澹安的《戏曲词语汇释》有专条收入,释为"衬词,无意义",或"曲之定格,规定用此三字,不为义"。

如马致远《西华山陈抟高卧》第三折:"【叨叨令】贫道做不的官也么哥(什么啊),做不的官也么哥(什么啊)!不要紫罗袍,只乞黄绸被。"此处是为了表达不做官,如果以传统的语助词、虚词来解释显然不妥。以"什么啊"来解释比较谐和。

马致远《邯郸道省悟黄粱梦》第四折:"【叨叨令】……(正末唱)至如将小妮子抬举的成人大,也则是害爹娘不争气的赔钱货。不摔杀要怎么也波(么)哥,不摔杀要怎么也波(么)哥?"此处将蒙汉语同义词"怎么"、"什么"并列使用,由于蒙古语"也么哥"也可转意为"怎么",全句可翻译为"不摔死你要怎么啊"? 或"不摔死你还能做什么"? 这里运用了蒙汉双语的等价同义词,即人们看到用汉语解释的词就能理解蒙古语词的意义。此种情况在元杂剧里很多,如"强盗忽剌海"(《流星马》第三折【古竹马】),"忽剌海"在汉语中的等价同义词亦是"强盗"或"贼"、"小偷"。这样我们来理解此例就相当容易了。

关汉卿《关张双赴西蜀梦》第四折:"【叨叨令】……皂朝靴踏不响玻璃瓮,白象笏打不响黄金兽。原来咱死了也么哥,原来咱死了也么哥!"可译为"原来咱死了能做什么"! 或"原来咱干吗要死"!

还有邓玉宾[正宫·叨叨令]《道情》:"求功名贪富贵今何在? 您省的也么哥(什么)? 您省的也么哥(什么)?"

周文质[正宫·叨叨令]《自叹》其二:"世间多少伤心处,人面不知归何处。望不见也么哥(什么),望不见也么哥(什么),绿窗空对花深处。"

对"也么哥"一词解释为语助词、虚词不是很妥,如上述所举者。如以蒙古语疑问感叹词什么、什么啊、什么吗、怎么、怎样来解倒是比较妥帖。

元曲中大量使用的也么哥,应读作[jamag],其读音与蒙古语之表示疑问的代词[jamar](什么)对应,其尾音之[g]、[r]的不同,当为汉族人士发音不准所致,或古今蒙古语发音变异的结果。

从而确定也么哥为蒙古语当属可信。

3. 打剌孙,又写作打剌酥、答剌孙、打剌苏等,汉意为酒。

如张寿卿《降桑椹》第一折:"(白厮赖云)哥也,俺打剌孙多了,您

— 92 —

兄弟莎搭八了。"

无名氏《小尉迟》第二折："［清江引］不知道我哄他，把我当实话，去买一瓶打剌酥吃着耍。"

关汉卿《哭存孝》第一折："（李存信云）撒因答剌孙，见了抢着吃。"

4. 莎搭八，又写作莎塔八，汉意为酒醉。

如张寿卿《降桑椹》第一折："（白厮赖云）哥也，俺打剌孙多了，您兄弟莎搭八了，俺牙不约儿赤罢。"

关汉卿《哭存孝》第一折："（李存信云）喝的莎搭八，跌倒就是睡。"

无名氏《射柳捶丸》第三折："（党项云）打剌孙喝上五壶。（阻孛云）莎搭八了，不去交战。"

5. 巴都儿，又写作巴都尔，汉意为英雄、勇士。

如《老君堂》剧楔子："（净扮高雄上云）巴都儿来报大王呼唤，不知有何将令，小学生跑一遭去。"

马致远《汉宫秋》第三折："（番王惊救不及叹科云）巴都尔，将毛延寿拿下，解送汉朝处治。"

6. 哈剌，汉意为杀、杀害之意。

如尚仲贤《单鞭夺槊》第二折："（无吉云）量这敬德打什么不紧，趁早将他哈剌了，也还便宜。"

马致远《汉宫秋》第三折："（番王诗云）似这等奸邪逆贼，留着他终是祸根，不如送他去汉朝哈剌，依还的甥舅礼两国长存。"

关汉卿《五侯宴》第五折："（赵脖揪云）事到今日，饶便饶，不饶便哈剌了罢。"

7. 牙不，又作哑步、哑不，汉意为走。

如《焦光赞活拿萧天佑》第三折："（耶律灰白）杨六儿若还来赶跟着，我准备牙不。"

无名氏《射柳捶丸》第三折："（党项云）杀将来，牙不牙不。"

无名氏《黄花峪》第一折:"(店小二白)不干小人事,那蔡衙内听得你唱,问秀才借嫂子,与他递二盅酒,叫三声义男儿,我便上马哑不也。"

8. 抹邻,汉意为马。

如关汉卿《哭存孝》第一折:"(李存信云)米哈整斤吞,抹邻不会骑。"

无名氏《射柳捶丸》第三折:"(阻孛云)不会骑撒因抹邻。"

9. 站,源于蒙古语,意与今车站、兵站的站同。

如岳伯川《铁拐李》第一折:"(韩魏公云)老汉军差也当,民差也当,因老汉有几文钱,也当站户哩!"

杨景贤《西游记》第七出唐僧白:"善哉! 善哉! 离了长安,行经半载,于路有站。如今无了马站,只有牛站,近日这牛站也少,到化外边境,向前去,不知什么站。"

10. 胡同,又写作衚衕,蒙古语,本意为长、直、深的去处。今汉语小巷,北京叫胡同,其源于蒙古语。

如王实甫《丽春堂》第一折:"万草千花御苑东,籁翠偎红彩绣中,满地绿茸茸,更打着军兵簇拥,可兀的似锦胡同。"

关汉卿《单刀会》第三折:"(关平云)你孩儿到那江东,旱路里摆着马军,水路里摆着战船,直杀一个血衚衕。"

11. 米罕 汉意为肉。

如刘唐卿《降桑椹蔡顺奉母》第一折:"(白厮赖自吃科,云)香喷喷的米罕。"

以上只是择其较通俗易懂者略举数例,说明元杂剧中大量地使用了蒙古语。为什么会出现这种情况呢? 应当与当时大家杂居共处,多民族文化交融有密切关系。既然大家杂居共处,就势必会互相学习对方的语言文字。贺昌群在《元曲概论·元曲的渊源及其与蒙古语的关系》中曾说:"语言这个东西,本是富有流动性的,人类各个大团间,除非是'老死不相往来'的人,都不免要发生语言的相互影响。这个原因决非有意的作为,乃是人类社会活动中自然留下的痕迹。……辽、金、元三朝是中国北部的民族与外来民族'血肉相搏'的时代,中国语言所受的影响,当然更为显著。"①蒙古族及北方其他少数民族要学习汉语言文字,汉族也要学习蒙古族及北方其他少数民族的语言文字,特别是作为"国语"的蒙古语言文字。其间汉族及其他少数民族学习蒙古语言文字主要包括学校教育和民间自学两大部分。如蒙古汗国时期太宗五年(1233 年)成立的国子学,就招收了数十名蒙古族及北方其他少数民族子弟和汉族子弟学习汉语和蒙古语。其中汉人主要学习蒙古语。《析津志》引录了《蛇儿年(1233 年)六月初九日圣旨》石刻原文介绍该国子学的有关情况时就指出:"这孩儿每(主要指蒙古人)学得汉儿每言语文书会也,你每那孩儿(主要指汉人)亦学底蒙古言语弓箭也会也。……若学底会呵,不是一件立身大公事那甚么!"②另元人许有壬在《上都孔子庙记》里亦说:"太宗嗣位,择必者赤子弟十八人,学汉语文字。汉官子弟参学国语弓矢。且分四队以教,命中书令杨惟中主其事,作屋居之,饩廪育之,榎楚督之,迄定宗朝不辍。"③通过这些论述,大概可以了解大蒙古国国子学在学习内容方面,蒙古子弟学习汉语汉文,汉人子弟学习蒙古文与弓箭。终元一朝,在统治者的提倡下,在中央和地方的国子学等各级各类学校中,基本贯彻了这一原则,培养了大批懂汉语的蒙古及北方少数民族人才和懂蒙古语的汉族等民族人才。蒙古族及北方其他少数民族懂汉语的事例比比皆是,他们大批的汉文创作就是明证。汉族懂蒙古语的例证也不在少数。如秦起宗"字元卿,其先上党人,……年十七,会立蒙古学,学辄成,辟武卫译史"。④

---

①　贺昌群:《元曲概论·元曲的渊源及其与蒙古语的关系》,中国书籍出版社 2006 年版,第 74 页。

②　(元)熊梦祥:《析津志辑佚》,北京古籍出版社 1983 年版,第 197—198 页。

③　(元)许有壬:《至正集》卷四十四,清宣统三年本,第 43 页。

④　(明)宋濂等撰:《元史·秦起宗传》卷一百七十六,中华书局 1976 年版,第 4116 页。

赵璧"字宝臣,云中怀仁人。世祖为亲王,闻其名召见,宠遇无与为
比。……令蒙古生十人,从璧受儒书。敕璧习国语(蒙古语),译《大学
衍义》,时从马上听璧陈说,辞旨明贯,世祖嘉之"。① 史弼"字君佐,一
名塔剌浑,蠡州博野人。……弼长通国语,膂力绝人"。② 梁德珪"字伯
温,大兴良乡人。初给事睿顺圣皇后宫,令习国语,通奏对,年十一,见
世祖"。③ 曹元用"字子贞,世居阿城,后徙汶上。……奉旨撰集甲令为
《通制》,译唐《贞观政要》为国语。书成,皆行于时"。④ 王寿"字仁卿,
涿郡新城人。幼颖敏嗜学,长以通国字,为中书掾"。⑤ 刘好礼"字敬
之,汴梁祥符人。……幼有志,知读书,通国言,宪宗时廉访府辟为参
议"。⑥ 郝和尚拔都"太原人,以小字行。……长通译语,善骑射"。⑦
这些懂蒙古语的汉族人士大多为文化人,史籍多有记载,普通老百姓懂
蒙古者史籍记载虽然比较少,但分析当时多民族交错杂居,人们交往的
需求等情形,当为更多。正是由于有这一基础,元杂剧及散曲中大量引
用蒙古语才是自然而然的事情。否则用于歌唱的元杂剧及散曲过耳即
忘,如不懂蒙古语大家是不会感兴趣的。

　　元杂剧及散曲中大量地使用蒙古语,实际上是一种"借字"关系,

① (明)宋濂等撰:《元史·赵璧传》卷一百五十九,中华书局 1976 年版,第 3746
页。

② (明)宋濂等撰:《元史·史弼传》卷一百六十二,中华书局 1976 年版,第 3799
页。

③ (明)宋濂等撰:《元史·梁德珪传》卷一百七十,中华书局 1976 年版,第 4005
页。

④ (明)宋濂等撰:《元史·曹元用传》卷一百七十二,中华书局 1976 年版,第 4028
页。

⑤ (明)宋濂等撰:《元史·王寿传》卷一百七十六,中华书局 1976 年版,第 4103
页。

⑥ (明)宋濂等撰:《元史·刘好礼传》卷一百六十七,中华书局 1976 年版,第 3925
页。

⑦ (明)宋濂等撰:《元史·郝和尚拔都传》卷一百五十,中华书局 1976 年版,第
3553 页。

即一个民族的语言中掺杂了另一个民族语言,增添了外来语成分。从中可以看出两个民族和两种文化接触和交流后在语言上所产生的影响;同时也可以反过来考量两个民族和两种文化之间的交流融合状况。如萨皮尔说:"语言,像文化一样,很少是自给自足的。交际的需要使说一种语言的人和说邻近语言的或文化上占优势的语言的人发生直接或间接接触。交际可以是友好的或敌对的。可以在平凡的事务和交易关系的平面上进行,也可以是精神价值——艺术、科学、宗教——的借贷或交换。很难指出一种完全孤立的语言或方言。"①蒙古族及北方其他少数民族与汉族在语言方面的交流,不仅仅停留在"借字"的层面,互相引用学习对方的语言文字,而且提升到了"精神价值"的高度,双方的文化影响到了对方的文学艺术创作,特别是蒙古族及北方其他少数民族作家创作了大批汉文文学作品,在更高层面上展开文化交流融合。

　　这种情况如今在内蒙古地区仍然存在。如流传在内蒙古鄂尔多斯地区的"漫瀚调"中就有蒙汉歌词杂用的情况。"漫瀚调"是一种民歌演唱形式,已列为中国民间非物质文化遗产。据研究者考证,"漫瀚调"由蒙古族短调加汉语歌词来演唱,其中"漫瀚"系蒙古语"芒赫"(沙漠)之音译,故又称沙漠调,亦称蒙汉调。"漫瀚调"中之"风搅雪"(一种曲牌类型)蒙汉语歌词杂用情况更为突出。"风搅雪"得名就非常有趣,象征着蒙汉文化的融合。下面举几段本人在鄂尔多斯市准格尔旗实地调查所得之"风搅雪"唱段:

　　　　"玛耐"(蒙古语,我)到了"塔耐"(你)家。

　　　　遇了个"塔耐"(你)不在家。

　　　　瞎眼的"脑亥"(狗)咬"玛耐"(我),

　　　　"玛耐"(我)掏出个大烟袋,

　　　① 转引自罗常培:《语言与文化》,北京出版社 2004 年版,第 21 页。

狠狠地打他个"陶劳盖"（头）。（中国民间文化杰出传承人，
漫瀚调歌王奇附林演唱）

男：水红花开在"乌松当特勒瓦"（水里头），

想你想在"色那当当特勒瓦"（心里头）。

女："格庆格勒沙格达"（三十三颗荞麦），

九十九道棱；

呀么勒赛亨胡亨（咋的个好妹妹），

也是人家的人。（准格尔旗漫瀚调歌手郭立明、王惠萍演唱）

男：和你交朋友有一些些怕，

听不懂你说甚呀拉不成话。

女：听不懂那个说甚呀我给你教，

赛音白努（好）就是咱二人好。（准格尔旗漫瀚调歌手乔盼、
韩丽演唱）

　　这些"漫瀚调"民歌蒙汉语杂用，生动地反映了当地蒙汉人民及其
文化水乳交融的情形。实际上内蒙古西部地区日常口语中也多有蒙汉
语杂用之情形。如骂人或称小偷为"贼忽拉"，其中"忽拉"为蒙古语
"忽拉盖"之略称，意为贼或小偷，蒙汉语重叠使用，意相同。再如"荞
面圐圙"，"圐圙"为蒙古语，意为圆圈，全称指一种圆桶状的蒸食的荞
面食物。

　　我们从今天蒙古族汉族杂居地区之蒙汉语杂用情况，完全可以推
测元代特别是元杂剧及散曲中杂用蒙古语的情况。正是民族间的交流
融合、杂居相处，彼此熟悉对方的语言文化，才可能出现互相语言杂用
之情况。而互相语言杂用，肯定反映了蒙古族和汉族彼此在文化方面
的交流融合，进而影响到文学创作。

　　正因为元杂剧中大量地使用了蒙古语，所以在民族文化交融的大
背景下研究这一问题就显得非常必要。因为如果不能确切地掌握蒙古
语的准确含义，就不能够准确理解元杂剧的内容，有时还会闹出笑话。

尤其是那些整段都是蒙古语的剧作。如关汉卿《邓夫人苦痛哭存孝》第一折:"(李存信云)米罕(肉)整斤吞,抹邻(马)不会骑。弩门(弓)并速门(箭),弓箭怎的射? 撒因(好)答剌孙(酒),见了强者吃。喝的莎搭八(酒醉),跌倒就是睡。若说我姓名,家将不能记。一对忽剌孩(盗贼),都是狗养的。"短短的一段道白,就包含有 8 个蒙古语,如果不熟悉蒙古语,是很难读通的。更有甚者,望文生义,曲解贬斥,就更不应该了。如彭恒礼的《关汉卿杂剧中的族群意识》一文,主旨在论述"关汉卿对'我群'与'你群'的划分是相当清楚的",并得出结论是"关汉卿对'你群'的厌恶"。其间指明"我群"就是汉民族,"你群"是蒙古等少数民族。并且以关汉卿的两部作品《关大王独赴单刀会》与《邓夫人苦痛哭存孝》的分析来说明自己的观点。如其说:

　　　　在《哭存孝》中,李存信被设计成陷害和杀害李存孝的凶手,这个异族人被关汉卿塑造成一个百事不会,只会害人的宵小。请看关汉卿为李存信设计的自我介绍:"米罕整斤吞,抹邻不会骑。弩门并速门,弓箭怎的射? 撒因答剌孙,见了强者吃。喝的莎搭八,跌倒就是睡。若说我姓名,家将不能记。一对忽剌孩,都是狗养的。自家李存信的便是。"这哪里是史书上通晓几种语言"善战、识兵势"的李存信,分明是个酒囊饭袋。吃的食物是米罕,喝得酒叫莎塔八,称自己是撒因答剌的孙子,忽剌的孩子,这都是作者在强调李存信的异族身份。而且借李存信之口说他是狗养的,连李存信的祖宗也骂上,可见关汉卿对"你群"的厌恶。[1]

　　彭恒礼此段论述,由于不懂蒙古语出现了多处常识性的错误。如蒙古语的撒因答剌孙(好酒)被他曲解为撒因答剌的孙子,忽剌孩(盗贼)被他曲解为忽剌的孩子,并指出这是"关汉卿对'你群'的厌恶"。

[1]　彭恒礼:《关汉卿杂剧中的族群意识》,《河南大学学报》2006 年第 6 期,第 123 页。

其中主要原因是作者不懂蒙古语又望文生义，并为自己的狭隘"族群"观念服务。可见了解蒙古语对研究元杂剧之重要性，否则轻者对正确理解杂剧内容有碍，重者妄加引申会出现不可原谅的错解。

另外，由于不懂蒙古语错解杂剧者还有不少。如《元曲鉴赏辞典》中将"火里赤"（带弓箭者或弓箭手），或译写作"火鲁赤、豁儿赤、火儿赤"，误释为"厨师"；王贵元《诗词曲小说语辞大典》中将"搭镘"（皮袄或袄子），或"搭膊"误释为"一种布制的长方形口袋"；《元剧俗语方言例释》中将"赛娘"（赛为蒙古语"赛因"、"撒因"的简称，意为"好"）误释为"无人照顾的儿童"；徐嘉瑞《金元戏曲方言考》中将"牙不约儿赤"（走去或行去）误释为"打马声"；《元曲释词》把"土木八"（羊尾）误释为"厨子"等。这些工具性的著作出现如此错误，其误导作用更大。由此可见，在元代这一民族文化大交融的时代，研究元代文学，如果不熟悉蒙古等北方少数民族语言及其文化是有很大障碍的。

杂剧中使用蒙古语的问题已经引起一些学者的重视。如严望舒、吴晓铃在《谈元曲的蒙古方言》一文中说："近来研究元曲的风气越来越盛了，可是研究的范围，大概总限于作者的考证、戏曲本事的源流和影响，角色的考据，曲调的渊源等等。对于元曲语言的研究，一直到现在为止，还是寥若晨星。前辈吴梅先生在他的《元曲研究 ABC》上册中，曾经说他将在下册中谈到元曲的方言。可是直到吴先生逝世为止，这个预约还是没有实现。贺昌群先生在他的《元曲概论》中曾有'元曲的渊源及其与蒙古语的关系'一章，但是到底也没有说出什么大关系来……""的确，如果没有先把元曲中的方言俗语研究清楚，那么我们读元曲总还是等于囫囵吞枣一样，鉴赏元曲文章便更谈不到了。"并且指出："研究元曲中的方言俗语，愚意应从两方面着手：一是从宋元人笔记、语录等书中研究宋元的方言市语……二是研究蒙古语。"①确实

---

① 贺昌群：《元曲概论·元曲的渊源及其与蒙古语的关系》，中国书籍出版社 2006 年版，第 74 页。

如此,研究元杂剧如果不熟悉蒙古语及其草原游牧文化,是会受到限制的。正是基于这个角度,黄天骥才说"否则不足以论元剧"。

客观而论,目前大家对于杂剧中使用蒙古语的问题已经引起重视,但研究的深度和广度还远远不够,多为一些释词性的成果。而且就是释词也还没有完全做完。要想改变这种局面,必须有一大批蒙古语汉语特别是古代蒙古语汉语兼通的学者参与进来。并且还要了解和熟悉当时汉语翻译蒙古语的规律,古今蒙古语、汉语的变化情况等。可喜的是已经有这样的学者发表了这方面的研究成果。如前举的包双喜、王永炳、牧兰等。他们蒙汉兼通,假以时日,可望取得丰硕的成果。

元杂剧中使用蒙古语归纳起来有几个特点:

一是有不少与反映蒙古游牧生活或者说在蒙古游牧生活中比较突出的事项有关。如"打剌孙"(酒)、"莎搭八"(醉)、"抹邻"(马)等。这样大量的引用更可以生动地描绘之。

二是可加强幽默诙谐气氛,烘托演出效果,同时也更加突出了杂剧的通俗化、口语化、民间化等美学价值。如一折演完人物要退场时,往往说"比牙不"(我要走了),颇像今天人们口头常说的英语"拜拜了您那",有一种插科打诨的意味。同时这些语言也是比较通俗易懂、易于掌握的,是与元杂剧的通俗性风格相一致的。用汉语演唱的元杂剧,在引借别的民族的语言文字时,不可能引用那些典雅难懂者,而是要借用其明白的事项、通俗的语言。

三是配合了音乐的需要。元杂剧引用蒙古语大多是在道白中,但唱词中引用由于蒙古语汉文翻译字数多,与音乐所要求当合拍。有些蒙古语如"也么哥"等,如解释为汉语的疑问感叹词"吗"等,显然字数和音乐节拍很难谐和,使用蒙古语不但可以烘托气氛,而且由于其字数增加和音乐节拍也更加吻合。

四是可说明当时蒙汉文化生活交流之广泛,一般观众可懂一些蒙古语。戏剧演出不像书面作品,听不懂就过去了,如听不懂的词汇太多会影响演出效果。这在中国历史上是很少见的。上述所举者尚是夹用之例,元杂剧道白中还有整句整段使用蒙古语词汇的情况。如《黄廷道夜走流星马》第二折中,正旦扮番女与通事的一段对话,几乎通篇都是蒙古语。正旦云:"莽古歹打剌酥次来比。"通事云:"保尔赤次拾列杯者。迷失迷哈比赛艮打剌酥次来兀无来。"正旦云:"莽古歹赤年空俺。"通事云:"也隐迷都也麦哈杯。"这种情况由于汉语音译的误差和古今蒙古语的变化,今已很难将其非常准确地翻译出来,不知当时演出者和观众是一种什么情形。不过最起码可以说明当时蒙古语的流行和普及情况,说明当时蒙汉人民之间交往的密切。

五是元杂剧中专篇描写蒙古生活的剧目还不多,从这些地方可以看出汉族文人对蒙古生活的反映及其蒙汉文化交流的一些信息。

另外,从元杂剧中大量引用蒙古语的事实还可以看出蒙古语对元杂剧剧本文法的影响。扎拉嘎在其《比较文学:文学平行本质的比较研究——清代蒙汉文学关系论稿》一书就曾说:"(元杂剧)在一些会话里,还用蒙古语语法和汉语语法交织的形式。"①如《邓夫人苦痛哭存孝》第一折:"(李存信云)米罕(肉)整斤吞,抹邻(马)不会骑。弩门(弓)并速门(箭),弓箭怎的射?撒因(好)答剌孙(酒),见了抢着吃。喝的莎塔八(醉),跌倒就是睡。"短短几句话有"米罕"、"抹邻"、"弩门"、"速门"、"撒因"、"答剌孙"、"莎塔八"等七个蒙古语词汇,其中有的蒙汉语搭配使用,由于受蒙古语语法的影响,从汉语语法的角度来看,有的形成了倒装句。如"米罕(肉)整斤吞","米罕"作为宾语,应该放在"吞"的后面,整句应为"整斤吞米罕",是一个典型的宾语倒置句;"抹邻(马)不会骑","抹邻"亦作为宾语,应该放在"骑"之后,整句应为"不会骑抹邻",亦是一个典型的宾语倒置句。这种倒装句的形式和引用蒙古语比较起来,应该不会影响观众的理解,反而会增加别样意味。同时,这些应该说是当时人们耳熟能详的蒙古语的引用,觉得非常

---

① 扎拉嘎:《比较文学:文学平行本质的比较研究——清代蒙汉文学关系论稿》之《附录一:接受群体之结构变化与文学的发展》,内蒙古教育出版社 2002 年版,第 309 页。

自然顺畅。

而从语言发展史的角度来看,这样大量蒙古语言文字的渗入,应当对当时语言语音系统产生一定的影响,特别是大都等北方地区。因为元曲(杂剧、散曲)基本上反映了元大都的实际语言语音情形。如李修生在其《元杂剧史》中说:

> 蒙元时期多元文化的发展,使文学摆脱旧的束缚有了新的发展,俗文化的兴盛,观众的热爱,演员的努力,作者的创造,形成了元杂剧的繁荣局面,推动了元代书面语的口语化,也促进了汉语的发展和提高。……
>
> 在宋和金末期,汴洛语音系统无疑占有重要位置,到了金元,北方语言进一步融会,最终大都语音系统逐渐上升为全民族的共同语,这在中国语言史上是一个新的时期的开始。元曲的韵律也形成一个新的系统。①

具体到元杂剧作品,它在大都语言语音系统的大背景下,引用蒙古族语言文字和受蒙古人讲汉语音调的影响,主要表现在丰富词汇和口语化方面。杂剧属俗文学范畴,其显著特点之一是其表达的口语化。对此,胡适在《元人的曲子》一文中说:

> 元曲大多数都是白话的,……这个时代的文学,大有一点新鲜风味,一洗南方古典主义的陈腐气味。曲子虽然也要受调子的限制,但曲调已比词调自由多了,在一个调子之中,句法与字数都可以伸缩变动。所以曲子很适宜于这个时代的新鲜文学。②

---

① 李修生:《元杂剧史》,江苏古籍出版社2002年版,第74—75页。
② 胡适:《胡适古典文学研究论集》,上海古籍出版社1988年版,第611—617页。

何乐士在《元杂剧语法特点研究》一文中也说：

> "戏曲"语言与"变文"语言相比，语言面貌从整体上有了改观，"戏曲"极大程度地摆脱了书面语的束缚，尤其是"戏曲"中的对白，几乎是当时纯粹的口语。关汉卿是大都（北京）人，他的作品主要反映当时北京口语，现代汉语普通话也是以北京方言为基础的，可以看出，虽然"戏曲"语言与现代汉语还有一些重大差别，……但现代汉语的大致面貌在元代已经具备了。①

胡适与何乐士之言，突出强调的是元杂剧的口语化，同时也指出其具有"新鲜风味"，在中国语言语音史上占有重要地位，对现代汉语的形成亦产生了重要的影响作用。我们这里要重点强调的是，元杂剧的口语化及其在中国语言语音史上的重要作用，是与当时以蒙古族为代表的北方草原游牧文化与中原农业文化的交流分不开的。蒙古族的语言文字，讲说汉语的腔调，以及其质朴豪放的民族性格等，对元杂剧的口语化等通俗文学特征的形成是有一定影响的。

上述种种说明，蒙古族语言文字等确实对元杂剧产生了一定影响，丰富了其表现力，某种程度上适应或者说促进了其口语化。

第四节　蒙古族统治者对戏曲歌舞的爱好与关注之影响

蒙古民族能歌善舞，生活中无论普通百姓还是贵族统治者，时时有歌舞相伴。对此中外史书多有记载。如南宋赵珙在其《蒙鞑备录》中记载了蒙古汗国木华黎国王出师的情景：

---

① 程湘清编：《宋元明汉语研究》，山东教育出版社 1992 年版，第 19—24 页。

> 国王出师,亦从女乐随行。率十七八美女,极慧黠,多以十四弦等弹大官乐,四拍子为节,甚低,其舞甚异。①

此段文字说明了蒙古人对乐曲歌舞爱好之痴迷程度,连行军打仗亦时刻不废。《马可波罗游记》中描写元世祖朝曲宴礼节时也说:

> 宴罢散席后,各种各样人物步入大殿。其中有一队喜剧演员和各种乐器演奏者,还有一班翻跟斗和变戏法的人,在陛下面前殿勤献技,使所有列席旁观的人,皆大欢喜。这些娱乐节目演完之后,大家才分散离开大殿,各自回家。②

此处所演节目大概还是杂耍乐器之类,是否有杂剧还不好肯定。而波斯人拉施特《史集》中就明确记载了窝阔台汗观看戏剧演出的情形:

> 从汉地来了一些戏子,演出了一些奇怪的戏,其中有各族人的形象。在有一出戏中,他们拖出了一个胡须斑白、顶缠头巾、缚于马尾的老人。[合罕]问道:"这是什么人的形象?"他们答道:"是[我们的]敌人木速蛮的形象,战士们就是这样把他们从城中拉出去的。"他命令停演,……以后不要这样作了。③

这里所指的戏大概应是杂剧,因为已包括"代言"体的人物和故事

---

① 王国维笺证、赵珙著:《蒙鞑备录》燕聚舞乐条,北平文殿阁书庄印行,"中华民国"三十五年(1946年),第44页。

② 陈开俊等人译:《马可波罗游记》第二卷第十三章,福建科学技术出版社1982年版,第100页。

③ 余大钧、周建奇译,[波斯]拉施特著:《史集》第二卷,商务印书馆1985年版,第87页。

情节等,窝阔台汗看后表达了自己的看法,认为作弄"木速蛮"人不适当。

这些资料充分说明了元代蒙古族统治者对戏曲歌舞的喜爱,这与中国其他汉族封建王朝的统治者是截然不同的。其前,中国汉族封建统治者视倡优为"贱役",如果沉湎于歌舞杂戏,国君会因此而"误国",君子会因此而"玩物丧志"。到了金元时期,由于统治者是少数民族,这种状况有了根本的改变。

正因为蒙古族统治者对戏曲歌舞的爱好,有元一代教坊乐人受到了空前的重视。教坊是中国封建王朝管理宫廷俗乐的官署,其职能是管理祭祀等雅乐之外的音乐、舞蹈、百戏等事务,始设于唐代。但据《唐书》、《宋史》、《明史》等记载,唐代"教坊使"正五品,宋代"太乐署令"从七品,明代"教坊司"仅正九品,而元代曾将教坊司置于正三品的高位。显然,元代教坊司的品秩要高于其他朝代。《元史·百官志》对教坊司情况有一比较详细的记载:

> 教坊司,秩从五品。掌承应乐人及管领兴和等署五百户。中统二年始置。至元十二年,升正五品,十七年,改提点教坊司,隶宣徽院,秩正四品。二十五年,隶礼部。大德八年,升正三品。延祐七年,复正四品。①

元代教坊司的品秩经过了一个发展变化的过程,初设从五品,大德时达到最高的正三品。细分析之,这种发展变化,亦即其品秩高低的走向又与元杂剧的繁荣与衰落相对应。教坊司品秩的逐步走高时期,正好是元杂剧的发展繁荣时期;教坊司品秩的由高向低时期,正好是元杂剧走向衰落的时期。学界一般将元杂剧分为初、中、晚三个发展时期,即初期,自蒙古灭金至元世祖忽必烈至元三十一年(1234—1294 年);

---

① (明)宋濂等撰:《元史·百官志》卷八十五,中华书局 1976 年版,第 2139 页。

中期,自元成宗铁穆耳元贞元年至元文宗图帖睦尔至顺三年(1295—
1332 年);晚期为元顺帝妥懽帖睦尔统治时期(1333—1368 年)。① 其
中初期应该是元杂剧的繁盛期,元廷将教坊司置于正三品高位的成宗
大德八年(1304 年),离初期的最后一年至元三十一年(1294 年)亦仅
十年,也应该是繁盛期间。另据《元史·百官志》记载,元仁宗延祐二
年(1315 年)还准备擢用伶人曹咬住为礼部尚书。这些资料除显示了
元朝蒙古统治者对戏曲歌舞的爱好外,还说明其对教坊乐人的重视,对
元杂剧的繁荣兴盛起了促进作用。

　　正是基于此,元廷还将杂剧的演出引入内宫。当时,向宫廷"献
剧"的记载已屡见不鲜,现在所能见到的元杂剧剧本,很多是"录之御
戏监"或"内府",即所谓宫廷"承应"的本子。如兰雪主人《元宫词》
所述:

> 初调音律是关卿,《伊尹扶汤》杂剧陈。
> 传入禁苑宫里悦,一时咸听唱新声。

杨维桢《元宫词》描述:

> 开国遗音乐府传,白翎飞上十三弦。
> 大金优谏关卿在,《伊尹扶汤》进剧编。

臧晋叔在《元曲选·序》里也说:

> 顷过黄从刘延伯借得二百种,云录之御戏鉴,与今坊本不同。
> 因为参伍校订,摘其佳者若干,以甲乙厘成十集。

---

① 　关于元杂剧的分期及繁盛期等参见李修生:《元杂剧史》,江苏古籍出版社 2002
年版,第 113—115 页。

上述可证元廷调演杂剧的频繁,并且内宫还专设"御戏鉴"管理此事。另外,元朝蒙古大汗还对杂剧的演出时有训示,表示了他们对杂剧演出这一艺术活动的关注。如《元典章·刑部·杂禁·禁治粧扮四天王等》记载:

> 至元十八年十一月初二日,御史台承中书省札付,御史呈提点教坊司申:闰八月二十五日,有八哥奉御,秃烈奉御,传奉圣旨:"道与小李,今后不拣什么人,十六天魔休唱者,杂剧里休做者,休吹弹者,四大天王休装扮者,骷髅头休穿戴者,如有违犯要罪过者!仰钦此。"①

此段文字说明蒙古贵族统治者对杂剧演出的喜爱与关注,同时也说明其对杂剧内容的某些取舍。正是因为有取舍限定之内容,一些论者将其作为元朝蒙古族统治者限制杂剧演出的材料多次引用。但这里需要辨明的一点是,此处所限定的只是局限于"十六天魔休唱者","四大天王休装扮者","骷髅头休穿戴者",并没有对普遍反映社会生活的题材给予限制。"十六天魔"当指元代宫廷舞蹈《十六天魔舞》,"四大天王"与"骷髅头"当指藏传佛教舞蹈跳"查玛",可能元杂剧的编演者将这些内容吸收进了杂剧的表演中,触犯了佛教的尊严,故遭到了圣旨的限制。可见当时蒙古族统治者所限制的仅限于涉及佛教者,并没有从更广泛的层面加以限制,故将其作为蒙古族统治者普遍限制杂剧演出的佐证是不适当的。关于这方面的内容,笔者后面还要进一步给予论述。

不仅蒙古贵族统治者喜爱杂剧的演出,据史料记载,普通蒙古族老百姓也非常喜爱杂剧。如刻立于元泰定帝五年(1328年)的《创修露台记》载:

---

① 《元典章·刑部·杂禁》卷五十七,中国书店1990年版,第821页。

伏以鹢鸾遥空，迤望风而飘举。人祷其神，必获荫而降福。夫芮邑忠孝乡东吕社，故祀□昭惠灵显真君，殿宇雄壮，庙貌俨然。廊庑昔皆具备，惟有露台阙焉。里人蒙古恬蛮，谨发赤诚，愿为胜事，特舍所废之资，命工矗□琢石，经营创建，不日而成。於戏！斯台既立，若不刻诸于石，恐以岁时绵远，无能光先启后，聊且真书，以识岁月云。泰定五年暮春中旬九日，□怡后人刘士昭谨志。

　　修台人恬蛮　　母塔海氏　　妻舍舍　　男□□　　女儿□□

　　大元戊辰岁次

　　砌匠许德成　　王信刊①

　　此碑文是为了纪念蒙古族恬蛮一家捐资创修露台而作的。碑高42厘米，宽62厘米，现镶嵌在山西芮城县东吕村关帝庙山门舞楼中门过道的东壁上。东吕村关帝庙山门舞楼是山西现存的古戏台之一，是一座大三连台。恬蛮一家捐资创修露台当然是为了方便人们看戏，包括他们全家在内。通过此碑文及恬蛮一家捐资创修露台事，可说明几个问题：1. 元代山西普通蒙古族老百姓与汉族老百姓的杂居情况已经很普遍；2. 元代杂剧在各民族中已经很普及，连定居乡里的普通蒙古族老百姓都如此嗜好，遑论通都大邑、达官贵人；3. 已经从单纯的爱好发展到实际的参与和支持。从而也说明当时各民族文化交融的深度和广度。另从现存山西戏曲碑刻文中还可以发现，不少蒙古人亦参与其间。如《重修真泽庙记》载："……达鲁花赤末儿不花……立石。"②从元代有关法律条文规定，达鲁花赤为蒙古人专任可知，末儿不花当为蒙古族。《后土庙重修记》载："……保义校尉乡宁县达鲁花赤兼管本县诸军奥鲁兼劝农事脱脱赤……等刊。"③可见蒙古人对戏曲爱好参与的

---

① 冯俊杰编著：《山西戏曲碑刻辑考》，中华书局2002年版，第120—121页。
② 冯俊杰编著：《山西戏曲碑刻辑考》，中华书局2002年版，第69—70页。
③ 冯俊杰编著：《山西戏曲碑刻辑考》，中华书局2002年版，第77—78页。

广泛性。

元代蒙古族统治者及普通百姓对戏曲歌舞的这种喜爱关注与支持,对整个杂剧艺术的繁荣与兴盛自然有促进作用,这样上下结合才促进了元杂剧创作演出的轰轰烈烈开展。同时,原本喜爱戏曲歌舞的蒙古人,入主中原后,虽然很注意学习汉文化,但毕竟元初时汉文修养还不高,出于娱乐消遣之目的,首先选择的当然是元曲(杂剧、散曲)这种通俗的文学样式。

对于蒙古族统治者对戏曲歌舞的喜爱与关注促进了元杂剧的繁荣兴盛,不少中外学者予以充分肯定。如早在1905年,渊实就在《中国诗乐之迁变与戏曲发展之关系》一文中指出,蒙古统治者入主中原后,"于往时勤俭力行之反动,增长奢华淫侈之风,现出铅彩营花之地,自可供耳目之娱乐材料之必要上,促唱曲之发展"。① 阿英在《元人杂剧史》中更明确说,元杂剧繁荣的"一个有利条件,就是当时统治阶级的支持"。② 邓绍基在其主编的《元代文学史》中说:"从《元典章》所记'禁治妆扮四天王等'条,可知世祖至元十八年时,杂剧已在宫廷流行,只下旨'休做''四大天王'和'十六天魔'。中外历史上常有这样的情况,一种民间娱乐进入封建宫廷,在宫廷流行,反过来又会对社会,特别是对上层社会发生了影响,从而使这种娱乐更加流行开来"。③ 奚海在《元杂剧论》里说:"作为精神产品或文化商品的戏曲艺术的发展,在很大程度上,即决定于社会和观众对于它的需求及其迫切程度。帝王贵族的庆典筵宴,雅人高士的集会酬酢,市民商贾的娱乐消遣,……这种上至九五之尊,下至羁旅黎庶的对于戏剧文化的强烈要求,在元代表现得分外突出,从而直接刺激了元杂剧的发达兴旺。"④ 幺书仪在其《戏

---

① 渊实:《中国诗乐之迁变与戏曲发展之关系》,见阿英《晚清文学丛钞·小说戏曲研究卷》。

② 阿英:《元人杂剧史》,见《剧本》,1954年4—10月号。

③ 邓绍基主编:《元代文学史》,人民文学出版社1991年版,第39页。

④ 奚海:《元杂剧论》,河北教育出版社2001年版,第77页。

曲》里说:"从女真开始一直延续到蒙古时代,对粗犷豪放音乐、歌舞的爱好,则直接影响到北杂剧刚劲豪健而又浅俗鄙俚的艺术基调的形成。……元王朝统治阶级对歌舞戏曲的爱好,鼓励了戏曲的发展。"①

另外,日本汉学家青木正儿亦在其所著的《元人杂剧序说》里说:"蒙古人的爱好歌舞和强制推行俗语文,这两件事对于助成杂剧的盛行上,大概具有重大的关系。"②

这些中外学者所论,集中到一点,就是充分肯定了元代蒙古统治者对戏曲歌舞的爱好,对元杂剧繁荣兴盛所起的影响与促进作用。当然,也有提出反对意见者,其主要依据是元统治者制定有限制杂剧搬演的法律条文。对此详见下节论述。

第五节　较宽松的思想政治等人文环境之影响

元代思想政治环境的相对自由宽松及尊重各民族的宗教信仰与风俗习惯,为元杂剧的繁荣提供了一个较宽松的思想政治环境和多元文化环境。

在控制思想环境方面,或者说意识形态领域方面,元朝时期较前其他封建王朝表现要宽松和自由得多。随着宋、金王朝的灭亡,原有的思想政治格局遭到了巨大的冲击和破坏,汉代以来独尊儒术,以及宋代程朱理学一统的局面被打破,而在这种新旧交替之际,各种与传统文化大相径庭的新思想、新思潮却找到了其滋生与发展的最好时机。其间很重要的一点就是元朝疆域的空前扩大,中外各民族交往的空前活跃,人们生活领域与知识领域的空前拓展,加之元政府执行了一套比较宽松的思想文化政策。

---

① 幺书仪:《戏曲》,人民文学出版社 1994 年版,第 83 页。

② [日]青木正儿著,隋树森译:《元人杂剧序说》,收入《元曲研究》(乙编),台北:里仁书局 2001 年版,第 7 页。

国家的统一和疆域的空前扩大,使昔日各民族、各地区之间相对封闭隔绝的状态就被彻底打破,思想政治、经济文化等方面的交流就空前活跃,而人们的思想认识等方面就必然不会满足于原有状态,要求一种宽松的思想环境和言论的自由也就成为一种必然。

中外交往的空前活跃,促使元政府顺应时势发展的要求,实行了一套对外开放的政策。据有关史料记载,元朝与欧、亚、非一百四十多个国家有经贸关系和文化方面的往来,其中有不少杰出人物。如著名旅行家马可·波罗,传教士、旅行家鄂多立克,马黎诺里及所率领的罗马教会使团,曾在大都兴建教堂,后被教皇任命为大都及东方大主教的孟特·戈维诺等人。这些人带进了异域的思想文化,与中国本土思想文化进行碰撞、交流、融会,促进了元代思想文化等方面的开放与多元。

正是在这种思想政治等背景下,加之蒙古族尚武的文化特征,元政府执行了一套比较宽松的思想文化政策。如在宗教信仰方面,执行的是一套宗教信仰自由的政策。实际上,从成吉思汗建立蒙古汗国时起,以至元世祖忽必烈及终元一代,思想宗教界均比较开放,如不把哪教哪派定为一尊,而让儒、释(佛)、道、伊斯兰、基督、萨满等各教各派自由活动与发展。当然,元代蒙古族统治者尊奉藏传佛教(喇嘛教)为国教,但他们在政府中却大量地起用了儒士和西域穆斯林,这也说明了其思想文化政策的宽松与多元性特点。

关于元代宽松的思想政治环境,有不少学者给予肯定,但也有一些学者提出异议。肯定者如奚海在其《元杂剧论》中说:

> 在意识形态领域,元帝国时期也更趋于宽松、活跃、民主、解放。①

章培恒、骆玉明主编《中国文学史》中说:

---

① 奚海:《元杂剧史》,河北教育出版社 2001 年版,第 48 页。

　　元代社会很有些特殊之处值得注意。近来,元史研究者普遍认为,过去过于夸大了元朝落后、黑暗的一面,是不适当的。尽管元朝的政治、经济存在着若干倒退的现象,但也有一些前代所没有的积极因素,这既表现为由于蒙古族入主中原,带来了某些文化的"异质",给中国固有的文化传统增添新的成分、新的活力,也表现为由于意识形态控制的放松,使得社会思想能够较多地摆脱传统规范的束缚。……①

郭英德在《元杂剧与元代社会》中说:

　　蒙古统治者相对松动的文化政策和少数民族伦理道德对封建传统道德的冲击,促成了元杂剧自由怀疑思想的发展。蒙古统治阶级入主中原,提倡宗教平等、信仰自由,促进了各民族的融合和多元的思想文化的交流,使社会思想显得活跃而开放。②

　　上述学者对元代宽松的思想政治环境给予了充分肯定,并且是在对杂剧繁荣兴盛影响的基础上提出的。应该说这种肯定已越来越多,目前已占居主导地位。但同时也应注意到持异议者的意见。持异议者的主要依据是元朝廷曾颁布了限制戏剧演出的某些刑法及社会黑暗与民族歧视压迫等。当然,与戏剧演出关系紧密的还主要是某些限制戏剧演出的刑法。这是一个不容回避的问题。因为我们一方面说元代较宽松的思想政治环境对元杂剧的繁荣兴盛起了积极作用,而另一方面元代又确实存在着限制戏剧演出的刑法,那么如何解释这两者互相矛盾的关系呢?
　　首先,我们要确认元代确实颁布了一些限制戏剧演出的法律条文。

---

①　章培恒、骆玉明主编:《中国文学史》下,复旦大学出版社 1996 年版,第 5 页。
②　郭英德:《元杂剧与元代社会》,北京师范大学出版社 1996 年版,第 190 页。

如《元史·刑法三》言:"诸妄撰词曲,诬人以犯上恶言者,处死。"《刑法四》言:"诸民间子弟,不务正业,辄于城市坊镇,演唱词话,教习杂戏,聚众淫谑,并禁治之。""诸乱制词曲,为讥议者,流。"①这些记述可谓严刑峻法。但如果不局限于这些只言片语,结合其他一些刑法条文来看,恐怕情况并没有如此严重。如《元典章》所记数条:

[禁学散乐词传]:

至元十一年十一月二十六日……顺天路束鹿县头店,见人家内聚约百人,自搬词传,动乐饮酒。……除系籍正色乐人外,其余农民市户、良家子弟,若有不务本业,习学散乐,般说词话人等,并行禁约。……②

[禁弄蛇虫唱货郎]:

至大十二年,……在都唱琵琶词货郎儿人等,聚集人众,充塞街市,男女相混,不唯引惹斗讼,又恐别生事端。……依上禁行。……③

[禁聚众赛社集场]:

延祐六年……今后夜间聚着众人唱词的,祈神赛社的,立集场的,似这般聚众着妄说大言语、做歹勾当的,有呵,将为头的重要罪过也者,其余唱词赛社立集场的每,比常例加等要罪过。④

① (明)宋濂等撰:《元史》卷一百四、一百五,中华书局 1976 年版,第 2651、2658 页。
② 《元典章·刑部·杂禁》卷五十七,中国书店 1990 年版,第 820 页。
③ 《元典章·刑部·杂禁》卷五十七,中国书店 1990 年版,第 820 页。
④ 《元典章·刑部·禁聚众》卷五十七,中国书店 1990 年版,第 816 页。

从上述这些律令来看,元统治者真正关心的是治安和稳定,他们防范的是所谓的"聚集人众"、"别生事端",怕由此引起对统治不利的事态与局面。元朝蒙古族统治者作为入主中原的北方少数民族,其对"聚众集会"的敏感,对社会秩序安定的关注等是可以理解的,而且他们主要考虑的,还是在于这些活动有可能对人们的正常生活秩序带来干扰和破坏。另外,就从形式方面来看,并未专指杂剧的演出,包括搬演词传、祈神赛社等;就内容方面来看,并未做具体限制,点明什么可以演什么不可以演。当然,个别律令也涉及杂剧的具体演出内容,如前举"十六天魔休唱者"、"四大天王休妆扮者"、"骷髅头休穿戴者"等,但前已分析,这只是对涉及佛教内容的限制,并未在更广泛方面给予限制。所以说,元代还是为杂剧的演创提供了一个比较宽松的思想政治环境。至于那些对"诬人以犯上恶言者"、"讥议者"的有关处罚刑律,恐怕也只是笼而统之的一般性政治原则,一些抽象的规定,亦是其他封建王朝对包括文学艺术在内的意识形态领域的必不可少的基本要求。① 对此,李春祥在《试论元杂剧的繁荣》一文中亦说:"他们禁止的是妖魔神鬼戏,而不是禁演一切戏,只要不是直接或正面'为讥议'或'犯上恶言',还是允许其存在的。"并说:"不管统治者是否有什么忌讳,皇帝下命令禁演妖魔神鬼戏,在客观上还是具有进步意义的。"②任崇岳、薄音湖在《关于元杂剧繁荣原因的几个问题》一文中亦阐述了同样的观点:"单看规定(元朝法令)自然是文网森严,足以使人箝口结舌,噤若寒蝉,但是,实际情况并不如此。不然我们便不能解释,为什么有元一代作家如林,先后达二百人之多,竟没有一人因文字罹祸。""元统治者既没禁演、销毁哪一出戏剧,也不曾见赐给任何人以'名教罪

---

① 参见奚海:《元杂剧论》,河北教育出版社 2001 年版,第49—51 页。
② 李春祥:《试论元杂剧的繁荣》,见《元杂剧论稿》,河南大学出版社 1988 年版,第 17 页。

人'的恶谥。说元代统治者摧残了戏剧，是不公正的。"①所以，对元代较宽松的思想政治环境对杂剧繁荣兴盛产生积极影响说的持异议者，其认为元统治者摧残了戏曲艺术的理由并不充足。元代蒙古族统治者对杂剧的创作演出持支持与鼓励态度的事例倒是不少。如前蒙古族统治者对戏曲歌舞的爱好部分所论诸多事例。

元朝鼎盛时期思想言论的相对自由，文学艺术创作演出的较少顾忌等亦可作为其思想政治环境相对宽松对杂剧的繁荣兴盛产生积极影响的佐证。元代思想言论方面是比较自由的。这可以从史书记载和文人的创作实际等方面得到证明。如《元史·选举志》记载：

> 仁宗延祐七年十一月，诏曰："比岁设立科举，以取人材，尚虑高尚之士，晦迹丘园，无从可致。各处其有隐居行义、才德高迈、深明治道、不求闻达者，所在官司具姓名，牒报本道廉访司，覆奏察闻，以备录用。"又屡诏求言于天下，使得进言于上，虽指斥时政，并无谴责，往往采择其言，任用其人，列诸庶位，以图治功。其他著书立言、裨益教化、启迪后人者，亦斟酌录用，著为常式云。②

此段文字描述了元廷在科举之外，广征人才、纳贤求言等情形，并且点明"虽指斥时政"，亦"并无谴责，往往采择其言，任用其人"，而且"著为常式"。这也从一个侧面说明当时在思想言论方面还是比较自由的。这样的记载在《元史》等史书里还有不少。具体在文人创作实际方面，元代文人写诗作文凭吊宋末忠臣义士如文天祥等人的甚多，并且公开传阅讽刺针砭时政的诗文，不少元人的墓志铭里亦有直言蒙古军的杀戮和统治者的残暴等内容。针对这种情况，郭英德在《元杂剧

---

① 任崇岳：《关于元杂剧繁荣原因的几个问题》，《历史教学》1982年第1期，第61页。

② （明）宋濂等撰：《元史·选举志一》卷八十一，中华书局1976年版，第2035页。

与元代社会》一书里颇有感慨地说："有鉴于此,我们就不难理解,为什么元代既有'诸乱制词曲为讥议者,流','诸妄撰词曲诬人以犯上恶言者,处死'的明文法典,而众多的借古讽今、'讥议'时弊、'犯上恶言'的杂剧作品却得以广为流传了。"①亦即我们可以理解为,正是由于元代比较自由的思想言论环境才使这些"借古讽今"、"讥议时弊"、"犯上恶言"的杂剧作品广为流传和搬演。

元代的文学艺术创作其中包括杂剧的创作是较少顾忌的。明人朱权(1378—1448 年)的《太和正音谱》是一部曲论和曲谱的研究专著,其卷上开宗明义说:"予今新定乐府体一十五种及对式名目",②即其厘定、总结出 15 种乐府体式,其中有一种被称为"盛元体"。朱权对"盛元体"的解释是:"快然有雍熙之治,字句皆无忌惮。又曰'不讳体'。"③"盛元体"所指确切为何?结合《太和正音谱》主要是论述元曲(杂剧、散曲)的专著,朱权在自序中所言形诸于乐府的礼乐产生于太平盛世之说,以及其具体解释为"字句皆无忌惮,又曰'不讳体'"等,应该说"盛元体"就是指,在朝政处于太平盛世的形势下,为演创者提供了一种无拘无束的演创环境所创作出来的敢于直抒胸臆、反映现实的具体作品及其风格。亦即可以说明元杂剧及散曲创作有一种较少顾忌,比较宽松的思想言论环境,其特点是敢于直面现实,较少忌讳。关汉卿的《窦娥冤》、王实甫的《西厢记》当是这种"不讳体"的代表作。对此奚海在《元杂剧论》里说:"循着《太和正音谱》是一部主要论述元代杂剧和散曲的专著这个角度探寻,得出'盛元体'是专指元王朝盛世时那种直抒胸臆、酣畅淋漓、自由狂放、无所顾忌等做人为文的时代风

---

① 郭英德:《元杂剧与元代社会》,北京师范大学出版社 1996 年版,第 190 页。

② (明)朱权:《太和正音谱》,见《录鬼簿》(外四种),上海古籍出版社 1978 年版,第 122 页。

③ (明)朱权:《太和正音谱》,见《录鬼簿》(外四种),上海古籍出版社 1978 年版,第 122 页。

尚这样的结论,恐怕是大致不差的。"①

如果和明代戏剧创作的环境与特点来做一对比的话,亦可看出元代戏剧创作环境的宽松。明初杂剧作家与作品不少,但无论思想内容还是艺术成就远不及元杂剧,特别是思想内容方面,脱离现实、脱离生活已形成风气,宣扬封建道德和消极避世已成为主要创作倾向。其主要原因是由于统治阶级加强了对戏剧演创的控制和利用,有利于其封建统治的就大加提倡,不利于其封建统治者如抨击封建制度、揭露官场黑暗等的就严加打击和排斥。如《大明律》"禁止搬做杂剧律令"条:"凡乐人搬做杂剧戏文,不许妆扮历代帝王妃、忠臣节烈、先圣先贤像,违者杖一百。官民之家容扮者与同罪。其神仙道扮及义夫节妇、孝子顺孙、劝人为善者不在禁限。"显然,这是要求戏剧为其封建政教服务,亦即从政策上规定杂剧只能演符合统治阶级需要的东西。在这种情况下,戏剧创作中最盛的是点缀升平的娱乐之作和宣扬封建道德的作品。如朱有燉的《诚斋乐府》、丘濬的《五伦全备记》等。《五伦全备记》写五伦全、五伦备兄弟孝义友悌故事,是典型地宣扬封建伦理道德的东西。像元杂剧《窦娥冤》、《西厢记》那样的作品是很少见的。黄仕忠在其《中国戏曲史研究》中就曾说:"从明初榜文、律令限制戏曲题材、主题的情况,也可以知道戏曲创作再难像元代那么自由了。戏曲走向暂时的低潮,似乎是应有之义。"②由此也可看出,元代这种比较宽松的思想政治等人文环境,对杂剧的繁荣兴盛是产生了积极影响的。

元代蒙古民族入主中原,其所代表的北方草原游牧文化与中原农业文化的冲突、交流、融合,特别是对中原农业文化中传统的封建礼教的冲击,亦是杂剧创作思想政治等人文环境比较宽松的一个重要原因。封建礼教是中国以汉族为主体的封建社会政治制度的核心,它是人们日常生活的行为规范,其历史源远流长,宋、元理学盛行以来,主要表现

---

① 奚海:《元杂剧论》,河北教育出版社 2001 年版,第 51—52 页。
② 黄仕忠:《中国戏曲史研究》,中山大学出版社 2001 年版,第 41 页。

在"三纲五常"等方面。而蒙古民族作为北方草原游牧民族,其所代表的北方草原游牧文化,与中原农业文化有很多不同的地方。如在婚俗和等级制度方面、婚俗方面,元明时期蒙古族兄亡弟可以娶嫂,父亡子可以继庶母;等级制度方面,元时蒙古族等级观念不是很强,崇尚自然天成。元末明初人叶子奇在其《草木子》中就言:

> 至于元朝,起自漠北,风俗浑厚质朴,并无所讳。君臣往往同名。后来虽有讳法之行,不过临文略缺点画而已,然亦不甚以为意也,初不害其为尊。以至士大夫间,此礼亦不甚讲。①

叶子奇此段话是在论述了周、秦、汉、唐、宋以来在讳法等级制度方面的严格要求后谈论元朝状况的,指出元廷以至士大夫间对讳法等级制度的"不甚以为意"以及蒙古族的"浑厚质朴"风俗。确实,蒙古民族作为北方草原游牧民族,入主中原之初,封建的伦理道德、忠孝节义等观念比汉民族要淡化得多,体现在私人生活和个人婚姻等行为方面崇尚纯朴自然。元仁宗(1312—1320年)才逐渐开始提倡节孝。

这种不同文化的冲突、交流、融合,特别是对中原传统封建礼教的冲击,为元杂剧的创作提供了某些方面的有利条件。如元杂剧中有不少背叛封建礼教的剧目,可以说就是这种情况的产物。具体有追求自由婚姻,反对父母之命媒妁之言,否定封建的门第和功名观等。其代表作有王实甫的《西厢记》、白朴的《墙头马上》、关汉卿的《拜月亭》、《调风月》、郑光祖的《倩女离魂》等。另在元杂剧的繁荣时期大德(1298—1307年)以前,根据钟嗣成《录鬼簿》记载,345个剧本中,从剧目标题看只有14个是宣扬封建伦理教化的,其他绝大部分是对社会现实的反映。故元代以蒙古族为代表的北方草原游牧文化对中原传统礼教的冲击,亦是杂剧演创的有利因素之一。对此,幺书仪在其《戏曲》一书里

---

① (明)叶子奇:《草木子》卷之三下,中华书局1959年版,第58页。

亦说:"蒙古族不拘'礼法',带有原始特征的民族性格,冲击了中原已经十分发达完善的儒家礼制和观念上的规范,这一切构成了包含新的意识、新的风格的北杂剧产生和繁衍的社会文化背景。"①

元代为杂剧演创提供了较宽松的思想政治等人文环境,除上面所论及者外,蒙古民族特别是统治者的汉文化修养及其统治偌大的中原汉地的实际状况亦是不可忽视的因素。蒙古族入主中原后,虽然从世祖忽必烈时起,就大力提倡学习汉文化,但在杂剧繁荣兴盛的元中前期,其汉文修养未必很高,加之其喜爱戏曲歌舞、武夫豪放性格等,对戏曲的思想内容和社会功能还缺乏足够的理解和重视,故对杂剧的创作、演出活动干预较少。实际上,蒙古统治者由于其豪放勇武的性格,对这些文字末节的事情也未必重视,抑或重视管理也未必在行。另一方面,元朝蒙古族作为一个统治民族,其入主中原后,人数上占少数,文化上相对处于劣势,统治地域又是如此广大,首先碰到的一个问题就是如何治理这样一个地域广大、人口民族众多的国家。这需要他们竭尽全部智慧,有的还需要从头学习和熟悉,并且主要精力还应该在治国方略与人才培养使用上,对戏曲歌舞等应该说还根本无暇顾及。就是偶尔有一些对戏曲歌舞关注爱好之记载,那也是其兴趣使然。这也就势必会造成元廷在许多地方和领域出现鞭长莫及甚至失察失控的情况。这样也就为元杂剧的茁壮成长和繁荣兴盛提供了一个良好的文化生态环境。

综而言之,正是由于元代国家的空前统一,多民族文化的广泛交流,蒙古民族特别是蒙古族统治者的气质个性,国家的特别是元中前期的思想政治的蓬勃向上、宽松自由等,为元杂剧的演创提供了一个较宽松的思想政治等人文环境,成为元杂剧繁荣兴盛的一个重要原因。对此,奚海在其《元杂剧论》里曾说:"民族的交流融合,国家的空前统一,民心的逐渐凝聚,社会的相对安定,作为一个新王朝的开拓缔造者所往

---

① 幺书仪:《戏曲》,人民文学出版社 1994 年版,第 83 页。

往具有的高瞻远瞩、宽容豁达的恢弘气魄，以及由此而造成的元王朝前期全民性的情绪昂奋和思想解放，全社会的万象更新和蓬勃朝气，给元杂剧的勃兴提供了一个比较良好的政治环境和社会基础。因此，朱权所称'生当太平之盛，乐雍熙之治，欲返古感今，以饰太平'，并进一步指出，'盖杂剧者，太平之盛事，非太平则无以出'云云，就不能简单地认为仅仅是正统文人对于封建政权的美化，而是尊重客观事实的唯物观点。它至少揭示了促成元杂剧繁荣鼎盛的诸多原因中比较民主的良好社会政治环境这样一个最为基本的重要方面，所以应当予以充分肯定。"①奚海此说比较全面，同时也代表了正面肯定此说学者的观点。

第六节　城乡经济繁荣提供了物质和群众基础

元代城乡经济繁荣特别是城市经济的繁荣为元杂剧的发展提供了物质基础和群众基础，促进了杂剧演出的商业化。

元朝建立之初，世祖忽必烈就一方面致力于全国的统一大业，一方面下大力气抓城乡的经济发展与建设。首先，抓农业的振兴。如设立劝农使司，巡行劝课农桑；奖励开荒种地，对垦荒者在一定时限内给予减免租税的奖励；实行屯田制度，漠北蒙古不少地区的农业生产也得到了不同程度的发展；组织专家学者编写农业学、水利学方面的著作，元世祖至元二十三年（1286 年），"诏以大司农司所定《农桑辑要》书颁诸路。"②《农桑辑要》是我国古代农业学方面的重要著作。这些措施使当时的农业得到了很大的发展。

其次，抓手工业。元朝统治者把工匠编为专门的匠户予以管理，这是较前其他封建王朝所没有的。他们一方面注意保护战争中俘获的各种匠人，另一方面从民间也征用不少工匠，并将他们括户编籍，设专门

---

① 奚海：《元杂剧论》，河北教育出版社 2001 年版，第 52—53 页。
② （明）宋濂等撰：《元史·世祖十一》卷十四，中华书局 1976 年版，第 290 页。

机构管理。对这些有一技之长的匠人在政策上给予种种照顾,如免除杂泛差役,一顷之内耕地准予免征税粮,在完成官定数额后可进行自己的手工业生产等。元朝的手工业生产是相当发达的,为朝廷上缴了大量的税利粮食等。据《元史》记载,世祖中统四年(1263 年),"以礼部尚书马月合乃兼领颖州、光化互市,及领已括户三千,兴煽铁冶,岁输铁一百三万七千斤,就铸农器二十万事,易粟四万石输官"。① 武宗至大三年(1310 年),尚书省臣言:"上都、中都银冶提举司达鲁花赤别都鲁思,去岁输银四千二百五十两,今秋复输三千五百两,且言复得新矿,银当增办。"②此外,元代精美的丝锦织品、瓷器等手工业产品也远销亚、欧、非各国。这些不仅支持了朝廷的浩大开支,同时对人民群众的生产生活也有良好的促进和保证作用。

再次,鼓励发展国内商业和对外贸易。商业某种程度上非常依赖交通运输。元朝政府广设水陆驿站,重修贯通南北大运河,开辟长江入海口刘家港至直沽的海上运输线等,使广阔的疆域交通十分便利,从而促进了商业贸易的繁荣。市场上除了国家控制的金银盐茶等货物外,粮食、布匹、陶瓷器皿、日用百货、海鲜山货等应有尽有,真正做到了物尽其用,货畅其流。《马可·波罗行纪》记载杭州:"城内,除了各街道上有不计其数的店铺外,还有十个大广场或市场。……在距运河较近的那一边岸上,建有容量很大的石砌的仓库,供给从印度和其他东方来的商人,储存货物及财产之用。……每个市场,一周三天,都有四万到五万人来赶集,人们把每一种大家想得到的物品提供给市场。"③由此可见全国商业市场之一斑。在对外贸易方面,元朝政府与亚、欧、非众多国家和地区建立了商贸关系。对外输出瓷器、丝纺织品、手工业品及胡椒药材等,对内引入外国珍宝、皮货、香料等。《马可·波罗行纪》曾

---

① (明)宋濂等撰:《元史·世祖二》卷五,中华书局 1976 年版,第 92 页。
② (明)宋濂等撰:《元史·武宗二》卷二十三,中华书局 1976 年版,第 529 页。
③ 《马可·波罗行记》,陈开俊等译,福建科学技术出版社 1981 年版,第 176 页。

记载了泉州的对外贸易情况：

> 在它的沿岸有一个港口，以船舶往来如梭而出名。船舶装载商品后，运到蛮子省各地销售。运到那里的胡椒，数量非常可观。但运往亚历山大供应西方世界各地需要的胡椒，就相形见绌，恐怕不过它的百分之一吧。刺桐(泉州)是世界上最大的港口之一，大批商人云集这里，货物堆积如山，的确难以想象。每一个商人，必须付自己投资的总额百分之十的税收，所以，大汗从这个地方获得了巨额的收入。商人们租船运货，对于上等商品，须付该货价值的百分之三十的运费，胡椒却须付百分之四十四的运费。对于檀香木、其它药材以及一般商品，运费是百分之四十。据商人们计算，他们的花费，包括关税、运费在内，总共达到货物价值的一半。然而，就是从这余下的一半中，他们也能取得很大的利润。①

显然，朝廷从这些繁盛的国内国外商业贸易中获取了极大的利润，从而也促进了社会经济的发展。

另外，元中前期，世祖忽必烈等蒙古族统治者在经济建设与发展方面，还采取了一种比较宽松亲民的政策，使至元、大德时期成为元朝的繁盛时期。如《元史·食货志》载：

> 元初，取民未有定制。及世祖立法，一本于宽。其用之也，于宗戚则有岁赐，于凶荒则有赈恤，大率以亲亲爱民为重，而尤惓惓于农桑一事，可谓知理财之本者矣。世祖尝语中书省臣曰："凡赐与虽有朕命，中书其斟酌之。"成宗亦尝谓丞相完泽等曰："每岁天下金银钞币所入几何？诸王驸马赐与及一切营建所出几何？其会计以闻。"完泽对曰："岁入之数，金一万九千两，银六万两，钞三百

---

① 《马可·波罗行纪》，陈开俊等译，福建科学技术出版社1981年版，第192页。

六十万锭,然犹不足于用,又于至元钞本中借二十万锭矣。自今敢以节用为请。"帝嘉纳焉。世称元之治以至元、大德为首者,盖以此。①

上述这段记载说明,世祖、成宗等蒙古大汗还是比较注意理财和积累的帝王,其所采取的宽松亲民以及节俭的政策,对至元、大德时期的社会稳定、经济繁荣局面起了重要作用。而此时期正与元杂剧的繁荣兴盛期相吻合。

正是由于元廷采取了上述诸多发展经济的政策和措施,使得元中前期的城乡经济得到了极大的发展,社会经济出现一派欣欣向荣的景象。特别是城市经济的繁荣发展,《元史》、《马可·波罗行纪》等史书里多有记载。《马可·波罗行纪》里就对大都(今北京)、大同(太原府)、临汾(平阳府,今属山西省)、西安、扬州、镇江、常州、苏州、杭州、泉州等城市繁荣富庶的景象进行了详细的描绘。而其中大都、临汾就恰恰是杂剧的繁荣兴盛之地。如其对大都的描写:

> 汗八里(大都)城内以及和十二个城门相对应的十二个近城居民之多,以及房屋的鳞次栉比,真是非想象所能知其梗概的。近城的人口,比城区的人口更多。商人和来京城办事的人都在郊区住宿。……城郊也和城内一样繁华,也有城内那样的华丽的住宅和雄伟的大厦,只差没有大汗的皇宫罢了。
>
> 凡世界上最为稀奇珍贵的东西,都能在这座城市找到,特别是印度的商品,如宝石、珍珠、药材和香料。契丹各省和帝国其他各省,凡有贵重值钱的东西都运到这里。……这里出售的商品数量,比其它任何地方都多。根据登记表明,用马车和驮马载运生丝到

---

① (明)宋濂等撰:《元史·食货一》卷九十三,中华书局 1976 年版,第 2351—2352 页。

京城的,每日不下一千辆次。丝织物和各种丝线,都在这里大量生产。①

我们从《马可·波罗行纪》的描写中,可看出大都城市建设的宏大、中外贸易的活跃、商品经济的发达等。确实,当时的大都已成为元朝全国的政治、经济、交通、文化中心,亦是国际性的商业大都市。

元代这种城乡经济的繁荣,必将促进杂剧艺术的发展,形成杂剧的黄金时代。因为"人们首先必须吃、喝、住、穿,然后才能从事政治、科学、艺术、宗教等等"②活动,"政治、法律、哲学、宗教、文学、艺术等的发展是以经济发展为基础的。"③特别是戏曲这样一个综合艺术形式,它还不同于其他学科,它必须编剧、演员、观众三位一体都具备才行,否则就很难以发展,更何谈繁荣兴盛! 这其中观众的参与也是很重要的。过去我们从戏曲文本的角度对编剧者的重要性谈得比较多,对观众参与的重要性认识还不是很够。试想,如果社会动乱、民不聊生,人们连基本的温饱问题还没有解决,谁还有闲情逸致去观赏戏曲演出? 况且据史书记载,元杂剧演出的商业化程度已经很高,看戏是要拿银子的。如《青楼集》④记载,元代"内而京师,外而郡邑,皆有所谓勾栏者,辟优萃而隶乐。观者挥金与之。"又杜仁杰散曲《庄家不识勾栏》中描写:"要了二百钱放过咱,入得门上个木坡,见层层叠叠团圞坐。"这种"挥金与之"和"要了二百钱放过咱"的情形,显然与演员或个别管事托盘"零打钱"的现象是不一样的,亦即不给钱是不让进去观看的。如果是

---

① 《马可·波罗行纪》,陈开俊等译,福建科学技术出版社1981年版,第110—111页。

② [德]恩格斯:《卡尔·马克思的葬仪》,《马克思恩格斯全集》第十九卷,人民出版社1963年版,第374页。

③ [德]恩格斯:《致瓦·博尔吉乌斯》,《马克思恩格斯列宁斯大林论文艺》,人民文学出版社1980年版,第157页。

④ 夏庭芝:《青楼集志》,见陈良运主编:《中国历代赋学曲学论著选》,百花洲文艺出版社2002年版,第536页。

"零打钱"还存在着"恩赐"、"乞求"等不平等关系在里面,但"挥金与之"和"要了二百钱放过咱"就是一种平等的买卖关系了。这种情况也是元杂剧商业化的一个重要标志。观众花钱看戏,演员或组织者收了钱,就要拿高质量的作品来进一步招徕观众,这样就刺激了杂剧的发展。而元代城乡经济的繁荣,正是为杂剧的发展提供了可靠的物质基础和群众基础,从而促进了杂剧的繁荣兴盛。

关于这一看法,目前可以说是得到文学史界多数人的认同。如中国科学院文学研究所中国文学史编写组编写的《中国文学史》中,在论述了元代城市经济繁荣的原因和具体状况后指出:

> (元代)城市经济的繁荣安定,给予杂剧兴盛安排下来一个有利的条件。①

刘大杰在《中国文学发展史》专列的一条"利于戏剧发展的城市经济繁荣的社会环境"中说:

> 元朝有一个适应于戏剧发达的物质环境。戏剧虽是文学中的一种,但它却持有独特的性质,它的生命是同广大群众紧密结合在一起的。一个剧本,如果不在舞台上表演,没有大量的观众来参加,它便失去了生命。所以除了写在纸上的剧本以外,还需要演员、戏场、用具和观众。这一切都须赖于资本,都须赖于繁荣的社会经济与富饶的大都市。若没有这种经济背景与都市环境来支持,戏剧运动便很难发达。②

---

① 中国科学院文学研究所中国文学史编写组编写:《中国文学史》,人民文学出版社 1979 年版,第 715 页。

② 刘大杰:《中国文学发展史》,上海古籍出版社 1982 年版,第 830—831 页。

奚海的《元杂剧论》一书在论述了元代农业经济的振兴、手工业的兴旺、国内商业和对外贸易的发达、城市经济的空前繁荣等四个方面问题后指出：

> 正是(元代)城乡经济的恢复和发展,特别是城市经济的繁荣兴旺,为元杂剧的勃兴和鼎盛提供了一个坚实、丰饶的物质基础。①

周华斌在《中国戏剧史新论》中也说：

> 通俗文艺是随着市镇娱乐的需要而产生、而发展起来的,戏剧尤其如此。它的勃兴,要以市镇繁荣作为前提。不可设想,在战火纷飞、社会动乱、饥寒交迫、民不聊生的黑暗时代,老百姓会有看戏之闲,并促进戏剧艺术的盛行和完善。
>
> 元初至元大德年间,甚至扩大到元代中期,国家政治确实比较稳定,市镇经济也比较繁荣。②

另外,历史学家也赞同这一观点。如翦伯赞在其主编的《中国史纲要》中明确说："元杂剧的兴起,与宋金以来城市的繁荣有密切的关系。"③蔡美彪等著的《中国通史》第七册中亦说："元代杂剧是宋金时代戏剧合乎规律的发展,是在城市经济的土壤中生长繁荣起来的。"④

上述学者从不同角度论述和肯定了元代城乡经济繁荣对杂剧发展的促进作用,这也是本节论述的主旨所在。

---

① 奚海:《元杂剧论》,河北教育出版社 2001 年版,第 57 页。
② 周华斌:《中国戏剧史新论》,北京广播学院出版社 2003 年版,第 297 页。
③ 翦伯赞:《中国史纲要》第三册,人民出版社 1963 年版,第 150 页。
④ 蔡美彪等:《中国通史》第七册,人民出版社 1983 年版,第 487 页。

　　这里还需要说明一个问题,即虽然元代的城乡经济繁荣对杂剧的发展起了促进作用,但和蒙汉文学文化交流又有什么关系呢? 这是因为元代蒙古族入主中原,北方草原游牧文化和中原农业文化产生了冲突、交流、融合,蒙古族作为统治民族,其所推行的政策、措施以及其游牧经济必然对元朝的城乡社会经济产生影响,亦即其亦为元朝的经济发展作出了自己的贡献,故在论述此一问题时,民族文化交融及蒙汉文学文化交流亦应是题中之意。

第 三 章

俗文学成为元代文坛主流论

中国文学发展史上,元代文学是个非常重要的时期。其间最突出的标志是文学的样式或主体性结构发生了根本性的变化,即元代之前诗词歌赋等所谓的雅文学占据了统治地位,从元代开始戏剧小说等所谓的俗文学上升为文坛主流。这确实是一个非常有趣而又非常重要的问题。一个国家几千年的文学发展史,突然从中发生巨大变化,雅俗互变,文风迥异,而又恰好发生在一个少数民族入主统治的时代。这应当与当时的多民族文化交融有密切关系。本章拟从概说及学界评论;蒙古族及北方其他少数民族审美观与文学作品之影响;社会风尚与价值观的变化及文人学士参与创作等几方面予以论述,庶几对这一问题的研究能有所裨益。

第一节 概说及学界评论

中国文学自古就有雅、俗之分。所谓雅者有"雅正"、"规范"、"高尚"、"文明"之意。广义的雅文学包括关系国计民生的诏令、奏章、卜辞、史传,士大夫文人写作的书信、碑传、志铭,以及言志咏怀与娱乐遣兴的诗词文章等,即所谓的"正统文学"。"俗"与"雅"相对,意为"平庸"、"凡庸"、"浅漏"、"鄙俚"等。所谓的俗文学主要属于市井小民,其职能多半是为娱乐耳目声色而作,包括优语、歌词、平话、说唱、戏曲、小说等。

代表元代文学之最高成就的元曲(杂剧、散曲)就属于通俗文学范畴。其特点是编创人员的大众化,内容的社会化,语言的口语化,情节的故事化,以及在意境的刻画、故事的叙述等方面常用白描手法,较少堆砌典故等,整体表现出通俗自然、浅显易懂特色。关于此点不少学者给予肯定。如王国维说:

> 元曲之佳处何在?一言以蔽之,曰:自然而已矣。古今之大文学,无不以自然胜,而莫著于元曲。盖元剧之作者,其人均非有名位学问也;其作剧也,非有藏之名山,传之其人之意也。彼以意兴之所至为之,以自娱娱人。关目之拙劣,所不问也;思想之卑陋,所不讳也;人物之矛盾,所不顾也;彼但摹写其胸中之感想,与时代之情状,而真挚之理,与秀杰之气,时流露其间。故谓元曲为中国最自然之文学,无不可也。①

王国维认为元曲的最大特点就是"自然而已矣",并且其功能是"以自娱娱人",至于对其"关目之拙劣"、"思想之卑陋"、"人物之矛盾"等不是特别关注,但要反映描写作者胸臆、时代情状、真挚之理。显然,王国维是从风格功能和思想内容两方面描述了元曲的特征。即风格、功能是自然、娱乐,思想内容是抒发作者思想感情,描写社会现实。胡适在《吾国历史上的文学革命》一文中亦说:

---

① 王国维:《宋元戏曲史》,华东师范大学出版社 1995 年版,第 120—121 页。

（元曲）皆以俚语为之。其时吾国之语言可谓有一种"活文学"出世。倘此革命潮流不遭明代八股之劫，不受明初七子诸文人复古之劫，则吾国之文学必已为俚语的文学，而吾国之语言早成为言文一致之语言，可无疑也。①

胡适主要是为配合其白话文革命从语言的角度对元曲的特征给予了评述。即元曲是以俚语写成的"活文学"，亦即通俗文学。

作为通俗文学样式的元杂剧与元散曲代表了元代文学创作的最高成就，并且从此后在中国文学史上俗文学成为主流。元代以前的所谓雅文学主要指诗、词、赋、散文等，元代以后（包括元代）的所谓俗文学主要指散曲、戏剧、小说等，两者对比是各有其特征的。元代以前的中国古代文学最大的特色是抒情文学相当发达，或者说独占鳌头。从《诗经》《楚辞》到汉赋、五言诗，直至唐诗、宋词这些代表一代文学最高成就之文学样式，多以短篇抒情的形态出现，作家也以表现个人情感作为自己创作的基本原则。元代以后（包括元代）的文学则是以叙事文学为主。其间出现了《窦娥冤》、《西厢记》、《汉宫秋》、《西游记》、《水浒传》、《三国演义》、《金瓶梅》、《今古奇观》、《牡丹亭》、《桃花扇》、《聊斋志异》、《儒林外史》、《红楼梦》等一大批戏剧和小说名著。就反映中国传统文化，描绘中国古代社会生活的丰富方面，是其前之文学无法比拟的。元代以前虽然也出现了《木兰辞》、《孔雀东南飞》以及一些笔记、传奇和话本小说等，也具有一定的叙事文学之内容和形式，但多篇幅短小，并且未形成时代文学之主流。另一点，元代以前之文学与抒情相关联者还特别重视"言志"、"教化"、"明道"，而元代以后的中国古代文学，虽然也有不少"言志"、"教化"、"明道"之内容，但其"娱乐"、"闲适"、"通俗"、"大众"的特色更加凸显。

---

① 胡适：《胡适学术文集·新文学运动》，姜义华主编，中华书局1993年版，第4—5页。

关于元曲(杂剧、散曲)作为俗文学成为元代文坛主流说,已经得到了学术界的普遍承认。如徐子方在《元代文化转型与古典文学》一文中说:"翻开一部中国文学史,即不难感受到,一直处于正宗主流地位的诗歌散文,到了元代即一下子失掉了无可争议的优势,其黄金时代是一去不复返了。由唐诗、宋词过渡到元曲,人们习惯上接受它们各为'一代之文学',但事实上前二者与后者之间已经出现了本质的差异。这不仅因为唐诗、宋词特点在'雅'而元曲特点在'俗',更在于前二者为抒情短篇而后者为叙事长篇,性质和类型均发生了根本性的变异(元曲中真正代表时代文学创新主体的是代言体杂剧)。而且不仅在元代,即使这以后的明、清两朝,尽管还有不少作家作品产生,但诗歌、散文的衰落已是无可挽回,作为文学发展中的主流地位它是永远地丧失了,取代它的古代戏曲一下子由过去被鄙视、一直处于非正统世俗地位而跃居传统诗文之上,成为时代文学之主流。"并进而从研究的角度论述道:"而今天无论从什么角度看,元代都是造成文学前后变化的枢纽之一。研究中国古代文学史的分期,绝不能忽视这一点。"①赵义山也认为,"元代是雅俗两大文学潮流成功的融合合流的时代,元曲则是这种融合合流的丰硕成果",且"俗文学已成为时代潮流"。② 扎拉嘎也说:"在元代以后,中国古代文学结构进入到俗文学为主体的时代。"③中国科学院文学研究所编《中国文学史》"元代文学"部分,在探讨元杂剧的几个特色时指出:"从整个文学史上的文学形式的演变来考察,元朝正是处于一个转折点的时期。在这以前,传统的文学体裁是抒情的诗歌散文,而此次以后,文学作品的体裁出现了新的有情节、有人物、以叙事为主的戏剧和小说,因而诗歌和散文丧失了霸占

---

① 徐子方:《元代文化转型与古典文学》,《文艺研究》2007 年第 2 期,第 74—75 页。

② 李修生、查洪德主编:《辽金元文学研究》,北京出版社 2001 年版,第 394 页。

③ 扎拉嘎:《游牧文化影响下中国文学在元代的历史变迁——兼论接受群体之结构变化与文学发展的关系》,《文学遗产》2002 年第 5 期,第 57—58 页。

文坛的局面。"①李修生《元杂剧史》"导论"一章中专设《元杂剧与蒙元文化》一节,其中分标题更是直接名《俗文学成为元代文坛的新盟主》展开论述。② 可见这一问题已经得到多数学者的认可。这确实是一个非常值得深入探讨的课题。

　　为什么会出现这种情况呢? 除了中国文学本身发展的诸多因素外,当时的民族文化交融亦是一个非常重要的原因。具体说元代民族大融合,抑或说元代以蒙古族为代表的北方草原游牧文化与中原农业文化的冲突、交流、融合,促进了元代文学的通俗化,使元曲这一通俗文学样式占据了当时文坛的主流地位。举凡中国历史上的民族大融合时期,往往促进了中国古代文学的通俗化。史学界一般认为,秦汉以后中国历史上大的民族融合共有三次。即十六国北朝时期;唐末五代至辽、金、元时期;清王朝时期。在这几个时期,文学史上最大的变化就是变文、小说、词曲、戏剧这些通俗文学样式,逐渐发展兴盛并最终取代传统诗文而占据主导地位。如南北朝时期北朝文学的主要成就是民歌;唐末五代变文、曲子成为兴盛的文体;金、元时期,特别是到了元代,元曲(杂剧、散曲)占据了当时文坛的主流地位。而元曲中的主要组成部分杂剧,虽然繁荣兴盛于元代,受到当时民族融合的一方蒙古民族文化等的重要影响,但应该说也是符合民族融合促进文学通俗化这一规律的。其直接滥觞和发展过程也多为民族融合时期。如不少学者认为的中国戏剧直接滥觞期的十六国后赵的参军戏,北齐的代面、拔头和踏摇娘戏,金代的院本等,都不同程度地为元杂剧准备了条件,亦均产生于民族大融合时期。故这一思路亦为我们研究元杂剧的繁荣兴盛提供了一个新的视角。

　　关于此点,不少学者发表了相同或相近的看法。如李成在《民族

---

　　① 中国科学院文学研究所中国文学史编写组编写:《中国文学史》,人民文学出版社 1979 年版,第 721 页。

　　② 李修生:《元杂剧史》,江苏古籍出版社 2002 年版,第 67 页。

文化交融与辽金元文学转型》一文中说:"在民族文化融合的发展史中,辽、宋、金、元时期北方民族文化与中原汉文化的交流改变了中国文化的走向,促进了文化与文学的转型,在中国文化史与文学史上占有重要的地位。""辽、宋、金、元时期民族文化融合改变了中国文学的走向和面貌,促进了大众文化、通俗的市民文学长足发展,丰富了文学样式,一个重大的转变是以往不登大雅之堂的小说、戏曲文学成为占主导地位,成就最高的正统的文学样式,使我国叙事文学戏曲、小说在金元明清时期步入了文学艺术的主流地位。"①从戏曲的角度看,李成肯定了元代的民族文化交融促使杂剧这种通俗文学样式占据了主流地位。林红、沈玲在《宋元之际民族融合下的文学转型》一文中亦表达了同样的观点,指出:"各民族的交往和融合,带来了民族文化大融合,在文学上所产生的意义就是带来了新的异质因素,促进了文学转型。宋元之际的蒙汉等民族融合,使传统文化吸收某些外来因素而产生新的文化素质,促进了文学风尚的变迁,也使以往以士人文学为主体的传统文学转向以市民文学为主导的新型文学。"②徐子方在《元代文化转型与古典文学》一文中亦强调说:"站在宏观角度看,我国古典文学正是以公元13世纪元王朝建立为标志分为前后两个部分。如果说前半部分文学性质为短篇抒情文学占据主流地位的话,那么后半部分的文学性质则为长篇叙事文学占了绝对的优势。前者以诗歌、散文为其代表,后者以戏曲、小说为其代表。"并且进一步指出:"长期以来,学术界在涉及这方面问题时,要么没有予以应有的重视,要么过多谈论民族矛盾和社会变革,孤立看待元曲及元代文学,而对元代思想文化转型以及这种转型对整个中国古典文学发展之影响探讨较少,且缺乏应有的深度。其结

---

① 李成:《民族文化交融与辽金元文学转型——兼谈中国古代戏曲繁荣的原因》,《大连大学学报》2004年第3期,第60—61页。

② 林红、沈玲:《宋元之际民族融合下的文学转型》,《长春大学学报》2003年第6期,第76页。

果,既无法揭示元代社会和元代文学的真正意义和价值,亦难准确把握中国文学的发展规律。"①确实如此,目前虽然有不少学者承认民族文化交融对元代俗文学占据主流地位发表了肯定的看法,但也确有不少人对此没有给予应有的重视,而是过多地谈论民族矛盾和社会变革的影响作用。即便对民族文化交融对元代俗文学占据主流地位发表了肯定的看法的论文间或论著中,也大多泛泛论及,系统深入者实属凤毛麟角。故此问题当应进行深入系统的研究。

具体来讲,在民族文化交融的大背景下,除前已论及的蒙古族音乐舞蹈之影响,语言文字之影响,蒙古族统治者对戏曲歌舞的爱好与关注之影响外,蒙古族作为北方草原游牧文化的代表者,其入主中原后,自己的文学传统、思想道德观念以及美学欣赏趣味等对当时的文风及社会风尚、社会价值观的影响亦非常重要。

第二节　蒙古族及北方其他少数民族
审美观与文学作品之影响

蒙古民族崛起于北疆朔漠,以游牧为主,其间辽阔草原,茫茫大漠,蓝天白云,形成了爽朗、质朴、豪放、尚武、率真等性格特征,表现在审美观方面主要是以真挚坦诚、质朴自然、明快直率为美。这一点正好与元杂剧本色美相契合。在元朝这一民族文化交融广泛展开的大背景下,蒙古民族作为统治民族,其审美观势必对作为俗文学的元杂剧产生影响。因为在中国文学史上,元代以前占主流地位的所谓雅文学,是以中庸、含蓄、文雅为美的。到了元代突然有了大转变,由含蓄文雅抒情文学占主流地位一变而成为通俗本色叙事文学跃居主流,这除了文学自身发展的种种原因外,蒙古族及北方其他少数民族审美观的影响作用

---

①　徐子方:《元代文化转型与古典文学》,《文艺研究》2007 年第 2 期,第 70—75 页。

也是不可忽视的。另外,蒙古族及北方其他少数民族在其美学观的指导下所创作的史诗等民间文学作品的叙事性和程式化亦对元杂剧的整体风格产生了一定的影响。

一、蒙古族审美观之影响及元以前俗文学概况

关于蒙古民族真挚坦诚、质朴自然、明快直率的审美观对元杂剧通俗本色风格的影响,亦得到了一些学者的肯定。如罗斯宁《元杂剧和元代民俗文化》专设"审美篇——元杂剧的审美趣味和元代各民族文化的融合"一章,指出:"元杂剧与元代民俗文化的关系,很重要的一点,就是体现在元代社会独特的审美趣味上。元代是由蒙古族统治的多民族大融合的生活,与元以前以汉族为统治民族的社会不同,其审美趣味异于唐宋时期;另外,元杂剧作家多为平民,其审美趣味也异于传统的士大夫作家。元杂剧的审美趣味集中体现了元代俗文化的深层文化心理,是汉族下层人民和以蒙古族为主的少数民族人民的审美趣味的有机结合,以酣畅、本色、拙野为主要审美特征。"①并且下设三节,对"元杂剧的酣畅美和元代少数民族史诗"之关系、"元杂剧的本色美和元代平民的审美观"、"元杂剧的'蒜酪味'和'蛤蜊味'"等展开了论述。罗斯宁肯定了在民族文化交融的背景下蒙汉民族人民审美趣味的有机结合,形成了元杂剧"酣畅、本色、拙野"的主要审美特征。但目前学术界对民族文化交融总体上对元杂剧产生了明显影响谈论者比较多,如蒙古族及北方其他少数民族音乐舞蹈、语言文字之影响,蒙古族统治者对戏曲歌舞的爱好之影响,较宽松的思想政治等人文环境之影响,知识分子地位低下之影响等有不少科研成果,在蒙古族及北方其他少数民族审美观与文学作品对元杂剧通俗本色风格之影响方面的论述目前还比较少见,且还需要进一步进行深入地论述。

文学风格或者说人们审美趣味的转变当然不是一朝一夕的事情,

① 罗斯宁:《元杂剧和元代民俗文化》,广东高等教育出版社2007年版,第55页。

我们此处所要论述的是中国文学史上到了元代,通俗本色叙事文学占了主流地位。实际上早在汉代、魏晋南北朝、唐代、宋代时期,通俗本色叙事文学已经在发展并且逐步壮大,只是传统的含蓄文雅抒情文学势力过于强大,使其在中国文学史上一直处于非主流地位。如汉代的乐府民歌《孔雀东南飞》、《陌上桑》。这两首乐府民歌同时也是当时叙事诗的代表作。魏晋志怪、志人小说如《搜神记》所收录的《东海孝妇》、《李寄斩蛇》、《韩凭夫妇》、《干将莫邪》、《董永》等,已经具有完整与丰富的故事情节,鲜明生动的人物形象,文字简洁质朴、通俗易懂;《幽明录》中收有二百六十多则故事(鲁迅《古小说钩沉》所辑),多为讲述晋宋时代新出的故事,并且多述普通人的奇闻逸事,虽为志怪,却有浓厚的时代色彩和生活气息;《世说新语》中收录有 36 篇志人小说,欣赏和娱乐特点很强。到了唐代,通俗文学就更多了。如唐传奇、话本小说、讲经文与变文等。唐传奇名篇有《柳毅传》、《莺莺传》、《李娃传》等,已经具有波澜曲折、充满戏剧性的故事情节;话本小说大体上没有韵文,大概只是用来讲说的,有《唐太宗入冥记》、《韩擒虎话》、《庐山远公话》等,语言通俗易懂,具有民间的质朴甚至粗糙的特点;讲经文与变文属说唱文学,主要是僧徒在寺院中举行"俗讲"活动,即对经义作通俗讲演时所用的底本。主要有《佛说阿弥陀经讲经文》、《妙法莲花经讲经文》、《维摩诘经讲经文》、《大目乾连冥间救母变文》、《王昭君变文》等。通俗晓畅,篇幅宏伟。如《维摩诘经讲经文》卷末题载:"广政(后蜀孟昶年号)十年八月九日,在西川静真禅院写此二十卷文书。"可见篇幅之长。《大目乾连冥间救母变文》成为后世"目连戏"的故事来源,宋代佛教节日多演此类戏剧,孟元老《东京梦华录》卷之八"中元节"说:"构肆乐人,自过七夕,便般'目连救母'杂剧,直至十五日止。"连演十五日,可见其篇幅之长,故事之吸引人。这些佛教剧本还有一个很有意思的话题,即不少学者认为是受印度梵剧东渐的影响所致。如发现于新疆的佛教剧本——回鹘文《弥勒会见记》成书于公元 767 年,其序章中提到了马鸣等五位印度梵文文学的鼻祖和剧作家的名字和古代焉耆翻译大师法来、福授、圣月等。这说明多民族文化交融确实对中国文学的通俗性有影响,对改变人们的美学欣赏趣味有影响,并且值得重视。如胡适在其《白话文学史》中就说:"印度人的幻想文学之输入确有极大的解放力。试看中古时代的神仙文学如《列仙传》、《神仙传》,何等简单,何等拘谨!从《列仙传》到《西游记》、《封神传》,这里面才是印度的幻想文学的大影响呵。"郑振铎在《中国俗文学史》中也认为:"戏文产生的很早,是受了印度戏曲的影响而产生的。"只是唐代雅文学之诗歌势力太强大,这类俗文学并未取得太重要的地位。

到了宋代,由于城市经济的繁荣,市民阶层的扩大以及活字印刷的发明,可以大量印刷书籍,俗文学也取得了长足的进步。代表者如话本小说。宋话本《风月相思》写冯琛与云琼的恋爱故事,情节曲折,语言通俗;《大唐三藏取经诗话》写唐三藏西天取经的艰难曲折,具有长篇小说的气势。这些说书人所用的长篇叙事故事,塑造人物浓墨重彩,叙事反复渲染,是典型的通俗文学样式。就连宋代雅文学的代表——宋词,也有了俗化的倾向。其间俗词的代表人物是柳永,他很早就以写"淫冶讴歌之曲"即世俗喜爱的风流曲调闻名,曾写过《鹤冲天》,末句是"忍把浮名,换了浅斟低唱"。据说当他考进士时,"留意儒雅"的宋仁宗特予黜退,说:"且去浅斟低唱,何要浮名?"致使他很久没有考中进士(吴曾《能改斋漫录》),干脆号称"奉旨填词柳三变",专去写歌词去了。其词在体制、内容、风格等方面均有突破,受到社会各阶层的广泛欢迎,以致"凡有井水饮处即能歌柳词"(《避暑录话》)。

到了金代,其俗文学的代表者当首推诸宫调。实际诸宫调在北宋时期已然产生,如王灼《碧鸡漫志》说:"熙、丰、元祐间……泽州孔三传者,首创诸宫调古传。"但从现存宋诸宫调《张协状元诸宫调》、《刘知远诸宫调》等情况来看,内容和形式均较粗糙,还不够成熟。而金代董解元《西厢记诸宫调》就成熟多了,共有 193 套曲,5 万多字,叙事状物曲折生动,被胡元瑞《庄岳委谈》称为:"精工巧丽,备极才情","当是古今传奇鼻祖,金人一代文献尽此"。这种情况的出现当与女真族建金后的多民族文化交融有密切关系。女真族亦属于北方少数民族,亦喜好戏曲歌舞,民间文学比较发达。但由于与金对峙的南宋仍为汉族政权,金国的汉族人民仍保留着北宋的文化传统,文坛上仍以诗文词为主流,社会风气与人们的美学欣赏趣味还未发生根本性的转变。

到了元代,风云际会,蒙古族入主中原建立政权后,蒙古族作为统治民族其审美观对当时的社会产生了重要的影响,对中原汉族那种以含蓄文雅为美的美学欣赏趣味造成了强烈的冲击,文坛风气也一转变成通俗本色叙事为主流。

二、蒙古族文学作品之影响

这种对文坛风气转变的影响,从蒙古族及北方其他少数民族的文学创作及其影响来看,可能更实证和契合一些。蒙古族及北方其他少数民族由于其性格爱好和美学观所致,民间文学比较发达。以蒙古族为例,从蒙古汗国时期开始,历元朝、明朝,直至 1840 年鸦片战争后,尹湛纳希创作了中篇小说《月娟》,长篇小说《红云泪》、《一层楼》、《泣红亭》前,蒙古族文学史上严格意义上的文学作品,基本上是民间文学,其中包括长中短篇英雄史诗、叙事诗、民歌、祝词赞词、民间故事等。长篇英雄史诗有《江格尔》(中国三大史诗之一,另二者为藏族的《格萨尔》,柯尔克孜族的《玛纳斯》)、《格斯尔》;中短篇英雄史诗有《勇士谷纳罕》、《巴彦宝力德老人的三个儿子》、《祖拉·阿拉达尔罕传》、《那仁罕传》、《永生的乌仁特博根罕》、《迅雷·森德尔》等数十部;叙事诗有《征服三百泰亦赤兀惕人的传说》、《孤儿传》、《箭筒士阿尔嘎聪的传说》、《成吉思汗的两匹骏马》等多首;民歌有《摇篮曲》、《翁吉剌惕歌》、《札木合的战歌》、《呔咕歌》、《金帐桦皮书》、《阿莱钦柏之歌》等多种;祝词赞词有狩猎生活祝祷词、畜牧业祝赞词、五畜祝赞词、蒙古包、毡子祝赞词、饮食宴飨祝赞词等各类多种;民间故事有《蟒古斯(魔怪)故事》、《动物解释故事》等多个。这些民间文学作品大多可以合乐歌唱,当蒙古族入主中原后,将其带到全国各地,势必对属于通俗文学的元曲(元杂剧、元散曲)产生影响,特别是具有叙事特征的长中短篇英雄史诗、叙事诗、民间故事等,对元曲(元杂剧、元散曲)在叙事方面会产生影响。对这种影响,我们当然亦应该如前所述,将其放在以蒙古族为代表的北方草原游牧文化和中原汉族农业文化的冲突、交流、融合这一大背景下来理解。蒙古民族喜好音乐,这些可合乐歌唱的具有浓厚游牧文化特征的英雄史诗、叙事诗、民歌、祝词赞词等必将在其所到之处广为传唱,其间具有浓烈叙事特征的作品亦将有意无意地为汉族文人学士所接受或学习,影响到元曲(元杂剧、元散曲)创作中叙事的成分。所以说,元曲(元杂剧、元散曲)曲词叙事成分增多绝不是一个孤立的现象,它是和当时民族文学文化的交流融会有密切关系的,某种程度上是蒙古族及北方其他少数民族叙事诗影响、渗透的结果。当然,这种说法目前还主要是一种大的方面的推论,不过这种推论对元曲(元杂剧、元散曲)曲词有关叙事成分研究方面还是可以提供一个新的视角的。

蒙古族及北方其他少数民族民间文学对元杂剧通俗性的影响,除上述叙事性影响外,口语化、程式化语言影响也比较明显,尤其是史诗的影响。元杂剧部分语言程式化的特征比较明显,其间除与其不少是师徒相传的口头文学有关外,与蒙古族及北方其他少数民族的史诗也有比较密切的关系。对此已有学者予以肯定。如罗斯宁《元杂剧和元代民俗文化》专设《元杂剧的程式化语言与〈江格尔〉等民间文学》一节,将元杂剧和蒙古族的著名史诗《江格尔》以及宋元话本等民间文学、口传文学的程式化作比较研究,从民间文学、口传文学的角度探讨元杂剧语言的程式化特征成因,并指出:"元杂剧的部分语言具有程式化的特征,这与元杂剧为师徒相授的口传文学有关,也与宋、金、元以来其他口传文学尤其是少数民族的口传史诗有关。"①

程式化语言实际上就是某些特定描写有雷同现象或者说俗套语

---

① 罗斯宁:《元杂剧和元代民俗文化》,广东高等教育出版社 2007 年版,第 177—190 页。

言。关于元杂剧的程式化语言,清代人就曾指出,如清人梁廷楠在《曲话》中说:"《生金阁》等剧,皆演包待制开封府公案故事,宾白大半从同;而《神奴儿》《生金阁》两种,第四折魂子上场,依样葫芦,略无差别。相传谓扮演者临时添造,信然。""元人杂剧多演吕仙度世事,叠见重出,头面强半雷同。""此又作曲者之故尚雷同,而非独扮演者之临时取办也。"①梁廷楠从雅文学的角度对元杂剧剧本提出批评,但从民间文学方面来看,这恰恰体现了民间文学的口头性、集体性、传承性的特点,而且传承者故尚为之。蒙古族及北方其他少数民族史诗由于是系歌手师徒世代相传,属口传文学、民间文学,也有不少程式化的语言。蒙古族长篇英雄史诗《江格尔》这一特点就非常明显,如朝戈金在《口传史诗诗学·冉皮勒〈江格尔〉程式句法研究》中说:"口传史诗的歌手在学习演唱的时候,从一开始就没有逐字逐句地记诵史诗文本,而是学习口传史诗创编的'规则',他们需要大量地掌握结构性的单元——这有时表现为程式,有时有更大的单元——'典型场景'或'故事范型'。""就拿'程式'来说,它通常被理解为一组在相同的韵律条件下经常被用来表达一个特定的基本观念的'片语'。""它的基本功能是帮助歌手在演唱现场即兴创编史诗,使他不用深思熟虑地去'遣词造句',能游刃有余地将演唱的语流转接在传统程式的贯通与融会之中,一到这里就会脱口而出,所以程式也就成了口传史诗的某种标志。"②这样从比较文学的平行研究的角度就给我们提供了可比性,两者都具有民间文学的特色,从类型学方面看,在元代蒙古族入主中原,民族文化交融空前展开的情况下,蒙古族及北方其他少数民族史诗对元杂剧通俗性的影响就成为可能。关于此,著名民俗学家钟敬文在为朝戈金《口传史

---

①　(清)梁廷楠:《曲话》,见中国戏曲研究院编:《中国古典戏曲论著集成》第八册,中国戏剧出版社1990年版,第262页。

②　朝戈金:《口传史诗诗学·冉皮勒〈江格尔〉程式句法研究》,广西人民出版社2000年版,第104—105页。

诗诗学·冉皮勒〈江格尔〉程式句法研究》一书所作"序"中认为,少数民族的史诗的某些研究方法可以用于中国戏曲的研究,"这个约定俗成的'程式'恰恰说明戏曲源自民间"。①

　　具体说,蒙古族及北方其他少数民族史诗程式化语言与元杂剧程式化语言对比情况如下:

　　杂剧对武将的描写,如关汉卿《邓夫人苦痛哭存孝》第二折:"(李存孝领番卒上,云)铁铠辉光紧束身,虎皮装就锦袍新;临军决胜声名大,永镇邢州保万民。某乃十三太保李存孝是也。"对武将的描写渲染其装束和名声,多套语、套话。

　　杂剧对漂亮女子的描写,如王实甫《西厢记》第一折:"【胜葫芦】则见他宫样眉儿新月偃,斜侵入鬓云边。……未语人前先腼腆,樱桃红绽,玉粳白露,半晌恰方言。【幺篇】恰便是呖呖莺声花外啭,行一步可人怜。解舞腰肢娇又软,千般袅娜,万般旖旎,似垂柳晚风前。"描写崔莺莺的袅娜多姿。白朴《裴少俊墙头马上》第一折:"(正末云)你看他雾鬓云鬟,冰肌玉骨,花开媚脸,星转双眸。只疑洞府神仙,非是人间艳冶。"描写李千金小姐漂亮美丽。这两段描写青年女子漂亮的文字,多从其眉眼、鬓发、肌肤、腰肢等着手,多套语、套话。

　　杂剧描写中老年妇女的文字套话更多。如描写中年妇女说:"急急光阴似流水,等闲白了少年头。月过十五光明少,人到中年万事休。"(《朱砂担》、《生金阁》楔子亭老语)。描写老年妇女:"花有重开日,人无再少年。休道黄金贵,安乐最值钱。"(《铁拐李》、《秋胡戏妻》有类似语)或说:"花有重开日,人无再少年。不须长富贵,安乐是神仙。"(《窦娥冤》楔子蔡婆语)所用套话更为明显。

　　杂剧对战争场景的描写,如关汉卿《关大王独赴单刀会》第三折:"(关兴云)到那里古刺刺里彩□磨征旗,扑蓦蓦画鼓凯征鼙,齐臻臻枪

<hr />

① 　钟敬文:《序》,见朝戈金:《口传史诗诗学·冉皮勒〈江格尔〉程式句法研究》,广西人民出版社2000年版,第11页。

刀如流水，密匝匝人似朔风疾。直杀的苦淹淹尸骸遍郊野，哭啼啼父子两分离；恁时节喜孜孜鞭敲金蹬响，笑吟吟齐和凯歌回。"由民间俗语、口语形成排比式的套话。高文秀《刘玄德独赴襄阳会》第三折："（曹仁云）……大小三军，听吾将令，三通鼓罢，拔寨起营。大将军专听严号令，能征将军披甲便长行。吹毛剑打磨双刃快，出白枪勾引月华明。夹铜斧起处魂飘荡，狼牙棒落处揭天灵。坐的是七重金顶莲花帐，更压着周亚夫屯军细柳营。"大小三军、三通鼓罢以及剑、枪、斧、棒等，亦多为套话。

再看蒙古族长篇英雄史诗《江格尔》对人物的描写："江格尔有副带鳞的黑鞭，鞭绳用散拜绸子编成。他把鞭子攥在手中，攥得鞭柄直淌津液。鞭心用七十头黄牛皮拧成，鞭皮用八十头黄牛皮裹成，花纹模仿毒蛇的脊梁编成，……蟒古斯如果被它击中，一个月别想清醒。"①反复渲染江格尔的武器——鞭子的构造及威力，亦多用排比套话。其间描写另一个英雄洪古尔："他把金黄的伊德尔大弓，插在铁甲的肩头；他把金刚石的宝剑，挎在右面的胯骨上；他把带鳞的黑鞭，攥在手心直流津液。他那额头上的青筋，像编柄一样鼓起。"②亦提到鞭子以及大弓、宝剑，可知多用套话。

描写漂亮的女子，如形容江格尔妻子沙布德拉公主："她的面颊比血还红。她头上戴着白色羔羊皮帽，是额吉用巧手裁剪，是众大臣的妻子精心缝做。她那油黑的发辫，在红润的面颊衬映下闪着光彩。她那黑色的绸巾，在雪白的额头上飘拂。"③描写美丽的达赖格日勒公主："她的额顶犹如白雪，她的脸颊血红般漂亮，她的眼睛恰似孔雀的花

① 黑勒、丁师浩译，浩·巴岱校订：《江格尔》汉文全译本第一册，新疆人民出版社1993 年版，第 390 页。
② 黑勒、丁师浩译，浩·巴岱校订：《江格尔》汉文全译本第一册，新疆人民出版社1993 年版，第 399 页。
③ 黑勒、丁师浩译，浩·巴岱校订：《江格尔》汉文全译本第一册，新疆人民出版社1993 年版，第 9 页。

冠,她的牙齿如同洁白的海螺,她的嘴唇犹如通红的胭脂。"①其中描述面颊、眼睛、牙齿、嘴唇以及发辫、皮帽等多有雷同。

《江格尔》对战争场面的描写:"(洪古尔和胡日勒占布拉的儿子)他们脱下节日穿的锦缎般的服装,穿上打仗时穿的绿色绸子的战袍;把公羊皮做的裤子,卷在各自的腿肚上;把野鹿皮做的裤子,卷在各自的小腿上。两人绕着一天的路程,用绵羊般的石头击打;二人绕着一个上午的路程,用牦牛般的石头击打。二人抱成一团,彼此使钩绊腿;二人撕到一处,撕下一把把皮肉。这样搏斗了好几个年头,二人依然不见输赢。"②"(赛力汗塔巴格和阿日黑萨尔海)说罢二人脱下盘羊皮的裤子,卷在各自的小腿上;脱下公狍皮的裤子,卷在各自的腿肚上。绕着一天的圈子,甩着绵羊般的石头,击打对方的额顶;绕着一个晌午的圈子,投着牦牛般的石头,击打对方的胸脯。从伸手能抓到的地方,撕下一把把皮肉,扔到对方的脸上;从伸手能揪到的地方,扯下一把把皮肉,扔到对方的身上。揪呀打呀谁也赢不了谁,如此这般搏斗了好几年。"③其间两个战争场面的描写,从穿着打扮的描述以及搏斗过程的渲染,轰轰烈烈中见出不少排比重复性的套语。

总的来看,蒙古族及北方其他少数民族史诗,特别是蒙古族史诗,与元杂剧相比,均使用了不少程式化语言,这其中蒙古族及北方其他少数民族的美学观或者说美学欣赏趣味及文学作品的影响是不容忽视的。元代的汉族作家在自身的传统审美价值观受到巨大的冲击后,经过艰难探索,在民族文化融合中,找到了既保留了唐宋诗词的蕴藉特色,又富有北方少数民族史诗通俗酣畅风格的元杂剧这一戏曲形式,促

---

① 黑勒、丁师浩译,浩·巴岱校订:《江格尔》汉文全译本第一册,新疆人民出版社1993年版,第365页。

② 黑勒、丁师浩译,浩·巴岱校订:《江格尔》汉文全译本第二册,新疆人民出版社1993年版,第673页。

③ 黑勒、丁师浩译,浩·巴岱校订:《江格尔》汉文全译本第二册,新疆人民出版社1993年版,第754页。

进了俗文学成为元代文坛之主流。

第三节　社会风尚与价值观的变化及
文人学士参与创作

一、社会风尚与价值观的变化

前已论及,有元一代特别是元中前期,蒙古统治者对戏曲歌舞等通俗文学样式的爱好,以及蒙古族及北方其他少数民族自身的文化传统等,对元杂剧的繁荣兴盛产生了重要影响,这里再进一步引申来看,这种影响很重要的一个方面是对当时社会风尚与价值观的影响。蒙古族及北方其他少数民族的社会风尚,表现在文学艺术方面,就是喜欢通俗叙事类作品;蒙古族及北方其他少数民族的价值观,表现在文学艺术方面,就是不以演创戏曲为卑贱,而且不少人以其为终身职业。这与之前的中原汉民族是完全不一样的。如前所述,元以前,汉民族的社会风尚,表现在文学艺术方面,以喜欢含蓄文雅类作品为主;其价值观,表现在文学艺术方面,就是以演创戏曲为"贱役",所谓的"戏子"为人所瞧不起。这样,在民族文化交融的大背景下,由于受蒙古族及北方其他少数民族相应的影响,当时的社会风尚是,从俗文学成为元代文坛主流这一角度来看,通俗叙事类文学作品受到人们空前的喜欢;当时的价值观是,人们普遍不再把演创戏曲视为低贱,不少文人学士参与杂剧的创作,甚至有的人还粉墨登场。

于是,无论在朝官吏还是演创人员,以及广大的人民群众这一庞大的接受群体,对戏剧文化的喜爱已经具有很大的普遍性。这种情况在当时人的著作里就有大量的描述。如夏庭芝在其《青楼集》里就说:"内而京师,外而郡邑,皆有所谓勾栏者,辟优萃而隶乐,观者挥金与之。"①可见

---

① 　(元)夏庭芝:《青楼集志》,见俞为民等主编:《历代曲话汇编》(唐宋元编),黄山书社2006年版,第469页。

当时演出的兴盛和观者的踊跃。胡祗遹在《优伶赵文益诗序》中谈及演员的表演艺术时也说:"后世民风机巧,虽郊野山林之人,亦知谈笑,亦解弄舞娱嬉,而况膏腴阀阅、市井丰富之子弟。"而"世既好尚",势必观众的欣赏水平也会提高,同时也就迫使优伶钻研技艺,从而"超绝者自有人焉。"否则"谈谐一不中节,阖座皆为之抚掌而嗤笑之。屡不中,则不往观焉。"①这段描写比较生动地阐释了当时的社会风尚,即社会各界对戏剧文化的喜爱和强烈要求,并且这种喜爱和要求又促进和推动了戏曲的发展,促使戏曲艺术家在艺术上的更加精益求精。

也正是这种具有广泛性和普遍性的社会风尚,促使人们的价值观念有了很大的变化。如在对待戏曲文化的态度方面,再也不像以前那种将倡优侏儒视为"贱役",沉湎于戏剧会"误国"、"丧志",不少人将从事戏剧演创目之为一种事业,并以此为荣。如臧懋循就指出,元代戏曲作家和演员,"争挟长技自见,至躬践排场,面傅粉墨,以为我家生活偶倡优而不辞。"②他们再也不以作为倡优而自卑,而是自豪之情溢于言表。特别是梨园领袖、编修帅首、杂剧班头的关汉卿,其执著于杂剧烟花的表白更是痛快淋漓。如他的[南吕·一枝花]《不伏老》:

攀出墙朵朵花,折临路枝枝柳;花攀红蕊嫩,柳折翠条柔。浪子风流。凭着我折柳攀花手,直煞得花残柳败休。半生来折柳攀花,一世里眠花卧柳。

[梁州]我是个普天下郎君领袖,盖世界浪子班头。愿朱颜不改常依旧,花中消遣,酒内忘忧。分茶攧竹,打马藏阄,通五音六律滑熟,甚闲愁到我心头?伴的是银筝女,银台前理银筝,笑倚银屏;伴的是玉天仙,携玉手并玉肩,同登玉楼;伴的是金钗客,歌金缕捧

---

① (元)胡祗遹:《优伶赵文益序》,《紫山大全集》卷八,《四库全书》第1196册,第149页。

② (明)臧懋循:《元曲选·序二》第一册,中华书局1958年版,第3页。

金樽,满泛金瓯。你道我老也,暂休。占排场风月功名首,更玲珑又剔透,我是个锦阵花营都帅头,曾玩府游州。

[隔尾]子弟每是个茅草岗、沙土窝初生的兔羔儿,乍向围场上走;我是个经笼罩、受索网苍翎毛老野鸡,踏踏得阵马儿熟。经了些窝弓冷箭镴枪头,不曾落人后。恰不道人到中年万事休,我怎肯虚度了春秋。

[尾]我是个蒸不烂、煮不熟、捶不扁、炒不爆、响当当一粒铜豌豆;恁子弟每谁叫你钻入他锄不断、斫不下、解不开、顿不脱、慢腾腾千层锦套头。我玩的是梁园月,饮的是东京酒,赏的是洛阳花,攀的是章台柳。我也会围棋、会蹴踘、会打围、会插科、会歌舞、会吹弹、会咽作、会吟诗、会双陆。你便是落了我牙,歪了我嘴,瘸了我腿,折了我手,天赐与我这几般儿歹症候,尚兀自不肯休。则除是阎王亲自唤,神鬼自来勾,三魂归地府、七魄丧冥幽,天哪,那其间才不向烟花路儿上走。①

关汉卿这个散套非常直白地表露了当时知识分子的人生价值观,他对戏剧歌舞及烟花场合的执著可谓大胆放肆。这在受封建礼教严格束缚的其他朝代是绝不可想象的事情。

另从元中期根据北杂剧改编的无名氏的南戏剧本《宦门子弟错立身》②中,亦可看出人们喜爱戏剧和当时的社会风尚与价值观。该剧描写和赞颂了一个贵族子弟摒弃功名,追求爱情,献身戏曲,以流浪卖艺而"立身"的果敢行为。其出生于高官显宦之家,名叫完颜延寿马,其祖父贵为宰相,其父是河南府"同知",按父祖辈为他设计好的人生道路应该是读圣贤书,从政做官,但他却暗中爱上了一个流浪女艺人王金榜。此举遭到了满脑袋正统观念的父辈们的坚决反对,在他与王金榜

① 隋树森编:《全元散曲》上,中华书局1964年版,第172—173页。
② 见王季思主编:《全元戏曲》第九卷,人民文学出版社1999年版,第179—202页。

幽会时被撞见,同知大人不但把他禁闭起来,还将王金榜一家赶离河南府。他以死相抗,后幸得看守相助,从家中逃脱。其间经过千辛万苦,"走南跳北,典了衣服,卖了马匹",终于找到了心上人。但要想和王金榜结合,就必须加入王家戏班子一起闯荡卖艺。经过王金榜父亲王恩深的艺术考核,本来精通各个行当的完颜延寿马,终于加入戏班子,并被招赘为婿。从此他成为王家戏班子的一个重要成员,与王金榜一起卖艺为生。他对自己的这一选择非常满意,唱道:"背杖鼓有何羞,提行头怕甚的?"显然,完颜延寿马由于自己的特殊家庭背景,选择卖艺为生并不轻松,但却能做到甘之如饴,从而也说明当时的社会风尚及其人们的价值取向。特别是该戏作为南戏剧本,其演出流行于江南,说明人们喜爱戏剧娱乐的风尚与重视杂剧这种大众文艺的价值观念的普遍性与全国性。

同时,从具体的杂剧作品和时人的评价两方面,亦可看出这种风尚和价值观念的变化。如对所谓"浪子"的描绘和评价。"浪子"一词,原指轻薄浮华和行为乖戾之人,是一个贬义词。如宋徐梦莘《三朝北盟会编》卷二三六中言:"韩之纯,轻薄不顾士行之人也,平日以浪子自名,喜游娼家,好为淫媟之语。"①但随着社会风尚的变化,人们眼中的"浪子"一词逐渐褒义多于贬义,并继而成为风流倜傥的代名词。元杂剧作品中就多次述及"浪子"。如王实甫《西厢记》第三本第一折中红娘对张生的赞美:

> [后庭花]我则道拂笺打稿儿,原来他染霜毫不构思。先写下几句寒温序,后题着五言八句诗。不移时,把花笺锦字,叠做个同心方胜儿。忒聪明,忒敬思,忒风流,忒浪子。虽然是假意儿,小可的难到此。②

① (宋)徐梦莘:《三朝北盟会编》卷二百三十六,清勤志馆抄本,第7页。
② 王季思校注,张人和集评:《集评集注西厢记》,上海古籍出版社1987年版,第102页。

该曲完全是一派赞美之意。还有郑光祖《倩女离魂》中梅香对小姐倩女说:"姐姐!那王秀才的一表人物,聪明浪子,论姐姐这个模样,正和王秀才是一对儿。"亦是赞美之词。在文人评价中,贾仲明为《录鬼簿》中"前辈名公才人"所写的[凌波仙]吊词比较多而集中,如吊关汉卿:

> 珠玑语唾自然流,金玉词源即便有,玲珑肺腑天生就。风月情,忒惯熟。姓名香,四大神州。驱梨园领袖,总编修帅首,捻杂剧班头。

吊白仁甫:

> 峨冠博带太常卿,骄马轻衫馆阁情,拈花摘叶风诗性。得青楼,薄倖名。洗襟怀,剪雪裁冰。闲中趣,物外景,蘭谷先生。

吊高文秀:

> 花营锦阵统干戈,谢馆秦楼列舞歌,诗坛酒社闲谈嗑。编敷演,《刘耍咊》。

吊马致远:

> 万花丛里马神仙,百世集中说致远,四方海内皆谈羡。战文场,曲状元。姓名香,贯满梨园。

吊王实甫:

> 风月营,密匝匝,列旌旗。莺花寨,明飙飙,排剑戟。翠红乡,

雄赳赳,施谋智。作词章,风韵美。士林中,等辈伏低。①

贾仲明这些吊词描述了元代杂剧家风流倜傥的性格品行和出众的才华,并且可以看出,他们往往和勾栏官妓有密切的关系。他们和所谓的"浪人"有不少共同之处。他们以"得青楼、薄倖名","风月情、忒惯熟","锦阵花营都帅头"为荣。但对他们这些性格品行,无论杂剧作品还是时人评述,均抱一种赞扬与欣赏的态度,由此可见当时的社会风尚和价值观的巨大变化。

二、文人学士参与创作

而正是这种社会风尚和价值观的巨变,促使一大批卓有成就的文人心甘情愿地投入杂剧的演出和创作中。大批文人参与杂剧的创作对通俗文学在元代文坛占据统治地位亦起了重要的作用。因为杂剧的通俗毕竟与市井民歌的俗还是不一样的,它的通俗中还是有一定雅成分的。同时,一种新的文学样式的出现和风格的形成,除了要吸收前代文化的营养之外,总是要有一批文人作家的参与才能最后定型。如周德清说"北乐府""其备则自关(汉卿)、郑(光祖)、白(朴)、马(致远)",杨维桢说"出于关、庚氏传奇之变",明人朱权在《太和正音谱》中说关汉卿"初为杂剧之始",近人王国维甚至说"杂剧为汉卿所创。"这些说法虽然未必准确,但用来说明元杂剧的最后定型与这些文人作家关系密切还是可信的。

大批文人学士参与了杂剧创作,如关汉卿等人,他们那样地执著甚至是决绝地投入杂剧的演出与创作,恐怕绝不止于是衣食无着和没出路的不得已之举动,而是其价值观的变化加之个人的喜好所采取的自觉行动。这就又引出另一个话题,即不少人认为元杂剧繁荣兴盛的一个原因是由于元代不开科举考试,知识分子地位低下所致。此说最早

---

① (元)钟嗣成:《录鬼簿》(外四种),上海古籍出版社1978年版,第8、10、12页。

由王国维提出。他在其《宋元戏曲史》里说:"余则谓元初之废科目,却为杂剧发达之因。盖自唐宋以来,士之竟于科目者,已非一朝一夕之事,一旦废之,彼其才力无所用,而一于词曲发之。……此种人士,一旦失所业,固不能为学术上之事。而高文典册,又非其所素习也。适杂剧之新体出,遂多从事于此;而又有一二天才出于其间,充其才力,而元剧之作,遂为千古独绝之文字。"①其后附会王国维此说者亦不在少数。如前述"知识分子地位低下说"所论。客观而论,王国维此说不能说没有道理,但也不能将其抬到不适当的位置,亦即不能太孤立地看待这一问题,否则对我们上述的那些"名公才人"心甘情愿地投入杂剧创作的现象就不好解释。况且元前期虽然未开科举,但在朝廷供职的文人学士不在少数,他们并不是完全没有出路。从元仁宗延祐二年(1315 年)重开科考,元代先后曾经开科举考试 16 次,仅进士就录取约 1200 名,大批各民族文人士子,其中包括汉族文人士子由此踏入仕途。就是元前期未开科举考试期间,亦有其通过政绩等录用官员的一套制度,文人士子未必是完全阻断了进身之路。根据史料记载,元前期有不少汉族文人士子身居高位,且数量绝对超过蒙古等少数民族(此问题另作专题研究,此处不赘述)。这些身居高位的文人士子有的也参与元曲的创作,尤其是参与同属通俗文学的散曲的创作。事实说明,简单地归结为元代文人士子"士失其业,志则郁矣",才造成"皆不屑仕进,乃嘲风弄月,流连光景"的说法不尽全面。这就要求我们要站在当时多民族交往的这一大背景下来认识分析这一问题,庶几可得出比较客观的结论。亦即元代确实一度未开科举考试,一定程度上阻碍了文人士子的仕途,促使他们转而在勾栏、瓦舍寻找安身立命之所,促进了杂剧的创作,但不宜强调到绝对的地步。对此郑传寅有比较客观的分析。他在《中国戏曲文化概论》一书里引用王国维之说后言:

---

① 王国维:《宋元戏曲史》,华东师范大学出版社 1995 年版,第 95—96 页。

　　当代戏曲学者播扬王说者众。戏曲勃兴于元与一批杰出文人的参与确有关系。但是,王国维以及播扬王说的戏曲学者把戏曲勃兴于元的原因看得过于单一,对于元代一批杰出的下层文人走进勾栏瓦肆的原因也缺乏比较全面的认识,因而,有些问题仍然未能很好地解决。

　　元初废科举是历史事实,元代文人仕进无门,特别是汉族知识分子备受欺压、歧视,元杂剧对此有具体真切的反映。但是,“学而优则仕”的路被堵死,并不等于说元代文人除了投身戏曲之外便“才力无所用”。科举制起于隋唐,此前亦有大批文人,他们为何不投身戏曲,促使雏形的戏曲早日成熟? 很难设想,“竟于科目”已非一朝一夕的封建文人,只是因为进身之阶被堵死,为了“觅几文活命钱”,便会选择他们一向贱视的“小道”、“末技”。若单为衣食计,摆在元代知识分子面前的,远非只有投身戏曲这一条路。①

　　郑传寅对王国维说的单一片面作了辩驳,并且提出元代知识分子并非因为不开科举为衣食计而投身戏曲,虽然其并未从元代社会风尚及其价值观的变化方面论述,但也为我们多方面认识这一问题提供了参照。

　　以上所论说明元代蒙古族及北方其他少数民族审美观与文学作品对当时的社会风尚的影响及其引发的人们价值观的变化,影响和改变了中国文学史的主体结构,促进了元代俗文学占据文坛主流地位。当然,俗文学成为元代文坛主流,有中国文学史上俗文学本身的发展规律,这不是本章论述的重点。本章主要是从民族文化交融的角度,说明蒙古族及北方其他少数民族审美观与文学作品对元代俗文学占据文坛主流地位的影响,并说明蒙古族及北方其他少数民族在其中的贡献。

------

　　① 郑传寅:《中国戏曲文化概论》,武汉大学出版社 2003 年版,第 143 页。

第 四 章

民族文化交融与元杂剧之爱情婚姻剧

　　关于爱情婚姻和家庭生活的描写是古今中外任何民族文学创作均非常重视的题材和主题。考察整部中国文学史,无论是汉民族文学作品还是其他少数民族文学作品,表现男女相悦、相思、相爱的小说、诗歌、散文、戏剧等文学作品比比皆是,可以说爱情成了文学艺术永恒的主题。元杂剧作为"一代之文学",其爱情婚姻剧占有很大的比重,约有四十余种,约占元杂剧的四分之一,从内容分类或叙事模式看,既有帝王后妃剧、才子佳人剧、文士妓女剧,也有村姑爱情家庭剧。其中既有对传统爱情婚姻作品的继承,也有鲜明的时代特色。如男女情爱的大胆泼辣、不拘礼教;追求真挚爱情、以情为重;重视妓女人格、讲求人性;宗教道化剧中亦有优美的爱情描写;有情人终成眷属的大团圆结局等。显现出了新的文化因子和思想意蕴;刻画了一大批独具特色的敢爱敢恨、有血有肉的人物形象。

　　这些新的文化因子和思想意蕴与传统的爱情婚姻作品有很大不同,这与当时的民族文化交融是有密切关系的。如蒙古族及北方其他少数民族关于爱情婚姻方面的崇尚自然、较少束缚,当时思想政治环境比较宽松,对封建礼教有极大的冲击等,均对元杂剧之爱情婚姻剧产生了明显的影响。

蒙古民族崛起于朔漠草原,其文化属于草原游牧文化系统,其道德标准和价值观念有自己的一套东西。体现在男女婚姻爱情方面,与中原汉族地区在封建礼教的束缚下完全不同。如在男女交往方面比较朴实自由,没有那些"男女授受不亲"等清规戒律过多的限制;在家庭婚姻方面,崇尚实际合用,有时辈分等级的要求也不是非常严格,如有史料记载,元明时期为了家族的利益,子可以娶非血缘关系的庶母,弟可以娶嫂。这种不同的道德标准和价值观念通过互相之间的冲突、交流、融合,双方都会受到一定的影响。作为蒙古族一方来说,其贵族统治者在元代提倡学习汉文化,中原汉族的婚姻观念、伦理道德等对其产生了影响,尤其元朝后期体现得更为明显;作为中原汉族一方来说,一方面元朝蒙古族作为统治民族,其统治意志及习俗会得到其迎合或顺从,另一方面由于蒙古民族爱情婚姻方面的自由朴实更符合人文精神,也会得到中原汉族的认可,从而对其产生影响。体现在元杂剧爱情婚姻剧创作方面,由于蒙古族爱情婚姻观对中原传统封建礼教的冲击,使人们的价值观念发生了一定的变化,敢于大胆地描写之。同时由于人们价值观念的变化,在社会大环境下敢于追求自由的爱情,一些文人才子不以与青楼歌妓相伴为耻,了解她们的心理、情态,使元杂剧爱情婚姻剧的创作范围更广、感情更真挚可信。比较宽松的思想政治环境前已论及,此处从略。

研究元杂剧爱情婚姻剧之特色,结合当时蒙古族及北方其他少数民族的爱情婚姻观,结合当时的政治环境之影响,当为一个有效途径。

下面结合中国传统婚姻模式及其在唐传奇与元杂剧中的不同反映、元杂剧才子佳人剧、文士妓女剧、神仙道化剧中爱情的描写等分别予以论述。

第一节　中国传统婚姻模式及其在
唐传奇与元杂剧中的反映

中国传统的婚姻模式相对于元代来讲主要是指元代及其以前的婚姻模式状况，元代及其以前的文学作品特别是描写男女爱情婚姻的作品，深深地打上了其烙印。其间，此处所要论述的唐传奇与元杂剧之爱情婚姻描写所受中国传统的婚姻模式之影响又有不同，从而可见出元代民族文化交融所带来的时代、民族特色。

一、中国传统婚姻模式

中国传统婚姻模式综合各种史料记载，大致可以包括两方面内容：一是合目的性；二是男子占主导地位。所谓合目的性是指婚姻要"门当户对"，要有利于维护家族的利益。如《礼记》中说："昏礼者，将合二姓之好，上以事宗庙，而下以继后世也。"①由此可知，封建婚姻就是为了宗族血亲统治的延续，就是为了巩固家族统治，维护家族利益。并且为了实现这一目的，婚姻的选择权和决定权在于父母。孟子就从儒家的伦理出发，要求女子要严守规范，不可"不待父母之命，媒妁之言，钻穴隙相窥，逾墙相从"，否则"父母国人皆贱之"。② 管子也对在男女之情中男女私自定情提出批评："妇人之求夫家也，必用媒然后家事成；求夫家而不用媒，则丑耻而人不信也，故曰：'自媒之女，丑而不信。'"③在孔孟等人的阐释宣扬下，儒家的这些经典论断逐渐演化为对女子的一种行为规范要求，形成了一张无形的控制女子的大网。同时，既然为了巩固家族统治、维护家族利益，双方父母就会考虑互相之间政

---

① 孙希旦：《礼记集解·昏义第四十四》，中华书局 1989 年版，第 1416 页。
② 杨伯峻：《孟子译注》，中华书局 1960 年版，第 143 页。
③ 赵守正：《管子注译·形势解》，广西人民出版社 1982 年版，第 189 页。

治地位和经济实力的一致性,计较双方政治权利的大小、财产的多寡、社会地位的高低,即所谓的"门当户对"。进而为了这些目的的实现,就特别重视男女之大防,所谓"男女不杂坐","男女授受不亲"等等。

所谓男子占主导地位,即在婚姻的全过程中自始至终男性占了统治地位,同时对女子提出了诸多苛刻的要求。其中集中体现在所谓"三从"、"三纲"、"四德"、"七出"等说教中。《礼记》对"三从"的解释为:"妇人,从人者也;幼从父兄,嫁从夫,夫死从子。"①在此基础上,汉代董仲舒推演出"三纲"之说,强调君、父、夫对臣、子、妻有绝对支配权,并以阴阳之道说:"君臣、父子、夫妇之义,皆取诸阴阳之道。君为阳,臣为阴;父为阳,子为阴;夫为阳,妻为阴。"②从男女婚姻的角度来看,"三从"、"三纲"所突出的是男子的主导地位。进而在"四德"、"七出"中又对女子提出具体而苛刻的要求。"四德"指妇德、妇言、妇容、妇功。《后汉书》中言:"女有四行:一曰妇德,二曰妇言,三曰妇容,四曰妇功。夫妇德不必才明绝异也,妇言不必辩口利辞也,妇容不必颜色美丽也,妇功不必工巧过人也。"③其中之一即为"女子无才便是德"。"七出"指古代社会丈夫遗弃妻子的七种借口:一、无子,二、淫泆,三、不事姑舅,四、口舌,五、盗窃,六、妒忌,七、恶疾。《大戴礼》、《公羊传》等有记载。这"七出"中只要违犯任何一条均可被毫不容情地休弃。从而可以看出,在封建礼教桎梏下的中国传统婚姻模式是以维护男子的权力为核心的,是以牺牲女子的幸福与利益为特点的。

这种传统婚姻模式在中国古代文学作品中是有充分反映的,因为中国古代文学有关描写男女爱情婚姻的作品必然带有传统文化的因子。

---

① 孙希旦:《礼记集解·丧服》,中华书局1989年版,第1416页。
② 《春秋繁露》卷十一。
③ (汉)范晔:《后汉书·列女传》卷一百一十四,上海古籍出版社、上海书店影印本《二十五史》2,1986年版,第285页。

二、唐传奇与元杂剧爱情婚姻描写之不同

有比较才能更好地鉴别，如果我们仅单纯地就元杂剧论述元杂剧爱情婚姻剧受到当时民族文化交融的影响，固然也能说明一些问题，但如果将其在文化层次上与其他朝代描写爱情婚姻的文学作品来做对比研究，特别是将与元杂剧爱情婚姻剧有承继关系者来做对比研究，会更有说服力和可信度。

与元杂剧爱情婚姻剧有承继关系的当首推唐传奇有关爱情婚姻描写的某些篇章。元杂剧不少爱情婚姻剧就是从唐传奇中改编和移植过来的。如《曲江池》、《倩女离魂》、《西厢记》、《柳毅传书》、《金钱记》等就分别改编和移植至唐传奇《李娃传》、《离魂记》、《莺莺传》、《柳毅传》、《柳氏传》等篇章。高益荣在《元杂剧的文化精神阐释》中谈及此亦说："(元杂剧)这些作品大都保留了原作(唐传奇)的情节框架，但就其思想意义和文化视角显然要比唐传奇高一筹，表现出新的文化品位。"[1]这新的文化品位显然与当时的民族文化交融有密切关系。

首先，唐传奇与元杂剧在描写男女爱情故事时角色明显互换。高益荣在其《元杂剧的文化精神阐释》中称这种情况为："男女角色'颠倒'"。[2] 唐传奇在描写男女爱情时虽然对封建礼教有所突破，但最后还是合于礼教，并且婚姻的主动权还是掌握在男子手里，即男子占主导地位。元杂剧里情况就完全不一样了，女子处处表现出了主动与大胆，体现出了当时封建礼教观念的削弱。对此，邓绍基曾说："这种女子强于男子的描写在元人爱情婚姻剧中成为一种重要现象，它在一定程度上显示出传统的'男尊女卑'观念的削弱，甚至'颠倒'。"[3]如从相对应的唐传奇《莺莺传》、《离魂记》与元杂剧《西厢记》、《倩女离魂》就很明

---

① 高益荣：《元杂剧的文化精神阐释》，中国社会科学出版社 2005 年版，第 98 页。

② 高益荣：《元杂剧的文化精神阐释》，中国社会科学出版社 2005 年版，第 103 页。

③ 吕薇芬：《名家解读元曲》，山东人民出版社 1999 年版，第 55 页。

显地看出这一问题。

唐传奇《莺莺传》是唐代爱情小说中负有盛名的作品，作者元稹。小说所描绘的是张生和崔莺莺一度相爱，最后又把她遗弃的故事。其间把张生描绘成"性温茂，美风容，内秉坚孤，非礼不可入"，"年二十三，未尝近女色"。在普救寺邂逅莺莺后，为莺莺的美色所动，遂产生与其肌肤之亲的欲望。后西赴长安科考落第，二人情缘遂断绝。又经年，张生与崔莺莺均各自成家，但因缘巧合，张生求见崔莺莺遭拒绝。小说中为张生这种"始乱终弃"行为寻找借口说："大凡天之所命尤物也，不妖其身，必妖于人"，"昔殷之辛，周之幽，据万乘之国，其势甚厚；然而一女子败之，溃其众，屠其身，至今为天下谬笑。予之德不足以胜妖孽，是用忍情。"可见小说对张生的负心并无谴责之意，反而认为是合乎礼义的。从而也可以看出当时封建礼教的"三纲"、"五常"的影响还是明显的，男子还是占据主导地位的。张生从男权角度出发，对女性还只是从感官和肌肤方面的欣赏与体验，还谈不上真正的爱情。莺莺虽然对张生有强烈的爱情要求，但又显得被动犹豫，有时又有一些违背自己初衷的举动。如她自己约了张生来，却又板起面孔斥责他的"非礼之动"。直到她被张生抛弃后，却无力抗争，只能自怨自艾，听凭命运的摆布，完全处于一种被动受欺凌的地位。虽然此处的崔莺莺也还有追求自由爱情、突破封建礼教的行动，但总体上来看还是软弱的。

元杂剧《西厢记》是北曲中著名的以爱情为题材的作品，所描写的是相国小姐崔莺莺与书生张君瑞的爱情故事。此故事最早见于唐传奇《莺莺传》。其后，金代董解元又以此为题材创作了《西厢记诸宫调》。到了元代，王实甫《西厢记》杂剧的出现，使崔莺莺与张君瑞的爱情故事达到了新的高度，体现出了鲜明的时代特色。王实甫《西厢记》中，崔莺莺再不是那种被玩弄、被遗弃的角色，她敢于反抗外部阻力，敢于争取婚姻的主动权，体现出了一种积极主动的精神和大无畏的气概。这种反抗实际上也就是对封建礼教的反抗。如张生写信给白马将军杜确求救，打败围攻普救寺妄图抢夺崔莺莺的叛军孙飞虎后，崔母赖婚，让张生与崔莺莺以兄妹相称。张生苦闷,莺莺多次以书信问候。其间有一些波折,张生病重。莺莺知道后,再次写信慰问,并约定夜间相会。月下西厢,张生与莺莺终于心心相印,莺莺于是以身相许,并从此后夜夜相聚一处。这里的莺莺与《莺莺传》里的莺莺大相径庭,再不是逆来顺受、自怨自艾,而是大胆反抗封建礼教,敢于把婚姻的主导权掌握在自己手里。《西厢记》里张生的形象是一个"才高难入俗人机,时乖不遂男儿愿"的狂生,他在普救寺第一次见莺莺就如醉如痴,第一次见红娘就介绍自己的生辰八字,并特意强调自己"不曾娶妻",是个痴情种子。这里张生的痴情与《莺莺传》里的"始乱终弃"相比,显然也是对封建礼教的一种突破,更重视男女感情了。《西厢记》与《莺莺传》中莺莺角色的转换,显然也是其反抗的结果。郭沫若在《西厢艺术的批判与其作品的性格》中曾说:

> 反抗精神,革命,无论如何,是一切艺术之母! 元代文学,不仅限于剧曲,全是由这位母亲产生出来的。这位母亲所产生出来的女孩儿,总要以《西厢》为最完美,最绝世的了。《西厢》是超时空的艺术品,有永恒而且普遍的生命。《西厢》是有生命的人性战胜了无生命的礼教的凯旋歌,纪念塔。①

郭沫若所说的这种反抗精神是《西厢记》中崔莺莺角色转换的原因,同时也是当时思想政治环境比较宽松,对封建礼教冲击的结果。

还有唐传奇《离魂记》与元杂剧《倩女离魂》也反映了两者男女角色的互换。陈玄祐的《离魂记》描写王宙与倩娘的奇异爱情故事,主旨是在突出故事的神奇性。清河人张镒有一漂亮女儿,名倩娘,并从小许配表兄王宙为妻。后两人长大并互有爱意,张镒却又将倩娘许配他人。

---

① 郭沫若:《郭沫若古典文学论文集》,上海古籍出版社1985年版,第668—669页。

王宙愤而辞别张家,夜宿孤舟。忽闻有人奔来,原是倩娘。两人遂"数月至蜀。凡五年,生二子,与镒绝信"。后倩娘迫于想家,携夫挈子将见父母。王宙先至言明情况并表谢罪,张镒不信,因倩娘五年来一直卧病在床。而卧病在床的倩娘却"喜而起,饰妆更衣,笑而不语,出与相迎,翕然而合为一体,其衣裳皆重"。《离魂记》中王宙愤而辞别是对其舅舅将倩娘许予他人的反抗,当倩娘半夜奔来并不拒绝且"惊喜发狂",是男子主导婚姻思想的一种体现。当然,其间反抗封建礼教的思想也是明显的。不过,与《倩女离魂》相比,倩娘反抗的力度还不够,倩娘的地位也还是属于被动的。

郑光祖的《倩女离魂》在描写王文举与倩女的爱情故事时体现出了与《离魂记》很大的不同。《倩女离魂》中为了突出倩女的主导地位,将王文举刻画成一个满脑子封建礼教的腐儒形象。当老夫人以未取得功名为借口拒绝他与倩女的婚姻时,他唯唯诺诺不敢反对,并当夜就收拾行囊进京赶考。当倩女私自赶来见他时;他却斥责说"你今赶自私来,有玷风化"。而倩女赶上王文举后,首先倾诉道:"〔洛丝娘〕你抛闪咱,比及见咱。我不瘦杀,多应害杀。(正末云)若老夫人知道了怎了也? (魂旦唱)他若是赶上咱,待怎么? 常言道:做着不怕。"当王文举斥责她时,倩女坚定地说:"你振色怒增加,我凝睇不归家,我本真情非为所吓,已主定心猿意马。"在这种情况下,王文举仍然阻止说:"小生倘不中呵,却是怎生?"倩女回答道:"你若不中呵,妾身荆钗裙布,愿同甘苦。"表现出了倩女并不以科举得中、高官得做为重的高尚情操。倩女敢于冲破封建礼教,追求自由爱情,敢于将自己的婚姻主导权掌握在自己手里。

对这种男女角色明显互换,或者说女子地位提高,幺书仪在《元人杂剧与元代社会》中说:"元人在爱情剧中,女子地位的提高,她们性格、心理上的自信和行动上顽强追求的出现,传统的'男尊女卑'观念在剧中显示出来的某种程度上的削弱甚至'颠倒',产生的原因是复杂的、多方面的。这个问题,可以分两个方面来进行考察:一是由于社会情况的变异,以及由此引起的社会观念、习俗标准的变化;二是由于创作者的社会地位的改变而产生创作心理上的不同状态。"①幺书仪所提的两个方面,尤其是社会观念、习俗标准的变化,应该说与当时的民族文化交融是有密切关系的。为什么当时的社会观念、习俗标准会发生变化呢? 当然与当时的思想政治环境比较宽松,蒙古等北方少数民族习俗的影响等是有关系的。此话题前已论及。

其次,唐传奇与元杂剧在描写男女爱情故事时世俗观念的表达明显不同,后者明显强于前者。前已论及,元杂剧与唐传奇相比,女性形象的地位已明显提高,或者说男女角色已明显互换,女子地位高于男子。对此,高益荣在《元杂剧的文化精神阐释》中亦说:"元杂剧中的女性地位都比唐传奇中的大大提高,如《莺莺传》中的莺莺是平民出身,到了《西厢记》便成了相国之女;《柳氏传》中的柳氏原是李生幸姬,但在《金钱记》就成了长安府尹王辅的独生女;《李娃传》中的李娃是一般妓女,可在《曲江池》中是上厅行首。"②但这种身份地位的提高,并不等于其思想意识、行为举动也符合上流社会所提倡的封建礼教等一套东西,相反却更加世俗化了。这世俗化也就是市民化,以平民的角度来看待人和事,不受封建礼教纲常的约束,更具有人性精神。如唐传奇《李娃传》(白行简作)与元杂剧《曲江池》(石君宝作)相比就可明显看出这一点。

《李娃传》描写妓女李娃与荥阳生的爱情故事。荥阳生赴京考试,遇妓女李娃,热恋同住。后因资财荡尽,被老鸨驱逐出去。生流落街头,"与人家送殡唱挽歌讨饭吃"。后被其父认出,痛打几至于半死。李娃见到已沦为乞丐的荥阳生后,感念旧情,不顾鸨母阻拦,与生同居。生乃奋志读书,科考得中,做了大官,李娃也被封为汧国夫人。其间生

---

① 幺书仪:《元人杂剧与元代社会》,北京大学出版社 1997 年版,第 45 页。

② 高益荣:《元杂剧的文化精神阐释》,中国社会科学出版社 2005 年版,第 106 页。

对其父不敢有丝毫反抗，尽管被打得半死，但当他高官得做其父来认亲时，仍毫无怨言地与之和好。表现出深受"父为子纲"之影响。《曲江池》本事见《李娃传》，但男主人公郑元和在对待其父将他责打半死，在他科考得中做了县令后来相认时的态度与《李娃传》完全不一样。郑元和作为县令必须要去参见本府府尹。而府尹正是其父。他们见面后"（郑府尹云）你不是我孩儿郑元和么？（末云）老相公怎这等要便宜，我哪里是你孩儿？左右将马来，我自去也"。他礼节上当去拜访上司，内心中却愤然难以释怀。此时已诰封为夫人的李亚仙劝解道："相公，你为何不肯认老相公？"郑元和有一段长篇道白曰："吾闻父子之亲，出自天性，子虽不孝，为父者未尝失其顾复之恩；父虽不慈，为子者岂敢废其晨昏之礼？是以虎狼至恶，不食其子，亦性然也。我元和当挽歌送殡之时，被父亲打死，这本自取其辱，有何仇恨？但已失手，岂无悔心？也该着人照觑，希图再活。纵然死了，也该备些衣棺，埋葬骸骨。岂可委之荒野，任凭暴露，全无一点休戚相关之意？"剧中借李元和之口作了如此宏论，完全是市民百姓的口吻。而市民百姓的价值观倒是非常人性化的。"父子之亲"本"出自天性"，"父慈"、"子孝"理所当然，但在人格方面各自又是独立的。但如果一方绝情绝义，那么父子之情也就恩断义绝了。由此可见，李元和的辩解也就合情合理了。这种思想表达了元代市民阶层要求平等的观念，同时也是对"父为子纲"等封建礼教的批驳。

再如唐传奇《柳毅传》（李朝威作）与元杂剧《柳毅传书》（尚仲贤作）相比较也可见出其世俗观念表达的不同。《柳毅传》是一篇美丽的神话爱情小说，主要描写书生柳毅遇一龙女，因在丈夫家里受虐待，被赶在荒野上牧羊。柳激于义愤，代为传信给她的父亲洞庭君。洞庭君的弟弟钱塘君见信大怒，杀了夫家的人，救出龙女，并欲将她嫁给柳毅；但因言语傲慢，为柳拒绝。后柳娶范阳卢氏，乃龙女化身，终成夫妻，柳最后还成了仙人。但综观《柳毅传》，虽然柳毅与龙女最后成婚，可柳毅初无私心，他为龙女传书也是见义勇为之行动，市民俗气之贪图美色的成分比较少。《柳毅传书》中的情况就完全不一样了，"《柳毅传书》中的柳毅就比《柳毅传》中的柳毅更具有市民的俗气"。① 比如《柳毅传书》中的柳毅身上体现出了更多的自私和好色。他为龙女传书并不是单纯的见义勇为，他希望龙女"你异日归于洞庭，是必休避我也"。当龙王真要招他为婿时，他又犹豫不决，他想到了龙女当初牧羊时的"憔悴不堪"，于是暗自嘀咕，"我要她做什么"？最后他母亲为他订下范阳卢家女儿并迎娶之日，发现是漂亮的洞庭龙女时，便说"我就许了那亲事也罢"。这里柳毅的自私与好色应该说更符合人性，更生活化。同时也体现了元代审美观念的世俗化。关于此点，高益荣在《元杂剧的文化精神阐释》中曾说："形成元杂剧世俗审美观念的原因主要是因为元杂剧的作者可谓是市民作者，他们大多是地位低下，……由于他们与市民融于一体，便更了解市民，故作品也就更具有市民气。不像唐传奇的作者大多是进士文人，这就形成了元杂剧较之于唐传奇市民审美观的加强。"②高益荣此说有一定的道理，但还不是问题的全部。元代审美观念的世俗化与当时的民族文化交融是有密切关系的。比如说蒙古族及北方其他少数民族爱好通俗文学的影响等。此问题别处详论。

唐传奇与元杂剧在描写男女爱情故事时，世俗观念表达得明显不同的地方，还有表现敢于张扬个性、大胆追求自主婚姻、反对封建礼教束缚的等方面。如元杂剧《西厢记》中，崔莺莺敢于与张生的私合；《倩女离魂》中倩女面对王文举的斥责、拒绝所表现的态度坚决等，均反映了女子的大胆泼辣，反礼教思想浓厚。这一点在后面详论。

总括来看，元杂剧关于爱情婚姻及家庭生活的描写，确实对中国传统婚姻模式给予了很大的突破和反动，与唐传奇相比也体现了其深刻

---

① 高益荣:《元杂剧的文化精神阐释》,中国社会科学出版社 2005 年版,第 107 页。

② 高益荣:《元杂剧的文化精神阐释》,中国社会科学出版社 2005 年版,第 107 页。

性与彻底性。

第二节　才子佳人剧

对才子佳人爱情的描写,在元杂剧爱情剧中占有重要地位,同时也是中国古代戏曲、小说等文艺作品爱情描写之主要内容。粗检元杂剧,有关才子佳人剧代表作品有:关汉卿的《拜月亭》、《玉镜台》、《山神庙》;白朴的《墙头马上》、《东墙记》;王实甫的《西厢记》、《破窑记》;曾瑞卿的《留鞋记》;郑光祖的《倩女离魂》、《㑇梅香》;贾仲明的《萧淑兰》;无名氏的《举案齐眉》、《鸳鸯被》、《留鞋记》、《符金锭》、《碧桃花》等。这类剧作反对中国传统的婚姻模式,标举新的反传统的婚姻价值观,肯定了女性在婚姻中的地位,宣扬"有情人终成眷属"的婚姻理想,与其前中国古代戏曲、小说等文艺作品之爱情描写有明显的不同,深深地打上了当时民族文化交融的烙印。

一、貌、情是婚姻的基础

前已述及,中国传统婚姻模式是以"三从"、"四德"、"三纲"、"五常"为基础的,对充满人性的正常的男欢女爱是严厉禁止且视为洪水猛兽的。到了元代,由于以蒙古族为主的北方草原游牧文化与中原农耕文化的碰撞、交流、融合,对当时的政治、经济、文学、艺术等产生了明显的影响。表现在元杂剧爱情婚姻剧方面,重视"貌"与"情"是一个突出特点。所谓"貌"亦即"色",男女相见时第一重视的当然是"貌"或"色",由美"貌"而动真"情",甚至产生"欲"。当然,进一步还要求"才"。显然,这种"貌"、"情"结合的婚姻才更符合人性,更有永久的魅力。元杂剧爱情婚姻剧之男女情爱以至结合,莫不是以"貌"与"情"为基础的。同时这种描写也是对中国传统婚姻模式的大胆突破,对封建礼教的尖锐批判。

如白朴的《墙头马上》。该剧描写裴少俊与李千金的恋爱故事。

裴少俊奉命到洛阳挑选奇花异草,当骑马经过李家后花园时,与李千金墙头马上一见钟情,约定晚间后花园相会。相会时被李嬷嬷撞见,但李放他两人私逃,约定日后得了官职后回来认亲。李千金在裴家后花园隐藏七年,生下一子一女。后被裴少俊之父裴行俭发现,逼迫裴少俊写了休书。裴少俊得中状元后到李家认亲,李千金拒绝不认,直到裴行俭赔罪、子女哀求才相认,合家团圆。

全剧写情大胆泼辣,突出了青年男女以"貌"与"情"择偶的人性选择。两人花园初见,裴少俊就惊呼:"一个好姐姐!"李千金也赞叹道:"一个好秀才也!"接着互相描摹各自的美貌。李千金唱道:"兀那画桥西,猛听的玉骢嘶。便好道杏花一色红千里,和花掩映美容仪。他把乌靴挑宝镫,玉带束腰围,真乃是'能骑高价马,会着及时衣。'"裴少俊也夸赞道:"你看他雾鬓云鬟,冰肌玉骨,花开媚脸,星转双眸。只疑洞府神仙,非是人间艳冶。"正是各自的美貌使他们一见钟情。于是李千金唱道:"休道是转星眸上下窥,恨不得倚香腮左右偎;便锦被翻红浪,罗裙作地席。"表达感情可谓大胆。为什么这么大胆呢? 接着李千金唱道:"既待要暗偷期,咱先有意,爱别人可舍了自己。"都可以"舍了自己",还有什么可怕的呢! 是什么值得李千金"舍了自己"呢? 显然是"貌"与"情"。有此做基础,当他们的约会被嬷嬷发现时,李千金就理直气壮地辩解道:

[菩萨梁州]是这墙头掷果裙钗,马上摇鞭狂客;说与你一个聪明的奶奶:送春情是这眼去眉来。(嬷嬷云)好! 可羞也那不羞? 眼去眉来,倒与真奸真盗一般。教官司问去。(正旦唱)则这女娘家直恁性儿乖,我待舍残生还却鸳鸯债,也"谋成不谋败"。是今日且停嗔过后改,怎做的奸盗拿获?

后在裴家后花园隐藏七年,生下一子一女事被裴少俊父亲裴行俭发现,裴少俊被迫将她休弃时,她表现得非常坚强。她说道:"是与非须辨别","这姻缘也是天赐的。"并对丈夫的软弱提出批评：

> ［鸳鸯煞］休把似残花败柳冤仇结，我与你生男长女填还彻；指望
> 生则同衾，死则共穴。畅道题柱胸襟，当炉的志节，也是前世前缘，
> 今生今业。少俊呵，与你乾驾了会香车，把这个没气性的文君送
> 了也。

正是由于以"貌"与"情"为基础，所以李千金的形象大胆、泼辣又不流于轻浮，同时也是对家长包办婚姻等封建礼教的批驳。

还有曾瑞卿的《留鞋记》。书生郭华与卖胭脂女王月英的相爱也是倾心于对方的美貌。郭华科考落第，在胭脂铺遇王月英，说："这相国寺西有座胭脂铺儿，一个小娘子生得十分娇色，与小生眼去眉来，大有顾盼之意。"对王月英的美貌，郭华心生爱意。王月英第一次看到来买胭脂的郭华后亦说："好个聪俊的秀才也。"并感叹郭华"他可有浑身俏，我偷将冷眼窥，端的个眉清目秀多伶俐"。接着两人由貌生情，卿卿我我：

> （正旦唱）［仙吕·赏花时］谁知道半雾相看百种愁，则被那一点相
> 思两处勾。（郭华云）小娘子，这胭脂粉不见好，还有高的换些与
> 我。（正旦唱）他把这脂粉作因由。（云）秀才，这是上等的脂粉
> 哩。（郭华云）看小娘子份上，便不好也收了去。（正旦唱）我见他
> 趋前褪后，待言语却又早紧低头。［幺篇］我这里半掩酥胸满面
> 羞，见他半晌无言心便有。他俊俏，我风流，得成就鸾交凤友，我则
> 待百岁效绸缪。

王月英表达爱情的方式可谓大胆。当丫鬟梅香提醒她"倘或母亲知道怎了"？她唱道："母亲知道有何妨？您孩儿造下风流罪。""便犯出风流罪，暗约下雨云期，常言道'风情事哪怕人知'。"无名氏《碧桃花》写

张道南与碧桃之爱情婚姻,虽然两人已由父母做主有婚约,但也还是由"貌"生"情"。张道南见碧桃后赞曰:"花阴下好一个女子也!看他那云鬟雾鬓,杏脸桃腮,柳眉星眼,不由咱不动心也。"碧桃亦说张道南:"端的个十分才更有十分俊,休使我心儿困。"还有《西厢记》、《萧淑兰》、《潇湘雨》等也如此。《西厢记》中张生赞叹莺莺:"颠不刺的见了万千,似这般可喜娘的庞儿罕曾见。则着人眼花缭乱口难言,魂灵儿飞在半天。他那里尽人调戏嚲着香肩,只将花笑撚。"莺莺则喜欢张生的"脸儿清秀身儿俊"。《萧淑兰》中萧淑兰也是由于喜欢张云杰的"外貌俊雅"才生感情。

元杂剧爱情婚姻剧大多都写到由"美貌"而生"感情",而这种描写方式恰恰是非常符合人性之最基本特征的。当然,作为才子佳人剧,描写青年男女的爱情婚姻还需将"美貌"、"感情"与"才华"结合。"如果仅仅追求容貌的娇美、形体的窈窕,那是低层次的情爱。故才子佳人爱情剧在描绘了主人公一见钟情后往往表现了人物内在的气质,突出才子的'才'与'情',从而将色、才、情熔于一炉,塑造出色、才、情三者皆备的理想人物,远比唐传奇中的才子形象更具人性味。"①才子佳人剧,顾名思义就是男才子、女美貌。如《西厢记》中的张生、《倩女离魂》中的王文举、《曲江池》中的郑元和、《金钱记》中的韩飞卿等人,均是科考得中,其才华当然也就不言而喻了。这样貌、才、情的结合反映了当时市民阶层的审美理想,同时也是对传统婚姻模式的反叛与批驳。

二、符合人性的欲望描写

元杂剧才子佳人爱情婚姻剧在对青年男女以貌、情及才为基础的爱恋以至结合进行描写的情况下,势必涉及所谓的"欲望"。此"欲望"即人们对封建礼教评价的所谓"存天理、灭人欲"之"人欲"。存天理之

---

① 高益荣:《元杂剧的文化精神阐释》,中国社会科学出版社 2005 年版,第 110页。

"天理"当然是指维护封建纲常那一套东西,并将其目之为"天理";灭人欲之"人欲"表现在爱情婚姻方面恰恰是指男女两性之间最基本、最正常的人性的东西。可见封建礼教表现在男女爱情婚姻方面是扼杀人性的。在中国漫长的封建社会时期,"男女授受不亲",有时连见面都很难,何谈情爱?在元以前的中国古代文学作品中,男女爱恋最后以悲剧结束的比比皆是。如汉代著名的乐府民歌《孔雀东南飞》中的刘兰芝与焦仲卿,在封建家长的阻挠与迫害下,最后兰芝"举身赴清池",仲卿也"自挂东南枝",双双毙命。唐传奇《霍小玉传》中的霍小玉最后也落得个遭遗弃含愤而死的结局;《莺莺传》中的崔莺莺也没有摆脱"始乱终弃"窠臼。而元杂剧才子佳人爱情婚姻剧对男女性爱的描写可谓大胆,涉及了两性的敏感话题"欲望"。本来男女之间由"貌"生"情",由"情"生"欲"是很正常的事情,但在封建礼教来看,是需要坚决予以"灭"的。元杂剧这种描写也就具有强烈的反封建礼教色彩,同时也具有恩格斯所说的现代性爱的意味。恩格斯在《家庭、私有制和国家的起源》一文中曾说:"现代的性爱,同古代人的单纯的性要求,同厄洛斯[情欲],是根本不同的。第一,性爱是以所爱者的对应的爱为前提的;从这方面说,妇女处于同男子平等的地位,而在古代的厄洛斯时代,决不是一向都征求妇女同意的。第二,性爱常常达到这样强烈和持久的程度,如果不能结合和彼此分离,对双方来说即使不是一个最大的不幸,也是一个大不幸;为了能彼此结合,双方甘冒很大的危险,直至拿生命孤注一掷,而这种事情在古代充其量只是在通奸的场合才会发生。最后,对于性关系的评价,产生了一种新的道德标准,不仅要问:它是结婚的还是私通的,而且要问:是不是由于爱和对应的爱而发生的?"①即由于有感情做基础,才会结合,才会有性爱和欲望。如《墙头马上》等剧的描写。

---

① [德]恩格斯:《家庭、私有制和国家的起源》,《马克思恩格斯选集》第四卷,人民出版社1995年版,第75页。

《墙头马上》中的李千金在喜爱裴少俊的"美容仪"并产生感情的情况下，唱道："恨不得倚香腮左右偎；便锦被翻红浪，罗裙作地席。"这"依偎香腮"、"锦被翻浪"、"罗裙作席"的描写可谓大胆，同时也充满男女之间的欲望。接着李千金就通过梅香与裴少俊相约后花园看花。裴少俊得信后迫不及待地言道："惭愧，这一场喜事非同小可。只等的天晚，便好赴约去也。（诗云）偶然间两相窥望，引逗的春心狂荡。今夜里早赴佳期，成就了墙头马上。"当裴少俊到来后，李千金直接将其引入闺房内。裴少俊言道："小生是个寒儒，小姐不弃，小生杀身难报。"李千金不无忧虑应道："舍人休负心！"并唱道："我推粘翠靥遮宫额，怕绰起罗裙露绣鞋。我忙忙扯的鸳鸯被儿盖，翠冠儿懒摘，画屏儿紧挨。是他撒滞殢把香罗带儿解。"此时李千金与裴少俊的"苟且"之事被李嬷嬷发现，并指责道："俺这里不是赢奸买俏去处。"从封建礼教来看，李千金与裴少俊的"鸳鸯被儿盖"，"香罗带儿解"，显然是"赢奸买俏"。但面对此尴尬局面，李千金并没有觉得有多么丢人，她直言道："是这墙头掷果裙钗，马上摇鞭狂客；说与你一个聪明的奶奶：送春情是这眼去眉来。"并表示："我待舍残生还却鸳鸯债，也'谋成不谋败'"。于是李千金与裴少俊"私奔"，在裴家后花园一住七年，生下一双儿女。后被裴少俊父亲裴行俭尚书发现，满脑子封建道德的裴尚书斥责她道："这妇人决是娼优酒肆之家！"李千金坦然答道："妾是官宦人家，不是下贱之人。"裴尚书又威胁她道："嗏声！妇人家共人淫奔，私情来往，这罪过逢赦不赦。送与官司问去，打下你下半截来。"李千金仍据理力争道："随汉走怎说三贞九烈，勘奸情八棒十挟。谁识他歌台舞榭，甚的是茶房酒舍。相公便把贱妾、拷折下截，并不是风尘烟月。"接着裴尚书和李千金还有一段颇为激烈的对话：

（尚书云）我便是八烈周公，俺夫人似三移孟母。都因为你个淫妇，枉坏了我少俊前程，辱没了我裴家上祖。兀那妇人，你听者：你既为官宦人家，如何与人私奔？昔日无盐采桑于村野，齐王车过见

— 169 —

了，欲纳为后同车，而无盐曰："不可，禀知父母，方可成婚；不见父母，即是私奔。"呸！你比无盐败坏风俗，做的个"男游九郡，女嫁三夫"。（正旦云）我则是裴少俊一个。（尚书怒云）可不道"女慕贞洁，男效才良；聘则为妻，奔则为妾"。你还不归家去。（正旦云）这姻缘也是天赐的。

　　这段对话可谓是封建礼教的卫道者与反叛者的交锋。裴尚书引经据典指斥李千金为"淫妇"，与裴少俊的行为是"私奔"。李千金的话虽然不多，但掷地有声，她与裴少俊的姻缘"是天赐的"。这"天赐"的姻缘是符合"天理"，符合"人伦"的。从而也体现出在李千金的身上充满了人欲不可战胜的力量，批驳了封建礼教的违反"人伦"。

　　《碧桃花》中张道南与徐碧桃在碧桃家花园内巧遇缠绵，被出外归来的徐知县发现。虽然张道南与徐碧桃已经父母做主早有婚约，但充满封建礼教思想的徐知县对此仍认为大逆不道，痛斥碧桃云："兀那辱门败户的小贱人，你是好人家女孩儿，怎生做这等禽兽的勾当？"碧桃不堪忍受，"一口气就气死了"。但碧桃"阳寿未尽，一灵真性不散。听知张道南得了官，在此宅中居住，今夜书房抚琴，不免假做邻居之女，听琴走一遭去呵"。面对如花似玉的碧桃，张道南喜不自禁。两人互问来历后，有一段对话颇为大胆直白：

　　　　（张道南云）小官现在此县为理。幸得与小娘子相会，小官有句话可敢说么？（正旦云）相公试说咱。（张道南云）小官独居旅邸，若小娘子不嫌，就书院中略叙片时何如？（正旦云）既然相公有留恋之心，妾身同到书房中与相公共话咱。（张道南云）小娘子请坐。看了这女子美貌端庄，岂不是天生就的？不由我不动情。……（张道南云）难得小娘子到此，小生有句话儿，只是不好启齿。（正旦云）有何言语，相公但说不妨。（张道南云）小官未曾婚娶，小娘子又守空房，咱两个成合一处，可也好吗？（正旦唱）

（金盏儿）他将我厮温存，我将他索殷勤，口儿未说早心儿顺。俺两个正是那不因亲者强来亲。（张道南云）趁此月色共饮几杯，岂不美乎？（正旦唱）你待要花前同酌酒，灯下细论文。（张道南云）如此好天良夜，只合早成就了洞房花烛，有甚心情还论文哩。（正旦唱）你则待风清明月夜，成就了花烛洞房春。

张道南初约碧桃"书院中略叙片时"，见相谐进而提出"咱两个成合一处"的要求。这种要求看似唐突，但由于两人已有深厚的感情基础，所以碧桃唱道"口儿未说早心儿顺"，最后"成就了花烛洞房春"。这样的描写看似充满肉欲感，但这种欲望又是合情合理的。张道南与碧桃此时的结合已属不易，碧桃是死而复生来见张道南的。可见青年男女要自由表达自己思想感情的不易和封建家长迫害的残酷。不过作者最后还是安排了碧桃借妹妹躯体还魂，与张道南结合的大团圆结局，表达了对正常人欲望的褒扬的态度，对封建礼教戕害人性的批驳。

《西厢记》描写张生与崔莺莺的私下结合含蓄优美。莺莺作为一个宰相之女、大家闺秀，虽然她对封建礼教的反抗没有李千金、碧桃等女子大胆、泼辣，但她在其母悔婚约的情况下与张生相约成就私合。剧中这样描写道：

[村里迓鼓]猛见他可憎模样，——小生那里得病来——早医可九分不快。先前见责，谁承望今宵欢爱！着小姐这般用心，不才张珙，合当跪拜。小生无宋玉般容，潘安般貌，子建般才；姐姐，你则是可怜见为人在客！

[元和令]绣鞋儿刚半拆，柳腰儿够一搦，羞答答不肯把头抬，只将鸳枕捱。云鬟仿佛坠金钗，偏宜鬓儿歪。

[上马娇]我将这纽扣儿松，把缕带儿解；兰麝散幽斋。不良会把人禁害，哈，怎不肯回过脸儿来？

[胜葫芦]我这里软玉温香抱满怀。呀，阮肇到天台，春至人间花

弄色。将柳腰款摆,花心轻拆,露滴牡丹开。

[幺篇]但蘸着些儿麻上来,鱼水得和谐,嫩蕊娇香蝶恣采。半推半就,又警又爱,檀口揾香腮。

(末跪云)谢小姐不弃,张琪今夕得就枕席,异日犬马之报。

这段描写张生与崔莺莺的款款温存、得就枕席,既含蓄委婉符合人物身份,又充满人之欲望之爱,展现了人性美的一个方面。当然这也与王实甫的清丽婉约创作风格有关。《裴度还带》在表现男女性爱方面又是另外一种风格。小姐韩琼英在彩楼上抛绣球打中状元裴度,将结婚姻,其间借媒人之口所说的一些话颇直白甚至粗俗。如媒人说:

> 年少风流美状元,温柔可喜女婵娟;今宵洞房花烛夜,试看状元一条鞭。
>
> ……
>
> 准备洞房花烛夜,则怕今朝好煞人。好撒东方甲乙木,养的孩儿不要哭,状元紧把香腮揾,咬住新人一口肉。又撒西方庚辛金,养的孩儿会卖针,状元紧把新人守,两个一夜胸脯不离心。再撒南方丙丁火,养的孩儿恰似我,状元走入房中去,赶的新人没处躲。后撒北方壬癸水,养的孩儿会调鬼,状元若到红罗帐扯住新人一条腿。再撒中央戊己土,养的孩儿会擂鼓,一口咬住上下唇,两手便把胸前握。

这段话表达了市民阶层的审美观念,插科打诨中还有一些粗俗的描写,但可以看出其对男女性爱的描写没有丝毫的矫揉造作、躲躲闪闪,一切表现得大胆直白,毫无遮拦。这种描写对封建礼教的"男女授受不亲"的冲击是够强烈和痛快淋漓的。

总之,这些描述人性"欲望"的剧作由于有深厚的感情做基础,加之是在封建礼教的束缚和桎梏下所写,故既符合人性的最基本要求,觉得可信可亲，又是对封建礼教的冲击和批判。

　　另外，元杂剧才子佳人剧的又一个特点是才貌双全的女子在爱情婚姻中完全占据了主导地位。如前已述及的《西厢记》中的崔莺莺、《倩女离魂》中的倩女、《曲江池》中的李亚仙、《柳毅传书》中的龙女、《墙头马上》中的李千金、《留鞋记》中的王月英、《碧桃花》中的碧桃、《萧淑兰》中的萧淑兰、《裴度还带》中的韩琼英等，无不是敢于冲破封建礼教的束缚，牢牢把婚姻的主导权掌握在自己手里的大胆泼辣女子。正是由于她们的大胆泼辣并敢于把婚姻的主导权掌握在自己手里，才使她们的爱情婚姻大多取得了圆满的结局。这又是元杂剧才子佳人剧的另一个特点，同时也反映了当时人们在爱情婚姻方面的理想化模式。正如高益荣在其《元杂剧的文化精神阐释》中所言："在（元杂剧）才子佳人爱情剧里，作者往往描绘了男女主人公的爱情能够冲破重重阻碍，最终结为幸福的伴侣，这实际带有他们的美好的婚姻理想色彩。"①关于此点，结合元杂剧的大团圆结局本书别处详论。

第三节　文士妓女剧

　　元杂剧爱情婚姻剧中还有很重要的一部分是描写文人士子与妓女的恋情以至婚姻的剧目。这部分剧目与才子佳人剧有共同点也有很大的不同。其共同点是女子们在追求自由爱情方面均比较大胆泼辣，不同点是各自所受阻力来自不同方面。才子佳人剧中的阻力主要来自深受封建礼教影响的家长的反对，文士妓女剧中的阻力则主要来自官家、龟鸨②和商人。对此过去研究者相对来说不是很重视，但对其进行深

---

　　①　高益荣:《元杂剧的文化精神阐释》，中国社会科学出版社 2005 年版，第 117页。

　　②　所谓龟鸨是指那些专以营利为目的而开设和经营妓院歌馆的老板，男老板叫龟奴，女老板叫鸨母。元杂剧文士妓女剧中所描写的经营妓院歌馆的老板多为鸨母。

入探究亦可看出当时民族文化交融之影响。

妓女或者说职业卖淫在中国有非常久远的历史,它是原始群婚制传给文明社会的一种"遗产"之一,是中古杂婚制"最极端的形式",是文明时代的一种畸形存在。它抹杀了性爱美所必需的健康的道德规范,威胁着正常的夫妻关系。因此一直受到有识之士的谴责与批判。元代妓女现象也是普遍存在,而且据有关史料记载,比其他朝代范围更广、人数更多。如《马可·波罗行纪》记载,仅大都城郊就有妓女两万五千人。① 其间又有着自己的特色。如在对官妓的管理方面,人们对妓女的同情和尊重,妓女的敢于反抗等。对于这一现象,元杂剧给予了比较全面、真切的反映,而且在文学方面应该说是最早的群体。

元杂剧有关妓女的作品比较多,粗略统计有 20 种之多。分别为:关汉卿的《谢天香》、《救风尘》、《金线池》;石君宝的《曲江池》;戴善夫的《风光好》;马致远的《青衫泪》;杨显之的《酷寒厅》;张寿卿的《红梨花》;李行道的《灰阑记》;李寿卿的《度柳翠》;乔吉的《两世姻缘》、《扬州梦》;杨景贤的《刘行首》;贾仲明的《玉壶春》、《玉梳记》;吴昌龄的《东坡梦》;李致远的《还牢末》;无名氏的《百花亭》、《货郎旦》、《云窗梦》等。这些剧作从不同角度描绘了妓女这一特殊社会现象,反映了官家、龟鸨和商人对妓女的歧视和欺凌,表达了对妓女的同情尊重和她们对婚姻的追求及当时的一些社会现实。

一、妓女所受的歧视和欺凌

妓女作为一种特殊的或者说畸形的社会现象,历朝历代都受到来自不同方面的歧视和欺凌,元代虽然某些方面表达了对妓女的同情尊重和她们对自身婚姻的追求,但歧视和欺凌也还是普遍存在的,并在一定程度上表现出了特色,从中可以看出官家、龟鸨和商人几方面对妓女

---

① [意]马可·波罗口述:《马可·波罗行纪》,福建科学技术出版社 1982 年版,第111 页。

的歧视与欺压。

元代妓女包括官妓、私妓、家妓三部分,朝廷设有专门的机构如教坊司管理官方女妓事宜。教坊司女妓主要表演"队舞"等乐舞,但在内容方面多渗入宗教色彩,风格方面富有蒙古等北方草原游牧民族特征。如元顺帝时以官妓三圣奴、妙乐奴、文殊奴等 16 人表演《十六天魔舞》,表现的是佛教(密宗一派)的思想内容。这些女妓有时还要提供性服务。如《元史·哈麻传》记载,西蕃僧人伽璘真善演撮儿法(即房中术),秃鲁帖木儿将其推荐给元顺帝,帝习而喜之,"乃诏以西天僧为司徒,西蕃僧为大元国师。其徒皆取良家女,或四人、或三人奉之,谓之供养。于是帝日从事于其法,广取女妇,惟淫戏是乐。又选采女为十六天魔舞。"①可见元后期荒淫平庸的顺帝当政时,官妓不仅要表演歌舞,而且还要为官员甚至帝王提供性服务。当然,上行下效,地方官府及其官员对妓女的欺压就更厉害了。

元杂剧中的妓女形象多为官妓,且多为地方官妓。她们大都为上厅行首,色艺超群,有很高的艺术修养,并多由官府指派。如乔吉《两世姻缘》中的韩玉箫系上厅行首,"吹弹歌舞,书画棋琴,无不精妙;更是风流旖旎,机巧聪明"。但这些上厅行首要接受官府的指挥,其中由于她们多系地方官妓,故多接受地方官府的指挥。举凡迎接各类官员,应付各种差使,必须随叫随到,否则就要受到惩罚。这些常被召去应官身的行首妓女,虽然会因此名声远播,但由于这种服务是不付报酬或付酬极低,有时还会因为疏忽受到责罚,故她们对应官身热情不高,甚至满怀怨恨。如关汉卿《谢天香》中之谢天香就说道:"咱会弹唱的,日日官身,不会弹唱的,倒得些自在。我怨那礼案里几个令史,他们都是我的掌命司,先将那不会弹不会唱的除了名字,早知道则做过哑猱儿。"后她与风流才子柳永相恋,柳永与她所拜见的钱大尹是故交。当柳永进京赶考后,虽然口头上答应柳永"敬重看待"谢天香的钱大尹仍刁难

① （明）宋濂等撰:《元史·哈麻传》卷二百五,中华书局 1976 年版,第 4583 页。

谢天香并称其为"止为一匪妓"。他得知柳永临别赠谢天香的词中有他的名讳"可"字，所以故意唤谢天香来唱此词，"若唱出'可可'二字来呵，便是误犯俺这大官讳字，我扣厅责他四十。我若打了谢氏呵，便是典刑过罪人也，使耆卿（柳永）再不好往他家去。"钱大尹本意想破坏柳永与谢天香相恋，但聪明的谢天香却巧妙地将"可可"改为"已已"避开其名讳。钱大尹被谢天香的聪明才智所折服，为了避免谢天香"迎旧送新"辱没了柳永，日后不好向柳永交代，于是就不管谢天香同意不同意欲将其纳为小夫人脱了乐籍再还给柳永。不知情的谢天香作为一个妓女只能答应了钱大尹的要求。这里也可以看出妓女的命运是任由官老爷摆布的。戴善夫的《风光好》中是把妓女秦弱兰作为实施美人计的筹码来描述的。宋朝初年，赵匡胤派翰林学士陶谷出使南唐欲招降之，南唐为了滞留陶谷，让妓女秦弱兰去勾引他。而表面道貌岸然的陶谷初佯怒责骂，后经不住秦弱兰的诱惑提出与其同眠，并写了一首情诗《风光好》。这些官场人物完全不尊重妓女的人格，只是把她们作为一种实现某种目的甚至是泄欲的工具。还有关汉卿的《金线池》，写书生韩辅臣来济南拜访府尹石好问，宴席间招来名妓杜蕊娘陪酒，韩、杜一见钟情。韩在杜家住有半年，杜母见韩无钱奚落之，韩一气之下不辞而别。杜母挑拨说韩移情别恋，杜甚怒。韩辅臣欲与杜蕊娘重归于好，请石好问重责杜，按衙门法度"失误了官身，本资扣厅责打四十，问你一个不应罪名"。杜蕊娘害怕责打请石向韩说情，两人重归于好。从中可以看出妓女只是官员手里的一颗任由摆布和玩弄的棋子。另外，即便是妓女从良也要得到官府的批准并交纳一定数额的银钱，脱了乐籍才行。如《红梨花》中的行首谢金莲要嫁予状元赵汝洲，但必须先脱乐籍。

元杂剧描写官家对妓女多为歧视和欺凌，官僚宿娼狎妓的描写比较少。实际上元代后期官僚宿娼狎妓现象也时有所见，朝廷曾采用了不少严厉的法律手段加以控抑，不过从杂剧所反映的内容还可以看出当时官府对妓女的歧视和欺凌。

鸨母是妓女的直接盘剥和压榨者,元杂剧文士妓女剧的矛盾冲突主要是围绕鸨母和妓女展开的。其中值得注意的一点是这些妓女多数是鸨母的亲生女甚至独生女。如《救风尘》、《金线池》、《曲江池》、《青衫泪》、《灰阑记》、《度柳翠》、《两世姻缘》、《刘行首》、《百花亭》、《云窗梦》等 10 个剧中就点明其间的鸨母和妓女是亲生的母女关系。虽属亲生,但这些鸨母仍把女儿当做"衣食饭碗"、赚钱机器,并对此直言不讳毫无掩饰。如《灰阑记》中刘氏说:"俺家祖传七辈是科第人家,不幸轮到老身,家业凋零,无人养济。老身出于无奈,只得女儿卖笑求食。"刘氏此说好像出于无奈,但以"女儿卖笑求食"之意是明确的。《百花亭》中贺怜怜的母亲说得更直接一点:"俺这门户人家,单靠那妮子吃饭,一日不接客,就一日不赚钱。"而《金线池》中李氏则厚颜无耻地说:"不纺丝麻不种田,一生衣饭靠皇天。尽道吾家皮解库,也自人间赚得钱。"元时一般把当铺之类的称为"典解库",李氏将自家称为"皮解库",其做皮肉生意之意可谓明确直白。鸨母是妓女身上的血吸虫,她们根本不顾及妓女的思想感情,而是一味地在妓女身上榨取钱财。如《金线池》中杜蕊娘求其母亲李氏说:"母亲,嫁了您孩儿罢,孩儿年纪大了也。"李氏拒绝了杜蕊娘要求从良的正当要求,而且还强令丫头拿镊子来镊去蕊娘的白发,说是"还着你觅钱哩"。《云窗梦》中的鸨母因女儿留恋旧情拒绝接客,竟然将亲生骨肉从汴梁卖到洛阳做艺妓,并且还叮嘱买家说:"俺这妮子缠光棍,不挣钱,你将到家中,着意管束,不要惯了她。"对此非人性行为,这些妓女是满怀怨恨且予以诅咒的。如《青衫泪》中的裴兴奴,想起自己 20 岁就被母亲强迫接客,30 岁时又被母亲卖掉的情形时,不禁诅咒鸨儿亲娘道:"有一日你无常到九泉,只愿火炼了你教镬汤滚滚煎,碓捣罢教牛头磨磨研,直把你作念到关津渡口前,活咒到天涯海角边。"《曲江池》中的李亚仙也愤怒地斥责其母道:"俺娘眼上带一对乖,内心藏着十分恨,脸上生那歹斗毛,手内有那握刀纹,狠的来世上无伦,下死手无分寸,眼又尖手又紧。俺娘呵则是个吃人脑的风流太岁,剥人皮的娘子丧门。"这些就是文士妓女剧描写的这种扭曲变形且丑陋不堪的母女关系。父母慈爱子女孝敬本是人世间最崇高与真挚的感情,而在妓女及卖淫这个行当却极度地变了形。元杂剧文士妓女剧对此作了描写,从而也可看出其同情及批判的倾向。当然,妓女及卖淫这一现象存在的历史已经非常久远,元杂剧文士妓女剧所描写的特点是往往破坏文士与妓女结合的另一股重要阻力是商人。鸨母爱财,她们选择或巴结的对象多为有一定经济实力的商人。这又与元代城市经济高度繁荣、中外交往空前活跃有密切关系。

商人等嫖客也是欺凌和迫害妓女的祸首之一。元杂剧里描写的嫖客有商人、世家子弟、文人世子、市井小民等。受抨击最多的是商人,其次是世家子弟、市井小民。文人世子多与妓女有一定感情。其中大量描写商人嫖妓及破坏阻拦妓女的正常爱情,是元杂剧与其前有关妓女题材文学作品的不同之处,也是元代城市经济繁荣在杂剧创作方面的体现。如关汉卿《救风尘》中宋引章受富商周舍的欺骗嫁给周后受尽了折磨。宋引章刚到周家就被打了"五十杀威棒",并被周舍骂道:"兀那贱人,我手里有打杀的,无有买休卖休的。且等我吃酒去,回来慢慢地打你。"此时的周舍再也没有当初的甜情密意,有的只是毒打和谩骂,并且还绝不准备放其一条生路将其休弃。最后宋引章被"打得看看至死,不久身亡",才请求其好姐妹赵盼儿设计救了出来。从中可以看出富商周舍与妓女宋引章根本没有感情可言,即便是将其娶回家也只是作为一个蹂躏和发泄的工具。贾仲明《玉壶春》写上厅行首李素蘭与秀才李斌相恋同居有年,后李斌钱钞用尽,李素蘭母欲将他赶走,让素蘭接待商人甚舍。甚舍道:"我有三十车羊绒潞绸,都与妈妈,则要娶你个大姐。"李素蘭不允,对鸨母说:"李(斌)玉壶被你赶将出去了,我有甚心肠与你觅钱!"并剪发谢客。甚舍气急败坏,骂李斌道:"你这等穷厮,我见有三十车羊绒潞绸哩!"甚舍倚仗自己富有钱财,极力从中破坏李斌与李素兰的恋情。后李素兰母将李斌告官,恰好嘉兴府太守陶伯常是李斌的故友,促成了两人的婚姻,"着礼案上除了名字,将素兰配与玉壶为夫人"。并对甚舍做了惩罚,"兀那甚黑子,依仗财物,夺人妻妾,罪该不应。杖断四十,抢出衙门去"。可见作者对商人依仗钱财破坏他人幸福是抱批判态度的。又《荆楚臣》写上厅行首顾玉香与秀才荆楚臣相恋相爱同居两年多,后几十锭银子花光楚臣被顾玉香母赶了出来。顾母要女儿玉香嫁给"装二十载绵花来这松江货卖"的商人柳茂英。柳茂英以钱财开路,对顾母说:"先留五十两银子,与奶奶做茶钱。料着二十载绵花,也不到的剩一分回去。"顾玉香不为钱财所动,拒绝接客,并说道:"楚臣出去了,我也不觅钱,咱大家坐地。"柳茂英仍不死心,又对顾母说:"奶奶破着我二十载绵花,务要和他睡一夜,方遂我平生之愿。"玩弄妓女的丑恶嘴脸不打自招。后玉香为了躲避柳茂英的纠缠与丫鬟一起出走,柳茂英半道赶上欲非礼,言道:"既然见了你,好歹要成合,不肯便杀了你。"正好被科考得中授句容县令的荆楚臣撞上治罪,顾玉香与荆楚臣也"有情人终成眷属"。这些剧作中的商人往往是以插足破坏他人的美好姻缘的面目出现的,他们对妓女毫无感情可言,有的只是依仗钱财蹂躏妓女,使本已不幸的妓女雪上加霜。

二、对妓女人格的尊重和追求自由的爱情

官家、龟鸨和商人对妓女的歧视与欺凌造成妓女极大的不幸,但也还有让她们值得欣慰的是,有不少文人士子尊重她们的人格,表达了真挚的感情。当然,文人士子与妓女的相识最初也是以嫖客身份出现的,经过一段时间交往后,这些文人士子被妓女的美貌和才华打动,再也不顾封建礼教的约束,表现出对妓女人格的尊重进而产生了真挚的感情。如《玉壶春》中秀才李斌初见上厅行首李素兰被其美貌吸引,提出"我虽无那走江湖大本钱,也敢赔家私住几年"。此时的李斌狎妓的成分还比较浓。随着交往加深,他们产生了深厚的感情。如李斌与其故友杭州同知陶伯常的一段对话,充分反映了他对李素兰人格的尊重及其感情。

（陶伯常云）兄弟不知，今有圣人命，取小官赴京，路从此过。闻知兄弟在于此处风月。兄弟，你有满腹才学，不思进取功名，只以花柳为念，小官恐怕误汝一生大事，如之奈何？（正末云）老兄严训，焉敢不从？因愚弟疏狂，致劳尊念。李斌得罪于仁兄，有玷于名教。虽然如此，争奈此妓非风尘之态，乃贞节之妇，故此留心于他，实非李斌荒淫。

陶伯常责怪他"不思进取功名，只以花柳为念"时，李斌极言李素兰"非风尘之态，乃贞节之妇"，并辩解自己"实非荒淫"。后鸨母欲赶走李斌让素兰接待富商甚舍，李斌独自叹道："也非我不想功名，甘心流落，只是我与素兰做伴岁余，两意绸缪，因此不能割舍。"明白无误地表达了对素兰的感情。并且对青楼子弟生活大加赞扬："做子弟的声传四海，名上青楼，比为官还有好处。……做子弟的须要九流三教皆通，八万四千旁门尽晓，才做得子弟。非同容易也呵！"为官与感情如果要两者选其一的话，李斌明确表态要感情。如他说："我则待伴素兰风清月郎，比为官另有一种风光。"颇有关汉卿要做"盖世界浪子班头"的意味，不但表达了对封建礼教的批判，同时对素兰感情的表现也颇决绝深挚。还有《两世姻缘》中解元韦皋对上厅行首玉箫的尊重与感情，《扬州梦》中杜牧之对歌妓张好好的尊重与感情，均反映了文人士子对妓女人格的尊重和两情相乐所产生的真挚感情。

妓女处在社会最底层受尽欺凌压榨，但她们也在寻求真挚感情并大胆地反抗欺压、追求真情。她们追求的对象一般是文人学士，反抗的对象一般是鸨母及商人等嫖客。如《玉梳记》中上厅行首顾玉香本与秀才荆楚臣互相恩爱，但顾母却嫌楚臣钱财用尽欲让玉香接待富商柳茂英。玉香不为钱财所动，进行了坚决的反抗。她除了荆楚臣外不接任何客人，并痛骂其母道："都是你这个爱钱的虔婆送了人。……那里怕千人骂万人嗔，则愿的臭死尸骸乱蚡。遮莫便狼拖狗拽，鸦衔鹊啄，休想我一条麻布孝腰裙。"当柳茂英纠缠不休并挑拨说："大姐，小人二十载绵花,都与大姐,不强如那穷身破命的?"她厉声斥责道:"嗓声,……他虽然身贫志不贫。""量你这二十载绵花值的几何?呆汉,你便有一万斛明珠也则看的我!"一身凛然正气。而当荆楚臣不无担忧地说道:"姐姐,有钱的来了,小生告回。"玉香答道:"我怎肯钱亲人不亲。"楚臣又试探性地说道:"常言道'后浪催前浪'。"玉香答道:"尽教他后浪催前浪,……休想我新人换旧人。"不为钱财所动,追求真挚感情,甚至最后还不惜以生命反抗,完全是一个新型的妓女形象。《百花亭》中贺怜怜的追求与反抗就更波澜曲折一些。她在清明节踏青时遇书生王焕,就主动大胆地赠诗一首,"折得名花心自愁,春光一去不可留",表达了自己的爱意。当王焕回应"东风若是相怜惜,争忍开时不并头"诗时,她马上表态:"你若肯娶我,我便告一纸从良,立个妇名也。"但她的这一美好愿望遭到鸨母反对,鸨母将她嫁给了愿花两万贯巨资的军需官高常彬。她无力反抗具有军需官背景的高常彬,只好嫁给他。但她还一心想着王焕,并设法见到王焕后为其出主意,让他先到延安经略相公处建功立业,再相机揭露高常彬的劣行。王焕依计而行,最后与贺怜怜终成眷属。这种一时失节与自己并不喜欢的人结合,与那种反抗到底终与心上人成眷属者相比,固然存有遗憾,但却更加可信感人。因为妓女在那种多重压榨下要想与自己心上人结合只能是美好的理想,只有通过机智和挫折最后结合方有可能。所以贺怜怜尽管被迫与军需官高常彬结合,但她身上却表现出了泼辣大胆、果敢刚烈、机智聪慧的特点,是元杂剧中非常鲜活光彩的女性形象。另还有《曲江池》中的李亚仙、《红梨花》中的谢金莲、《青衫泪》中的裴兴奴等,亦敢于大胆反抗,追求自由爱情,亦是元杂剧中刻画的鲜活生动的女性形象。

另外,赞扬妓女的乐于助人、机智干练也是元杂剧文士妓女剧的一个精彩方面。其中要以号称妓女"皇后"的《救风尘》中的赵盼儿最为精彩。作者在赵盼儿身上集中了众多妓女的优点,她敢于同鸨母进行坚决的斗争,并且在鸨母、商人或者官僚的多重夹击下亦毫不软弱,她乐于助人、机智干练又深谙世态炎凉。当其姐妹宋引章为富商周舍甜言蜜语所惑决定嫁给周舍时，她提醒宋"也是你歹姐姐把衷肠话劝妹妹，我怕你受不过男儿气息"。体现了赵盼儿的洞察世事稳重周密。她早看穿了周舍是个薄情寡义之徒："那厮虽穿着几件虼蜋皮，人伦事晓得甚的。"指出："你道这子弟肠甜似蜜，但娶到他家里多无半载周年相弃掷，早努牙突嘴，拳椎脚踢，打的你哭哭啼啼。"但宋引章不听赵盼儿劝说，执意嫁给了周舍。她一到周家就挨了五十杀威棒，受尽了折磨。正应了赵盼儿所说"不信好人言，必有栖惶事"。这里又以宋引章的少不更事衬托了赵盼儿的老辣世故。事已至此，如果是一般的风尘女子既然别人不听劝告，可能也就不管了，而当具有侠肝义胆的赵盼儿听到宋引章的求救时，义不容辞地伸出了援救之手。她作为一个风月场的老手，熟知周舍此类人好色贪婪的本性，于是"以其人之道，还治其人之身"，利用自己的色相骗周舍上钩。她"掐一掐，拈一拈，搂一搂，抱一抱，着那厮通身酥，遍体麻，将他鼻凹儿抹上一块砂糖，着那厮舔又舔不着，吃又吃不着，赚得那厮写了休书"。周舍休书一写，宋引章便成为自由人，脱离了苦海。赵盼儿也体现了其侠肝义胆、大智大勇。从而作者塑造了一个为求得自身及姐妹们的解放同恶势力作坚决斗争的、具有独立人格的、在中国文学史上流传千古的人物形象。

总之，元杂剧文士妓女剧既揭露批判了官家、龟鸨和商人等嫖客对妓女的歧视和欺凌，也赞扬了对妓女人格的尊重和她们对自由爱情的追求，具有较高的艺术水平和一定的时代特色，并且一定程度上也流露出了当时民族文化交融的一些信息。

第四节　宗教道化剧中的爱情描写

元代是个宗教信仰比较自由的朝代，蒙古族统治者入主中原后，由于其本身信仰多神崇拜的萨满教的特点和出于统治的需要，对各个民族信仰的各种宗教采取了兼容并蓄、同等对待、不加干涉的策略。这样就使萨满教、佛教、道教、伊斯兰教、基督教、犹太教、摩尼教、祆教等能共存共荣、自由发展。但其中朝廷最为尊崇者系佛教与道教，故元代佛教与道教的势力最为强大，影响也最为广泛。

在这种背景下，作为广泛反映社会生活的元杂剧，就与宗教有了密切的关系。其中又以涉及佛教与道教内容者为多。本节所言的"宗教道化剧"实际包括两个方面，即"宗教剧"与"道化剧"两部分。"道化剧"有时又称"度脱剧"。所谓"宗教剧"主要是指和佛教、道教等宗教内容有关或在佛教、道教等宗教场所敷演故事之剧目。"道化剧"主要是指其内容或敷演道祖、真人悟道飞升的故事，或描述真人度脱凡夫俗子和精怪鬼魅的传说。

元杂剧宗教道化剧数量不少，但具体数字已很难确定，仅从王季思所编《全元戏曲》中粗略统计就有近 30 种。另幺书仪统计说 20 种，郭英德列表说 43 种。幺书仪在其《元人杂剧与元代社会》中说："由于元人杂剧大部分作品的佚失，元代究竟有多少'度脱剧'问世，已经无从查考。仅从钟嗣成《录鬼簿》记载的四百余本杂剧中，考其题目、正名，可以断定与佛、道有关的作品，至少有近五十种，约占总数的八分之一。今存的这类作品，就收在《元曲选》和《元曲选外编》中的剧本统计，也有二十种之多，恰恰也约占了现存元人杂剧的八分之一。"[①]具体为马致远的《陈抟高卧》、《岳阳楼》、《任风子》；马致远、李时中、花李郎、红字李二的《黄粱梦》；岳伯川的《铁拐李》；史樟的《庄周梦》；吴昌龄的《张天师》；宫大用的《七里滩》；范子安的《竹叶舟》；贾仲明的《金安寿》、《升仙梦》；谷子敬的《城南柳》；杨景贤的《刘行首》、《西游记》；王子一的《误入桃园》；郑廷玉的《忍字记》；无名氏的《玩江亭》、《蓝采和》、《度柳翠》、《猿听经》等。这还只是限于道化剧或者说度脱剧。郭英德在其《元杂剧与元代社会》中《现存元杂剧中表现宗教迷信的作品一览表》里具体列表为：禅宗作品（5 种）；全真教作品（13 种）；其他佛

---

①　幺书仪：《元人杂剧与元代社会》，北京大学出版社 1997 年版，第 3—4 页。

道二教作品(13 种);鬼神迷信作品(12 种);共计 43 种。① 其中本节所指的和佛教、道教等宗教内容有关或在佛教、道教等宗教场所敷演故事之剧目如《竹坞听琴》、《裴度还带》等有的还没有包括。可见元杂剧宗教道化剧数量之多。

这样大量的宗教道化剧当然和当时的社会背景有密切的关系,具体说就是和当时的民族文化交融有密切的关系。首先,由于元代蒙古族统治者推行了一套比较宽松的宗教政策,才出现了如此多的、涉及宗教内容的剧作。试想如果对宗教加以限制,设置种种清规戒律,剧作家创作动辄获咎,能有如此大量的宗教道化剧吗? 其次,当时比较宽松的思想政治环境为宗教道化剧的创作提供了较好的平台。如果仅仅是对宗教采取宽容的政策,但大的政治环境又是严酷的,那么即便可以产生大量的宗教道化剧,也只是宗教道化剧而已。由于元代思想政治环境比较宽松,所以大量的宗教道化剧反映现实的倾向比较明显。如《黄粱梦》中钟离权对吕洞宾的度脱,即没有过多地描绘神仙世界的如何美丽,过多地用神仙的永恒来否定人生的短促,而是猛烈地抨击了官场仕途的险恶。他揭露官场的本质是"功名二字,如同那百尺竿上调把戏一般,性命不保",他告诉吕洞宾"你看这紫塞军、黄阁臣,几时得个安闲分","他每得到清平有几人,何不早抽身,出世尘",劝说吕洞宾及早脱离他所生活的俗世界。这样的道化剧显然是与远离尘世的宗教教义所不符的。同时这些宗教道化剧中还有大量的男欢女爱的描写,这亦与"禁欲"的宗教教义是严重不符的。这些男欢女爱的描写不仅是对"禁欲"的宗教教义的背叛,而且也是对封建礼教的冲击与批判。这又和当时在民族文化交融的背景下封建礼教的束缚普遍淡薄有密切关系。另外,将元杂剧宗教道化剧与明杂剧同类题材作品相比较,亦可看出元代民族文化交融之影响。明杂剧宗教道化剧中是很少有反映社会现实特别是男欢女爱的内容的。

① 郭英德:《元杂剧与元代社会》,北京师范大学出版社 1996 年版,第 257—259 页。

　　元杂剧宗教剧中的爱情描写多涉及佛、道两教中的人物、事件及场所。其中又以道教为多。佛教中反映汉传佛教或者说中原汉地佛教者为多,反映蒙藏等民族所信仰的藏传佛教者较少。这可能与一些剧作者不熟悉藏传佛教或者蒙古族统治者的一些规定限制有关。如《元典章·刑部·杂禁·禁治粧扮四天王等》所记载:"传奉圣旨:'道与小李,今后不拣什么人,十六天魔休唱者,杂剧里休做者,休吹弹者,四大天王休装扮者,骷髅头休穿戴者,如有违犯要罪过者! 仰钦此。'"①其中所限与藏传佛教有密切关系,故元杂剧宗教剧中反映藏传佛教者少。但这类宗教剧中大胆描写男欢女爱,明显冲破了宗教教义的束缚。

　　石子章《竹坞听琴》描写道姑郑彩鸾与书生秦修然的恋情,展示了郑彩鸾突破道教清规戒律的禁锢,大胆追求世俗生活与自由爱情的情景,肯定了"人欲"的合理性。郑彩鸾与秦修然当初由父母指腹为婚,后双方父母皆亡,互相断绝了音信。时官府张榜令民女 20 岁以上者皆要出嫁,违者问罪。彩鸾不肯随便嫁人,只好到竹坞草庵出家当了道姑。此时秦修然赴京应试,中途投宿于竹坞草庵,并由于听彩鸾弹琴得以与其相识。初会面两人均艳羡对方美貌,彩鸾云:"一个好秀才也!"秦修然云:"一个好姑姑也!"进而当得知对方为指腹为婚者后,秦修然对郑彩鸾说:"我与你怨女旷夫,隔绝十有余年,今日偶尔相逢,天与之便,岂可固执?"彩鸾答道:"既然如此,这所在不是说话处,咱去那耳房里说话去来。"于是两人不顾道观清规戒律大胆地同居了。对此彩鸾理直气壮地辩解说:"这搭儿里花影更幽然,桧柏锁苍烟;则这两桩儿好与人方便,果然是色胆大如天。今夜又无甚星河相间阻,莫不是着人月两团圆?"进而彩鸾对道家的断绝"人情"给予批驳说:"我如今将草索儿系住心猿,又将藕丝儿缚定意马。人说道出家的都待要断尘情,我道来都是些假、假。几时能够月枕双敧,玉箫齐品,翠鸾同跨?"后秦修然状元及第,两人喜结良缘。其间彩鸾的师傅老道姑责骂彩鸾不该嫁

---

　　① 《元典章·刑部·杂禁》卷五十七,中国书店 1990 年版,第 821 页。

人,但当她遇见了失散多年的丈夫时,亦说:"我丢了冠子,脱了布衫,解了环绦,我认了老相公,不强如出家。"于是她也还了俗,并高唱道:"从此后无烦少恼,便不能随他箫史并登仙,只情愿守定梁鸿共偕老。"一个多年修行的老道姑尚且如此,"人欲"胜"天理"当为亘古不变的真理。

吴昌龄《张天师》描写上界桂花仙子与书生陈世英的恋情。陈世英上京应考中途留宿叔父洛阳太守陈全忠家。其间因抚琴救了月宫中桂花仙子。桂花仙子邀风神封姨和桃花仙子一同下凡感谢陈世英。陈世英初见桂花仙子就惊叹道:"怎么灯直下看见一个如花似玉的女人?莫不是我眼花吗?"当得知缘由后,陈世英进而说:"看着仙子千般体态、万种妖娆,不知小生福分生在哪里,得遇今夜。"相谈甚欢,陈世英问桂花仙子来年能否考中,桂花仙子答道:"秀才我道你来年登虎榜,总不如今夜抱蟾宫。"仙子只重情,并不看重功名利禄。一夜相欢,仙子约定一年后再聚。陈世英却由于思念过度一病不起。陈全忠请张天师为其医治,张天师知其为花月之妖所惑,于是在中秋月食之时拘来荷、菊、梅、桃诸花仙及风、雪诸神查问。当得知是被桂花仙子所缠时,张天师对桂花仙子说:"这小鬼头,你可早招了也。"桂花仙子毫不隐瞒地答道:"常言道明人不做那暗事。则俺这闭月羞花绝代姿,到如今自做出,装甚的谎子。"一幅敢作敢为的样子。于是在张天师将诸仙交由西池长眉仙判罚时,她却说:"谢真人勘问我,赴西池对会词。弃的个尽场儿诉出俺心间事。"当长眉仙责问:"兀那桂花仙子,你既为上品之仙,永享逍遥之福,职居月殿,远人间;你岂不闻道为仙家之本,清闲乃开悟之门?你何不遵守天条,却去迷惑秀士,犯此思凡之罪。押赴吾前有何理说?"桂花仙子坦然对答:"兀那座读书斋,须不是楚阳台。他救我原无意,我见他有好歹?冤哉!怎将俺这一伙同禁害?诉的明白,望仙尊别处裁。"当再见到陈世英时又深情地唱道:"呀,早转过甚人来?是、是、是有情人陈秀才!他、他、他怎容易到天台?敢、敢、敢为着我旧情怀,待、待、待折桂子索和谐。怎、怎、怎不教我添警怪!"陈世英也既惊且叹地说:"仙子,谁想小生今日还得和你相会也!"说着两人就想"咱两个去来"。正是在他两人的真情感染下,执掌天条的西池长眉仙将桂花仙子等一干仙人从轻发落。其判词曰:"虽然为救月苦往报其恩,反害他耽疾病十分憔悴。谁着你离天宫犯法违条,枉使的风花雪尽遭连累。……据招状桂花仙本当重谴,姑念他居月殿从无匹配。便思凡下尘世亦有可矜,仍容许伴玉兔将功折罪。一并的饶免了梅菊荷桃,众神将俱各遣重还本位。"从而反映了世俗的神道观,神也有七情六欲,神也有男欢女爱,月宫虽然美好,但也比不上人间自有真情在。

有些爱情婚姻剧目零星涉及宗教内容,但从中也可以看到当时世俗的宗教观。如无名氏的《鸳鸯被》里,刘道姑做拉纤的虔婆,约李玉英与刘员外在玉清庵私会。但刘在赴约途中被巡更的士卒捉去,未能到庵,适有秀才张瑞卿赶考经此投宿玉清庵,阴错阳差李玉英与张瑞卿成其云雨。守寺的小尼姑见此情景亦"不由我心不动。我如今等不得师父回来,自做个主意,只在庵前庵后,寻一个精壮男子汉去来"。老道姑做虔婆,小尼姑欲寻汉,玉清庵成风月场所,既表现出对道教的不敬,又体现了男欢女爱是人之本性。曾瑞卿《留鞋记》里作者有意把郭华和王月英的私会安排在相国寺里,客观上显示了对佛教的亵渎。《西厢记》里不但把张生与崔莺莺相会及私合的场所安排在普救寺,而且还通过张生与小和尚惠明的对话表现出了对佛教的大不敬。张生问惠明:"你是出家人,却怎不看经礼忏,只厮打为何?"惠明答道:"我经文也不会谈,逃禅也懒去参;戒刀头近新来钢蘸,铁棒上无半星儿土渍尘缄。别的都僧不僧、俗不俗,女不女、男不男,只会斋得饱也则去那僧房中胡淹,那里管焚烧了兜率也似伽蓝。"关汉卿的《裴度还带》里也有类似语言,如王员外欲见白马寺长老问行者长老去哪,行者答道:"去姑子庵做满月去了。"这类行为及语言的出现不能不说是与当时政治宽松、宗教自由有关。

道化剧中亦有关于爱情的描写。王子一的《误入桃园》是一个典型的道化剧,道化剧主要讲道祖、真人悟道飞升或其度脱凡夫俗子及精怪鬼魅成仙的故事，一般很少有男女爱情的描写，但此剧却描写了优美的人神之恋，表达了情爱的普遍性和永恒性。该剧本事见《太平广记》。天台县人刘晨、阮肇上天台山采药迷路，化作樵夫的太白金星有意指引他们到那桃源洞去，与二仙子相见，并打算最后度脱他们成仙。这二仙子"系是紫霄玉女，只为凡心偶动，降谪尘寰"。本来两个清心寡欲、淡泊名利欲过隐居生活的"幼读诗书"的文人，面对桃源洞中的美景佳人，也不禁感叹道："你便是铁石人也惹起凡心动，莫不是驾青鸾天上飞琼？似这般花月神仙，晃动了文章巨公。……没揣的撞到风流阵，引入花胡同，摆列着金钗十二行，敢则梦上他巫山十二峰。"进而想"喜孜孜幽欢密宠，便一似悄促促私期暗通"。而金童玉女也"奉王母仙旨，将这仙桃来献桃源洞二仙子，兼贺得婿之喜"。两人"兀的般受用"，只"准备着凤枕鸳衾玉人共，成就了年少风流志诚种"。后两人由于思乡心切，遂告别二仙子返回故乡。没想到仙家一载，俗界已百年，故乡早已物是人非，其子女已过世，孙子辈已不认识他们。阮肇对刘晨说："兄长，这等看来，我和你便不归家也罢了。"于是两人欲再返桃源洞，但又迷去路，无奈之下正准备跳崖，又得太白金星指引方才到达。二仙子见到去而复归的刘晨、阮肇不禁惊叹道："不意今日又得相会也。"至此剧作描写了一个美妙的图景："依然见桃源洞玉软香娇，一队队美貌相迎，一个个笑脸擎着。今日鱼水和谐，燕莺成对，琴瑟相调。玉炉中焚宝篆沈烟细袅，绛台上照红妆银蜡高烧。人立妖娆，乐奏箫韶，依旧有翠绕珠围，再成就凤友鸾交。"当然，作为道化剧，刘晨、阮肇"三年后行满功成，赴蓬莱同还仙位"。全剧充满"真情"、"爱欲"，相比于道家的虚空说教更值得人们赞美。另还有不少道化剧里散见男婚女嫁的内容。如马致远的《陈抟高卧》中宫中美女挑逗道教高人说："妾等官里送来与先生作传奉，愿侍枕席之欢。"描写可谓直白。《岳阳楼》中亦有"道士须当配道姑"等语句，《任风子》中更是对道教真人马丹阳颇有不敬，马丹阳欲度脱任风子夫妇，任风子对其妻说："你莫不和马丹阳绾角儿妻夫？"这些描述反映了人性、欲望的不可泯灭，即便是宗教剧目中也颇多这样的内容,同时也说明当时宽松的政治环境和宗教信仰的自由为这些剧目提供了较好的创作演出氛围。

爱情婚姻是历代文学作品描写的永恒主题,元杂剧爱情婚姻剧在当时民族文化交融所形成的较宽松的思想政治环境及其对封建礼教的冲击的大背景下,有自己鲜明的特色:其一,突出强调了貌、情及才是婚姻的基础,并大胆地进行了符合人性欲望的描写,突破了"男女授受不亲"的限制,否定了封建婚姻信守的原则;其二,树立了女子在爱情婚姻方面的主导地位,打破了男子的特权;其三,赞扬了青年女子对爱情婚姻的大胆追求;其四,对妓女人格表现了充分的尊重;其五,宗教道化剧里亦有不少男欢女爱的描写。当然,本章只是就民族文化交融方面来进行论述,并未全面论及元杂剧爱情婚姻剧,但亦可为研究元杂剧爱情婚姻剧提供一个有益的视角。

第 五 章

元杂剧大团圆结局与民族文化交融

元代文学在中国文学史上有几个重要而有趣的现象值得关注,其一,如前所述俗文学成为了元代文坛主流;其二,代表元一代文学之最高成就的"元曲"中的元杂剧基本以大团圆结局。俗文学成为元代文坛主流,改变了中国文学史上的文学样式或者说主体结构,并且从此后直至今天仍是戏剧、小说、电影、电视等习称的通俗文学占据着文坛的绝对主流。元杂剧90%以上是以大团圆结局的,其前的叙事文学作品虽然也有团圆者,但代表作及多数作品习惯采用所谓的悲剧来结局。这样就在中国文学史上,使具体文学作品的结构及人们的美学欣赏趣味发生了根本性的变化,并且影响了今天的文学创作。这样重要而有趣现象的出现,自有文学本身的发展规律,同时和当时的社会政治环境有密切的关系。当时社会政治环境的最突出点是蒙古族入主中原,民族文化交融空前活跃。那么,当时的民族文化交融就与元杂剧的大团圆结局有密切关系了。本章拟从元代以前叙事文学作品的结局与元杂剧结局之对比,学者对此评价,民族文化交融特别是蒙古族文化及文学对其的影响几方面展开论述,企望能对此问题的研究有所裨益。

第一节　元杂剧及其以前文学作品
结局对比及学者评价

一、元杂剧及其以前文学作品之结局对比

欲论述元杂剧大团圆结局与民族文化交融之关系，须了解元杂剧与其前文学作品特别是叙事文学作品有关结局设计方面的相同与不同之处，方能看出元杂剧之继承与不同处，进而了解元杂剧与民族文化交融之关系。

1. 元杂剧以前文学作品之结局状况

元杂剧以前文学作品，其中与大团圆结局有关者主要是叙事文学作品，其他抒情类诗词歌赋由于很少涉及完整故事结局，故此处论述不包括这部分作品，所论叙事文学作品主要涉及汉乐府、魏晋志人志怪、唐宋传奇等。其中又以宋代郭茂倩所编《乐府诗集》、晋代干宝编著《搜神记》、鲁迅校录《唐宋传奇集》、李剑国辑校《宋代传奇集》、程毅中辑注《宋元小说家话本集》为主要考察对象。

宋代郭茂倩所编《乐府诗集》中，有完整故事情节者共 14 篇，其中系团圆结局者有 3 篇，即《木兰诗》、《陌上桑》和《艳门太守行八行》，只占有完整故事情节者 21.4% 。其他多为悲剧性结局或无关悲剧、团圆者。具有团圆结局性质者：《木兰诗》以木兰功成名就后解甲归田，回到家乡与亲人团聚结尾；《陌上桑》则以罗敷的聪明机智取胜，衬托了使君的丑态；《雁门太守行八行》中则是讲洛阳令王焕治理有方，百姓深深感怀，在他死后，为他修建祠堂祭祀，使其美名流传。悲剧结局性质的作品有 8 篇，占有完整故事情节者 57.2% 。其中以《孔雀东南飞》（原名《古诗为焦仲卿妻作》）为代表，描写了一个封建社会中常见的家庭悲剧。男主人公焦仲卿系庐江小吏，与其妻刘兰芝感情甚笃。但焦仲卿的母亲不喜欢儿媳，逼儿子休妻再娶。刘兰芝含泪回娘家暂避。其间权贵提亲，婚期前一天，刘兰芝与闻讯赶来的焦仲卿抱头痛哭，双双自杀殉情。无关悲剧、团圆等中性结局者有 3 篇,占有完整故事情节者21.4%。

晋代干宝编著的《搜神记》中,有完整故事情节者有 29 篇。其中明显属于大团圆结局者只有 4 篇,仅占 14%;悲剧结局者 6 篇,占20%;无关团圆者有 19 篇,占 66%。

鲁迅先生的《唐宋传奇集》中共收录了唐宋传奇 45 篇,参之张友鹤的《唐宋传奇选》补录 19 篇,合计共 64 篇。其中团圆结局者有 11篇,占 17%;悲剧结局者有 19 篇,占 30%;中性结局者有 34 篇,占53%。在唐宋传奇中,爱情婚姻题材已经占有很大的比例,还有一部分其他题材和奇闻逸事的记载。这中间有许多成为后来元杂剧的直接原型,元杂剧对这些传奇的继承和发展幅度较大,下文将重点说明。

《宋代传奇集》中大部分是无关团圆的结局,这里面有很多奇闻异事,或讲修道成仙,或讲妖精鬼魅,或讲因果报应。在 391 篇宋代传奇中,粗略计算,有 40 篇属于团圆结局,仅占 10%。这个数目也很小。在这些团圆剧中,有将近四分之三是爱情婚姻题材的,与前代的团圆剧中似乎已有不同。或许到了宋代,爱情婚姻题材的故事已经倾向于团圆,这是元杂剧的爱情婚姻剧几乎都是大团圆结局的一个准备阶段。

《宋元小说家话本集》中共收录小说话本 40 篇,其中团圆结局者共有 17 篇,占 43%。这个比例与其前比有很大的上升,但不可忽视的一个因素是其间收录有不少元代小说家话本。并且这 17 篇中以爱情婚姻剧和神仙道化剧为主体,在元杂剧中,这两类也是主要题材,更是团圆剧中的主体部分。

由此看来,元杂剧以前的文学作品,从其结局的团圆或者是悲剧的角度来看,悲剧结局者是占了压倒性的多数的。从而也可看出,元代以前人们的美学欣赏趣味并不像元代及其以后大团圆占据绝对统治地位的状况,悲剧结局是人们重要或者是占据统治地位的美学欣赏趣味,元杂剧的绝对大团圆结局在中国文学史上起了承前启后的重要作用。

2. 元杂剧之结局状况

元杂剧(包括元明间杂剧)今留存情况,据王季思主编的《全元戏曲》所载,除去残本外,今全本流传者 227 种。其中以大团圆结局者 205 种,约占全本流传总数的 90%。其间再按爱情婚姻剧、神仙道化剧、仕宦人生剧、家庭伦理剧和公案剧等五类划分。其中爱情婚姻剧共有 51 种,几乎百分之百都是大团圆结局,约占全本流传总数的 22%。神仙道化剧共有 29 种,其间只有两种不是大团圆结局,大团圆结局者约占神仙道化剧的 93%,全本流传总数的 11%。仕宦人生剧共有 103 种,其间属于大团圆结局的有 85 篇,大团圆结局者约占仕宦人生剧的 82%,全本流传总数的 38%。家庭伦理剧共有 24 种,其间属于大团圆结局的有 22 种,大团圆结局者约占家庭伦理剧的 91%,全本流传总数的 10%。公案剧共有 20 种,如以冤案得以平反为判定团圆与否的准绳的话,这类剧几乎都是团圆结局,约占全本流传总数的 9%。

两相对比,元杂剧的大团圆结局与其前的叙事文学作品相比,在大团圆结局这一点上占有绝对的多数。另外,元杂剧有不少剧作的本事出自其前的叙事文学作品或历史记载,特别是唐传奇作品,但两者在结局的安排上又截然不同,有不少在唐传奇等叙事文学作品或历史记载中系悲剧性质,到了元杂剧中却改变为喜剧性的大团圆结局。而这种对比具有非常强的可比性,因为同样题材的文学作品在结局处理上的不同,更能反映出不同时代人们在文学以及文化方面的不同美学欣赏趣味。

元杂剧本事出自唐传奇等其前文学作品或历史记载者,据对董康编撰的《曲海总目提要》(人民文学出版社 1959 年版)、庄一拂撰《古典戏曲存目汇考》(上海古籍出版社 1990 年版)、傅惜华撰《元代杂剧全目》(作家出版社 1957 年版)、孙楷第撰《戏曲小说目录题解》(人民文学出版社 1990 年版),以及其他历史资料及元杂剧文本进行考证,有 40 种之多。

其间的敷演改编有 3 种情况:一是将原为悲剧结局者改编为大团圆结局;二是将原无关悲剧团圆或故事简单者敷演扩充为大团圆结局;

三是将原本为大团圆结局的,进行扩充改编并保留其大团圆结局。

将原为悲剧结局者改编为大团圆结局之元杂剧作品,举其要者如:

(1)王实甫的《西厢记》(全名《崔莺莺待月西厢记》)

该剧本事出自唐元稹的传奇小说《莺莺传》,金董解元亦有《西厢记诸宫调》。在元稹的《莺莺传》中,崔张两人不得结合,所谓始乱终弃;在董本《西厢》中,崔张二人私奔;在王本《西厢》中,崔张两人终得正式结合。唐元稹《莺莺传》的故事情节是:唐贞元年间,书生张生游蒲州居普救寺,巧遇暂住于此的表亲崔家母女。当时蒲州发生兵变,张生救下了崔氏母女。崔夫人设宴答谢,并令女儿出来拜谢张生,张生惊艳其美,托丫鬟红娘转赠给崔莺莺《春词》两首以挑逗其心性,莺莺作《明月三五夜》相酬,并暗约张生见面。之后在红娘的帮助下,张生抱得佳人归。但最后张生赴京赶考,滞留不归,莺莺虽给张生寄去长书和信物,仍没有挽留住张生,终被抛弃。张生在给朋友谈论此事时斥责莺莺为"必妖于人"的"尤物",并自诩为"善补过者"。而王实甫的《崔莺莺待月西厢记》结局是,张生状元及第,奉旨与莺莺结成夫妻。从始乱终弃到大团圆结局,发生了根本性的变化。

(2)石君宝的《秋胡戏妻》(全名《贤丈夫秋胡戏妻》)

剧写秋胡与罗梅英结婚仅3天就去从军当兵。有李大户看中了梅英的美貌,逼迫梅英的父母劝她改嫁于己,梅英不从,斥走李大户,并一心一意在家侍奉婆母。10年后,秋胡回家,在桑园巧遇梅英,但已互不相认,秋胡调戏梅英。秋胡到家后拜见母亲和妻子,梅英万没想到刚才在梅园调戏自己的竟然是自己的丈夫,于是坚决要求秋胡写休书。后经婆母力劝,方才和好。该剧本事出自汉刘向的《列女传》,原故事中女主人公在知道调戏自己的人是外出多年的丈夫后,"自投河而死",而到了石君宝的杂剧《秋胡戏妻》中,将悲剧结局改为夫妻团圆的喜剧性结局,并加入了李大户逼亲、抢亲的情节,丰富了原故事的内容。使该剧与汉刘向《列女传》原故事相比,娱悦性加强了,道德说教色彩淡化了,结局也从悲剧改为喜剧。

（3）白朴的《墙头马上》（全名《裴少俊墙头马上》）

该剧本事出自白居易的《井底引银瓶》诗，但有很大不同。白诗记述一个婚姻悲剧：一个女子爱上了一位男子，同居了五六年，但被家长认为"聘则为妻奔则妾"，逐出家门。在"始乱终弃"的社会风气中，白居易对这不幸的女子给予同情，并对世人提出"寄言痴小人家女，慎勿将身轻许人"的告诫。另据陶宗仪《南村辍耕录》记载，金院本有《墙头马》，此前宋人周密《武林旧事》亦提到宋官本杂剧中有《裴少俊伊州》，但均已佚失，或为该剧所本。而到了白朴的《墙头马上》，则被敷演成一个历经波折亲人相认、合家团圆、子女绕膝的大团圆结局，等等。

这种将原为悲剧结局者改编为大团圆结局的情况，突出地反映了元代与其前朝代人们的不同欣赏趣味。

将原无关悲剧团圆或故事简单者敷演扩充为大团圆结局的元杂剧作品有：关汉卿的《玉镜台》（全名《温太真玉镜台》），本事出自《世说新语》所载"温峤娶妇"故事而有变化；关汉卿的《陈母教子》（全名《状元堂陈母教子》），本事出自《宋史》中陈尧佐、陈尧叟、陈尧咨传记而有较大增改，突出了冯氏教子的大团圆结局；关汉卿的《五侯宴》（全名《刘夫人度赏五侯宴》）本事出自《新五代史·废帝纪》的相关故事情节；马致远的《荐福碑》（全名《半夜雷轰荐福碑》），本事出自宋释惠洪的《冷斋夜话·雷轰荐福碑》；马致远的《青衫泪》（全名《江州司马青衫泪》），本事出自白居易的《琵琶行》诗敷演而成，等等。这种敷演扩充表现了元代人们喜好大团圆结局美学欣赏趣味强化的状况。

将原本为大团圆结局者进行扩充改编并保留继承其大团圆结局的元杂剧作品有：关汉卿的《蝴蝶梦》（全名《包待制三勘蝴蝶梦》），本事出自刘向《古列女传·齐义继母》的有关故事情节；白朴的《流红叶》（全名《韩翠颦御水流红叶》），本事出自《青琐高议》；石君宝的《曲江池》（全名《李亚仙花酒曲江池》），本事出自唐白行简的传奇小说《李娃传》；尚仲贤的《柳毅传书》（全名《洞庭湖柳毅传书》），本事出自唐传奇《柳毅传》；郑光祖的《倩女离魂》（全名《迷青琐倩女离魂》），本事出自唐陈玄祐的传奇小说《离魂记》;乔吉的《两世姻缘》(全名《玉箫女两世姻缘》),本事出自唐人《玉箫传》和范摅《云溪友议》,等等。这种扩充改编反映了元代人们喜好大团圆的美学欣赏趣味是有继承性的,只不过是到了元代更加突出、更加集中。

从以上对比可以看出,元杂剧与其前的文学作品相比,在故事的结局方面,确实有很大的不同,即大团圆的结局占了绝对主导地位。这也反映了人们美学欣赏趣味的变化,由欣赏悲剧性结局兼有大团圆性结局转向绝对的喜欢大团圆性结局。为什么会出现这样一种状况呢?不少学者进行了充分地论述,给出了解释与答案。

二、学界对元杂剧大团圆结局的评价

元杂剧大团圆结局所占九成以上,这一事实理所当然地引起了学界的注意,不少学者对此给予了评述。综括起来包括几方面:即传统文化之影响、民族心理或民族审美趣味之影响、精神慰藉或补偿心理说,等等。

1. 传统文化之影响

一个民族的文学艺术创作当然要受其传统文化之影响。中国的传统文化是以儒、释、道为代表的,特别是儒家文化。儒家思想的伦理观念、中庸之道等对人们的观念、行为、习俗、思维等产生了自觉或不自觉的影响,并经过长期的积淀形成了一个民族特有的、稳定的文化心理结构或文化现象。这种文化心理结构或文化现象在本民族的文学艺术中得以充分体现。如幺书仪在《谈元杂剧的大团圆结局》一文中说:"从元杂剧许多看来是生硬的大团圆的结局中,可以看出它们在一个特殊的方面反映了在中国封建社会中长期占统治地位的伦理观念怎样左右着作家的创作和观众的欣赏和心理。"并指出:"这种原来是属于'礼仪'范围内的教条由于与人们容易接受的血缘、家族、宗法关系联系在一起,就成为一种充满人情味的、处在各个社会地位上的人各自的社会义务,于是这种宗法关系和伦理关系就成为维系整个社会生存、活动的

纽带。"进而具体分析作品："如《杀狗劝夫》歌颂的'疏不间亲'兄良弟悌的思想;《九世同居》表彰的满门忠孝、九世同堂的理想风俗……"①冯文楼在《"大团圆"结局的机制检讨与文化探源》一文中亦说："'大团圆'结局之所以成为定格,又与人们的'伦理信念'有关,没有一种潜在的信仰支撑,很难想象它成为众所青睐的结局。"②这"伦理信念"当然与儒家的"伦理观念"是有密切关系的。

"中庸之道"是儒家思想的一个重要方面,体现在美学欣赏方面就是"中和为美"。何谓"中和为美"? 就是中正的、和谐的为美。而大团圆的结局就是给人们一种中正的、和谐的、圆满的感觉。故这种"中和为美"对元杂剧的大团圆结局亦有很大影响。如陈才训在《古典戏剧大团圆结尾的审美透视》一文中说："在中国传统审美观念中,以'中和'为美占有十分突出的位置,它深深影响了我国古代戏剧的结尾。'中和'意识使戏剧首重喜悦团圆之趣,而不以宣泄悲愁为目的。"③张鹏飞亦在《中国传统戏曲的"大团圆情结"》一文中说："中国传统戏曲的剧作家和观众皆是'中和为美'观念的信奉者。所以,戏剧作为审美客体就势必在结构上体现剧作家的'中和'审美意识,以迎合观众同样的审美期待。"④

还有中国古代文化的尚圆传统,亦对元杂剧的大团圆结局产生了影响。如刘军华在《古代戏剧大团圆结局的社会心理透视》一文中说："中华民族将'圆'视作审美理想的完美精神,最高追求。如此,中国古典戏剧就表现为苦乐相错、悲喜交融、顺境逆境相互对转,递成圆形的

---

① 幺书仪:《谈元杂剧的大团圆结局》,见张月中主编:《元曲通融》,山西古籍出版社 1999 年版,第 620 页。
② 冯文楼:《"大团圆"结局的机制检讨与文化探源》,《陕西师范大学学报》2008 年第 4 期,第 27 页。
③ 陈才训:《古典戏剧大团圆结尾的审美透视》,《重庆社会科学》2004 年 1 月(创刊号),第 64 页。
④ 张鹏飞:《中国传统戏曲的"大团圆情结"》,《重庆广播电视大学学报》2009 年第 3 期,第 46 页。

结构,而戏剧的结尾一般停留在体现'乐'和'喜'的大团圆上。"①陈才训在《古典戏剧大团圆结尾的审美透视》一文中也有类似的观点,他认为:"中国古代有着悠久的尚圆传统,作为一种审美趋向,它也对古典戏剧结尾产生了影响。"②

2. 民族心理或民族审美趣味之影响

中国人在儒家"中庸之道"思想影响下,喜欢圆满团聚,祥和快乐,善有善报、恶有恶报等,大团圆结局恰恰可以满足人们的这种想法。如王国维《红楼梦评论》在论述中国古典戏曲和小说的结构模式时说:"吾国人之精神,世间的也,乐天的也,故代表其精神之戏曲、小说,无往而不着此乐天之色彩。始于悲者终于欢,始于离者终于合,始于困者终于亨;非是而欲厌阅者之心,难矣!"③指出"乐天"是"国人之精神",表现在戏曲、小说里就是要团圆,不如此难矣!可见这是传承已久的民族心理或民族审美趣味。当代学人对此也有大量论述。如刘景亮、谭静波在《中和之美与大团圆》一文中说:"一个民族喜欢的戏剧结尾,绝不仅仅是对一段现实生活的模仿或反映,在很大程度上是这个民族的信仰的体现。……而'善有善报,恶有恶报'是中国人的一条重要信仰,这一信仰在戏曲中的体现就是'大团圆'结局。"④这种信仰实际上也就是一种民族心理或民族审美趣味。崔美子在《元杂剧大团圆结构模式的成因》一文中亦说:"'大团圆'是中国人的民族情结。"⑤王季思《悲喜相乘》一文在论述东西方悲喜剧时,亦指出这"是一种民族传统

---

① 刘军华:《古代戏剧大团圆结局的社会心理透视》,《陕西师范大学继续教育学报》2005 年第 3 期,第 78 页。

② 陈才训:《古典戏剧大团圆结尾的审美透视》,《重庆社会科学》2004 年 1 月(创刊号),第 66 页。

③ 王国维:《红楼梦评论》,《王国维遗书》第五册,上海古籍书店 1983 年影印版。

④ 刘景亮、谭静波:《中和之美与大团圆》,《艺术百家》2001 年第 1 期,第 3 页。

⑤ 崔美子:《元杂剧大团圆结构模式的成因》,《文学教育》2009 年第 6 期,第 20 页。

心理的积淀"。①

　　这种喜好团圆的民族心理或民族审美趣味,一度招致了不少批评。如鲁迅先生就曾说:"这因为中国人底心理,是很喜欢团圆的,所以必至于如此,大概人生现实底缺陷,中国人也很知道,但不愿意说出来;因为一说出来,就要发生'怎样补救这缺点'的问题,或者免不了要烦闷……现在倘在小说里叙了人生的缺陷,便要使读者感着不快。所以凡是历史上不团圆的,在小说里往往给他团圆;没有报应的,给他报应,互相骗骗。——这实在是关于国民性的问题。"②鲁迅此说也同样适用于多为大团圆结局的元杂剧。胡适的批评更为直接,他说:"这种'团圆的迷信'乃是中国人思想薄弱的铁证。做书的人明知世上真事都是不如意的居大部分,他明知世上的事不是颠倒是非,便是生离死别,他却偏要使'天下有情人都成了眷属',偏要说善分明,报应昭彰。他闭着眼睛不肯看天下人的悲剧惨剧,不肯老老实实写天公的颠倒残酷,他只图说一个纸上的大快人心。这便是说谎的文学……故这种'团圆'的小说戏剧,根本说来,只是脑筋简单,思力薄弱的文学,不耐人寻思,不能引人反省。"③这里鲁迅与胡适两位先生将中国人喜好大团圆上升到了"国民性"的高度,对此,郑传寅在《古典戏曲大团圆结局的民俗学解读》一文中说:"'国民性决定论'不仅在对国民思想品质、民族性格的认识以及对'大团圆'审美效果、审美价值的判断上,有以偏概全之嫌,而且也未能对'大团圆'的形成作出合乎实际、令人信服的解释。这是因为'国民性决定论'者把'大团圆'结局与国民思想品质、民族性格的联系,看得过于直接,过于单一。""可以从诸多侧面去寻求解释"。④　不过,目前持民族心理或民族审美趣味对元杂剧大团圆结局产

---

①　王季思:《悲喜相乘》,《戏剧艺术》1990 年第 1 期,第 78 页。
②　鲁迅:《鲁迅全集》第九卷,人民文学出版社 1981 年版,第 316 页。
③　胡适:《胡适文存》卷一,上海亚东图书馆 1926 年版,第 207—208 页。
④　郑传寅:《古典戏曲大团圆结局的民俗学解读》,《中国戏曲学院学报》2004 年第 2 期,第 5—6 页。

生明显影响的学者当为多数。

3. 精神慰藉或补偿心理说

此说实际上是讲人们在现实生活中欲望不能得到满足,伤痛不能得到抚慰,渴望通过文学艺术作品来给予慰藉和补偿的一种心理状态。颇有"国民性"的意味。对此,鲁迅先生在《论睁了眼看》一文中曾说:"中国的文人,对于人生——至少是对社会现象,向来就没有正视的勇气,从他们的作品上来看,有些人确也早已感到不满,可是一到快要显露缺陷的危机一发之际,他们总要即刻连说'并无其事',同时闭上了眼睛。这闭着的眼睛便看见一切圆满……于是无问题,无缺陷,无不平,也就无解决,无改革,无反抗。因为凡事总要'团圆',正无须我们焦躁。"①鲁迅先生是从整体"国民性"的角度给予论述的。具体到元杂剧的大团圆结局,人们又习惯于与元代的社会黑暗挂起钩来。如陈才训在《古典戏剧大团圆结尾的审美透视》一文中说:"就作家和观众而言,戏剧结尾的大团圆还有补偿其现实生活缺陷的功能。从审美心理学角度而言,人都有一种替代性或补偿性心理。这种心理特征常常表现为人的审美需要促使人通过审美鉴赏活动得到一种'想象的满足'。当然,任何时代作家的愿望都不可能完全得到满足,皆有借文学艺术来补偿的倾向。但是,在戏剧繁荣的元明清时代,社会异常黑暗,作家的生活备受压抑,他们便把戏剧这一文学样式作为他们精神栖息的家园。元代是我国戏剧最繁荣的时代,而当时文人作家的生活也最为困顿郁闷。"②单有方在《大众品味与中国古典戏剧大团圆结局》一文中亦说:"人们的生活状态也间接影响戏剧的结局。元代是一个民族矛盾空前尖锐的时代……平民百姓不仅地位低下,而且生活中充满了愁苦与艰辛,许多天然的美好愿望无法实现,他们在紧张的生活之

---

① 鲁迅:《鲁迅全集》第一卷,人民文学出版社1973年版,第217页。
② 陈才训:《古典戏剧大团圆结尾的审美透视》,《重庆社会科学》2004年1月(创刊号),第68页。

余,在无奈的现实面前,需要的是找乐子,是轻松、愉快的消遣,他们希望看到理想在戏剧中得以实现。……也就是说人们可以通过戏剧之'圆'弥补生活之'缺'。鉴于此,戏剧必须充当广大人民在紧张的生活状态中获得精神享受、心理愉悦的调节剂,只有这样才能赢得观众。"[①]另外,吴正荣的《大团圆情结的生命关怀意蕴》[②]、刘军华的《古代戏剧大团圆结局的社会心理透视》[③]、韩晓莲的《试析元杂剧团圆结局的成因》[④]等文章,亦有相同或类似的观点。

以上是目前学界关于元杂剧大团圆结局的代表性观点及部分成果介绍,这里之所以对其给予了较详细的评介,目的主要是让我们了解学界对这一问题的主要观点与认知。这些观点与认知,在中国文化这一大背景下,结合中国戏剧特别是元杂剧的演创实际予以评述,应该说言之成理,颇多创建,值得予以肯定。但颇觉不足的是与当时民族文化交融关照的论述比较少见。从民族文化交融的角度来论述元杂剧的大团圆结局不失为一个有效途径。

第二节 蒙古族文化以及文学对元杂剧
大团圆结局之影响

研究元杂剧的创作演出情况必须与当时的社会政治及经济文化等相结合,研究元杂剧之大团圆结局当然也离不开考察当时的社会政治与经济文化。而元代社会的一个最大特点是蒙古族入主中原,多民族

---

① 单有方:《大众品味与中国古典戏剧大团圆结局》,《河南大学学报》2006 年第 4 期,第 128—129 页。

② 吴正荣:《大团圆情结的生命关怀意蕴》,《滁州学院学报》2009 年第 4 期,第 15—16 页。

③ 刘军华:《古代戏剧大团圆结局的社会心理透视》,《陕西师范大学继续教育学报》2005 年第 3 期,第 77—80 页。

④ 韩晓莲:《试析元杂剧团圆结局的成因》,《四川戏剧》2007 年第 5 期,第 22—23 页。

的社会政治与经济文化交融充分展开。故单就研究元杂剧的大团圆结局来说，如果与当时的民族文化交融结合起来，所得结论与认知庶几会更加全面和稳妥，或者说有一定的创新意义。

当然，我们要充分肯定目前这方面的研究成果，但从民族文化交融的角度着手，会对目前研究成果给予补充，使之多元化。严格说，目前关于元杂剧大团圆结局的研究，基本上还是在汉文化的框架下进行的，有些问题还不能得到非常圆满的解释。如前已举的在儒家"中庸之道"思想的影响下，人们形成了喜好"中和之美"的美学欣赏趣味，喜欢圆圆满满，好人有好报，恶人有恶报等。如果说这是一以贯之的美学欣赏趣味，那么为什么在元杂剧以前的文学作品和历史故事中，如前已介绍的那样，大团圆结局者并不占多数，倒是悲剧性的作品占多数呢？为什么等到蒙古族入主中原建立元朝后所出现的元杂剧里大团圆结局占了压倒性多数的90%以上呢？显然，这些问题的解释和解决不与当时的民族文化交融结合是解释和解决不好的。另外，前述的"精神慰藉或补偿心理说"倒是与元代社会现实有所结合，但却落入老套，重点在强调由于元代社会黑暗，人们生活悲苦，以大团圆的结局来慰藉受伤的心灵和补偿现实中的痛苦。此说不无道理，但仅仅止此吗？显然不是！不能将其强调得过头。诸如此类问题的解决，如果与当时的民族文化交融结合起来倒不失为一个有效途径。

本节主要从蒙古族文化，蒙古族统治者的爱好及特殊地位，蒙古族文学等方面对元杂剧大团圆结局之影响展开论述，并适当结合一些北方其他少数民族的文学创作实际。

一、蒙古族文化对元杂剧大团圆结局之影响

蒙古族作为一个北方草原游牧民族，其文化也具有北方草原游牧文化特征。蒙古汗国至元朝时期（1206—1368 年），蒙古族文化是北方草原游牧文化的代表者。北方草原游牧文化历史悠久，内容丰富，其间很重要的一个特点是"团圆"色彩浓厚。古老而传统的蒙古族文化某

种程度上就可视作为一个"团圆"文化。这从蒙古人的信仰、价值观、经济生活、军事、文学艺术及风俗习惯等方面都可以体现出来。

宗教信仰方面,蒙古人最早信仰原始宗教——萨满教。萨满教这种自然宗教把日月星辰、雷鸣电闪等自然现象加以神秘化,形成万物有灵观念为基础的自然崇拜。在此基础上,古代蒙古人素有拜天习俗,天成为人们普遍信仰的自然神,天作为崇拜对象,具有至高无上的地位,是宇宙万物的创造者,能决定战争的胜败、人生的命运、祸福、贵贱以及牲畜的繁衍。所以古代蒙古人敬畏祭拜"长生天"。天的形状是"圆"的,由此产生"天圆地方"、"天人合一"等观念,蒙古人在价值观及生活中的方方面面有"圆"的意识当与此有密切的关系。其间"天圆地方"、"天人合一"等观念又与中国道家的思想不谋而合。不少学者论述到元杂剧大团圆结局受道家"天人合一"思想影响,此亦可从旁辅证。

另外,古代蒙古人有崇拜太阳和月亮的习俗。太阳和月亮可以给人类带来光明与温暖,其形状也是圆形的。由此蒙古人认为,圆形可象征吉祥与美满。古时候,蒙古人每天清晨要将第一份鲜奶及其他食物饮料供奉太阳。实际上这是北方草原游牧民族共同的习俗。据史料记载,匈奴国王冒顿单于就每天早晚要祭拜太阳和月亮。古时候蒙古人祭拜太阳和月亮的记载就更多了。一次,蒙古可汗铁木真从篾儿乞部人的袭击中脱险后,手托帽子,向着太阳,椎胸跪了九跪,祭祀太阳。蒙古新可汗被推举就任后,马上要率领文武百官在选举地祭拜太阳与月亮。另外,蒙古人碰到大小事情也总会选在月圆的吉祥之日进行。"圆"成为蒙古人心目中美好的象征。元杂剧中曾描述了北方少数民族祭拜太阳和月亮的习俗。如李直夫的《便宜行事虎头牌》第二折中描写金住马送别弟弟金牌上千户银住马到夹山口赴任时,就曾"待我望着那碧天边太阳浇奠,则俺这穷人家又不会甚么别咒愿,则愿的俺兄弟每可便早能够相见"。金住马以酒祭奠太阳,目的是希望兄弟早日团圆。

价值观方面亦可看出蒙古族的"团圆"、"和谐"意识。其间可从自然价值取向和人生价值取向等方面予以论述。

蒙古族在自然价值取向方面,"天人和谐"是其突出点。蒙古族作为北方草原游牧民族,茫茫草原是其赖以生存与发展的基石。他们认为,茫茫草原这一自然环境与人是和谐共存的关系,这种和谐共存就是"天道",尊重自然就是对"天道"的尊重。蒙古族谚语"苍天就是牧民眼中的活佛,草原就是牧民心中的母亲",就体现了蒙古族作为草原民族对大自然的热爱与尊崇。所以,蒙古族把保持生态平衡的观念贯穿于生产、生活的每一个细节,他们采用游牧与轮牧的生产方式,严禁捕猎怀孕的母兽和幼小的鸟兽虫鱼,严禁毁林开荒、挖石取土,再珍贵的药材也不可挖尽,否则将被视作无道与叛逆,对植树造林、修复植被等尊为莫大的善举。就是他们的丧葬习俗也体现了这一观念。据史料记载,古时候蒙古人土葬把逝者埋入地下后,"不封不树",将地面踏平后宰杀一驼羔,来年引母驼哀泣以祭拜,三年后再不祭拜,地表恢复如初。这种"天人和谐"的观念,也就是追求天人的"圆满"相处。

人生价值取向方面,蒙古族作为北方草原游牧民族,其生存的自然地理环境,所从事的游牧生产劳动及历史文化传统,决定了其人生价值取向。其突出点是崇尚英雄、赞美英雄,并将效仿英雄作为人生的最高价值追求。对此,乌恩在《论草原文化的价值系统》一文中说:"英雄的概念在草原文化中是对人的本性的诠释、对人身价值的伦理道德的阐释,同时也是对群己关系的具体阐释。因此,英雄是草原文化传统人生观和价值观的折射点和集合点。英雄主义最初出生于人们对力量的崇拜。所以,英雄是力量的象征,草原民族英雄史诗中的英雄形象,首先是大力士,他们具有超出常人的巨大力量,在战斗中抛掷'公牛般大的巨石',能够射穿三座山峰等等。蒙古族现存最早的文字资料,是被史学界称为'也松格碑'的石碑。该碑文记录了成吉思汗的侄子也松格在一次聚会中,将箭射出 350 步的距离,为彪炳此事而专门树碑立传,足以说明古代蒙古人对力量的崇尚。"①英雄在人们心目中是个完美的形象，蒙古族英雄史诗中对此有淋漓尽致的描述。如蒙古族英雄史诗《江格尔》、《格斯尔》、《英雄谷诺干》中所塑造的英雄人物，个个力大无比、英勇顽强、不怕牺牲，充满英雄气概；并且意志坚定、注重友情，以捍卫部族利益为奋斗目标。人们把"圆满"的愿望寄托在他们身上。

生活中也可看出蒙古人"尚圆"的观念。如人们居住的"蒙古包"。蒙古包外形拱圆，建材不需要土坯砖瓦以及金属，只需要少量的木杆、毡子和皮筋，把自然资源的消耗降到了最低点。其拱圆的外形十分有利于抵挡沙尘暴和风雪，当沙尘暴和风雪袭来时，拱圆流线型的蒙古包有很好的缓冲作用。圆的包顶存不住水，再大的雨水也可从包顶流走。其背面风窗将围毡撩起，可使八面来风，通风凉快。同时蒙古包搬迁走以后，原址复原，非常环保，体现了保护生态，与自然和谐相处的理念。

政治制度及军事方面，也可看出蒙古族的"尚圆"观念。如蒙古汗国时期，推举大汗要召开"忽里勒台"大会。"忽里勒台"意为"聚会"、"大朝会"，有"团聚"、"会商"之意。原为氏族部落内部族众会议，凡选举大汗、征伐、狩猎、复仇等大事，必须召开"忽里勒台"。后元世祖忽必烈后渐废，但其形式犹存，如宗王驸马、文武大臣与会，宣读成吉思汗《大札撒》，颁发赏赐等。再如近代时期发生在内蒙古伊克昭盟（今鄂尔多斯市）的"独贵龙"运动。"独贵龙"又称"多归轮"，意为"环形"或"圆圈"。参加"独贵龙"的人在聚会时坐成圆圈，以示公平；在呈报控告书签名时，组成环形，不知首尾；避免暴露组织领导者，故名。其主旨是反对清廷和蒙古王公放垦出卖土地，反对苛捐杂税和封建压迫。形式是以圆圈、环形出现。军事方面，金明昌年间，铁木真（成吉思汗）与札答阑部首领札木合之间发生的"十三翼之战"各部也是以"圆圈"的形式出现的。十三翼，即 13 个"古列延"。"古列延"，意为"圈子"、

---

① 乌恩：《论草原文化的价值系统》，《论草原文化》第二辑，内蒙古教育出版社2006 年版，第 115 页。

"营盘"。还有著名的"乌兰布通战役"。该战役是清康熙年间发生在乌兰布通地区(今内蒙古克什克腾旗南境),清军与蒙古准噶尔部噶尔丹的一次战役。噶尔丹军据河设驼城阵,清军先以炮火轰击,后以精锐布骑兵掩杀,噶尔丹不敌北遁。其驼城阵也是圆形的。

蒙古族艺术中也有明显的"尚圆"特色。如古代蒙古部落的绕树舞。该舞绕树成圆形,跳舞多在庆祝战争胜利时进行,也在祭祀时舞之。还有流传于今内蒙古呼伦贝尔市的布里亚特圆舞。该舞男女青年相互连臂,或拉手搭腰,伴着音乐,排成圆圈,由左向右舞动。如果由右向左或不围成一个圆圈,被认为是灾难的象征。另流传于内蒙古通辽市库伦旗及辽宁省阜新蒙古族自治县的安代舞,与古代蒙古部落的绕树舞和蒙古布里亚特圆舞基本一样,大家围成圆圈群舞。

蒙古族文化中的这种浓厚的"团圆"色彩,随着其入主中原,建立元朝,也带进了中原汉族地区,并且在蒙古汗国及元朝时期多民族文化交融广泛展开的背景下,对元杂剧的大团圆结局产生影响也是可信的。

二、蒙古族统治者的爱好及特殊地位之影响

蒙古族及其统治者对歌舞戏剧的爱好前已论及,此处不赘述。这里要谈的是,不少元杂剧作品要供奉内廷演出,蒙古族统治者的爱好对元杂剧的大团圆结局就产生了影响。其理由有两点:一是由于蒙古族文化中有浓厚的"团圆"色彩,蒙古族统治者当然也喜欢"团圆"性的东西,供奉内廷演出的杂剧作品也就会迎合统治者的欣赏趣味,在剧本结构方面要采用喜剧性的团圆结局;二是从供奉内廷的角度来看,表演给皇帝观赏,当然要采用喜剧性、团圆性的结局,体现出一种欢快愉悦、和谐团圆的气氛。反之如果将悲剧性的戏剧表演给皇帝看,一旦龙颜大怒,后果不堪设想。即便是生日庆典、家庭堂会性演出,也基本是采用喜剧性、团圆性结局的剧目。再比如清末慈禧太后喜欢京剧,进宫给她表演的剧目也基本是喜剧性、团圆性的作品。

内廷供奉、承应官府是元代杂剧艺人的首要任务。凡属于教坊勾

栏"乐籍"者，便终身以"供笑"为职业。为了不耽误"承应"，乐人的婚姻也受到严格的限制。如《元典章》十八户部下记载："至元十五年中书刑部承奉中书省札，付宣徽院承教坊司中，本管乐人户计，俱于随路云游，今即随路一等官豪势要富户之家，舍不痛资财，买不愿之乐，强将应有成名善歌舞能装扮年少堪以承应妇人，暗地捏合媒证娶为妻妾，虑恐失误当番承应，乞禁治事，得此于七月十八日闻奏过，奉圣旨：是承应乐人呵，一般骨头休成亲，乐人内匹聘者，其余官人富户休强娶，要禁约者钦此。"①可见对"乐籍""承应"歌伎演员有严格的要求。

有关元代内廷供奉演出，向宫廷"献剧"的记载已屡见不鲜，现在所能见到的元杂剧剧本，很多是"录之御戏监"或"内府"，即所谓宫廷"承应"的本子。如兰雪主人《元宫词》所述："初调音律是关卿，《伊尹扶汤》杂剧陈。传入禁苑宫里悦，一时咸听唱新声。"杨维桢《元宫词》描述："开国遗音乐府传，白翎飞上十三弦。大金优谏关卿在，《伊尹扶汤》进剧编。"臧晋叔在《元曲选·序》里也说："顷过黄从刘延伯借得二百种，云录之御戏鉴，与今坊本不同。因为参伍校订，摘其佳者若干，以甲乙厘成十集。"《阳春白雪》中所收无名氏《双调·新水令》："大元开放九重天，拜紫宸玉楼金殿，红摇银烛影，香袅玉炉烟，奏凤管冰弦，唱大曲梨园，列文武官员，降玉府神仙，齐贺太平年。"这些描述可证元廷调演杂剧的频繁，并且内宫还专设"御戏鉴"管理此事。同时，内廷供奉演出的杂剧作品，不仅采取了喜剧性、团圆性的结局，而且最后还有留一个歌功颂德的尾巴。如："显见得皇恩不滥，同瞻仰天日非遥"（《赚蒯通》）、"共皇家万古春"（《谢金吾》）、"方才见无私王法，留传与万古千秋"（《陈州粜米》）中，还能看出内廷供奉演出的痕迹。

可见，蒙古族统治者的爱好及其所处的特殊地位，对元杂剧的大团圆结局是有一定的影响的。

---

① 《元典章·刑部·杂禁》卷五十七，中国书店 1990 年版，第 821 页。

三、蒙古族文学之影响

由于蒙古族文化浓厚的"团圆"色彩和崇拜英雄的人生价值观,体现在其文学创作方面多以喜剧性的团圆为结局。蒙古族文学近现代以前主要是民间文学,具有故事情节者,主要有长中短篇英雄史诗、民间故事、叙事诗等。长篇英雄史诗有《江格尔》(中国三大史诗之一,另二者为藏族的《格萨尔》,柯尔克孜族的《玛纳斯》)、《格斯尔》;中短篇英雄史诗有《勇士谷诺干》、《智勇的王子希热图》、《巴彦宝力德老人的三个儿子》、《祖拉·阿拉达尔罕传》、《那仁罕传》、《永生的乌仁特博根罕》、《迅雷·森德尔》等数十部;民间故事有《蟒古斯故事》、《动物解释故事》等多个;叙事诗有《征服三百泰亦赤兀惕人的传说》、《孤儿传》、《箭筒士阿尔嘎聪的传说》、《成吉思汗的两匹骏马》等多首。这些文学作品基本是喜剧性的团圆结局。以下述作品为例:

《江格尔》,长篇英雄史诗,最早约12—13世纪产生于四部卫拉特蒙古地区,初以口耳相传,是艺人们(江格尔齐)的集体口头创作,大约在明代以后才以新疆托忒蒙古文写定。有多种版本。以13章本为例,开首是一篇序诗,赞美草原故乡,叙述影响江格尔的身世,接着每章叙述一个英雄经过艰难曲折打败恶魔的故事,塑造了一大批栩栩如生的英雄人物形象。生动地反映了古代蒙古劳动牧民的社会理想,蒙古牧民征服自然和社会丑恶势力的英雄气概和乐观主义精神。其结局是喜剧性的团圆结局。

《格斯尔》,长篇英雄史诗,广泛流传于国内外蒙古族聚居区,产生年代较早而且变异较大。内容丰富,版本较多,以13章本为例,主要描述格斯尔的诞生及成长;格斯尔娶妻、灭12头魔、抗击锡莱河三汗;格斯尔被一喇嘛用毒药变成驴,其妻打败喇嘛还其本相;格斯尔从地狱救母,征服都拉玛汗,歼灭魔王阿尔嘎聪,打死黑斑虎,征服克拉西则王,大战那钦汗等,总体上都是英雄战胜恶魔、正义战胜邪恶的圆满结局,体现了人民群众要求铲除强暴、战胜灾害的美好理想。

《智勇的王子希热图》,中篇英雄史诗,主要流传于内蒙古呼伦贝尔市、通辽市、赤峰市一带。主要描写希热图凭着智勇去遥远的太阳国，通过比武获胜，与其未婚妻海丽茹成婚，并且打败侵占其家乡的恶魔，解救了双亲和苦难的百姓的故事，亦是一个打败恶魔、胜利圆满的结局。

《勇士谷诺干》，短篇英雄史诗。主要描述氏族酋长兼军事首领谷诺干和12魔首的一场战斗。战争的起因是由于12首魔鬼趁谷诺干不在，抢走谷诺干夫人，焚烧他的宫殿，囚禁他的属民。谷诺干回来与12首魔鬼打了一场悲壮的持久战，最后取得了胜利。

《蟒古斯（魔怪）故事》，是英雄镇压蟒古斯（魔怪）的系列故事，但总的故事情节都差不多，均为英雄经过千难万险，最后战胜魔怪，以喜剧性的大团圆结局。

《征服三百泰亦赤兀惕人的传说》，短篇叙事诗。载《罗·黄金史》及《蒙古源流》等书。主要描写成吉思汗和他的六勋臣与世仇泰亦赤兀惕人的一场遭遇战。成吉思汗在边境上扎营，一日梦见300名泰亦赤兀惕兵士杀来。醒后与六勋臣叙述，共立誓言坚决杀敌。结果一如成吉思汗所梦，300名敌人正席卷而来。于是经过一场激战，300名泰亦赤兀惕人溃不成军，100多人被斩杀。成吉思汗登上山冈向苍天祝祷，在胜利返回之际，又一一赞颂6位将领的功劳，最后由六勋臣之一的孛斡儿出歌唱赞美成吉思汗，全诗在圆满结局中结束。

《孤儿传》，短篇叙事诗。载《罗·黄金史》及《水晶念珠》等书。主要描写成吉思汗迎娶孛儿帖兀真哈敦时，召集九员大将、五位台吉、四方属地百姓举行盛大的婚庆宴会。宴会开始时，众臣讨论酒的利弊及是否禁酒。正在争执不下时，坐在门口的奴隶——孤儿，在得到成吉思汗允许的情况下，恰当地分析了酒的利弊，但却触怒了众勋臣。孤儿不畏权势，继续据理力争。最后成吉思汗出面裁决，肯定了孤儿的见解，赞赏了孤儿的聪明才智，诗歌以圆满结局。

《成吉思汗的两匹骏马》，长篇叙事诗。约产生于13—14世纪。有韵文本和散韵相间两个版本。散韵相间本描写成吉思汗的马群中有一匹从不生驹的白骒马生了两匹骏马。成吉思汗严加调教,两匹骏马本领超群。但由于小骏马没得到赞扬,唆使大骏马一起远逃。后在阿尔泰山草原生活了 3 年,大骏马由于思念家乡,瘦弱不堪。最后小骏马同情大骏马,一起返回家乡,得到人们的称赞,以大家都愿意看到的圆满形式结局。

以上是对近现代以前具有故事情节的蒙古族文学在故事结局方面的分析介绍,可以看出其基本上是以大团圆结局的。这一现象与元杂剧是基本吻合的,两者存在着一定的相互影响关系。

关于元杂剧大团圆结局的研究,从中国传统文化对其影响方面来看,已经取得了丰硕的成果,但也碰到了不容回避的问题,即中国传统文化对人们美学欣赏趣味的影响虽然中间有发展变化,但基本上还是一以贯之的,那么为什么到了元代就发生了如此大的变化呢? 前已论及,元杂剧以前中国叙事文学作品的结局悲剧性的要比喜剧性的或者说大团圆的多,而元杂剧中喜剧性的大团圆结局要占绝对的多数。这我们就要从当时的社会现实,特别是当时的民族文化交融方面来考察。而当时的民族文化交融主要是北方草原游牧文化与中原农业文化的交融,其中蒙古族由于其入主中原的特殊地位和当时北方草原游牧文化代表者的身份,我们重点论述考察蒙古族文化及文学对元杂剧大团圆结局的影响。其中又截取了蒙古族文化中的重要部分——"团圆"色彩部分,杂剧多内廷供奉演出,蒙古族统治者在其间的影响作用,蒙古族文学中的"团圆"情节等几方面给予论述,结论是在民族文化交融的大背景下,蒙古族文化确实对元杂剧大团圆结局的形成产生了一定的影响。

第 六 章

反映多民族关系和描写
北方少数民族生活之杂剧

在元代民族文化交融的大背景下,有不少杂剧作品反映了当时的多民族关系及北方少数民族的生活。关于这一问题,尤其是反映民族关系问题,过去的一些论文、论著中已有研究探讨,但多是从阶级关系方面论及。如对某些杂剧作品反映当时的民族压迫和表现爱国思想等的论述,是和当时的民族关系有关联的。其中有的论述是合理和有益的,有的论述就值得商榷。通观元杂剧作品,尽管有一小部分从字里行间流露出对故国的哀思及其兴亡之感,有的作品直接描写了民族矛盾,抒发了深厚的民族情感,但大多数作品总的倾向不能归结为反映民族矛盾、表现爱国思想。一些论文、论著中把丰富的元杂剧作品给予简单化,对其社会意义作了不切实际的解释。如对涉及民族关系杂剧作品的论述(其中多为历史剧),或则认为是歌颂"汉民族古代英雄"以表现"对自己民族的热爱";或则认为是"歌颂复仇",以表现"人民的悲愤爱国心情";或则认为是借古讽今,歌颂"比较好的帝王"、"清官",以"寄其故国之思",批判现实中的人物。如此一来,元杂剧中的许多以历史人物、流传故事、包公故事、水浒故事以及家庭伦理、妓女生活为题材的作品均被纳入反映民族矛盾、表现爱国思想的范畴。这显然是很难令人信服的。单就历史剧来说,不能笼统地认为就是反映民族矛盾,而是还表现了作者的历史观和其他丰富的内容。比如说在民族友好交往的情况下,不同民族间的通婚恋爱、歌颂少数民族英雄等。反映当时的多民族关系及北方少数民族生活的杂剧作品,代表者有关汉卿的《拜月亭》、《调风月》、《哭存孝》、《五侯宴》;王实甫的《丽春堂》;李直夫的《虎头牌》;石君宝的《紫云亭》;王仲文的《不认尸》;孙仲章的《勘头巾》;孟汉卿的《魔合罗》;无名氏的《村乐堂》、《货郎担》、《射柳蕤丸》等。

本章就拟对反映北方少数民族与汉族的通婚恋爱,歌颂为国家建功立业的少数民族英雄人物,描写北方少数民族的生活等的杂剧作品分别论述之。

第一节　反映北方少数民族与汉族
通婚恋爱之杂剧

前已论及,元代民族关系的一个很重要的特点是,各民族间出现了渐趋融合的趋势。人们杂居交往,友好相处,互相通婚恋爱也就成为必然,同时朝廷也采取了各民族通婚自由的政策。其间根据史料记载,尤以蒙古族与汉族,契丹族与汉族,女真族与汉族,色目人与汉族,他们互相之间的通婚恋爱最为普遍。① 正是由于有真实的生活为基础,所以有不少元杂剧作品对此作了真实生动的描写。如关汉卿的《拜月亭》、《调风月》;石君宝的《紫云亭》;无名氏的《村乐堂》等。

关汉卿的《拜月亭》,全名《闺怨佳人拜月亭》,旦本戏。全剧不仅揭露谴责了战争给各族人民带来的灾难,而且从更高层次赞扬了一对

---

① 关于元代北方少数民族与汉族通婚恋爱具体情况,参见本书第一章相关内容。

不同民族的青年男女，冲破封建礼教的束缚自由恋爱、自主结合，客观上反映了希望民族和睦、彼此一家的进步思想，在元杂剧恋爱婚姻题材的作品中别具一格，甚至从民族融合的角度来看有空前的高度。

《拜月亭》中的女主角是金国尚书王镇的女儿王瑞兰，从剧中所反映的她称父亲、母亲为阿马、阿者来看，她应该是女真族人。她在兵荒马乱的逃难途中，相遇汉族书生蒋世隆，两人相依为命，私下结为夫妻。不久世隆病卧旅舍，瑞兰尽心服侍。金国尚书王镇征战归来，经此地遇见瑞兰，因嫌弃蒋世隆是个穷书生，生生拆散恩爱小夫妻，强拉女儿回京城。瑞兰日夜思念世隆，祈祷早日团圆，被义妹瑞莲得知。瑞莲是与哥哥蒋世隆走散后被瑞莲母亲认作义女的。后蒋世隆得中状元，与王瑞兰终得团圆。

王瑞兰与蒋世隆的结合是有深厚的感情基础的。他们在兵荒马乱中为了安全地逃难，商量好"不问时权做弟兄，问着后道做夫妻"，并在患难中相助、疾病中相扶间建立了深厚的感情而结为夫妻。当瑞兰被其父生生拆散回京时，对世隆表白说："你心间莫昏忘，你心间索记当；我言词更无妄，不须伊再审详；咱兀的做夫妻三个月时光，你莫不曾见您这歹浑家说个谎？"感情可谓真挚。他们之间的结合首先冲破了封建礼教的"父母之命，媒妁之言""男女授受不亲"等规矩，其次与那些一见钟情者相比，由于有深厚的感情作为基础，亦具有更积极的社会意义。

同时王瑞兰与蒋世隆的结合也是对封建家长制以及封建门第观的冲击。有趣的是，金国尚书王镇作为北方少数民族，在男女结合方面对门第等要求本没那么严格，但由于其受汉文化之影响，对女儿与穷酸秀才蒋世隆的结合持反对态度。于是王瑞兰与其父产生了尖锐的矛盾，埋怨责骂其父"狠心"，是"猛虎狞狼，蝎蝎顽蛇"。最后经过坚决反抗，有情人终成眷属。

关汉卿在此剧中描写和赞扬了女真族女青年王瑞兰与汉族书生蒋世隆的结合，其意义不仅突破了社会地位悬殊的封建门第观，而且也突破了不同民族之间人为的界限,加之瑞兰母亲认世隆妹妹瑞莲为义女,更是表现了该剧在促进民族团结和谐方面的积极意义,同时也反映了当时民族融合的社会现实。

关汉卿的《调风月》也描述了不同民族青年男女之间的婚姻恋情。该剧全名《诈妮子调风月》,且本戏。全剧写某千户之子小千户,住在姑母家,与服侍他的婢女燕燕相好,答应日后娶她为小夫人。这其间从燕燕称呼男女主人为阿马、阿者来看,她应该是女真族人。后小千户另有所爱,燕燕发现后异常恼怒,不管小千户如何乞求,也决意不与其和好。小千户执意要另娶莺莺小姐,燕燕向莺莺小姐揭露了小千户的负心行为,遭莺莺白眼。燕燕泼辣且有心计,在小千户与莺莺小姐成婚之日,当众诉说了小千户欺骗她的行径,并诅咒了他们的婚姻。无奈之下,两家同意燕燕做小夫人,并同日完婚。

《调风月》中所描写的"正旦"——婢女燕燕这一人物形象,在整个元杂剧中也是别具一格的。在她的身上有两点需特别注意:一是她是个婢女,身份等同奴隶;二是她是个北方少数民族——女真族女子,且在汉族千户家做婢女。作为婢女,她地位低下,处境悲惨,对爱情的渴望也会更加强烈,所以在追求自己的爱情时会用尽心计甚至不择手段。作为女真族女子,她性格泼辣,敢作敢为,不受封建礼教的束缚,敢于在木已成舟——小千户与莺莺小姐成婚之日,当众诉说了小千户欺骗她的行径,即便做小也要与小千户成婚。正是由于她有这两个特点,所以她与元杂剧中所描写的汉族大家闺秀的形象是非常不一样的。如李修生主编《元曲大辞典》中说:"此剧塑造了燕燕这样一个泼辣而有心计的女性。她为改变个人的社会地位,力争自己掌握自己的命运,最终取得了某种意义上的顺利。燕燕的形象在元杂剧中是极少见到的。"[1]当然,这种情况的出现只有在元代这一民族交融广泛深入展开的时代才可能成规模地出现。关汉卿对燕燕这一出生于女真族的婢女的同情与

---

① 李修生主编:《元曲大辞典》,江苏古籍出版社 1995 年版,第 191 页。

支持,对负心汉小千户的谴责,从民族文化交融的角度看,说明元代各族人民在思想道德方面也有了融合倾向。

　　另外,关于燕燕作为一个女真族女子在汉族千户家做婢女事也值得关注。该剧所写燕燕虽然是女真族,但也不排除蒙古族中也有卖身为奴的情况。因为作为借古讽今的历史剧,往往会借历史说现实。蒙古人在元代虽然贵为统治民族,但下层普通蒙古老百姓,如一般蒙古军户,由于兵役的沉重负担而致沦为奴隶或被卖身海外的事例也史有记载。如《元史》记述这种情况说:"每行必鬻田产,甚则卖妻子。"①这又从另一个角度说明该剧反映当时民族关系的广泛性。

　　石君宝的《紫云亭》描写不同民族青年男女的婚姻恋爱也很有特点。首先石君宝本身就是一个女真族人,所以他写来当更加真实可信。该剧存本作《紫云庭》,全名《诸宫调风月紫云庭》,四折,旦本戏。剧写汉族女艺人韩楚兰与女真族官员公子灵春马相爱事,遭灵春马父亲反对,颇多周折,最后终成眷属。具体为韩楚兰与灵春马正在热恋中,灵春马因事外出,楚兰母逼迫楚兰卖唱。楚兰因思念灵春马无心卖唱。一日楚兰到灵春马家与其相会,被灵春马父亲冲散。灵春马父亲将儿子拘管起来,韩楚兰母亲也到灵春马家大闹,使事态更加复杂化。后灵春马逃离家门,与韩楚兰私奔,两人以卖艺为生。其间有一次官府传唤他们去演唱,到达后才知所传官员原来是灵春马的父亲。最后灵春马父亲见两人相爱至深,不得已承认了他们的婚姻,全剧以大团圆结局。

　　《紫云亭》与前举《拜月亭》、《调风月》不同的地方是,剧中男女主角的性别作了互换。《紫云亭》中男主角变成了北方少数民族。但相同点是不同民族青年男女的婚恋都是以深厚的感情为基础的。韩楚兰整日思念灵春马,不禁感叹道:"吁,灵春,思量杀我也! 一股鸾钗半边镜,世间多少断肠人。"(第三折:"正旦上了""云")另外,剧中所写韩

───────────

　　① (明)宋濂等撰:《元史·千奴传》卷一百三十四,中华书局1976年版,第3258页。

楚兰与灵春马爱情所遇到的阻力也是封建的门第观与礼教羁绊,但有意思的是还多了一条韩楚兰是戏子。本来北方少数民族对演戏唱歌是喜爱且不歧视的,但女真族官员——灵春马之父由于受汉文化的影响,却也视戏子为"贱役",加之门不当户不对,于是坚决反对儿子所选择的婚姻。好在他毕竟是北方少数民族,最后还是同意了儿子的婚姻。可见该剧具有丰富的文化内涵,多角度地反映了当时民族文化交融的状况。

无名氏的《村乐堂》也涉及不同民族婚嫁之事。该剧全名《海门张仲村乐堂》,四折,末本戏。其间描写不同民族婚嫁事,不像前举杂剧如何描写不同民族青年男女的曲折婚恋过程,而是开门见山地说完颜女真氏苏州王同知有妻张氏、妾王腊梅。如第一折:"(同知云)……小官完颜女真人氏。完颜姓王,仆察姓李。自跟着狼主,累建奇功,加某为苏州同知之职。嫡亲的三口儿家属。我有两个夫人:大夫人张氏,二夫人王氏腊梅。"可知王同知为女真完颜氏,两个夫人张氏应为汉族,王氏腊梅如果以"完颜姓王"考量,可能是女真族。其家是一个多民族组成的家庭。剧作具体写王同知岳父张仲退职闲居,在城南海门临时盖了一座村乐堂,生活闲适。王同知与其往来甚少,互有隔阂。一次王同知生日宴会上,张仲不请自来,絮叨其村乐堂,搅散了生日宴会。王腊梅与都管王六中私通,被同知手下曳剌撞见。王腊梅与王六中欲设计药死王同知,事发诬陷大夫人张氏所为。令史张本审理此案,同知行贿被令史将金银交与府尹。王同知怕官职不保,求岳父承认行贿。初其岳父不允,后见官府拷打其女张氏,遂答应。王同知免于罢官,只将王腊梅与王六中定罪。

该剧反映了多民族通婚的状况,同时也表现了不同民族通婚所带来的矛盾与冲突。虽然剧中并没有具体描写王同知与其岳父张仲产生矛盾冲突的原因,但想必不同民族的结合恐怕也是其中的原因之一。作者选取不同民族结合这一特定家庭所带来的特殊矛盾,可看出民族文化交融中的多元色彩。

第二节　蒙古族及北方其他少数民族"抢婚"及恋爱 等习俗对元杂剧爱情婚姻描写的影响

中国文学史上涉及"抢婚"的文学作品古已有之,但像元杂剧那么多作品涉及"抢婚"者确属少见。"抢婚",就是强抢别人的妻女为自己的妻或妾,有时又叫做"抢妻"。这种习俗在各个民族中都程度不同地存在过,据史料记载,汉民族春秋、战国、秦汉时期也存在过"抢婚"习俗,但到了宋元时期这种记载就比较少了。而蒙古族及北方其他少数民族的"抢婚"习俗就保留得比较晚一些。以蒙古族为例,蒙古汗国、元朝,甚至明朝时期仍可见到这方面的记载。如据《蒙古秘史》记载,成吉思汗的母亲诃额伦就是其父也速该从篾儿乞人那里抢来的,成吉思汗的妻子孛儿帖也曾经被篾儿乞人抢走过。① 甚至今天的蒙古族婚俗中也还残存着这种习俗。如在鄂尔多斯婚俗中,娶亲队伍要提前一天黑夜赶到女方家附近驻扎,第二天黎明到女方家娶亲,并且新郎还要佩戴弓箭佯装射箭,这些都是"抢婚"习俗的遗存。由此可见,在元代民族文化交融的大背景下,蒙古族的这种"抢婚"习俗当对元杂剧的创作有影响。对此一些学者也予以肯定。如郭远霜在《元杂剧中的"抢妻"现象及其文化阐释》一文中论及元杂剧中的"抢妻"现象时曾说:"蒙古人的婚姻风俗对'抢妻'起了推动作用。""'抢妻'情节在元杂剧中如此集中突出,应该与这一特殊历史时期的民族文化冲突有着密切关系"。②

当然,元杂剧中所涉及描写的"抢婚"现象与蒙古族及北方其他少

---

① 参见额尔登泰、乌云达赉校勘:《蒙古秘史》(校勘本),内蒙古人民出版社 1980 年版。

② 郭远霜:《元杂剧中的"抢妻"现象及其文化阐释》,《大理学院学报》2009 年第 1 期,第 67 页。

数民族的"抢婚"习俗还不能完全画等号。元杂剧中所描写者多为抢婚者依靠权势欺男霸女,且抢来者多做小妾、二房,很少做正妻,即出发点和动机多是为了满足享乐,并不是真正为了婚配。而蒙古族及北方其他少数民族的"抢婚"习俗作为一种婚姻习俗,首先考虑的是婚配,是为了传宗接代、成家立业,所以抢来的女子往往地位很高,不少可成为第一夫人。如前举的成吉思汗的母亲诃额伦,作为也速该的第一夫人,在丈夫不幸被塔塔儿人设计毒死后,含辛茹苦,培养几个儿子长大成人,培养出了成吉思汗这样杰出的人物,她也成了彪炳蒙古史册的圣母级的人物。另外,作为一种婚俗,蒙古族及北方其他少数民族的"抢婚"习俗,虽然从某种程度上讲是违背了妇女的意愿,但有时候习俗使然,假戏真做者有之,所以并不像元杂剧中所描写的那样依靠权势欺男霸女、满足享乐,使人深恶痛绝。但毕竟某种程度上是违背了妇女的意愿,正是从这个角度出发,我们来论述蒙古族及北方其他少数民族"抢婚"习俗对元杂剧爱情婚姻描写的影响。这一点是需要引起注意的。

元杂剧中涉及"抢婚"现象的作品有 20 多部。计有《西厢记》、《汉宫秋》、《李逵负荆》、《秋胡戏妻》、《窦娥冤》、《鲁斋郎》、《生金阁》、《黄花峪》、《望江亭》、《鸳鸯被》、《磨合罗》、《青衫泪》、《认金梳》等。下面摘要介绍其中涉及"抢婚"现象剧作的主要故事情节。

《西厢记》,全名《崔莺莺待月西厢记》,王实甫作,5 本 21 折。剧写书生张生(君瑞)游学河东,在普救寺遇已故相国之女崔莺莺,一见钟情。叛军孙飞虎听说莺莺美貌,率兵围困普救寺,索要莺莺。崔母情急之下许诺退贼兵者可娶莺莺为妻。后张生搬来救兵解围,崔母悔婚。又颇多波折,最后张生状元及第,与莺莺奉旨结成夫妻。该剧本事出自唐元稹《莺莺传》,当时未有"抢婚"情节,到金代董解元作《西厢记诸宫调》,增加了兵围普救寺的情节,但目的是抢财物,而不是"抢婚",到了元代王实甫《西厢记》中才有了"抢婚"描写。从西厢故事的发展演变来看,元代以前的数百年流传过程中未有"抢婚"情节,只是到了元代才出现,这我们就不得不从当时的民族文化交融来考量了。

　　《汉宫秋》，全名《破幽梦孤雁汉宫秋》，马致远作，4 折，末本戏。剧写番国呼韩邪单于要求汉元帝以公主下嫁，奸臣毛延寿建议到民间搜集美女以充后宫。毛延寿作为选择使，借机大肆收贿，王昭君不从，毛点破画像，致使昭君不获召幸。后汉元帝偶见昭君，为其美貌倾倒，封为明妃，赐寓昭阳宫，并要处罚毛延寿。毛畏罪逃往匈奴，调唆匈奴单于发兵侵汉，强索昭君。汉元帝惧怕，只好应允，并亲送昭君于灞桥。昭君随匈奴兵马到了边界，投水自尽，单于将毛延寿送回汉朝处治。该剧写匈奴呼韩邪单于恃强强索昭君为妻，颇有"抢婚"的味道，但从历史记载来看，昭君出塞成为匈奴呼韩邪单于的夫人，地位尊崇，养育后代，成为广受后人赞扬的，为民族和睦亲善作出特殊贡献的历史人物。这就和有的杂剧作品所描写的如衙内、权要们强抢民女、民妻的性质完全不同。呼韩邪单于的"抢婚"与前举蒙古族及北方其他少数民族的"抢婚"习俗有类似的地方。另外，该剧所描写的王昭君并未赴匈奴与呼韩邪单于成亲，而是随匈奴兵马到了边界投水自尽，也与史实不符。这可能与作者王实甫受汉族封建贞洁观影响有关，他不能忍受堂堂汉明妃嫁与番邦，尽管他还是单于。这就是不同民族之不同文化背景所致，但整个元代不同民族间有冲突，但交融还是主要的，该剧借昭君出塞和亲这一事实某种程度上所反映的当时的社会现象也完全可以说明这一问题。

　　《秋胡戏妻》，全名《贤丈夫秋胡戏妻》，女真族杂剧家石君宝作，4折，旦本戏。剧写秋胡与罗梅英结婚仅 3 天就去从军当兵。有李大户看中了梅英的美貌，逼迫梅英的父母劝她改嫁于己，梅英不从，斥走李大户，并一心一意在家侍奉婆母。10 年后，秋胡回家，在桑园巧遇梅英，但已互不相认，秋胡调戏梅英。秋胡到家后拜见母亲和妻子，梅英万没想到刚才在梅园调戏自己的竟然是自己的丈夫，于是坚决要求秋胡写休书。后经婆母力劝，方才和好。而此时李大户不知秋胡已经回来，前来抢亲，被秋胡送官惩处。该剧涉及抢妻、逼婚内容，但更可贵处是作者系女真族杂剧家。石君宝作为女真族杂剧家，他在该剧故事情节的处理方面显示出不同点。该剧本事出自汉刘向的《列女传》，原故事中女主人公在知道调戏自己的人是外出多年的丈夫后，"自投河而死"，而到了石君宝的杂剧《秋胡戏妻》中，将不幸结局改为夫妻团圆的喜剧性结局，并加入了李大户逼亲、抢亲的情节，丰富了原故事的内容。使该剧与汉刘向《列女传》原故事相比，娱悦性加强了，道德说教色彩淡化了。这我们不能不说是与当时的民族文化交融有关了。

《李逵负荆》，全名《梁山泊李逵负荆》，康进之作，4 折，末本戏。剧写梁山伯好汉李逵下山踏青赏玩，途中在杏花庄王林老汉的酒店饮酒，听说王林老汉的女儿满堂娇被两个叫做宋江和鲁智深的人抢走，又看到二人留下的红褡膊，便信以为真，大为恼怒。于是李逵急奔回山寨，大闹聚义厅，并要杀死宋江和鲁智深。宋江知是有人冒名，便与李逵立下军令状，同去王林老汉的酒店核实辨清。结果是莽撞的李逵轻信失误，于是向宋江负荆请罪，宋江要坚决执行军令状。正在此时，王林老汉来报，假借宋江和鲁智深名义的两个强盗已被他灌醉擒获。全剧在喜剧性的矛盾冲突中，赞扬了李逵疾恶如仇的性格和为民伸张正义的品德。其间"抢婚"是一个重要线索，鞭斥了一些强盗流氓的罪恶行径。

还有关汉卿的《窦娥冤》写流氓地痞张驴儿欲霸占窦娥为妻；关汉卿的《鲁斋郎》写权贵鲁斋郎强夺银匠李四的妻子张四，又欲强夺六案都孔目张珪的妻子；无名氏的《生金阁》写衙内庞绩霸占郭成之妻李幼奴，并将郭成害死；无名氏的《黄花屿》写蔡衙内霸占济州刘庆甫之妻李幼奴；关汉卿的《望江亭》写杨衙内欲强夺白士中的妻子谭记儿；无名氏的《鸳鸯被》写富户刘彦明借索债欲强娶貌美的府尹李彦实之女李玉英为妻；孟汉卿的《磨合罗》写无赖李文铎乘危欲强占其堂嫂刘玉娘为妻；马致远的《青衫泪》写茶客刘一郎设计骗娶与白居易相好的名妓裴兴奴为妻；无名氏的《认金梳》写和州权豪势要陈雄谋杀书生安英霸占其妻李淑兰，等等。这些剧作都涉及"抢婚"内容，其中多为权豪势要、恶霸流氓强娶硬夺处于社会底层或落难官员的妻女为妻妾,反映了当时的一种社会现象,并在具体的描述中予以谴责。从民族文化交融的角度来看,虽然与当时蒙古族及北方其他少数民族的"抢婚"习俗不尽完全一致,但影响的作用还是有的。另外,元杂剧中这些涉及"抢婚"内容的作品中,往往被抢夺的女性为了保持贞洁都要进行反抗,这也是这些作品值得肯定的地方。如《秋胡戏妻》中的梅英,在李大户的威逼利诱下,不为所动,坚守贞洁,甚至就是丈夫的轻薄也不能原谅。《窦娥冤》中的窦娥也是这方面的一个突出例子,她面对张驴儿的强迫行径,虽然自己的处境相当困难,但不仅自己坚决反对,而且还劝婆婆也不要改嫁。这说明汉文化的一些东西在她们的身上还顽强地体现着。实际上不仅汉族女子,当时的一些少数民族女子由于深受汉文化的影响,也反对本民族的一些婚俗,对贞洁看得非常重要。如由于受汉族贞节观的影响,有少数蒙古妇女夫死守志不嫁,反抗本民族的收继婚习俗。最典型者如鲁国大长公主祥哥刺吉。她是武宗、仁宗之姐妹,文宗之岳母。她"早寡守节,不从诸叔继尚,鞠育遗孤",文宗因而诏封褒扬。[①]　还有蒙古弘吉刺部人脱脱尼,丈夫死后拒绝丈夫前妻之子"以本俗制收继"之求,并斥之曰:"汝禽兽行,欲妻母耶,若死何面目见汝父地下?"最后以死自誓得以保全清白。《元史》言其"以贞操闻"。[②]　这也从另一个角度说明了当时的民族文化交融。

　　蒙古族及北方其他少数民族的一些其他婚姻习俗对元杂剧的爱情婚姻描写也产生了一定的影响。如蒙古族及北方其他少数民族青年男女往往利用一些节日活动谈情说爱事,在元杂剧中也有类似描写。本来蒙古族及北方其他少数民族的婚姻习俗相对比较自由,节日庆典时更是谈情说爱的大好时机。如辽金时期,契丹族、女真族有在正月十六

---

①　(明)宋濂等撰:《元史·文宗纪》卷三三,中华书局 1976 年版,第 246 页。

②　(明)宋濂等撰:《元史·列女传》卷二百,中华书局 1976 年版,第 4495—4496 页。

"纵榆"习俗。南宋洪皓《松漠纪闻》中说:"金国治盗甚严……唯正月十六日则纵榆一日以为戏,妻女宝货车马为人所窃,皆不加刑。""亦有先与室女私约,至期而窃去者,女愿留则听之。自契丹以来皆然,令燕亦如此。"①南宋文惟简《虏廷事实》中也有类似记载:"虏中每至正月十六夜谓之'放榆',俗以为常,官亦不能禁。其日夜,人家若不畏谨,则衣裳、器用、鞍马、车乘之属为人窃去,隔三两日知其所在,则以酒食钱物赎之,方得原物。至有室女随其家出游,或家在僻静处,为男子劫持去,候月余日方告其父母,以财礼聘之。"②这说明辽金时期在节日中,契丹族、女真族窃室女而不责之风俗。蒙古族亦有这样的风俗,如明初人李昌祺的《秋千会记》中就记载了元代蒙古族青年男女利用节日择偶的情况:

> 元大德二年戊戌,宰罗以故相齐国公子拜宣徽院使,奄都剌为金判,东平王荣甫为经历,三家联住海子桥西……每年春,宣徽诸妹、诸女,邀院判、经历宅眷,于园中设秋千之戏,盛陈饮宴,欢笑竟日。各家亦隔一日设馔。自二月末至清明后方罢,谓之秋千会。适枢密同金帖木尔不花子拜住过园外,闻笑声,于马上欠身望之,正见秋千竟蹴,欢哄方浓,潜于柳阴中窥之,睹诸女皆绝色,遂久不去,为阍者所觉,走报宣徽,索之,亡矣。拜住归,具白于母。母解意,乃遣媒于宣徽家求亲。宣徽曰:"得非窥墙儿乎? 吾正择婿,可遣来一观,若果佳,则当许也。"媒归报,同金饰拜住以往。宣徽见其美少年,心稍喜,但未知其才学,试之曰:"尔喜观秋千,以此为题,《菩萨蛮》为调,赋南词一阕,能乎?"拜住挥笔,以国字写之

---

① （宋）洪皓:《松漠纪闻》,见陶宗仪:《说郛三种》第五册,上海古籍出版社 1986 年版,第 2556 页。

② （宋）文惟简:《虏廷事实》,见陶宗仪:《说郛三种》第五册,上海古籍出版社 1986 年版,第 2563 页。

日:……宣徽喜曰:"得婿矣!"遂面许第三夫人女速哥失里为姻,且招夫人,并呼女出,与拜住相见。①

李昌祺所描写的宣徽院使齐国公子,从其父字罗丞相来看当为蒙古族,字罗丞相善作散曲,史有记载,明确其为蒙古族。奄都剌,史有记载谙都剌者,不知是否为此人的不同音译,如是谙都剌者系元诗人,蒙古族,亦有说其为色目人者。荣甫,按元代东平王多为蒙古人出任惯例来看,如该文所提到的拜住就曾任东平王,亦当为蒙古族。那么,该段文字所描写的就是诸蒙古女子秋千嬉戏,欢度节日。其间,蒙古族青年拜住邂逅少女速哥失里,顿生爱慕,遣媒成亲,反映了蒙古族节日求偶的习俗内涵。李昌祺所描写的拜住园外马上得佳偶,与白朴的《墙头马上》杂剧所描写有惊人的相似之处。《墙头马上》裴行简之子裴少俊一日骑马路过李家花园,正逢李千金在墙头上向外眺望,彼此一见钟情,是夜两人相会做了夫妻。但李昌祺所写是实,白朴杂剧系文学创作,不过,文学创作亦反映社会现实,亦需有一定的生活基础,故两者的影响关系还是可以确认的。另据《析津志辑佚》记载,元代皇室就有在寒食节、清明节荡秋千的习俗:"清明寒食,宫庭于是节最为富丽。起立彩索秋千架,自有戏蹴秋千之服。金绣衣襦,香囊结带,双双对蹴。绮筵杂进,珍馔甲于常筵。中贵之家,其乐不减于宫闱。达官贵人,豪华第宅,悉以此为除祓散怀之乐事。然有无各称其家道也。"②可见寒食节、清明节荡秋千习俗在蒙古族以至皇宫中是非常普遍的。

另外,不仅有历史记载,在当代北方少数民族中利用节日谈情说爱习俗仍广泛存在。如蒙古族的那达慕、祭敖包节日,亦是青年男女谈情

---

① (明)李昌祺:《秋千会记》,见(明)瞿佑等著:《剪灯新话》(外二种)卷四,中华书局1962年版,第266页。

② (元)熊梦祥:《析津志辑佚·风俗》,北京古籍出版社2001年版,第203页。

说爱的极好时机与场所。家喻户晓的蒙古族歌曲《敖包相会》就生动地描写了这一状况。当然,我们在论述蒙古族及北方其他少数民族的节日习俗对元杂剧的爱情婚姻描写产生了一定的影响的同时,也应注意到汉民族本身也有这样的习俗。如《周礼·地官·婚俗》中就有这样的记载:"中春之月,令会男女,于是时也,奔者不禁。"其后唐诗、宋词等文学作品中也有大量这方面的描写。到了宋代,程朱理学盛行,在"男女授受不亲"、"父母之命,媒妁之言"等封建礼教的束缚下,这种状况有所弱化,但这种饮食男女、人之大欲是扼杀不了的,青年男女自主婚恋的情况还是存在的。这样,元杂剧爱情婚姻的描写自有汉民族自身习俗使然,但也应看到,在元代这一多民族文化交融的大背景下,蒙古族及北方其他少数民族的节日习俗对元杂剧的爱情婚姻描写亦产生了一定的影响,有时由于蒙古族作为统治民族,这种影响作用可能还不小。

下面对元杂剧中涉及节日求偶的代表性作品予以介绍,以便在对比中观察蒙古族及北方其他少数民族的节日习俗对元杂剧的爱情婚姻描写所产生的影响。

《金钱记》,全名《李太白匹配金钱记》,乔吉作,4折,末本。该剧描写书生韩飞卿利用三月三节日观赏杨家一捻红的机会与王府尹的千金柳眉儿相爱成婚事。第一折借王府尹之口介绍说:"今奉圣人的命,明日三月初三,但是在京城里外官员、市户军民、百姓人家,或妻、或妾、或女,都要赴九龙池赏杨家一捻红。"交代是三月初三节不分尊卑去观赏杨家一捻红。而此时的书生韩飞卿入京应举,交卷后,学士贺知章正设宴款待,他偷走去观赏杨家一捻红。适逢王府尹的千金柳眉儿也来此游玩,两人一见钟情。后经波折,终成眷属。三月三节日观赏杨家一捻红成为他们的红娘。

《百花亭》,全名《遇风流王焕百花亭》,无名氏作,4折,末本。该剧描写汴梁人王焕清明节时在城外百花亭与妓女贺怜怜相识相爱事。王焕父母过世,寄居洛阳叔父家。清明节在城外百花亭与妓女贺怜怜相识相爱后,由于钱物用尽,贺母将其逐出,并把怜怜卖给了征西马步禁军都元帅钟师道手下的军需官高邈,得钱两万贯。后王焕到钟师道手下,屡立战功,不久升为西凉节度使。高邈盗用官钱娶妻事发,怜怜诉说自己本为王焕妻,钟师道审案,将高邈斩首,使王焕与贺怜怜团圆。王焕与贺怜怜相爱并成婚因为清明节,虽然颇多周折,但终于团圆,其间清明节的作用至关重要。

还有《玉壶春》描写歌妓李素兰与书生李唐斌在清明节踏青时节相识相恋;《留鞋记》描写洛阳秀才郭华与开胭脂铺的王月英元宵节在相国寺观音殿相会谈情;《梧桐雨》描写七夕节唐明皇与杨贵妃在长生殿对天立誓愿世世为夫妻等,均借节日之际表现男欢女爱。另外元散曲、元词、元诗歌中也有不少描写青年男女借节日之际谈情说爱的篇什,说明这种现象的普遍。从文化学的角度来分析这种现象,笼统说可能是由于平时人们各自为生计繁忙,节日时候才得聚会,从而为各民族青年男女提供了谈情说爱的机会,所以各民族人民均有节日求偶习俗,少数民族由于婚俗观不同此风尤盛。具体从蒙古族及北方其他少数民族与汉族的不同角度来看,汉族青年男女平时由于受封建礼教的束缚,男欢女爱受到扼制,只有在节日期间才可能得到一定程度的自由,并且此时更能找到自己的意中人。蒙古族及北方其他少数民族原本其婚姻习俗就比较自由,但平时由于地域辽阔,人烟稀少,节日时男女集中,更便于觅得心上人,所以喜欢节日期间谈情说爱也就成为自然而然的事情。同时,元代蒙古族及北方其他少数民族的这种比较自由择偶的婚俗,对汉族传统的封建礼教也是一种冲击,并一定程度上减轻了青年男女特别是汉族青年男女思想上的禁锢,从而使他们敢于大胆地利用节日这一大好时机谈情说爱,作为现实主义倾向明显的元杂剧对此给予了广泛的描述反映。从这个意义上讲,元代蒙古族及北方其他少数民族在婚姻恋爱方面的相对自由对元杂剧婚姻爱情作品创作的影响当为可信。

第三节　描写少数民族官员将领的杂剧

在元代民族文化交融空前活跃，各民族人民交往空前密切的情况下，元杂剧中也有不少剧目反映了少数民族的人和事，特别是对少数民族将领的描写。其中既有赞扬，也有批判。赞扬者多为对国家有贡献、品行端的官员将领，被批判者系贪官昏庸之辈。难能可贵的是这中间作者并没有以民族论英雄，而是表达了一种客观公允的态度，实事求是的作风。如有的剧目中既包括对少数民族官员将领的赞扬或批评，也包括对汉族官员将领的赞扬或批评，或者说有的剧目主要歌颂赞扬少数民族官员将领。充分显示了元代各民族融合渐趋紧密的状况。这方面的剧目有《虎头牌》、《射柳蕤丸》、《不认尸》、《货郎担》、《勘头巾》、《磨合罗》、《哭存孝》等。

《虎头牌》，全名《便宜行事虎头牌》，女真族杂剧家李直夫作，4折，末本。该剧赞颂了山寿马身居高位而不徇私情的品德，批评了银住马的嗜酒误事及倚老卖老行为。其间作者作为一个女真族杂剧家，他把一个不徇私情，不搞官官相护，严格执法的女真族军事将领的事迹搬上舞台，对增进各民族人民之间的了解，促进各民族之间的交流融合是有积极作用的，或者说其本身也是民族文化交融的产物。详论见本书第七章第三节《女真族杂剧家李直夫》部分。

《射柳蕤丸》，全名《阀阅武射柳蕤玩记》，无名氏作，4折，末本戏。该剧描写北宋时北番耶律万户统兵侵犯延州，宰相韩琦奉旨商议退敌之策。御史唐介举荐女真人延寿马，范仲淹命其为先锋将，命葛监军合后。两军交战，葛监军欲抢头功，大败。延寿马出战，射杀耶律万户，凯旋回京。时值五月蕤宾节，范仲淹奉旨在西御园为延寿马庆功。葛监军冒功，谎称耶律万户是他所杀。范仲淹当即命其与延寿马射柳击球，以证军功。延寿马箭着球中，葛监军则一败涂地。于是韩琦传旨，加授延寿马为兵马大元帅，将葛监军贬为庶民。

　　该剧赞颂了为国立功、勇武正直的女真将军延寿马,批驳了无能猥琐、心术不正的葛监军,同时对犯界侵扰的耶律万户也给予驳斥。剧中写延寿马是"此人骁勇,胆略过人,善能骑射……有万夫不当之勇",他"领兵拒敌,则要你赤心报国,竭力尽忠",到得两军阵前,"我将这猿臂举,骤征宛,撞满怀,把钢刀举起,觑个明白。他可便难措手,忙架解。四下军兵满野暗伏埋,着去,则一箭生射那厮战鞍来。"射杀耶律万户,得胜回朝,一派尽忠报国,英雄气象。写葛监军是"我一生不尚文翰,专则好饮酒耍笑欢乐之事",上阵后"我和他(耶律万户)交战不过十合,被他杀的我碎屁儿直流"。当延寿马射杀耶律万户后,他"我如今到元帅府,则说是我射死了耶律万户来。横竖我的面皮比他大些,这功劳都是我的。"把一个嗜酒无能、猥琐小人的面目刻画得惟妙惟肖。对耶律万户的描写既批驳了他的侵犯暴行,又实事求是地肯定了他的彪悍雄壮。如写他道:"胡马咆哮虏地寒,平沙漠漠草斑斑。儿郎骁勇多雄壮,赳赳威风镇北番。某乃北番耶律万户是也。"显得比较客观公正,因为他要没有这样的本事也犯不了边。

　　该剧所描写的这三个人物,延寿马与耶律万户是北方少数民族,其中有褒有贬,葛监军是汉族但作者也对他的丑行与无能给予了批驳,由此可见,作者是完全站在客观公正的立场上来反映现实,敷衍故事的。这也可从另一个角度反映出当时民族交融状况,大家不分民族,以事论人。

　　另外,该剧由于通篇与少数民族特别是北方少数民族有关,所以在具体描写中多处涉及北方少数民族的自然风光、生活事项、语言文字、节日活动等。此内容将在本章后面论述。

　　王仲文的《不认尸》中的兀里不罕元帅是个北方少数民族将领,他正直爱才,提携重用出身平民百姓但颇有文才武略的杨兴祖,从领军头目因军功做到金牌上千户。后杨兴祖告假省亲,遇被坏人赛驴医拐骗受苦的妻子以及蒙冤受屈的弟弟,到官府告发并协助弄清全部案件。虽兀里不罕元帅不是本剧描写的重点,但不多的记述却也赞颂了兀里不罕元帅的正直爱才。

无名氏的《货郎担》赞扬了见义勇为、扶危济困的女真人拈各千户。李彦和携子春郎及乳母张三姑逃到河边,被奸夫李彦实和奸妇张玉娥(李彦和妾)推到河中。拈各千户路遇此事,救出春郎和张三姑,李彦和走散。拈各千户把春郎培养成"骑的劣马,拽的硬弓"的少年英雄,并承袭了自己的千户官职。后拈各千户自觉年老多病,来日无多,遂"我把这一桩事,趁我精细,对孩儿说了罢。我若不与他说知呵,那生那世又折罚的我无男无女也"。随即拈各千户亡故,春郎安葬毕,最终寻得亲父,并以"欺窝脱银"之罪将仇人处斩。作者对女真拈各千户抚养汉族小孩长大成人的这种行为给予了充分赞扬,同时也是一曲民族团结的颂歌。

还有一种情况是北方少数民族官员将领收养汉族等民族的小孩为养子、养女。如关汉卿的《五侯宴》,写沙陀族将领李嗣渊①收养父死母无奈遗弃的汉族小孩王阿三为养子,并随己姓,叫李从珂。经过李嗣渊的精心培养,李从珂成长为"幼习黄公智略多,每回临阵定干戈;刀横宇宙三军丧,匹马当先战百合"的英雄人物,并位列李嗣渊的五虎上将之一。后李从珂在李嗣渊夫人举办的五侯宴上得知自己身份,救回母亲,诛杀了仇家。关汉卿对沙陀族将领李嗣渊的这种仁善爱才品质给予赞扬。关汉卿的《哭存孝》也描写了幽州节度使李克用(沙陀族)收养安氏(汉族)为义子,并改名李存孝,将其培养成镇守一地将军事,虽然对其酒醉误杀李存孝予以批驳,但对其收养栽培李存孝事还是褒扬的。

当然,有的杂剧对一些昏庸无能的少数民族官员将领也给予了批驳。如《勘头巾》与《磨合罗》,两剧均为公案戏,均写河南府尹完颜女真氏,带着势剑金牌去监察贪官污吏。但他们两人一样的昏庸无能,一

---

① 自言其父为沙陀李克用,但文中多次记其称父亲为阿马,应为女真族。此处延原称沙陀族。记搜剿黄巢义军事恐为伪托。

样的不经详细讯问提审就轻率地判罚处斩人犯。好在又都是经河南府六案孔目张鼎的详细审问才捉得真凶。作者所写借古讽今,也是对一些昏庸官员的批判。

这些描写少数民族官员将领的杂剧,既有正面歌颂赞扬者,也有负面批评驳斥者,多方面地描述反映了一些少数民族官员将领的状况。其间虽然多数并没有描写元朝的真人真事,多假托辽金甚至更早时期的事情,但借古喻今的色彩还是明显的。从这个意义上来看,反映元代民族关系问题还是真实可信的,它既反映了民族矛盾的一面,也反映了民族融合的一面。对我们了解元代的民族文化交融还是有积极意义的。

第四节　反映少数民族节日、饮食等生活的杂剧

节日、饮食等属于生活层面的东西,在元代各民族交往空前活跃的基础上,这生活层面方面的交流就成为自然而然的东西,而且它所涉及的范围更广,对各民族交流的影响也更深入。并且有的节日、饮食实际上已经成为各民族共享的东西。对此,元杂剧作品也给予了充分的反映。

节日习俗方面,元杂剧反映最多的是北方少数民族的端午射柳、打马球等习俗。其中反映比较集中的有王实甫的《丽春堂》、无名氏的《射柳蕤丸》、元明之际无名氏的《立功勋庆赏端阳》等。

端午节在元杂剧中又称蕤宾节,其得名自古乐十二律之一,因位于五,又在五月,故汉民族又将农历五月别称蕤宾。此节历史悠久,届时汉民族有吃粽子、挂艾叶、赛龙舟之俗,到了元代各民族文化交流的情况下,又加入了女真族、蒙古族的射柳比武、打马球等习俗,并且成为各民族都喜爱的节日。据史料记载,金代时女真族就有端午射柳打马球的习俗。如文惟简《虏廷事实》载:"虏人州军及军前,每遇端午、中九、重九之节,择宽敞之地,多设酒醴牢饩饼饵果实,祭于其所,名曰'拜

天'。祭罢,则无贵贱老幼能骑射者,咸得射柳,中者则金帛赏之;不中者则褫衣以辱之。射柳既罢,则张宴饮以为乐也。"①《金史》亦载:"金因辽旧俗,以重午、中元、重九日行拜天之礼……行射柳、击球之戏,亦辽俗也,金因尚之。"②此俗为元时蒙古族继承,《析津志辑佚·风俗》中就较详细地描绘了大都蒙古族贵族端午节打马球、射柳的活动:"击球者,今之故典,而我朝演武亦自不废。常于五月五日……上召集各衙万户、千户,但怯薛能击球者,咸用上等骏马,击以雉尾、璎珞、紫缀镜铃、狼尾、安答海、装饰如画。玄其障泥,以两肚带拴束其鞍。先以一马前驰,掷大皮缝软球子于地,群马争骤,各以长藤柄球杖争接之。而球子忽绰在棒上,随马走如电,而球子终不坠地力捷而熟娴者,以球子挑剔跳掷于壶空中,而终不离于球杖。马走如飞,然后打入球门中者为胜。当其击球之时,盘曲旋转,倏忽流电之过目,观者动心骇志,英锐之气奋然。虽耀武者,捷疾无过于是,盖有赏罚不侔耳。如镇南王之在扬州也,于是日王宫前列方盖,太子、妃子左右分坐,与诸王同列。执艺者上马如前仪,胜者受上赏,罚不胜者,若纱罗画扇之属。此王者之击球也,其国制如此。"又"斫柳者于端午日……诸王行殇为节令筹。前列三军,旗帜森然。武职者咸令斫柳,以柳条去青一尺,插入土中五寸。仍各以手帕系于柳上,自记其仪。有引马者先走,万户引弓随之,乃开弓斫柳。断其白者,则击锣鼓为胜,其赏如前。不胜者亦如前罚之。仪马疋咸与前饰同,此武将耀武之艺也"。③ 另据《宋史》、《东京梦华录》等史书记载,汉民族在唐宋时期也有射柳、打马球等活动,但多为军事演习或体育比赛,且不一定在端午节举办,故不属节日风俗。对此,罗

---

① (宋)文惟简:《虏廷事实》,见陶宗仪:《说郛三种》第五册,上海古籍出版社1986年版,第2563页。

② (元)脱脱等撰:《金史》卷三十五,上海古籍出版社、上海书店1986年版《二十五史》本,第87页。

③ (元)熊梦祥:《析津志辑佚·风俗》,北京古籍出版社2001年版,第203—204页。

斯宁在《元杂剧和元代民俗文化》中说："元代端午射柳、打马球的活动，是属于少数民族的节日习俗，体现了女真族、蒙古族擅长骑射的民族特点。"①下面结合反映北方少数民族的端午射柳、打马球等习俗的杂剧作品分析之。

《丽春堂》，全名《四丞相歌舞丽春堂》，王实甫作，4 折，末本戏。该剧描写金国的四丞相完颜乐善奉旨到御花园中射柳，得了御赐的锦袍玉带。监军李圭不服，欲与完颜乐善赌双陆，乐善赌输后动手打了李圭，被贬至济南。后因盗寇猖獗，皇帝召回乐善，并因乐善威名，盗寇主动投降朝廷，乐善也官复丞相。当日在家中丽春堂设宴庆贺，并与李圭和好如初。全剧射柳是个很重要的关节，因射柳完颜乐善与李圭产生矛盾，好在最后和好。剧中对射柳给予了细致的刻画，如第一折完颜乐善唱道："【胜葫芦】不剌剌引马儿先将箭道通，伸辕臂揽银鬃，靶内先知箭有功。忽的呵弓开秋月，扑的呵箭飞金电，脱的呵马过似飞龙。【幺篇】俺只见一缕垂杨落晓风。"最后"赢的这千花锦缎，万金宝带，拼却醉颜红"。所述与《析津志辑佚·风俗》中所描写的大同小异。

《射柳蕤丸》，剧情前已有介绍，主要写女真族将领延寿马大败侵犯宋土的番王耶律万户，葛监军却临阵脱逃，但在庆功会上葛监军欲冒功，兵部尚书范仲淹奉旨于蕤宾节在御园设宴射柳打球，让两人借射柳以测实武艺高低来定军功。其间蕤宾节射柳成为区别忠奸、分清勇弱的关键所在，最后忠勇且擅长射柳的延寿马获胜。这里给蕤宾节射柳赋予了更深的含义，同时也说明蕤宾节射柳的普及性与广泛性。另外，剧中还具体描述了射柳和打马球的情形。（第四折）"锦标就地铺，翠柳阶旁竖。则听的箫韶彩杖摆，更和那鼓吹声喧动"。"呀，我在这鞍上整彪躯，手内月弯弧。远步马通先路，则他那双蹄口内吐。俺则辨个赢输，取胜如神助。……柳中这金镞，我和你敢再赌"。这是描写射柳。接着描写打马球，"您可也众称许。款款的骤龙驹，轻轻的探身

---

① 罗斯宁:《元杂剧和元代民俗文化》，广东高等教育出版社 2007 年版，第 99 页。

躯。杓棒起月轮孤,彩球落晓星疏,彩球落晓星疏"。"呀,我则见过毬门一点透明珠"。《立功勋庆赏端阳》亦描写蕤宾节射柳以决武艺高下。唐都尉柴绍征讨北番吐谷浑得胜回朝,将军李建成、李元吉不服,约在端午节于御园比赛射柳决高下。

这些蕤宾节射柳、打马球的习俗显然是受女真、蒙古等民族的影响,并有一定的文化内涵。首先女真、蒙古等民族在蕤宾节射柳、打马球可以锻炼体魄,增强民族凝聚力;其次,剧中所描写的射柳、打马球,往往是少数民族将领获胜,反映了这本是他们的节日,他们之擅长;再次,通过射柳、打马球这样的公平的竞赛,让输者心服口服,从而达到调解民族关系,增进民族团结的目的。当然这也是民族文化交融的一个方面。

元杂剧中描写蒙古族及北方其他少数民族节日庆典的主要是历史剧,所以对现实中的节日描写的比较少,尤其是对蒙古族节日的描写。但元诗中描写的却比较多,可补充这方面的缺憾。如元诗人杨允孚有《滦京杂咏》一卷,以108首的篇幅描写元朝宫廷及元上都的自然风光等,其中涉及元宫廷节日庆典者不少。如下面的诗作(《滦京杂咏》诗未逐一署名,径引):

元夕华灯带雪看,佳人翠袖自禁寒。
平生不作蚕桑计,只解青骢辔绣鞍。

试数窗间九九图,余寒消尽暖回初。
梅花点遍无余白,看到今朝是杏株。
(自注:冬至后,贴梅花一枝于窗间,佳人晓妆,日以胭脂日图一圈,八十一圈既足,变作杏花,即暖回矣。)

脱圈窈窕意如何? 罗绮香风漾绿波。
信是唐宫行乐处,水边三月丽人多。

（自注：上巳日，滦京士女竞作绣圈，临水弃之，即修禊之义也。）

葡萄万斛压香醪，华屋神仙意气豪。
酬节凉糕犹末品，内家先散小绒绦。
（自注：重午节也。）

百戏游城又及时，西方佛子阔宏规。
彩云隐隐旌旗过，翠阁深深玉笛吹。
（自注：每年六月望日，帝师以百戏入内，从西华入，然后登城设宴，谓之游皇城是也。）

以上诗作对元代两都之一的滦京（上都）的"元夕节"、"冬至节"、"上巳节"、"重午节"、"游皇城节"等节日进行了描绘，其中可以看出，元代蒙古族的一些节日中已掺杂了不少中原汉族的内容，从而可以窥视当时民族文化交融的一些迹象。

诈马宴是元朝宫廷中最隆重的一种庆典活动，又谓"质孙宴"或"只孙宴"，已成定例。届时各路诸王会聚京城，着一色服装朝拜皇帝并赐宴。周伯琦有不少诗作描写了元宫廷筵宴祭祀等活动。其中对诈马宴的描写颇为详细生动。如其《诈马行并序》：

国家之制，乘舆北幸上京，岁以六月吉日。命宿卫大臣及近侍服所赐只孙，珠翠金宝，衣冠腰带，盛饰名马，清晨自城外各持彩仗，列队驰入禁中。于是上盛服，御殿临视。乃大张宴为乐，惟宗王戚里宿卫大臣前列行酒，余各以所职叙坐合欢，诸坊奏大乐，陈百戏，如是者凡三日而罢。其佩服日一易，大官用羊二千嗷马三匹，他费称是，名之曰"只孙宴"。"只孙"华言一色衣也。俗呼为"诈马筵"。至元六年岁庚辰，忝职翰林，扈从至上京。六月廿一日，与国子助教罗君叔亨得纵观焉。因赋《诈马行》以记所见。

华鞍镂玉连钱骢，彩韂簇綷朱英重。鉤膺障颅鞶镜丛，星铃彩校声珑珑。高冠艳服皆王公，

良辰盛会如云从。明珠络翠光芃葱，文缯缕金纡晴虹。犀毗万宝腰鞓红，扬镳迅策无留踪。

一跃千里真游龙，渥洼奇种皆避锋。蔼如飞仙集崆峒，垂鸾跨凤来曾空。是时阊阖含薰风，

上京六月如初冬。金支滴露冰华浓，水晶殿阁摇瀛蓬。扶桑海色朝曈曈，天子方御龙光官。

衮衣玉璪回重瞳，临轩接下天威崇。大宴三日酺群悰，万羊胾炙万甕醲。九州水陆千官供，

《曼延》角觚呈巧雄。紫衣妙舞腰细蜂，钧天合奏春融融。狮狞虎啸跳豹熊，山呼鼇抃万姓同。

曲阑红药翻簾栊，柳枝飞荡摇苍松。锦花瑶草烟茸茸，龙冈拱揖滦水深。当年定鼎成周隆，

宗藩磐石指顾中。兴王彝典岁一逢，发扬祖德并宗功。《康衢》《击壤》登时雍，岂独耀武彰声容。

愿今圣寿齐华嵩，四门大启达四听。臣歌天保君彤弓，更图王会传无穷。

还有柯九思之《宫词》、张昱之《宫词十五首》以及贡师泰之《上都诈马大燕五首》等诗，亦均对诈马宴作了不同程度的描写。通过这些诗作可窥视元杂剧中所描写的宫廷筵宴及官府庆祝的一些情形，或者说这些描写反映了元宫廷庆贺的盛况。

元杂剧中也有一些反映蒙古族及北方其他少数民族饮食的内容。从整个元代来看，元人的饮食是很有特点的，内地汉族原有的饮食加之进入中原的少数民族的饮食，互相融合影响，极其丰富多彩。其中又可

分饮料和食物两大类。饮料中主要是酒类与茶。酒类一项，蒙古人从西域引进的阿剌吉酒技术促进了中国酿酒业的一场革命。阿剌吉酒系蒸馏酒，在蒙古族地区主要生产马奶酒或其他奶酒。在元杂剧中虽然没有直接提到马奶酒，但多处提到了羊羔酒和羊酥酒。如王实甫的《丽春堂》第四折："【雁儿落】……高擎着鹦鹉杯，满捧着羊羔酿。"关汉卿的《哭存孝》第一折："（李克用云）……渴饮羊酥酒，饥餐鹿脯干。"无名氏的《射柳蕤丸》第三折："（万户云）……俺这里渴饮羊酥酒，饥餐鹿脯干。"羊羔酒，忽思慧《饮膳正要》解释为："羊羔酒，依法作酒，大补益人。"《食物本草》卷 15 言："大补元气，健脾胃，益腰肾。其法：用米一石，如常浸浆。用嫩肥羊肉七斤、麹十四两、杏仁一斤同煮烂，连汁拌末入木香一两同酿，勿得犯水，十日熟，极美。"①可看出此酒中有羊肉，富有北方少数民族的特点。羊酥酒，虽然没有见到古籍中有明确解释，但从其"酥"字来看，或许与奶类或酥油有关，亦更有鲜明的北方少数民族特点。从而也可看出元杂剧描写了北方少数民族的酒饮料。另外，从杂剧中大量的描写少数民族人物饮酒方面的内容，亦可看出其反映了少数民族生活。如上举女真将领李克用和耶律万户例。另外这时候往往直接使用蒙古语，如《哭存孝》第一折中写女真人李存信："撒因（好）答剌孙（酒），见了抢着吃。喝的莎塔八（醉），跌倒就是睡。"再如《射柳蕤丸》第三折中写耶律万户手下的两个番将对话是一云："打剌孙（酒）喝上五壶，"一云："莎塔八（醉）了不去交战。"当然我国各民族都有饮酒习俗，不过在蒙古族及北方少数民族身上表现的好像更突出一点。

　　喝奶茶是蒙古族的一大饮食习俗。奶茶系用砖茶和牛奶熬制而成。据传成吉思汗时期战斗正酣，砖茶快没有了，成吉思汗命人在一大毡包里垒一土堆，上放一层砖茶，士兵们见了认为饮食无忧，于是上马

---

　　①　（元）忽思慧著，尚衍斌等注释：《饮膳正要》，中央民族大学出版社 2009 年版，第 205—206 页。

扬鞭打了一个大胜仗。可见奶茶对蒙古民族的重要性。元杂剧中称奶茶为酥签或酥佥茶。马致远的《岳阳楼》第二折中描述了喝茶情形，其中提到酥签茶："(郭云)老师父，你到我这里有甚勾当？(正末云)我来问你化一盏茶吃。……(郭云)……上告我师，吃个甚茶？(正末云)我吃个木瓜。……(郭云)……师父稽首，茶味如何？(正末云)这茶敢不好。……(郭云)我依着你，依旧打个稽首，师父要吃个甚茶？(正末云)我吃个酥佥。(郭云)好紧唇也。我说道，师父吃个甚茶？他说道，吃个酥佥。头一盏吃了个木瓜，第二盏吃了个酥佥。这师父从来一口大一口小。(正末云)郭马儿，我是一口大一口小。(郭云)一口大一口小，不是个吕字？旁边再一个口字，我这茶绝品高茶。罢罢，大嫂，造个酥佥来与师父吃。(正末接茶科，云)郭马儿，你这茶里面无有真酥。(郭云)无有真酥，都是甚么？(正末云)都是羊脂。(郭云)羊脂昨日浇了烛子，那里得羊脂来？(正末云)插上你呵，多少羊脂哩。………(郭云)这师父倒会吃，头一盏吃了个木瓜，第二盏吃了个酥佥，第三盏吃了个杏汤，再着上些干粮，倒饱了半日。"这段文字描写八仙之一的吕洞宾到酒店喝茶的过程，第二盏喝的是酥佥，酒家还赞扬其"我这茶绝品高茶"，其间还论到这酥佥茶里"无有真酥"，"都是羊脂"，即奶子不够，羊油太多，显然是指奶茶了。李寿卿的《度柳翠》第二折里也谈到因酥签茶，如其云："茶博士，造个酥签来。"可见蒙古等民族的饮奶茶习俗已经得到各民族人民的认同和喜爱。

食物方面，元代汉民族是以粮食为主，而蒙古族及北方其他少数民族是以肉食为主，尤其以牛羊肉为最。元杂剧中描写食用牛羊肉者比比皆是，其中不仅有少数民族食用，也有汉族食用者。如康进之的《李逵负荆》写李逵吃肉喝酒："【油葫芦】……你与我便熟油般造下春醪酒，你与我花羔般煮下肥羊肉。一壁厢肉又熟，一壁厢酒正篘。"水浒英雄一般是大块牛肉，大碗酒，说肥羊肉者较少，此处单指肥羊肉，与元代少数民族饮食当有关。再如关汉卿的《山神庙裴度还带》第二折："(净行者云)阿弥陀佛！阿弥陀佛！南无烂蒜吃羊头，婆婆娑娑，抹奶

（蒙古语，我）抹奶。"高文秀的《好酒赵元遇上皇》第一折："（搽旦云）父亲拳撞脚踢，与他个烂羊头。"王实甫的《丽春堂》："（净扮李圭上，诗云）要饱一只羊，好酒十瓶醉。"均谈到羊肉、羊头。描写少数民族喝酒、吃肉时更是使用套语。如关汉卿的《哭存孝》第一折写女真人李存信是："……渴饮羊酥酒，饥餐鹿脯干。"无名氏的《射柳蕊丸》第三折写耶律万户是："……俺这里渴饮羊酥酒，饥餐鹿脯干。"鹿脯干是一种比较高级的肉食，属肉干类，他们所吃也符合其高贵身份。另外，有的杂剧作品写到肉食时，往往使用蒙古语。如《射柳蕊丸》第三折写耶律万户手下小番说："好米哈（肉）吃上几块，""打剌孙（酒）喝上五壶"。《哭存孝》第一折写女真人李存信说："米罕（肉）整斤吞，抹邻（马）不会骑。"羊肉也成了元代各民族所喜欢吃的食品。

　　元代的饮食有自己的特点：一是民族特点，即各民族都有自己的饮食文化；二是时代特点，即各民族的饮食有兼容并蓄、共同喜欢的特征。这些与当时的民族交融是分不开的，具有稳定性的饮食文化为元杂剧创作提供了丰富的素材。

　　另外，元杂剧中还有不少描写北方少数民族地区自然风光和他们艺术方面的内容。描写北方少数民族地区自然风光的作品，如无名氏的《射柳蕊丸》第一折写："胡马咆哮房地寒，平沙漠漠草斑斑。儿郎骁勇多雄壮，赳赳威风镇北番。……每着皮裘，不知冷热。一阵阵扑面黄沙，寒渗渗侵人冷气。"马致远的《汉宫秋》楔子写："毡帐秋风迷宿草，穹庐夜月听悲笳。控弦百万为君长，款塞称藩属汉家。""今日天高气爽，众头目每向沙堤射猎一番，多少是好！正是：番家无产业，弓矢是生涯"。对塞北草原的浩瀚辽阔、平沙漠漠以及生活其间的北方少数民族人民的毡帐、射猎等居所与生产、生活方式的描写生动形象，在当时应该说是为中原地区人民提供了了解北方少数民族方方面面的生动图画。描写北方少数民族艺术的如白朴的《梧桐雨》写安禄山擅跳"胡旋舞"："（安禄山起谢，云）谢主公不杀之恩。（做跳舞科）（正末云）这是甚么？（安禄山云）这是胡旋舞。（旦云）陛下，这人又矬矮，又会舞旋，留着解闷倒好。"通过胡旋舞把安禄山这个矬矮肥胖又滑稽好笑,并善于讨好皇帝的人物刻画得惟妙惟肖。在不少杂剧中描写胡旋舞还成了套语,如关汉卿的《哭存孝》第一折:"(李克用云)……凤翎箭手中施展,宝雕弓臂上斜弯。林间酒阑胡旋舞呵,着丹青写入画图间。"无名氏的《射柳蕤丸》第三折写耶律万户:"林前酒醉胡旋舞,丹青写入画图间。"不同杂剧中重复出现套语来描写胡旋舞,可见其流传之广泛和人们的喜爱。从而也可以看出北方少数民族的舞蹈对元杂剧的影响。关于蒙古族及北方其他少数民族舞蹈对元杂剧的影响史料阙如,这些描述可补这方面的缺憾。

以上这些反映元代多民族关系及北方少数民族生活的杂剧过去论者较少关注,实际上对此予以重视,不仅对元杂剧的研究大有裨益,而且对了解当时多民族的交流、融合也是有重要意义的。

第 七 章

北方少数民族杂剧家及其创作

　　元代北方少数民族在当时民族文化交融的大背景下,不仅以其独具特色的文化对元杂剧的繁荣兴盛产生了重要影响,而且还有不少作家和演员参与其间,从创作和表演的角度直接促进了对元杂剧的繁荣兴盛。创作方面:有蒙古族杂剧家杨景贤,女真族杂剧家石君宝、李直夫,回族杂剧家丁埜夫等。前三人有杂剧作品传世。表演方面:有回族杂剧表演艺术家米里哈、金文石等。过去对少数民族杂剧家和表演家的研究是不够重视的,甚至有人认为杂剧创作只是汉族文人的事情。如王国维在《宋元戏曲史》中就曾说:"蒙古色目人中,亦有作小令套数者,而作杂剧,则唯汉人。"①显而易见,这种说法是没有根据的,也不符合历史事实。目前,虽然已有学者注意到了少数民族杂剧家,但也只是见于零星篇章,还不够全面系统,所以很有必要对其进行全面深入的研究,从而更全面地反映元杂剧的创作实际以及多民族文化交融对元杂剧繁荣兴盛的影响和促进作用。

---

　　①　王国维:《宋元戏曲史》,华东师范大学出版社1995年版,第95页。

第一节　杰出的蒙古族杂剧家杨景贤

蒙古民族不但以自己独特的文学艺术、政治经济等为元杂剧的繁荣兴盛作出了贡献，而且据史料记载，元代还有蒙古族作家直接参与了杂剧的创作。其中以杰出杂剧家杨景贤为代表。

一、杨景贤的生平经历及其创作

杨景贤，原名暹，后改名讷，字景贤，一字景言，别号汝斋。大约生活于元顺帝至元、至正时（1333 年前后）至明成祖永乐年间。是元末明初著名蒙古族杂剧家。他的剧作是走向衰落时期的元杂剧创作的重要作品。他的生平经历知之不详，根据无名氏（或曰贾仲明）所著《录鬼簿续编》里介绍："杨景贤，名暹，后改名讷，号汝斋。故元蒙古氏，因从姐夫杨镇抚，人以杨姓称之。善琵琶，好戏谑，乐府出人头地。锦阵花营，悠悠乐志，与余交五十年。永乐初，与舜民一般遇宠，后卒于金陵。"①可知杨景贤是蒙古人，因从姐夫杨镇抚，家居浙江钱塘（今杭州）并姓了杨。喜音乐，性诙谐，具有很高汉文化修养，擅长散曲与杂剧创作，所作乐府水平很高，为时人魁首。明初永乐年间"特重语禁"，大约封建统治者想笼络一批有影响的文人与戏曲家，杨景贤以其才名，被召入宫，曾担任皇家音乐、戏曲顾问。但他对居官仕宦并不太感兴趣，汤舜民在《送景贤回武林》曲中说他是"酒中遇仙，诗中悟禅，有情燕子楼，无意翰林院。"这也和他在散曲中所反映的不满官场倾轧，想隐居修仙的思想一致。后不久他便死于金陵。

杨景贤一生致力于杂剧与散曲创作，与同时代的著名戏曲家兼戏曲评论家贾仲明及汤式等人保持着广泛的友谊，并且与当时一些著名

---

① （明）无名氏（或曰贾仲明）著：《录鬼簿续编》，收入《录鬼簿》（外四种），上海古籍出版社 1978 年版，第 104 页。

演员交往密切，为他们采集资料、编写剧本。明周宪王在《烟花梦引》中说："尝闻蒋兰英者，京都乐籍中妓女也，志行贞烈，捐躯于感激谈笑之顷。钱塘杨讷为作传奇深许之。"正因为他与同道切磋技艺，并与下层人民有广泛的交往，了解下情，熟悉社会，掌握杂剧的演出和表现技巧，所以，他的创作质量高、数量多。朱权在《太和正音谱》里称"杨景言（贤）之词如雨中之花"，①给予高度评价。

杨景贤的杂剧作品，据《录鬼簿续编》所载共十八种。计有《西游记》、《刘行首》、《天台梦》、《偃时救驾》、《生死夫妻》、《玩江楼》、《西湖怨》、《为富不仁》、《待子瞻》、《三田分树》、《红白蜘蛛》、《巫娥女》、《保韩庄》、《盗红绡》、《鸳鸯宴》、《东岳殿》、《海棠亭》、《两团圆》等。其中只有《西游记》、《刘行首》两剧全本传世，另有《天台梦》存佚文三曲，其余仅存剧目、正名。

杨景贤生活的时代，正是元末明初社会大动荡时期。元朝末年农民起义遍及全国各地。朱明王朝建立后，阶级矛盾以及统治阶级内部争权夺利的斗争相当尖锐，反映在思想统治上，钳制民众心声，阻止市民思想的表露，对于"搬作杂剧、戏文"的限制非常严格。当时的"国初榜文"明确规定："奉圣旨在京但有军官、军人学唱的，割了舌头。……故违吹箫唱曲，将上唇连鼻尖割了。……今后人民倡优装扮杂剧，除依律神仙道扮、义夫节妇、孝子顺孙、劝人为善及欢乐太平者不禁外，但有亵渎帝王圣朝之词曲，驾头杂戏，非律所该载者，敢有收藏传诵印卖，一时拿送法司究治。奉旨，但这等词曲，出榜后，限他五日都要干净将赴官烧毁了，敢有收藏的，全家杀了。"②这种严酷的思想统治，不能不影响到明初的文学创作，特别是戏剧、小说这种更便于为一般群众掌握，

---

①　（明）朱权：《太和正音谱》，收入《录鬼簿》（外四种），上海古籍出版社 1978 年版，第 133 页。

②　顾起元：《客座赘语》卷十，收入《北京图书馆古籍珍本丛刊·66》子部·杂家类，书目文献出版社 1998 年版，第 819—820 页。

便于表达他们思想的通俗文学形式。事实上，明代的戏剧创作与元代相比，现实内容已大大削弱了。杨景贤身为皇家戏曲顾问，加之系故元遗民，他的创作与思想不能不受到当时政治环境的严重影响。他的所谓诙谐、滑稽、善隐语，正是他在这种环境下求生存且要表达自己思想的一种巧妙手段。表现在作品里，多神仙度化、演绎历史，用一种曲折委婉的手法反映现实，表达自己的思想。

杨景贤的杂剧大体可以分为如下几类：

第一类是神仙度脱剧。

如《西游记》、《刘行首》、《天台梦》等。这类剧是元杂剧晚期的传统题材，占有较大比重。杨景贤的可贵处在于，虽然他写神仙度脱，但流露了对当时社会现实的不满，对下层百姓的同情。如《西游记》杂剧，写神魔反叛天庭，曲折反映了当时农民起义的社会现实，对下层人民的反抗精神给予了赞扬，对后世小说《西游记》的成书产生了极大影响。这部杂剧作品后面另立专章评述。

《刘行首》题目正名为："北邙山倡和柳梢青，马丹阳度脱刘行首"，全剧四折，写道教神仙超度凡人的故事。刘行首原本是鬼仙，遇王重阳求道，被点化先投胎刘家，说好二十年后度脱。届时马丹阳奉师命去度脱刘行首，刘行首却眷恋人世繁华热闹生涯不肯修行得道。最后马丹阳点破玄机，将一个陷于送旧迎新火坑的妓女，度脱为"草庵内设玄妙，蒲团上讲道德，万事休提"的活神仙。此剧在宣传佛道思想方面夹杂有消极成分，但其不论是帝王将相还是渔夫贩子、烟花妓女，只要能"顿悟"就可"证果朝元"的思想，却反映了上下平等的意识，具有一定的可取之处。帝王将相等尽管生前声名显赫、荣华富贵，但死后同样尸骨腐朽。如《天下乐》言："端的便谁识蓬莱洞里人？你则待贪也波嗔，红尘中空自滚，遮莫恁有金资怎离三尺坟。君不见霸主强，君不见汉主狠，他每都向北邙山内隐。"寄托了生前争名夺利，死后万事皆空的思想。

《刘行首》杂剧在歌颂神仙及隐居生活等的消极思想背后，流露了对人世间黑暗压迫的不满。例如在剧中,对于想以金钱买到妓女刘行首的林员外以及以烟花为业的刘婆婆,作者借剧中人马丹阳之口斥责说:

[梅花酒]呀,你今日悔后迟!可笑愚痴,不辨高低,畅道扬疾。人无害虎心,虎有伤人意。你可便甚所为将亲女做娼妓,逼得她觅衣食。漫天网四方围,陷人坑当面砌。

[忆江南]呀,当日个敲人骨髓剥人皮,今日个餐刀吃剑有谁知?争如俺粗衣淡饭在山扉,又不图着甚的,毕竟是哪一个得便宜。

作者直斥开妓院的刘婆婆是"漫天网四方围,陷人坑当面砌"的"愚痴";又痛斥林员外这类地主有钱人是"敲人骨髓剥人皮"的坏家伙。虽为描写神仙度化,但一定程度上反映了当时的社会现实,并表明了自己的见解,难能可贵。

第二类是描写男女风情剧。

如《玩江楼》、《红白蜘蛛》、《盗红绡》等。这几个剧今只存剧目,但从同名话本等作品大致可了解其故事情节。从而可看出作者对那些任人玩弄的不幸女子和下层人民的同情,对黑暗封建社会制度的痛恨,对男女真挚爱情的赞美。

《盗红绡》正名为《磨勒盗红绡》,本事见《太平广记》卷一百九十四。讲有崔生者,容貌如玉,举止安详,一日为父亲使去看望生病的一品勋臣。一品夫人让三位绝代妓人进茶、献酪,生不食,一品夫人命红绡妓以匙进之,生不得已而食。崔生告辞,一品命红绡送出院,临别,妓立三指,又反掌者三,然后指胸前小镜子,叮嘱生记取。生归家忧愁不解,家中有昆仑奴磨勒询问缘由,告知生"立三指者,一品宅中有十院歌妓,此乃第三院;反掌者三,以应十五日之数;指胸前小镜子,十五夜月圆如镜,令郎君来耶。一品宅有猛犬守歌妓院门,非常人入必被噬杀,当先为郎君毙之。"到了约定那天三更,磨勒背负崔生进入一品宅,使有情人得以相会。红绡提出不堪忍受歌妓生活,磨勒把他们一并背出一品府第,隐匿于崔生家。两年后因游曲江,被一品府得知,生惧而不敢隐告知实情,一品命甲士五十人使擒磨勒。磨勒持匕首飞去高垣,顷刻间,不知所往。景贤剧当敷衍此事,歌颂了下层奴仆磨勒的聪明才智和见义勇为的品质,并对公子哥崔生虽追求自由爱情,但临危退缩出卖恩人的行为给予指斥。

《玩江楼》杂剧题目正名为《周月仙风破月明渡,柳耆卿诗酒玩江楼》。此剧本今不传,所述事在《清平山堂话本》和《古今小说》里有记载。前者写宋仁宗时,东京才子柳耆卿为官余杭县宰,依靠权势计谋迫使本地歌妓周月仙钟情于己。作者把这种迫害玩弄妓女的行为作为风流韵事来写。到了明代冯梦龙《古今小说》,认为这样写柳耆卿未免"鄙俚浅薄,齿牙弗馨",改成柳耆卿抑强扶弱,出钱替周月仙脱了乐籍,使其与情人黄秀才成为夫妇。景贤《玩江楼》杂剧与话本相比有无改动,不得而知。但从宋元话本到元明杂剧,《玩江楼》剧中的柳耆卿,由玩弄妇女的人物,变为同情妇女、抑制豪强的发展线索是清楚的。正是在此基础上,冯梦龙才作了改编。从杨景贤《刘行首》杂剧中表现出的同情妓女命运、赞成她们脱离苦海的思想来看,其《玩江楼》杂剧当与《古今小说》同。这也表现了杨景贤受当时资本主义萌芽的影响,同情某些市民阶层思想的进步倾向。

《红白蜘蛛》杂剧,钱南扬《宋元戏文辑佚》指出,此剧本事见《醒世恒言》卷三十《郑节使立功神臂弓》篇。事讲郑州郑信,父母早亡,流落汴梁。因打死泼皮夏扯驴,下在府牢。汴梁城外有口古井,黑气冲天,要令罪犯下去探视。轮到郑信下去,见别有洞天,被日霞之殿的日霞仙子招为夫婿。后月霞之殿的月霞仙子也要招他为婿。姊妹二人为此打架,现出本相,才知是红白两个蜘蛛。郑信帮助日霞打败月霞,一住三年,与日霞生下一女一子。郑信忽动功名之念,日霞赠一神弓,郑信靠此弓屡立战功,做到两川节度使。日霞把一双儿女送与郑信恩人张俊卿,张得知郑信下落带郑儿女去见。郑信把女儿许配俊卿子。年五十余无疾而逝,见日霞来迎。此剧歌颂了纯真的爱情。

第三类是反映世俗人生的杂剧。

如《为富不仁》、《三田分树》、《两团圆》等。《为富不仁》今只存剧目,题下注"贪财汉为富不仁",本事已无可考。但从题目可知是揭露了"权豪势要"之家为了贪财致富,采取了不仁不义的手段。现实意义比较强。

《三田分树》杂剧今存剧目,另可知正名题目是"动神祇兄弟团圆,感天地田真泣树。"由此可知此剧取材于南北朝时梁朝吴均的《续齐谐记》一书里《紫荆树》一篇。《紫荆树》记叙田真兄弟三人分家产的故事。故事说:"京兆田真,兄弟三人,共议分财,生资皆平均,惟堂前一株荆树,共议欲破三片,明日就截之。其树即枯死,状如火燃。真往见之,大惊,谓诸弟曰:树本同株,闻将分斫,所以憔悴,是人不如木也!因悲不自胜,不复解树,树应声荣茂。兄弟相感,合财宝,遂为孝门。直仕至大中大夫。"这类故事反映了私有制社会剥削阶级内部争夺财产的斗争。身为士大夫的田真兄弟三人,在分家问题上为了争夺财产,竟达到"人不如木"的程度,在其他问题上就更可想而知了。杨景贤取此类故事入剧,揭露了统治阶级内部的矛盾和斗争,同时也反映了当时的社会风气。

《两团圆》杂剧,《录鬼簿续编》注明为"次本"(副本),即为同名杂剧的续作。元末明初作家杨文奎和高茂卿各有一《翠红乡儿女两团圆》杂剧,今传杨文奎本。杨景贤《两团圆》可能是杨高之一的续作。杨本讲农家子弟韩弘道,兄早亡,留有两子,弘道待嫂及侄至好。弘道婢春梅有孕,嫂终日斥骂,欲分家,弘道将家资十之九与两侄。嫂犹在弘道妇面前说春梅坏话。弘道不得已出春梅,春梅乞食自活。新庄店人俞循礼垂老未生子只有一女儿,其妻弟王兽医适遇春梅林间产子,抱与循礼交换,女儿自养。后兽医与其姐夫发生矛盾,互斥无子。兽医把真情告知弘道,弘道找回春梅,喜得子,并与兽医所养女子婚配团圆。

此剧斥责了刁钻奸猾之辈，赞扬了忠厚诚实之人，并安排了善有善报、恶有恶报的结局，一定程度上反映了当时的世俗民风。

杨景贤剧作大多失传，以上分类基本上是根据题目、正名所揭示的内容，从题材方面划分的。可看出其作品描写世俗民生、男女爱情者居多，其间不乏对现实的反映，一些神仙度脱剧也折射出当时现实的剪影。

二、《西游记》

《西游记》杂剧是杨景贤的代表作，约成书于元末明初。六本二十四折。现传有多种版本。其中最主要的是明万历四十二年（1614）刊本，藏于日本内阁文库。1928年，日本斯文会据以排印，始得流传。题名《杨东来先生批评西游记》。署"元吴昌龄撰"，实误。吴昌龄是元初杂剧家，著有《唐三藏西天取经》杂剧，元人钟嗣成《录鬼簿》中作《西天取经》，题下注录原剧之题目和正名为"老回回东楼叫佛，唐三藏西天取经"。据傅惜华考订："吴氏此剧，未见全本流传于世，仅于《万壑清音》、《北词广正谱》、《九宫大成南北词宫谱》、《纳书楹曲谱》中，录有散曲佚文。"①另据近人孙楷第考订，亦认为明万历本《西游记》虽署"吴昌龄撰"，乃出自明人伪托，实属杨景贤所作。如他说："今本《西游记》是明初人杨景言作的，有《录鬼簿续编》及傅是楼旧藏本《词谑》可证。今本《西游记》以及其他书标举著录，书吴昌龄，是明万历以后人不知曲是杨景言作误属之吴昌龄的，其实吴昌龄曲情节文学体裁与今本《西游记》皆不同，万不能认为是一书。"②《录鬼簿续编》著录此剧简名为《西游记》，题为杨景贤作。③ 另外，1959年中华书局出版的隋树

① 傅惜华：《元代杂剧全目》，作家出版社1957年版，第177—178页。
② 孙楷第：《吴昌龄与杂剧西游记》，见《辅仁学志》第八卷第一期，1939年，第19页。
③ （明）无名氏（或悦贾仲明）著：《录鬼簿续编》，收入《录鬼簿》（外四种），上海古籍出版社1978年版，第104页。

森所编的《元曲选外编》,据孙楷第考证将此《西游记》杂剧归入杨景贤名下。但也有存疑者,如王季思主编之《全元戏曲》,就将《西游记》存疑收在吴昌龄名下,并言明"姑将此剧系诸吴氏名下。"①这恐怕也是受明万历本误题为吴昌龄撰影响所致。

《西游记》杂剧是一部充满神话色彩的作品。主要描写孙悟空保唐僧西天取经,沿途降服各种妖魔鬼怪的故事。其间对唐僧出世、取经缘由、悟空身世、收伏八戒沙僧、沿途种种灾难挫折均有较详细的描写。此剧第一本:贼刘洪杀秀士,老和尚救江流;观音佛说因果,陈玄奘大报仇。第二本:唐三藏登路途,村姑儿逞嚣顽;木叉送火龙马,华光下宝德关。第三本:李天王捉妖怪,孙行者会师徒;沙和尚拜三藏,鬼子母救爱奴。第四本:朱太公告官司,裴海棠遇妖怪;三藏托孙悟空,二郎收猪八戒。第五本:女人国遭险难,采药仙说艰难;孙行者借扇子,唐僧过火焰山。第六本:胡麻婆问心字,孙行者答空禅;灵鹫山广聚会,唐三藏大朝元。

(一)《西游记》杂剧在众多取经故事及文人创作中的地位。

《西游记》杂剧描写的唐代玄奘和尚赴西天(古称天竺,今印度)取经的故事,是在真人真事的基础上演绎出来的。取经故事从唐代开始流传,到明代吴承恩给予集大成再创作,写定《西游记》小说,前后经过了将近 900 年的时间。其间唐代记叙取经故事的除《大唐西域记》外,还可见于冥祥的《大唐故三藏玄奘法师传》、道宣的《续高僧传》②、慧立的《大唐大慈恩寺三藏法师传》③以及刘昫的《旧唐书》④方伎传中的

---

① 王季思主编:《全元戏曲》第三卷,人民文学出版社 1999 年版,第 404 页。

② (唐)释道宣:《续高僧传》卷第四上,明万历十九年三十八年三十九年径山寂照庵刻径山藏本,第 1—23 页。

③ (唐)释慧立:《大唐大慈恩寺三藏法师传》,上海影印宋版藏经会影印宋碛砂藏经,"中华民国"二十四年(1935)第 1—87 页。

④ (后晋)刘昫等撰:《旧唐书》卷一九一,上海古籍出版社、上海书店影印本《二十五史》5,1986 年版,第 4090 页。

玄奘传等。此时基本是史实记载,但由于玄奘赴西天取经历尽艰险,具有传奇色彩,所以夹杂了不少编造的奇迹。唐代以后取经故事在社会上广泛流传,神异色彩越来越浓,离开史实越来越远。人们便运用想象力演述佛旨,出现了不少描绘取经故事的话本、笔记小说及其他文学作品。宋代有《太平广记》,①其中关于袁天纲和陈义郎等的记载与西游故事有关。欧阳修《于役志》②中曾提及扬州寿宁寺经藏院的玄奘取经壁画,诗人刘克庄在《释老六言》第四首中有"取经烦猴行者"语。特别是刊印于南宋或元代的说经话本《大唐三藏取经诗话》,描写取经故事远远脱离历史事实,吸收了许多神话传说,如入鬼子母国、过女人国等。该书所描写的主要人物不再只是三藏法师,另外还写了猴行者化为白衣秀士,保护唐僧西行取经,沿途降魔伏怪等故事。这个话本故事情节还很简略,艺术想象力和文字水平也还很粗糙。金元时期有陶宗仪《南村辍耕录》③院本名目"和尚家门"条下所载《唐三藏》一剧,钟嗣成《录鬼簿》④上载元吴昌龄《西天取经》杂剧,可惜二本佚失不传,不过,从一些介绍资料看也还是比较简略的。

到了元末明初,蒙古族戏剧家杨景贤创作了《西游记》杂剧。此剧是我国现存元明杂剧篇幅最长的大部头作品。它对其以前的西游传说故事、文人创作给予了一次大结集,使西游故事趋于系统完整。如胡适在《西游记考证》一文里说:"元代已有个很丰富的西游记故事了。……大概此类故事,当日还不曾有大规模的定本,故编戏的人可以运用想象力,敷演民间传说,造为种种戏曲。那六本的《西游记》已可

① (宋)李昉等编:《太平广记》卷十九,卷一百二十二,中华书局 1961 年版,第128、850 页。
② (宋)欧阳修:《于役志》,见《欧阳文忠全集》卷一百二十五,上海中华书局,"中华民国"十二年(1923),第 4 页。
③ (元)陶宗仪:《南村辍耕录》,中华书局 1959 年版,第 313 页。
④ (元)钟嗣成:《录鬼簿》,上海古籍出版社 1978 年版,第 22 页。

算是一度大结集了。"①焦循在《剧说》②卷四里也说此剧与俗所传《西游记》小说小异。另外,学术界认为元末明初还产生了一部《西游记平话》(以下简称《平话》),但今已失传,仅从明《永乐大典》第一三一三九卷所引残文《魏征梦斩泾河龙》和朝鲜王朝世宗五年所刊行的汉语教材《朴通事谚解》所引《平话》若干情节推知其梗概。但《平话》的产生应该在杨景贤的杂剧之后,因为《平话》中提到"车迟国斗法"等情节在杨景贤杂剧以至宋元话本、南戏、金元杂剧里均未提及。如在杨景贤创作杂剧之前有这么一个《平话》本,以他皇家戏剧顾问的地位及对取经故事大结集的熟悉程度,不会不参考和提到《平话》的情节的。

取经故事发展到明中叶,伟大作家吴承恩"得了玄奘的故事的暗示,采取了金元戏剧的材料,加上他自己的想象力,居然造出了一部大神话来!"③再创作了著名的神话小说《西游记》,使西游传说故事达到了文人创作的最高峰。

(二)《西游记》杂剧的思想内容。

《西游记》杂剧描写唐僧西天取经,具有歌颂佛法无边,劝诫人们皈依佛门,历经磨难去求得正果的思想。这一点与《诗话》是一致的。这与取经故事的原始题材和当时大兴佛教,崇尚佛法的社会思潮有关,反映了作者的时代局限性。但透过宗教的外壳,可以看到杂剧表现出来的闪光思想。

首先,作者把孙悟空塑造成一个具有反抗精神的人物,体现了人民群众对封建统治者的反抗思想。他勇敢、机智、正直、乐观、不怕困难、爱打抱不平且诙谐机巧,体现了人民群众理想、愿望及聪明智慧,一定程度上反映了当时农民起义风起云涌的社会现实对作者的影响。而作

---

① 胡适:《西游记考证》,收入《胡适作品集》第二集第四卷,台北远流出版事业股份有限公司 1986 年版,第 60—61、66 页。

② (明)焦循:《剧说》卷四,古典文学出版社 1957 年版,第 80 页。

③ 胡适:《西游记考证》,收入《胡适作品集》第二集第四卷,台北远流出版事业股份有限公司 1986 年版,第 60—61、66 页。

者塑造的孙悟空这一形象也对反抗暴力强权的人民群众会起到一定的启发和鼓舞作用。

其次,通过对神界、魔界光怪陆离的纠葛描写,曲折地反映了当时复杂尖锐的社会矛盾。黄风山、黑风山的妖怪占山为王,摄掠民女,闹得百姓骨肉分离、惊恐不安,实际上正是现实中恶霸、豪强、官僚鱼肉人民的象征。铁扇公主本是"天宫风部下祖师",因与王母不和"反却天宫"占山为王,独霸一方,而天宫统治者对她也无可奈何!猪八戒不愿意受天规束缚,"盗了金铃"、"顿开金镶",宁愿到下界做"黑风大王"。他们都是上层统治阶级成员,竟纷纷反叛,一定程度上反映了至高无上的皇权和神圣的君臣纲常伦理,已无绝对的维系人心的力量,上层统治集团内部也矛盾重重、四分五裂,影射封建社会后期的腐朽黑暗。

另外,杂剧虽然歌颂佛法无边,但却通过孙悟空之口对佛教进行调侃、嬉骂,反映了作者并非是一个虔诚的宗教信徒。孙悟空、猪八戒、沙僧都曾"凡心顿起",八戒、沙僧在女人国已破戒近女色,讽刺了佛家禁欲主张的伪善。写女人国无男人,国王朝臣皆由女子充当,意味着对男权社会的嘲弄。另外还对自由婚姻给予赞扬,对势利趋炎的社会风气给予了斥责。特别是写唐僧虽然是个昏庸、糊涂、无能的人物,但他在取经路上克服种种魔障而终成正果的奋斗历程,告诉人们只有锲而不舍、百折不挠、持之以恒,才能成就大事业。

(三)《西游记》杂剧的艺术特点。

《西游记》杂剧不仅具有一定的思想内容,而且在艺术手法上勇于创新,在体制结构、人物塑造、语言使用上显示了自己独特的风格,具有较高的艺术水平。

在体制结构方面:

1.《西游记》杂剧以六本二十四折的鸿篇巨制,打破了杂剧一本四折的短小体例,与五本二十折的《西厢记》一起成为元杂剧中前后对峙的两座奇峰。故明人"弥伽弟子"对此赞叹说:"自《西厢》而外,长套者绝少。后得是本(指《西游记》杂剧),乃与之颉颃。嗟乎,多钱善贾,长袖善舞,非元人大手笔,曷克臻此耶!"实际上《西游记》是元杂剧中篇幅最长者,其篇幅的加长,更便于表现丰富复杂的内容。

2.《西游记》杂剧每本前面都有四句歌颂性的七言诗,后面有"正名"的四句六言诗,每折前面都有四字标题。以第一本为例,前面的颂诗是"湛露尧蓂一叶新,宝筵祥蔼丽仙宸。三元同降天王节,万国均瞻化日春。"四折标题分别是"之官逢盗"、"逼母弃儿"、"江流认亲"、"擒贼雪仇"。末尾正名"贼刘洪杀秀士,老和尚救江流。观音佛说因果,陈玄奘大报仇。"六本格式一样整齐。在所有元杂剧中,均无每本前的四句诗和每折标题。南戏有每出标题的,而下场诗却在每出后面。显然杨景贤是吸取了南戏的某些体制特点而加以变通使用的。这一改变使剧情一目了然,起到了提纲挈领的作用。

3.《西游记》杂剧在唱腔上打破元杂剧一本以至二本三本由一个角色唱到底的体制,一本安排多人唱,适应了人物多、剧情长剧本的特殊要求,减轻、分散了演员的负担,使多数人不至于无"戏"。如杂剧除第一本全曲由殷氏一人主唱外,其余五本均由男女角色各唱一二折,并一律标人物姓名,不像《西厢记》等每本标"旦本"、"末本"之类角色名。杂剧的第二本四折,分别由尉迟恭、胖村姑、木叉行者、华光天王各唱一折。第三本分别由金鼎国女子、山神、刘太公、鬼子母各唱一折。六本二十四折中,主唱一折以上的人物多达十几个,打破了所谓"旦本"、"末本"的传统体例。杨景贤这一发展元杂剧偶尔一个人物唱一折的现象,吸收了南戏多人唱的特点(同时保持元杂剧一人唱一折特点),是元杂剧表演形式上的一个进步。

4.《西游记》杂剧宫调转换借用较多,打破了元杂剧一折一宫调的框子,适应了表达人物感情变化的需要,避免了音乐旋律的平板,体现了声情与词情的紧密结合和跌宕多姿、曲折变化的特点。如第十四折[中吕粉蝶儿]之后马上接[正宫六幺遍],又马上接[中吕上小楼]等五支曲子,然后又换[般涉调耍孩儿],一折之中三换宫调。这种现象很普遍,每折都有,有的宫调在元杂剧中也是不常见的。

在人物塑造、语言运用等方面,《西游记》杂剧形成了一种幽默诙谐、滑稽戏谑、轻松活泼的艺术风格。

如唐僧一行人来到黑风山,见朱太公和裴太公因裴海棠被八戒摄走失踪事争吵得不可开交时,行者来到,明知其下落却不直接告诉,反而俏皮地对裴太公说:"你休闹,你休闹,要你的女儿,当来问我。你的女儿不长不短,生得大有颜色,小名唤作海棠,是么?"悟空为捉弄八戒穿裴小姐衣服,坐在小姐闺房内,猪八戒闯进去一摸,说:"呀,好粗腿也!"行者唱:"你想象赋高唐,我云雨梦襄王。咱正是细棍逢粗棍,长枪对短枪。"在杀气腾腾、除妖降魔的紧张气氛中,却杂以轻松诙谐的唱词,紧张中又显活泼。

再如第十七出《女王逼婚》里,描写悟空在头上紧箍儿紧将起来,浑身上下骨节疼痛难忍的情况下,还插科打诨说:"疼出几般蔬菜名来,头疼得发蓬如韭菜,面色青似蓼芽,汗珠一似酱透的茄子。"幽默风趣。第二十一出《贫婆心印》描写贫婆考问悟空金刚经内容,悟空本来不懂什么金刚经,但却借机调侃,对佛教一味嬉笑怒骂。他说:"你道我不省得金刚经? 我也常听师父念:过去心不可得,未来心不可得,见在心不可得。怎么我不省得? 你且买一百文胡饼来,我点了心呵,慢慢和你说经。"贫婆听后对悟空在她这个行家面前卖弄很不满,问悟空:"点你那过去心也? 未来心也? 见在心也? ……你有心也无?"悟空回答:"我原有心来,屁股宽厕掉了也。"直气得佛家代表贫婆连说"这胡孙无理!"这一段描写活泼、机巧、幽默、风趣,作者借悟空之口对佛教进行了嘲弄,突出了悟空机灵、乖巧、诙谐的性格特征。

还有第六出《村姑演说》通过胖村姑少见多怪的喜剧语言,描绘唐僧出发取经时万人送行、顶礼膜拜的热闹场景,也同样具有轻松活泼的特点,符合人物身份。如村姑说:

> [一绹儿麻]不是胖姑儿偏精细,官人每簇捧着大擂捶。擂捶
> 上天生得有眼共眉。我则道,瓠子头,葫芦蹊跷!(甚么唐僧,早

是不和爷爷去看哩,枉了这遭)恰便是不敢道的东西,枉惹得旁人
笑耻。

　　〔梅花酒〕那的他唤作甚傀儡,黑墨线提着红白粉儿,妆着人
样的东西,飕飕胡哨起,咚咚地鼓声催,一个摩着大旗,他坐着吃堂
食,我立着看宴席,两只腿板僵直,肚皮里似春雷。

借一个胖村姑之口,来向村里人介绍唐僧出发取经时,万人相送,
并演出杂耍傀儡戏的热闹情景,幽默轻松,滑稽戏谑。

　　杨景贤这一艺术风格当时就有人指出过。如《录鬼簿续编》中说
他"好戏谑"、"尤工隐语",李开先说他:"诗禅取容于东方朔,而朔始滥
觞。鲍照、张可久及我朝杨景言,皆千枝一本,千叶一源者也。"都指杨
景贤的幽默轻松、滑稽戏谑的风格。

三、杨景贤杂剧对后世的影响

杨景贤杂剧对后世的影响主要是其代表作《西游记》。①　其中尤以
对明代吴承恩的《西游记》②小说影响为大。《西游记》杂剧因其比吴
承恩百回本《西游记》小说早产生近 200 年,对元代以前西天取经传说
故事做了一次大结集,为吴氏小说提供了较成熟的文学蓝本,所以对吴
承恩百回本《西游记》小说的成书产生了重要的影响。这种影响作用,
"五四"运动以来已有不少研究者提及。如中国科学院文学研究所中
国文学史编写组编写的《中国文学史》中说:"这个剧(系指杨氏《西游
记》杂剧)对吴承恩的小说《西游记》的形成有着明显的影响。"③但纵
观这些评论,虽然肯定杨氏杂剧对吴氏小说的影响,可多语焉不详,未

---

　　①　杨景贤杂剧《西游记》见王季思主编:《全元散曲》第三卷,人民文学出版社
1999 年版,第 405—500 页。

　　②　(明)吴承恩:《西游记》,人民文学出版社 1955 年版。

　　③　中国科学院文学研究所中国文学史编写组:《中国文学史》(三),人民文学出
版社 1962 年版,第 836 页。

见专文论述,有的还不承认其影响作用或不屑提及,所以有必要对此进行深入论述,庶几对元明杂剧和《西游记》小说的研究有所裨益。具体影响表现在如下几方面:

(一)杨景贤《西游记》杂剧为吴承恩《西游记》小说提供了丰富多彩、惊险曲折、引人入胜、完整系统的故事情节。

如杂剧第一本一至四出用了大量篇幅介绍江流儿(即玄奘)的出世、寻母报仇及取经缘由。第一出《之官逢盗》观世音上云:"见今西天竺有大藏金经五千四十八卷,欲传东土,争奈无个肉身幻躯的真人阐扬,如今诸佛议论,着西天吡卢伽尊者托化于中国海州弘农县陈光蕊家为子,长大出家为僧,往西天取经阐教。"小说《西游记》也说唐僧是"金蝉子化身,十世修行的原体",投胎凡俗,经观音菩萨点化赴西天取经。杂剧描写唐玄奘父亲陈光蕊以儒业进身,一举成名,得授洪州知府,其母为大将殷开山之女。陈光蕊携妻上任,被水手刘洪陷害,葬身水底,殷氏也被刘贼掳为妻,刘假印冒任洪州知府。殷氏为腹中婴儿计,忍辱偷生。后婴孩降生,刘洪逼迫,殷氏忍痛把婴儿放入一木匣中,书写其父母名姓及投放原因,起名江流儿放入江中。木匣放入江中被一老农捞起,送与金山寺丹霞禅师收养。江流儿长到 18 岁,丹霞禅师告诉其经历,送其到洪州认母,并协助江流儿告官杀了刘洪。江流儿本人也因观世音荐举,到京城祈雨救民。被唐王赐金襕袈裟、九环锡杖,封三藏法师,赴西天取经。小说描写唐玄奘的出身及取经缘由也与杂剧大同小异。在杨景贤杂剧前《大唐三藏取经诗话》①还没有关于唐玄奘出身经历的记述,《永乐大典》和《朴通事谚解》所引《西游记平话》也没有透露此信息。宋元有一本戏文《陈光蕊江流和尚》,由于失传,从题目看可能讲到玄奘出身,但处于单篇阶段,只有杨景贤杂剧才把江流儿故事与取经故事结合起来,成为西游记的有机整体。这部分故事情节,吴承恩在小说里几乎全盘接受过来。

---

① (宋)无名氏:《大唐三藏取经诗话》,古典文学出版社 1954 年版。

　　杂剧第五出《诏饯西行》，写唐僧出发赴西天取经，百官霸桥设宴饯行，场面非常隆重。第六出《村姑演说》还专借村姑之口演说欢送的隆重场面。唐僧临别云"小僧无根要有根，有相若无相。我若取经回，松枝往东向。朝西呵是去时，朝东呵回至。"小说第十二回《玄奘秉诚建大会，观音显象化金蝉》也描写了唐王赐玄奘锦襕袈裟、九环锡杖，封三藏法师以及玄奘做道场演经，唐王和众臣欢送玄奘赴西天取经的热闹情景等。玄奘临别也说："徒弟们，我去之后，或三二年，或五七年，但看那山门里松枝头向东，我即回来；不然，断不回矣。"

　　杂剧第七出《木叉售马》写唐僧收白龙马的故事。白龙马本是南海火龙，为行雨差池，玉帝要去斩龙台上施行，观音菩萨朝奏玉帝，救得此龙，着他化为白马一匹，让弟子木叉假做卖马人，赊与唐僧，随唐僧西天驮经。小说第十五回《蛇盘山诸神暗佑，鹰愁涧意马收缰》说白龙马"这厮本是西海敖闰之子。他为纵火烧了殿上明珠，他父告他忤逆，天廷上犯了死罪"，观音亲见玉帝，讨他下来，教他与唐僧做个脚力。杂剧里所写是先收白龙马后收悟空，而小说里改为先收悟空后收白龙马。收白龙马也作为八十一难之中的一难。但从杂剧里明显看到小说白龙马的原型。

　　杂剧第九出《神佛降孙》介绍孙悟空身世说："一自开天辟地，两仪便有吾身。曾教三界费精神，四方神道怕，五岳鬼兵嗔。六合乾坤混扰，七冥北斗难分。八方世界谁尊，九天难捕我，十万总魔君。"虽然没有像小说那样写悟空是由山崩石裂所产的石猴，只是简略提到其产于开天劈地的混沌时期，但给孙悟空这一形象定下了天不怕地不怕，富有反抗精神这一基调，与后来小说是一致的。杂剧写悟空大闹天宫的事"玉皇殿琼浆咱得饮。我盗了太上老君炼就金丹，九转炼得铜筋铁骨，火眼金睛。我偷得王母仙桃百颗，仙衣一套，与夫人穿着，今日作庆仙衣会。"悟空闹天宫被玉帝发现，派李天王点起800万天兵天将布下天罗地网到花果山捉拿悟空。李天王三太子哪吒打头阵被悟空打得大败，后请来眉山七圣（包括二郎神）才捉得悟空。这样，《西游记》最精彩部分之一,悟空大闹天宫的盗御酒、盗仙丹、偷仙桃,被捉住后让太上老君八卦炉炼得铜筋铁骨、火眼金睛等情节,杂剧基本具备了。并与取经故事有机结合起来。但也有与小说不同的地方,如悟空被眉山七圣拿住以后,不是被如来压在五行山下,而是被观音菩萨压在了花果山下。花果山也不是在东海,而是在西天取经的第一站处。从这里也可看出,吴承恩在写闹天宫这一段时,虽然基本情节得到了杂剧提示,但也进行了取舍剪裁。

第十出《收孙演咒》写唐僧西行数月,来到花果山下,救了悟空,收为弟子,赐法名悟空,并送予悟空皂直裰、戒刀、铁戒箍。此三种物品为观音菩萨所赠,戒箍带在头上一念咒语疼痛难忍,是专门为控制悟空的。杂剧写唐僧从山下放出悟空,悟空产生吃唐僧的念头,唐僧设法让他带上金箍,加以控制;小说是说唐僧收了悟空后,由于言语不合,悟空返回东海,经菩萨劝化复来给带上金箍的。但唐僧收悟空的基本情形两者是近似的。

杂剧第十一出《行者除妖》写孙悟空收服沙僧的情况。唐僧、悟空西行至流沙河,遇一妖怪吃人。此怪"血人为饮肝人食,不怕神明不怕天。不奉玉皇诏旨,不依释老禅规。怒则风生,愁则雨到。喜则驾雾腾云,闲则搬沙弄水。人骨若高山,人血如河水。"脖项上挂着九颗死人骷髅。与悟空打斗,吃悟空拿了,自云"小圣非是妖怪,乃玉皇殿前卷帘大将军,因带酒思凡,罚在此河,推沙受罪。"做了唐僧徒弟,唐僧给取法名悟净,加入了取经队伍。小说第二十二回《八戒大战流沙河,木叉奉法收悟净》也说沙僧闲时沉入八百里流沙河水底,饿时出岸食人,"项下骷髅悬九个,手持宝杖甚峥嵘",也说是玉皇殿前的卷帘大将军,但是因打碎杯子被贬下界。杂剧先写悟空收服沙僧,后写收服八戒。所以沙僧主要是与悟空打斗,小说是写沙僧主要与八戒打斗,后被木叉收服加入取经队伍。大同中见小异。

小说描写收服八戒的情节也与杂剧颇多相似。杂剧说八戒原是"摩利支天部下御车将军。""生得喙长项阔,蹄硬鬣刚。""潜藏在黑风

洞里,隐显在白雾坡前,自号黑风大王。"摄得裴家庄裴小姐于洞内,寻
欢作乐。悟空等取经路过黑风洞,打跑八戒,得知裴女情况,给裴太公
通了信息。后把裴小姐救出送归裴家庄。悟空设计把八戒骗至裴家
庄,扮作裴小姐隐于其闺房打败八戒,但却让八戒逃脱并摄走了唐僧。
悟空知八戒怕二郎神细犬,请来灌江口二郎真君,捉得八戒,做了唐僧
徒弟,与悟空共保唐僧西天取经。小说第十八、十九回写悟空捉拿八
戒,说八戒是天蓬元帅下界,因调戏嫦娥被贬,名称与杂剧不同,身份相
似。小说说八戒投胎为猪霸占了高老庄高太公之女,杂剧是说霸占了
裴家庄裴太公之女,只一字之差。悟空躲入闺房假扮小姐擒拿八戒情
节,两者基本相同。捉拿八戒小说说是悟空之功,杂剧说是请来了二郎
真君带细犬才得以捉住。小说把二郎真君带细犬移到了孙悟空大闹天
宫捉拿孙悟空那一回上去了。

　　杂剧还描写了收服红孩儿、过火焰山、过女人国等故事。这几个故
事可说是小说里最为精彩的章回,而其基本的情节、人物在杂剧里已经
大致勾画出来了。

　　由此可见,杨景贤《西游记》杂剧描写了唐僧出世、取经缘由、孙悟
空大闹天宫及得白龙马,收服孙悟空、沙僧、猪八戒,收服红孩儿,过女
人国,过火焰山,取得真经返归东土大唐等故事情节,使取经传说成为
一个完整的故事,为吴承恩创作百回本《西游记》提供了一个较完整的
故事情节。另外值得指出的是,杂剧限于篇幅和舞台表演的要求,在故
事情节的丰富复杂方面还不能和小说相比。小说描写唐僧经过九九八
十一难才取得真经返归东土,杂剧里有的灾难就没有提到。所以说,杂
剧只是给小说提供了基本的相对完整的故事情节。正是在这个意义上
焦循才在《剧说》里说杨景贤《西游记》杂剧"与俗所传《西游记》小说
小异。"今人胡念贻也在《谈西游记中的神魔问题》一文中说:"可能是
元末明初杨景贤所作的《西游记》杂剧中,写了孙行者收沙僧、猪八戒,
过火焰山,还写了降银额将军、红孩儿、鬼子母等妖精。在这些情节中,
只出现妖精,没有出现纯粹的野兽。可以看出它比《取经诗话》进了一

步,《取经诗话》中还有些纯粹动物的蛇和狮子等。"由此可见,杂剧对丰富发展取经故事的内容情节,对驰名中外的神话小说《西游记》的出现是有不小的影响作用的。

(二)杨景贤《西游记》杂剧从数量和性格上基本确定了取经故事的人物及其形象,为吴承恩创作小说《西游记》的人物形象勾画了一个基本稳定的蓝图。

杨景贤杂剧出现以前,取经故事的人物还很不稳定,如《大唐三藏取经诗话》里,取经的不是四人而是七人。七人中除唐僧、悟空外,沙僧还只是一个化身金桥的深沙神,只具沙僧的雏形,还没有列入取经人行列,猪八戒还没有出现,其他五人是随从。而到了杨景贤杂剧里,取经人被定为唐僧、悟空、沙僧、八戒四人,外加一匹颇通人性的白龙马。从数量上确定了取经的人数。此后的取经故事均是唐僧师徒四人。孙悟空的地位也从《取经诗话》里以唐僧为主角孙悟空为辅助角色,一变而为孙悟空成为绝对主角,唐僧退居次要地位。这在取经故事的流传中是一次极为重要的演变。以唐僧为主角过多地靠近了史实,强调了唐僧作为一个虔诚佛教徒,为了取得真经不怕艰险、勇往直前的精神。而以孙悟空为主角,就完全脱离了史实的束缚,突出了孙悟空降妖伏怪、排难解忧的英雄气概,使作者张开了想象的翅膀,尽情描写天上地下、神魔鬼怪,以反映社会人生理想,从而使西游故事更具神奇浪漫色彩。杂剧这种转变对小说的影响是很大的,他大致确定了《西游记》人物的性格特征。

在杂剧中把唐僧写成一个虔诚的宗教信徒,他墨守佛家戒律,念念不离善心,结果好坏不分,人妖不辨,每每上当受骗。如在第三本第十二出中,唐僧师徒在深山中碰到红孩儿变的小孩在哭泣,唐僧不辨真伪怕小孩儿迷踪失路,豺狼毒虫坏了性命,令悟空背着送回其家。悟空告诫"师傅,山林中妖怪极多,不要多管"。唐僧听了却大发其火,责骂悟空"你这个胡孙,又不听我说,定要你背他"。结果落得自己被红孩儿捉拿了去,害得悟空费了很多精力才救了出来。杂剧里把唐僧写得再不像诗话里那样不怕困难,坚定信心,而往往在困难面前犹豫不决、缺乏信心。如至火焰山前,一迭声对悟空叫嚷"如何得过,怎生是好"?而当被妖怪捉住后只会叫喊"谁救贫僧也?孙悟空救我"!在杨景贤笔下,唐僧完全是一个昏庸、糊涂、无能的可悲人物。小说里的唐僧也基本是这样一个人物。

杂剧把孙悟空基本写成一个具有反抗精神,神通广大,手提金箍棒降妖捉怪,排难解困的英雄人物。他同天地齐生,敢于盗御酒、偷仙丹,偷仙桃、仙衣,大闹天宫。但杂剧中的孙悟空还不是齐天大圣,而是通天大圣。他"弟兄姊妹五人:大姊骊山老母,二姊巫枝祇圣母,小圣通天大圣,三弟耍耍三郎。"可看出杂剧受到了早期民间传说和话本小说的影响。如南宋《宝文堂书目》有《陈巡检梅岭失妻记》一篇,讲宋宣和三年(1121)有个名叫陈辛的,出任广东南雄县巡检,在偕其妻张氏赴任地的途中,妻子为梅岭山里的猴精所掳掠。此猴精兄弟三人,各以通天大圣、弥天大圣、齐天大圣为号,还有个妹妹叫泗州圣母。杂剧称孙悟空为通天大圣,可能就是受这类话本小说的影响。也正因为杨剧受到了民间故事和话本小说的影响,所以杨剧在孙悟空身上比小说表现出更多的"野性"和"妖气"。他在花果山做猴王时期,霸占金鼎国公主为妻;在取经途中过女人国时把持不住,欲与女人苟合,后由于金箍作用,没能实现;在唐僧把他从花果山下放出来后,又产生了想吃掉唐僧的念头。到了《西游记》小说中,吴承恩吸收了杂剧孙悟空敢于大闹天宫,具有反抗精神,具有降妖捉怪巨大本领的内容,摒弃了其"野性"和"妖气"部分,使孙悟空形象更完善,更具反抗性。两者的继承发展关系是很明显的。

关于沙僧和八戒的形象杂剧是把他俩作为悟空的陪衬来描写的。在杂剧以前,沙僧的记载只见于《大唐三藏取经诗话》,说他是深沙神,曾变金桥驮唐僧一行七人过河,但并未加入取经行列,到了杂剧里沙僧形象已粗具规模。他原是玉皇殿前的卷帘大将,只因"带酒思凡",被罚在流沙河"推沙受罪"。他在流沙河为怪伤人,自称是个不服天地管辖的水妖,吹嘘"那厮(唐僧)九世为僧,被我吃他九遭,九个骷髅尚在我的脖项上"。他具有一定本领,通过和悟空打斗被收服,做了唐僧的徒弟。从此便默默无闻。八戒形象在杂剧之前少有记载,杂剧里把他描写成"摩利支天部下御车将军",他贪图女色,霸占裴家庄裴太公之女为妻,过女人国时与女人苟合。有时还耍点小聪明,但还能勤勤恳恳帮助悟空西行取经。总体讲,八戒、沙僧形象在杂剧里是比较简略,但已具备了小说里的基本性格特征,特别是他们作为取经队伍成员,使取经人数从此确定下来。

(三)杨景贤《西游记》杂剧幽默、诙谐、风趣的艺术风格对吴承恩《西游记》小说艺术风格的形成产生了良好的影响。

杨景贤《西游记》杂剧除总体上富于想象,充满浪漫主义特色外,语言的运用上具有幽默、诙谐、风趣的艺术特色。如前面在论述《西游记》杂剧艺术风格时所举的唐僧一行在裴家庄的表现;第十七出《女王逼婚》里悟空的插科打诨言语;第二十一出《贫婆心印》中贫婆考问悟空金刚经内容的对话;第六出《村姑演说》里村姑的幽默轻松、滑稽戏谑言语等。

杨景贤的幽默、诙谐和他的出身经历有关。他作为故元蒙古人,在元朝灭亡以后,没有来得及撤回塞北蒙古高原,而做了明朝官吏。这种特殊的身份,使他对明王朝的种种不满不能尽情地宣泄,而只能采取一种隐晦曲折的方式来表达。所以时人又称他为"好戏谑,尤工于隐语",这就造成他一种诙谐、戏谑、幽默的艺术风格。他善于用讽刺又较曲折的艺术手法来描摹世情,杂剧里不乏这种曲折反映当时社会的内容。

吴承恩,字汝忠,号射阳山人,淮安府山阳县(今江苏淮安)人。出身家境不太富裕,早年热衷科举,但科场很不得志,直到40多岁才得了个"岁贡生"。他为人性格比较倔犟,不肯阿谀奉承,直到60多岁才勉强做了一个长兴县丞,但不久就由于"耻折腰,遂拂袖而归"。由于他科场失意,官场多舛,境遇不好,生活贫困,加深了他对封建官场、腐败社会的认识和愤慨,用讽刺抑郁的手法铺张描写当时世态。这一点吴承恩和杨景贤有共同点。他们都对世态不满,都采取了一种讽刺、戏谑的手法来反映现实,发泄不满。《淮安府志》说吴氏:"性敏多慧,博极群书,为诗文下笔立就,清雅流丽,有秦少游之风,复善谐剧,所著杂记数种,名震一时。"杨景贤被时人评为"好戏谑,尤工于隐语",吴承恩被赞为"复善谐剧",可见滑稽幽默、善于戏谑是两位作家的共同点。所以吴承恩在创作小说《西游记》时,理所当然地借鉴了杨景贤杂剧诙谐、风趣的艺术风格,并加以发展和完善。这方面的例子很多。如小说第二十六回写猪八戒会见福、禄、寿三星的一段:"那八戒见了寿星,近前扯住,笑道,'你这肉头老儿,许久不见,还是这般洒脱,帽儿也不带个来。'遂把自家一个僧帽,扑地套在他头上,扑着手呵呵大笑道:'好!好!好!真是加冠进禄也!'那寿星把帽子掼了,骂道:'你这个夯货,老大不知高低!'八戒道:'我不是夯货,你等真是奴才。'福星道:'你道是个夯货,反敢骂人是奴才?'八戒又笑道:'既不是人家奴才,来道叫做添寿、添福、添禄?'"写仙山福地天神们的事,作者让猪八戒和三星互相调侃,对话很幽默,具有浓烈的生活气息。还有第九十八回写阿傩、伽叶向唐僧要贿赂一段,幽默中讽刺揭露了圣地的龌龊。

小说中的幽默、诙谐、风趣比杂剧更趋成熟,更具现实性,但两相对比,两者在风格一致的情况下,发展继承的脉络线索也是很明显的。

杂剧和小说在语言通俗易懂,接近民间口语方面也有一致性。这是因为两位作家都比较接近社会下层,对民间传说故事比较了解。杨景贤接近社会下层人物,与乐伎友善,并为之作传奇,同时通过他们进一步掌握了民间传说及其表现形式。吴承恩也由于多年生活于社会底层,注意收集和了解民间传说及话本材料,所以两者均保留了民间文学的通俗化和口语化的特点。由于杂剧产生在先,当然小说要从其中吸取语言通俗化、口语化的材料。

杂剧在思想内容方面也对小说产生了一些影响。如作者把孙悟空塑造成一个具有反抗精神的人物,体现出人民群众对封建统治者的反抗思想。他不墨守佛门清规戒律,不时对佛教调侃、嬉笑,充满勇敢、机智、正直、乐观的精神;他不怕困难,爱打抱不平且诙谐机巧,揭露了社会的阴暗面,反映了人民群众的理想愿望及聪明智慧。这些思想在小说里更得到了充实和提高。

所以说,杨景贤的杂剧《西游记》确实对吴承恩的小说《西游记》产生了较大的影响,是研究元明戏曲创作和取经故事的发展演变直至百回本《西游记》小说的珍贵资料,值得重视和研究。

杨景贤作为一个蒙古族杂剧家,他的杂剧创作具有多方面的贡献:其一是为元代的杂剧创作提供了独具特色又丰富多彩的杂剧作品,并且可以纠正传统上认为少数民族创作不了杂剧的偏见,为元代的民族文化交融及杂剧的繁荣兴盛作出了自己的贡献;其二是他的《西游记》杂剧对取经故事的大结集以及对吴承恩《西游记》小说成书的影响;其三是他第一次把杂剧这种文艺形式引入蒙古族文学史,为蒙古族文学宝库增添了一种新的文学样式。虽然他由于久居汉地,对本民族的历史文化、风俗习惯、文学艺术等不是很熟悉,反映在他的作品中民族特点不浓,但他所作的上述三点贡献,完全可以说他作为蒙古人学习汉文化的杰出代表,为蒙汉文学文化的交流作出了重要贡献,在蒙古族文学史以至中国文学史上应该占有一定地位。

第二节　女真族杂剧家石君宝

石君宝是元代前期比较著名的女真族杂剧家,对此,邓绍基主编的《元代文学史》①等著作中有专门文字予以评述。另外,张云生的《石君宝论》、②幺书仪的《石君宝》、③张大新的《石君宝杂剧对爱情婚姻题

---

① 邓绍基主编:《元代文学史》,人民文学出版社 2001 年版,第 196—199 页。
② 张云生:《石君宝论》,《冀东学刊》1997 年第 2 期,第 31—41 页。
③ 幺书仪:《石君宝》,见张月中主编:《元曲通融》,山西古籍出版社 1999 年版,第 2177—2178 页。

材的拓展与深化》、①王桂清的《试论石君宝笔下的三位妇女形象》②等论文中也对石君宝及其杂剧创作给予了较高评价。确实，石君宝作为一个少数民族杂剧家，他的创作一方面丰富了元杂剧花苑；另一方面也促进了元代的多民族文化交融，是值得给予赞扬和肯定的。

一、石君宝的生平经历

石君宝，平阳（今山西临汾市）人。钟嗣成《录鬼簿》将其列入"前辈才人"中。生卒年及其生平事迹不详。孙楷第《元曲家考略》认为杂剧家石君宝就是王恽《秋涧集》中的盖州女真人石盏德玉。石盏德玉字君宝，女真氏族皆为复姓，译为汉姓时取复姓中的一个字为姓，所以石盏德玉即成为石君宝。如果此说成立，王恽《秋涧集》中有不少石盏德玉的有关资料。如王恽《秋涧集·碑阴先友记》中记述其父亲的数十位好友事迹时，言及石盏德玉说："石盏德玉，字君宝，盖州人。性至孝，与人交，恺悌笃信义，尝与友共事，恶其不直，遂绝而不较。"③王恽《秋涧集·共峇老人石瑑公墓碣铭并序》中不但介绍了其籍贯故里，而且还介绍了其为官及卒年等情况。其文曰："公姓石瑑氏，讳德玉，字君宝，辽东盖州人。……（金）贞祐初，以良家子从军，敛夏折桥功得官，积劳至武德将军。……时杜寿登八秩，清修绝荤茹。素日庭除间，生白菌百余本，掇去复苗者数月，人以为孝感所致……岁丙子，公年八十有五，尝绘《共山归隐图》，以自歌其所乐，因号共峇老人。是岁冬，洒然而逝，若委蜕焉。孺人刘氏，能遂公初心，主治中馈，不知其为贫家也。生女子二人：长适御史大夫康天英，次适河东道提刑按察使姜彧。

---

①　张大新:《石君宝杂剧对爱情婚姻题材的拓展与深化》,《河南教育学院学报》2000 年第 4 期,第 30—32 页。

②　王桂清:《试论石君宝笔下的三位妇女形象》,《影视与舞台艺术》2007 年第 2 期,第 65—66 页。

③　李修生主编:《全元文》6,江苏古籍出版社 1999 年版,第 526 页。

家府与公交欸曲,笃世契三十年,一别终天,有恨何如!"①可知石盏德玉在金代时曾以军功官至武德将军,入元后未出仕,卒于元世祖忽必烈至元十三年(丙子,1276)。比关汉卿、王实甫、马致远、白朴等杂剧大家年龄都要长。擅长绘画,尝绘《共山归隐图》。关于其绘画元代夏文彦《图绘宝鉴》卷五中亦曰:"赤(石)盏君实(宝),女真人,居燕城,画竹学刘自然,颇有意趣。"如石君宝即石盏德玉,综合这些史料所述,石君宝本辽东盖州女真人,入关初居燕城,金代时曾官至武德将军,入元未仕系金遗民。后居山西平阳,寄情诗书画,擅长杂剧创作。

二、石君宝的杂剧创作

据钟嗣成《录鬼簿》和朱权《太和正音谱》载,石君宝作有杂剧 10 种。今存《曲江池》、《秋胡戏妻》、《紫云亭》3 种。《秋香怨》、《醢彭越》、《金钱记》、《红绡驿》、《哭周瑜》、《雪香亭》、《岁寒三友》7 种已佚。

《曲江池》,全名《李亚仙花酒曲江池》。4 折,1 楔子。旦本戏,正旦扮李亚仙。本事出自唐白行简的传奇小说《李娃传》。剧写洛阳府尹郑功弱子郑元和,奉父命上京应考,于长安曲江池与游春的名妓李亚仙相遇。元和见亚仙貌美,心动情摇,三坠其鞭于地,并托好友赵牛筋示意亚仙,欲与其交好,且倾囊赠金,鸨母允准。后郑元和银钱花光,鸨母将其逐走。郑元和流落街头,靠为丧家唱挽歌为生。郑父得知此事后,认为有辱门风,将元和毒打得昏死过去,丢至千人坑。李亚仙闻讯赶到,救活元和,但又被鸨母逼走。郑元和孤独无依,在雪中乞讨为生。李亚仙不顾鸨母阻挠,将所蓄尽付鸨母,赎身嫁与元和,两人相依为命。亚仙促元和苦读上进,终一举中状元,授洛阳县令。在拜见府尹时,其父认出元和,元和佯装不识,不肯相认。后经李亚仙相劝,元和才与其父相认团聚。

---

① 李修生主编:《全元文》6,江苏古籍出版社 1999 年版,第 541—542 页。

　　《曲江池》塑造了李亚仙这样一位大胆冲破阻挠，为爱情勇于献身的女性形象。其间显著的特点是采取了对比描写的手法。如描写李亚仙的母亲（鸨母）是"外相儿十分孝慈，就地里百般机变"，在郑元和金钱用尽后，毫不犹豫地将其逐出门，唯利是图，狠毒异常。而李亚仙却无论郑元和境况如何，仍一往情深，在郑元和被其父扔到千人坑后，"用手去满满的掬，口儿中款款噙，面皮上轻轻喋"，把他救活过来，并且决心"我和他埋时一处埋，生时一处生"，终于使元和恢复正常生活，科考得中。在与其母（鸨母）和郑父的势利与残酷对比中，看出李亚仙的善良、真诚。但这种善良、真诚是与她敢于冲破封建礼教，追求自由爱情的行为紧密结合的。本来唐白行简的传奇小说《李娃传》就是主要歌颂李娃的这种高尚品格的，"娼荡之姬，节行如是，虽古先烈女，不能逾也"。《曲江池》在《李娃传》的基础上将其改编为一部爱情剧，经过摒弃、增添，既保留了李亚仙善良的一面，更突出了其为了爱情而不屈斗争的精神。如《李娃传》写郑元和与李亚仙的结合，是通过鸨母促成的。同类题材剧，明薛近衮的传奇《绣襦记》也类似《李娃传》，写两人结合是通过第三者姎及（请求）鸨母而成，且他们的感情是后来慢慢建立起来的。明朱有燉的杂剧《曲江池》写李亚仙虽然主动去接触郑元和，但带有非常明显的功利目的，她企望靠着这个"有文章学业儒流，等得他青霄一举成名后，匹配上凤鸾俦"。石君宝的《曲江池》与其前其后的同类题材作品完全不同，突出了郑元和与李亚仙的结合是以爱情为前提的，因而其对爱情的追求也大胆，对封建礼教、黑暗势力的反抗也坚决。如当鸨母反对她与元和结合时，亚仙斥责鸨母曰："有情郎便是那冤魂。俺娘钱亲钞紧，女儿心里憎恶娘亲近。娘爱的女不顺。娘爱的郎君个个村，女爱的却无银。"亚仙对鸨母破坏她的幸福，将元和赶走非常不满，当元和流落街头乞讨时，她不顾"旁人耻笑，妈儿嗔怒，俺家爷娘恨"，来到元和身边关心他抚慰他。就是此时鸨母把她强行拖回去后，她仍然托丫环去找元和，这是其他同类题材所没有的，突出了她的反抗精神。

《曲江池》对封建礼教的"三纲五常"等也有明显的批判,但有时又不免软弱。如郑元和授洛阳县令拜见府尹时,不认其父,就表现了对"父为子纲"的反抗。《李娃传》中是没有这一情节的。《李娃传》中父子一见就和好如初,并且作品的描述也戛然而止,显得抽象而不具体。兹引《曲江池》第四折所描写的父子相见、相认情节:

> (正旦慌接跪科,云)早知老相公到来,只合远接,接待不及,勿令见罪。(唱)【收江南】呀,草堂中忽地贵人过,急的我忙接待敢蹉跎。(郑府尹云)媳妇儿,我当初在杏园打上孩儿一顿,也只要他成人。今日孩儿得了官,就不肯认我。媳妇儿,你与我问他,这个是何道理?(正旦唱)你父子们有甚不相和,倒着俺定夺?管教你一家完美笑呵呵。(云)相公,你为何不肯认老相公那?(末云)吾闻父子之亲,出自天性,子虽不孝,为父者未尝失其顾复之恩;父虽不慈,为子者岂敢废其晨昏之礼?是以虎狼至恶,不食其子,亦性然也。我元和当挽歌送殡之时,被父亲打死,这本自取其辱,有何仇恨?但已失手,岂无悔心?也该着人照觑,希图再活。纵然死了,也该备些衣棺,埋葬骸骨。岂可委之荒野,任凭暴露,全无一点休戚相关之意?(叹科)嗨,何其忍也!我想元和此身,岂不是父亲生的?然父亲杀之矣。从今以后皆托天地之庇佑,仗夫人之余生,与父亲有何干属,而欲相认乎?恩已断矣,义已绝矣,请夫人勿复再言。(正旦云)相公,你当初在杏园吃打时节,妾本欲以死为谢,然而偷生至今者,为相公功名未就耳。今幸得一举登科,荣宗耀祖,妾亦叨享花诰为夫人县君,而使天下皆称郑元和有背父之名,犯逆天之罪,无不归咎于妾,使妾更何颜面可立人间?不若就压衣的裙刀,寻个自尽处罢。

这段议论集中反映了作者在处理人之常情与纲常伦理之间所遇到的矛盾状况。石君宝作为一个女真族作家,应该说已基本汉化,但在当时北方少数民族伦理道德观对中原有较大影响,且他毕竟与汉族文人还是有一定区别的情况下,如何处理这两者之间的关系,对他来说倒是一个大大的难题。实际上他也并没有处理好,唯其没有处理好,倒也反映了当时多民族文化冲突、交融的实际状况。如从纲常伦理的角度出发,父为子纲,儿子不应该记恨父亲,且其父解释的,到今天仍为人们认同的父亲打孩子是为了孩子好不无道理。"我当初在杏园打上孩儿一顿,也只要他成人"。从人之常情,或者说更符合人性的角度来看,元和与其父确实已经恩断义绝,很难再续前好,父子团圆。元和的控诉也合之常情,句句泣血。但作者石君宝在"亲莫亲父子周全,爱莫爱夫妇团圆"观念的支配下,以宽和为本,原谅了元和父亲以及鸨母过错甚至罪恶,最后以"大团圆"结局。这里特别要提到的是,李亚仙作为一个敢于冲破阻挠,为爱情勇于献身的人物,其在元和父子妥协的过程中起到了很重要的调和作用,一方面表现了她在"父为子纲"面前的软弱性,另一方面也体现了她的善良性。综而论之,在当时民族文化交融的大背景下,作者肯定人的情欲,赞扬自由爱情,崇尚人格独立,坚持以德报怨,又维护以血缘亲情为纽带的封建伦理秩序,这种看似矛盾的状况反映了当时人们普遍信守的道德观念与行为准则。

石君宝的《曲江池》在同类题材的剧作中成就比较高,对其后的影响也比较大。其后元明时有元高文秀的杂剧《郑元和风雪打瓦罐》、明朱有燉的杂剧《曲江池》、明薛近衮的传奇《绣襦记》等,比较而言,石君宝的杂剧《曲江池》影响最大。

《秋胡戏妻》,全名《贤丈夫秋胡戏妻》。4折,旦本戏,正旦扮罗梅英。所述本事出自西汉刘向的《列女传》,晋人葛洪的《西京杂记》亦记载了同样的故事。《列女传》记:

> 鲁秋洁妇者,鲁秋胡之妻也。既纳之五日,去而宦于陈,五年乃归。未至其家,见路旁有美妇人,方采桑,而悦之。下车谓曰:"力田不如逢丰年,力桑不如见国卿。今吾有金,愿以与夫人。"妇

曰:"嘻夫! 采桑力作,纺绩织纴以供衣食,奉二亲养。夫子已矣,不愿受人之金。"秋胡子遂去。归至家,奉金遗母,其母使人呼其妇。妇至,乃向采桑者也。秋胡子见之而惭。妇曰:"束发其身,辞亲往仕,五年乃得还,当见亲戚。今也乃悦路旁妇人,而下子之装,以金与之,是忘母不孝也。妾不愿见不孝之人。"妇污其行,去而东走,自投于河而死。①

《西京杂记》卷六载:

　　昔鲁人秋胡,娶妻三月而游宦三年,休,还家,其妇采桑于郊。胡至郊而不识其妻也,见而悦之,乃遗黄金一镒。妻曰:"妾有夫,游宦不返,幽闺独处,三年于兹,未有被辱于今日也。"采桑不顾,胡惭而退,至家,问家人妻何在? 曰:"行采桑于郊,未返。"既还,乃向所挑之妇也,夫妻并惭,妻赴沂水而死。②

　　上述两书所载故事大略相同,只是细节有所差异。所差者一说秋胡与妻结婚五日即离家宦游;一说结婚三月即离家宦游;一说宦游五年;一说宦游三年。但秋胡妻被辱投河自尽是一致的。另外,该故事在流传过程中还参合了汉乐府民歌《相和歌辞·陌上桑》的一些内容,《陌上桑》写采桑女子罗敷,严肃、机敏地拒绝了一位"使君"的调戏、诱惑的故事,颇多传说色彩。石君宝的《秋胡戏妻》杂剧本事源于上述两个故事,但内容情节方面由于篇幅的扩大,做了不少的扩张和改变。其中主要情节方面,剧中写秋胡结婚三日即被迫从军,而不是五日或三月

---

① (汉)刘向撰,(明)仇英绘:《列女传》卷五,江苏古籍出版社 2003 年版,第 42 页。
② (汉)刘歆撰,(晋)葛洪集,向新阳、刘克任校注:《西京杂记校注》,上海古籍出版社 1991 年版,第 274—275 页。

后外出游宦。外出时间不是三年或五年,剧中写是十年。这样调整强调了结婚时间过短,突出了外出时间过长,来表现秋胡不识其妻更为可信。其间游宦改为被迫从军,更能反映当时的社会现实。另外增加了李大户逼亲、抢亲的情节,丰富了原故事的内容,使之具有较强的愉悦性,并在一定程度上淡化了原故事的道德说教色彩。最后夫妻相认,经过波折大团圆也与上述两书的投河自尽不一样。元杂剧几乎均为大团圆的结局与当时的民族文化交融是有一定的关系的,此议题别处再作详论。经过这样的扩张和改变,石君宝的《秋胡戏妻》人物形象特别是秋胡妻(罗梅英)的形象更加丰满了,思想内涵也更深刻了。他改变了过去秋胡故事情节简朴、人物形象单调的缺憾,在剧情的波澜起伏,戏剧矛盾的错综复杂,人物形象的丰满生动等方面,有了一个质的飞跃。

《秋胡戏妻》对罗梅英(秋胡妻)形象的刻画是非常成功的。罗梅英不仅具有农家妇女朴素善良、勤勉孝顺、安贫乐俭的优良品质,而且深明大义、性格坚强、操守坚定。当媒婆对她说:"姐姐,如今秋胡又无钱,又无功名,姐姐,你别嫁一个有钱的也还不迟哩。"她回答说:"【天下乐】咱人腹内无珍一世贫,你着我改嫁他也波人,则不如先受窘,可曾见做夫人自小里便出身?盖世间有的是女娘,普天下少什么议论?那一个胎胞儿里做县君。"深明大义,不嫌贫爱富。丈夫从军十载,给她留下的是多病的婆婆,"生计萧疏,更值着没收成欠年时序",她不得不"与人家缝联补绽,洗衣刮裳,养蚕择茧",甚至担水卖浆、忍饿挨冻,苦撑苦持,等待丈夫秋胡的回来。但世事险恶,为富不仁的李大户乘人之危,编造谎言说秋胡已死,并以金钱笼络贪财的梅英的父母,强迫梅英改嫁。梅英正气凛然,坚持操守,痛骂李大户是"闹市云阳吃剑贼","你有铜钱不如抱着铜钱睡",责备爹娘"葫芦提没见识",直令荒淫漏面贼死了心。然而,让她万万没有想到的是,她苦苦等待了整十载的丈夫,竟然是一个"沐猴冠冕、牛马襟裾"的衣冠禽兽。本来梅英好不容易摆脱了李大户的纠缠,却又在自家的桑园里遭到了自己丈夫的羞辱。当她回到家一眼认出面前的秋胡就是那个死乞白赖羞辱自己的恶棍时,五味杂陈,禁不住对厚颜无耻的秋胡责骂道:"(正旦唱)谁着你戏弄人家妻儿,迤逗人家婆娘。据着你那愚滥荒唐,你怎消的那乌靴象简,紫绶金章?你博得个享富贵朝中栋梁,(带云)我怎生养活你母亲十年光景也。(唱)你可不辱没杀受贫穷堂上糟糠?我捱尽凄凉,熬尽情肠。怎知道为一夜的情肠,却教我受了那半世儿凄凉。"梅英责骂得如泣如诉,痛快淋漓,直让秋胡无地自容。并且面对秋胡对她炫耀的"五花官诰"、"霞帔金冠",梅英毫不动摇,坚决要求"你与我休离纸半张",要与秋胡一刀两断。梅英能忍受十年的艰辛和凄凉,却不能忍受人面兽心的丈夫的欺骗和侮辱,表现了梅英对自己的人格、情感和尊严的强烈意识,以及疾恶如仇的不屈抗争精神。最后在秋胡的苦苦哀求下和母亲的以死相逼下,梅英答应与秋胡重归于好。这一结局虽然从反抗性方面来看没有《列女传》、《西京杂记》所写的投河自尽来的决绝,但也反映了人们希望建立温馨祥和伦理秩序的愿望。对此剧末梅英有一解释:"(正旦唱)【鸳鸯煞】若不为慈亲年老谁供养,争些个夫妻恩断无承望。从今后卸下荆钗,改换梳妆,畅道百岁荣华,两人共享。非是我假乖张,做出这乔模样,也则要整顿妻纲。不比那秦氏罗敷,单说得他一会儿夫婿的谎。"梅英叙述了和好的理由,并指出"非是我假乖张",但根本目的还是为了"整顿妻纲"。整顿妻纲,曲折反映了梅英意欲与丈夫分手,并不是故作姿态,而是推崇忠诚老实、勤勉孝顺、坚持操守,对"三纲五常"之"夫为妻纲","父母之命,媒妁之言"等是持批判态度的,值得肯定。这实际上也是作者石君宝借罗梅英之口所表达的自己的一种价值观。石君宝作为一个女真族杂剧家,他的这一思想是有丰富的内涵的,为研究民族文化交融与元杂剧创作留下了探索的空间。

石君宝的《秋胡戏妻》既继承了前人的成果,也对后世产生了重要的影响。明传奇中即有《秋胡戏妻》者,惜未传世。清代花腔各部中有《秋胡戏妻》(或名《桑园会》)、《辞楚归鲁》、《马蹄金》、《葵花峪》等,其间主要演《戏妻》与《团圆》二出。清道光四年(1824)《庆升平班戏目》中亦有此剧。《京戏考》、《京剧丛刊》、《戏典》、《修订平剧选》等书中，皆有该剧刊本。另据《清代伶官传》、《燕尘菊影录》、《菊部群英》等书记载，不少京剧名伶擅演此剧。当代京剧、晋剧、河北梆子、秦腔、川剧等剧种，亦均有此剧的改编本。可见其影响之大。

《紫云亭》，全名《诸宫调风月紫云亭》。4 折 1 楔子，旦本戏，正旦韩楚兰扮演。今存元刊本，中有缺落，宾白简略，具体情节不甚完整。但从唱词中大概可知，该剧描写了女真贵族之子完颜灵春马与诸宫调女艺人韩楚兰之间的爱情故事。具体描写灵春马与韩楚兰恋爱成婚所遇到的种种波澜曲折，本书第五章第一节已述。该剧突出点是成功地刻画了韩楚兰和灵春马这两个青年男女人物形象。韩楚兰出身低贱，但她为了真挚的爱情，敢于反抗争取；灵春马出身贵族，但他不嫌弃心上人的低贱，毅然决然地冲破世俗观念与心上人喜结连理。另外，该剧所描写的不同民族、不同身份的青年男女的结合，也反映了当时多民族文化交融的状况。元代不同民族交错杂居，他们之间的互相通婚也就成为自然而然的事情。互相通婚又促进了民族文化交融的广泛深入展开。这又是该剧价值所在的一个重要方面。

石君宝作为一个女真族杂剧家，他的杂剧创作无论在数量还是在质量方面，都是应予以肯定的。从上述所分析他的 3 部杂剧作品来看，他具有较高的汉文化修养。如他的《曲江池》和《秋胡戏妻》，其本事均来自于汉文传统典籍中，他用来熟练自然，并给予充实丰富，成为流传后世的精品。另外，石君宝作为一个金末元初的女真族杂剧家，本民族的文化在他身上当不会荡然无存，还是会有一些潜移默化的影响的。这本身也是研究民族文化交融的一个重要课题。加之他所处的时代是元朝这一民族文化大交融的时代，他的作品自然会打上时代的烙印，故从民族文化交融的角度来研究石君宝及其创作应当为一个有效的途径。可惜目前的文学史家与戏剧史家对他的研究还不是很重视，有的偶尔提及其名，有的简要论及，全面深入的论述还不是很多。客观而论，石君宝由于其剧本所传较少，还很难与关汉卿、王实甫、白朴、马致

远等元曲四大家相媲美,但也应在中国文学史及中国戏剧史上给予其
应有的肯定和地位。

第三节　女真族杂剧家李直夫

　　李直夫是元代另一位比较有成就的女真族杂剧家。元人钟嗣成的
《录鬼簿》,明人朱权的《太和正音谱》等曲学著作中对其生平及所创作
的剧目有简要记载。今人邓绍基的《元代文学史》,郎璎、扎拉嘎的《中
国各民族文学关系研究》等著作中亦对李直夫及其创作给予了评述。
但总体观之,对李直夫及其创作的评介还不是很多,与其创作实际还不
是很相符,故有必要进一步对其生平及创作予以介绍与评述。

一、李直夫的生平经历

　　李直夫,生卒年不详。人称"蒲察李五",女真族,德兴(今河北怀
来)人。钟嗣成《录鬼簿》将其列入"前辈名公乐章传于世者"类,并言
其:"李直夫,德兴人。女直郎蒲察李五。"并标明其所作的 11 种杂剧
剧目。① 说明其在杂剧作家中年辈较高,系女直(女真)族,德兴人。另
《录鬼簿》(天一阁本)中还有元明之际曲家贾仲明的李直夫吊曲:"蒲
察李五大金族,邓伯道,夕阳楼,劝丈夫。虎头牌,错立身,怕媳妇。谏
庄公,颍考叔。俏郎君,谎郎君,各自乘除。淹蓝桥,尾生子,教天乐,黄
念奴,是德兴秀气直夫。"②该吊曲主要是列出了李直夫所作杂剧的剧
目。据钟嗣成《录鬼簿》载并参核其他有关史料,李直夫所作 11 种杂
剧是:《歹斗娘子劝丈夫》、《邓伯道弃子留侄》、《风月郎君怕媳妇》、
《俏郎君占断风月》、《颍考叔孝谏庄公》、《尾生期女淹蓝桥》、《便宜行
事虎头牌》、《谎郎君坏尽风光》、《宦门子弟错立身》、《念奴教乐府》、

---

　　①　(元)钟嗣成:《录鬼簿》(外四种),上海古籍出版社 1978 年版,第 28 页。
　　②　(元)钟嗣成:《录鬼簿》(外四种),上海古籍出版社 1978 年版,第 28 页。

《晏叔原风月夕阳楼》等。

明人朱权的《太和正音谱》将李直夫列入"古今群英乐府格势"的"元一百八十七人"中,并评其"李直夫之词如梅边月影"。① 该书的"群英所编杂剧"之"元五百三十五(部)"中,列出李直夫所作杂剧 12种。② 与《录鬼簿》相比较,多出《火烧祆庙》一种。一说《录鬼簿》所列《风月郎君怕媳妇》与《歹斗娘子劝丈夫》本为同一个剧,这样李直夫所作杂剧还是 11 种。

今人孙楷第《元曲家考略》"甲稿"中对李直夫的生平经历做了考证。言李直夫大约活动于元世祖至元至元仁宗延祐年间,1310 年时尚在世,系入元后的第二代或第三代女真人。孙楷第所依据的主要是元人元明善的《送湖南李直夫宪使》和《寄直夫》二诗。元明善的《送湖南李直夫宪使》云:"君去湖南我上京,思君欲见又芜城。沧波留月能归海,江雁拖云不到衡。一代豪华谁远识,百年惊畏护灵名。好来不做男儿事,有水可渔山可耕。"可知李直夫曾经出任湖南宪使,即肃政廉访使,且隐含有归隐不得志之意。

综括有关资料,李直夫系女真蒲察氏,汉姓李,排行老五,世居德兴府,属于元中前期杂剧家,作有杂剧 11 种。

李直夫所作杂剧只有《便宜行事虎头牌》一种全本传世,另《邓伯道弃子留侄》有佚曲存于《太和正音谱》和《北词广正谱》中,其余 9 种仅存剧目。

二、李直夫的杂剧创作

《便宜行事虎头牌》,简称《虎头牌》,是李直夫唯一全本传世的剧

---

① (明)朱权:《太和正音谱》,见钟嗣成:《录鬼簿》(外四种),上海古籍出版社1978 年版,第 128 页。

② (明)朱权:《太和正音谱》,见钟嗣成:《录鬼簿》(外四种),上海古籍出版社1978 年版,第 147 页。

作。该剧描写女真人山寿马,幼孤,叔父银住马抚养长大,袭千户职,镇
守夹山口。不久因功受赐双虎符金牌,便宜行事,并升为兵马大元帅,
镇守夹山口的任务交予其叔父银住马。银住马嗜酒误事,丢失夹山口,
但又率兵收复。山寿马传唤银住马,银住马倚老卖老不从,被绑至,依
律当斩。后山寿马得知银住马已将夹山口收回,免去死罪,但以不服将
令杖责一百。执行军法后,山寿马亲叩叔父之门,说明军令不分亲疏,
求得了叔父的谅解。

《虎头牌》是一部历史剧,写的是金朝开国时期的事情,但所述事
实与人物又于史无证,孙楷第言:"自当为金源旧闻。"①不过从剧本所
反映的民情风俗及社会背景来看,比较符合女真民族的历史真实,人物
形象也具有北方少数民族的性格特征,同时也有不少元代的史实。应
该是作者从父辈口中口口相传所得素材,并为了表达自己怀念祖先开
创金国伟业之情所创作。剧本所选的角度也很有意思。女真民族崛起
于辽东,灭亡了契丹族所建立的辽朝,创建了金朝,并多年与宋、西夏时
战时和,最后被蒙古人所灭,金朝覆亡。这样,女真与蒙古这两个北方
少数民族在政权轮替中是世仇。但作者作为一个女真族人,并没有在
剧作中去宣扬这种仇恨,而是选取了"法不容情"这一大家都能接受与
认同的主题来写人记事,赞颂了山寿马身居高位而不徇私情的品德,批
评了银住马的嗜酒误事及倚老卖老行为。这也可以看做是在民族文化
交融的大背景下,大家交流、融会,彼此和解的事实。

《虎头牌》最突出的特点是对法和情这一对矛盾的处理。山寿马
作为兵马大元帅,对于嗜酒误事的叔父银住马要依律斩首。他责问叔
父说:"咎需是关亲意,也索要顾兵机。官里着你户列簪缨,着你们排
画戟,可怎生不交战、不迎敌,吃的个烂醉如泥?"于是"判个斩字"。此
时矛盾激化,先是婶娘求情,他婉言拒绝:"婶子请起,这个是军情事,
绕不的。"接着是他的妻子来求情,他也不给情面:"则这断事处,谁教

---

① 孙楷第:《戏曲小说书录解题》,人民文学出版社 1990 年版,第 189 页。

你可便来这里？这松亭上，可便使不着你那家有贤妻。"最后是元帅府
众属官跪地求情。这使山寿马处于两难境地。但他还是下决心不徇私
枉法，并警告众属官说："他是我的亲人，犯下这般正条款的罪过来，我
尚然杀坏了；你每若有些儿差错呵，（唱）你可便先看取他这个榜州
例。"最后山寿马得知银住马已将夹山口收回，才免去其死罪，但以不
服将令杖责一百。这表现了山寿马对国法、军纪的维护和不徇私、不枉
法的品德，是他的于国之忠。这种"罚不择骨肉"的故事很容易表现为
冷峻、铁面无私，使人感觉到主人公不食人间烟火，但《虎头牌》却充满
人情味。如其第一折山寿马叙述叔叔婶婶情分言："【金盏儿】我自小
里化了双亲，忒孤贫。谢叔叔婶子把我来似亲儿般训，演习的武和文。
我如今镇边关为元帅，把隘口统三军。我当初成人不自在，我若是自在
不成人。"从聊家常中表达了山寿马对叔叔婶子的特殊感情。第二折
中描绘了金住马与银住马兄弟相别的手足之情："（云）兀的不是我兄
弟？（老千户云）兀的不是我哥哥？……（正末云）兄弟，我知道你做了
金牌上千户，镇守夹山口子去，我无甚么，买这一瓶儿酒，与兄弟饯
行。……（正末做递酒科，唱）【落梅风】我抹的这瓶口儿净，我斟的这
盏面儿圆。（老千户做接盏科）（正末云）兄弟且休便吃。（唱）待我望
着那碧天边太阳浇奠，则俺这穷人家又不会甚么别咒愿，则愿的俺兄弟
每可便早能够相见。"表现了两位饱经沧桑的老人之间的兄弟情深。
第四折描写山寿马向叔叔登门"谢罪"云："（正末引旦、经历、祗从上，
云）经历，今日同夫人牵羊担酒，与叔叔暖痛去来。……（正末唱）【正
宫·端正好】则为他误军机，遭残害，依国法断的明白。寻思来这期亲
尊长多妨碍，俺今日谢罪也在宅门外。【滚绣球】疾去波，到第宅。休
道是镇南边统军元帅，则说是亲眷家将羊酒安排。休道迟，莫见责，省
可里便大惊小怪。将宅门疾快忙开。报与俺那老提控叔叔先知道，则
说我侄儿山寿马暖痛来，莫得疑猜。"山寿马的"谢罪"感情诚挚恳切，
他对其叔叔的尊敬亲昵，耐心开导，宽慰鼓励，无不表现了他这位兵马
大元帅所具有的浓浓人情味。这又是山寿马的孝。作者正是在把握忠

孝两全的前提下,很好地处理了法和情这一对矛盾,使人读之既为严格执法而赞扬,又为充满人情味而感动。

《虎头牌》具有浓厚的北方少数民族特别是女真民族特色。如描写男子是豪饮、尚武,平时以"打围猎射","飞鹰走犬,逐逝追奔"作为消遣;描写女子也与中原闺秀迥异,"自小便能骑马,何曾肯上妆台。虽然脂粉不施来,别有天然娇态。"第三折比较详细地介绍了女真族取姓的情况,言女真人本无姓,后"祖父因此遂改其名,分为七姓:乾、坤、宫、商、角、徵、羽。乾道那驴姓刘,坤道稳的罕姓张,宫音傲国氏姓周,商音完颜氏姓王,角音扑父氏姓李,徵音夹谷氏姓佟,羽音失米氏姓肖。除此七姓之外,有扒包、包五、骨伦等,各以小名为姓。"杂剧虽为文学创作,但这里如此细致地描述女真人取姓情况,无疑对研究女真族姓氏是有帮助的。第二折中还谈及女真人在敬酒之前要向太阳浇奠的习俗,"待我望着那碧天边太阳浇奠,则俺这穷人家又不会甚么别咒愿"。使我们能够从中了解一些女真族的风俗习惯。

《虎头牌》曲词质朴自然,并采用了不少女真族曲调。如明人何良俊在《四友斋丛说》中就说:"李直夫《虎头牌》杂剧十七换头……在双调中别是一调,排名如阿那忽、相公爱、也不罗、醉也摩挲、忽都白、唐兀歹之类,皆是胡语,此其证也。"①周德清《中原音韵》中亦说:"且如女真风流体等乐章,皆以女真人音声歌之。"②可知阿那忽、相公爱、也不罗、醉也摩挲、忽都白、唐兀歹等当为女真或北方其他少数民族音乐曲牌。用这样的曲牌歌唱,当会具有浓厚的北方少数民族风味。同时,该剧把一个不徇私情,不搞官官相护,严格执法的女真族军事将领的事迹搬上舞台,对增进各民族人民之间的了解,促进各民族之间的交流融合是有积极作用的。

《邓伯道弃子留姪》今存残曲两支,收入王季思主编《全元戏曲》第

---

① (明)何良俊:《四友斋丛说》卷三十七,"词曲",中华书局1997年版,第340页。
② 见俞为民等编:《历代曲话汇编》(唐宋元编),黄山书社2006年版,第288页。

四卷：

【越调·青山口】这里是那里？百忙里、百忙里、取甚的？你
欲回待回怎生回？乱军中是怎地？人也未来无信息，你来寻空隙。
咱这壁、那壁、厮唤只，咱行里、坐里、厮等只。婵子儿回去落便宜，
既然事已，一句也再休提。咱疾、么疾则宜疾，迟也么迟不宜迟。
前街后巷闹吵交驰，这的是抢攘之际，又不是歌舞筵席。

【双调·梅花酒】不是我自间阻，俺父亲有官禄，您父亲有声
誉，俺兄弟有名目，咱父母命先卒；您爷爷一身故，痛煞煞厮嘱咐：
"将姪儿好抬举。"我怎肯巧支吾？说着后气长吁，提起来泪如珠，
不由人不忧虑。遭兵火，离乡闾；抛家业，受驱驰。做娘的甚活路？
做儿的甚情绪？则是这几句言语。①

　　结合其他资料，可知该剧所写是晋魏时期的故事。晋河东太守邓
攸，字伯道。永嘉末，后赵石勒攻陷河东，邓攸带着儿子和侄子一起逃
难。在儿子和侄子两者很难一起保全的情况下，与妻子商量，欲弃子保
侄。其妻考虑到自己还能生育，故泣从。但其妻后却再也没有生育。
李直夫此剧当敷演这一故事，其风格一似《虎头牌》，写得质朴通俗，感
情沉郁真挚，颇为动人。

　　《宦门子弟错立身》，元南戏亦有同名剧目。考其本事，当为写女
真人完颜延寿马与艺妓王金榜相爱，遭父母强烈反对，遂二人为情而私
奔，以演出院本为生。后其父巡回督政，招艺人演出院本，父子相见。
经沟通，父子尽释前嫌，并承认了儿媳。该故事在元明时广为流传，另
一女真族杂剧家石君宝的《紫云亭》也是描写这一故事，只不过是将完
颜延寿马改为完颜灵春马，将艺妓王金榜改为艺妓韩楚兰。两位女真
族杂剧家不约而同地把不同民族青年男女的婚恋且地位如此不相匹配

---

①　王季思主编：《全元戏曲》第四卷，人民文学出版社 1999 年版，第 211—212 页。

的故事加以敷演,不能不说与当时的民族文化交融是有关系的。从民族文化交融的角度看,这也正是该剧的重要价值所在。

和元杂剧创作、演出有关系的还有回族杂剧家丁埜夫,回族杂剧表演艺术家米里哈、金文石等。丁埜夫(约1300—约1368),祖先西域人,曾入回回国子监(西监生),因爱钱塘山水,定居仁和(今杭州),遂为仁和人。善写诗、作曲,有杂剧《俊憨子》、《赏西湖》、《清风领》、《渑江亭》、《双鸳楼凤》等5种,惜均未传世,只有剧目。《录鬼簿续编》其小传云:"丁埜夫,西域人,故元西监生。羡钱塘山水之胜,因而家焉。动作有文,衣冠济楚。善丹青小景,皆取诗意。套数、小令极多,隐语亦佳,驰名寰海。"①可见其汉文化修养较高,能诗文,善作曲,惜作品未传世,难以对其做全面评价。

金文石是个杂剧演员,《录鬼簿续编》载:"金文石,元素之子也。至正间,与弟武石俱父荫补国子生。因其父北去,忧心成疾,卒于金陵。幼年从名姬顺时秀歌唱,其音律调清巧,无毫厘之差,节奏抑扬或过之。及作乐府,名公大夫、伶伦等辈,举皆叹服。"②顺时秀是元中期著名的杂剧演员,他拜顺时秀为师,且其节奏抑扬或超过顺时秀,可见他的演唱水平也一定非常之高。

米里哈是著名杂剧女演员。夏庭芝《青楼集》言其:"回回旦色。歌喉清宛,妙入神品。貌虽不扬,而专工花旦杂剧。余曾识之,名不虚得也。"③其他资料阙如,但仅此记载亦可知米里哈的演唱水平很高,是元杂剧之一代名伶。

这些北方少数民族杂剧家及演员的创作与演出,确实为元杂剧的繁荣与发展作出了自己独特的贡献。说其独特主要是表现在如下几方

---

① (明)无名氏(或贾仲明):《录鬼簿续编》,见钟嗣成:《录鬼簿》(外四种),上海古籍出版社1978年版,第103页。

② (明)无名氏(或贾仲明):《录鬼簿续编》,见钟嗣成:《录鬼簿》(外四种),上海古籍出版社1978年版,第108页。

③ 见俞为民等编:《历代曲话汇编》(唐宋元编),黄山书社2006年版,第490页。

面：首先，他们以自己的创作与演出实绩，证明了他们不仅能创作与演出杂剧，而且水平还相当之高。这就纠正了一度时期一些人认为元代创作与演出杂剧只是汉族人士的事情，现在事实证明并非如此，故而应该引起我们的高度重视。其次，他们以自己少数民族的身份并且在杂剧创作与演出方面取得了如此高的成就，为元代的民族文化交融，为中华民族的戏剧及文学的发展建设作出了贡献。他们的杂剧创作与演出，或多或少地体现了一定的民族特色。如石君宝和李直夫的杂剧作品，反映不同民族之间的通婚，表现北方少数民族的生活习俗、性格特征等，是有自己的独特之处的。对于这样一份独特的戏剧遗产，是应该引起我们的高度重视的，其有效途径应该是放在当时民族文化交融的大背景下来对其进行研究，庶几对整个元杂剧或者说元曲的研究有所裨益。

参 考 文 献

一、史料文献

徐中舒编注:《左传选》,中华书局 1963 年版。

孙希旦:《礼记集解》,中华书局 1989 年版。

杨伯峻:《孟子译注》,中华书局 1960 年版。

赵守正:《管子注译》,广西人民出版社 1982 年版。

《春秋繁露》卷十一。

(汉)司马迁:《史记》,上海古籍出版社、上海书店影印本《二十五史》1,1986 年版。

(汉)范晔:《后汉书》,上海古籍出版社、上海书店影印本《二十五史》2,1986 年版。

(汉)刘向:《列女传》,江苏古籍出版社 2003 年版。

(晋)葛洪撰,周天游校注:《西京杂记》,三秦出版社 2006 年版。

(唐)李延寿:《北史》,上海古籍出版社、上海书店影印本《二十五史》4,1986 年版。

(唐)释道宣:《续高僧传》,明万历十九年三十八年三十九年径山寂照庵刻径山藏本。

（唐）释慧立：《大唐大慈恩寺三藏法师传》，上海影印宋版藏经会影印宋碛砂藏经，"中华民国"二十四年（1935 年）版。

（后晋）刘昫等撰：《旧唐书》，上海古籍出版社、上海书店影印本《二十五史》5，1986 年版。

（宋）李昉等编：《太平广记》卷十九，卷一百二十二，中华书局 1961 年版，第 128、850 页。

（宋）欧阳修：《于役志》，见《欧阳文忠全集》卷一百二十五，上海中华书局，"中华民国"十二年（1923 年），第 4 页。

（宋）洪皓：《松漠纪闻》，收入《内蒙古史志资料选编》第三辑，内蒙古地方志编撰委员会编印内部资料本，1985 年版。

（宋）司马光：《资治通鉴》，中华书局 1997 年版。

王国维笺证、（宋）赵珙著：《蒙鞑备录》燕聚舞乐条，北平文殿阁书庄印行，"中华民国"三十五年（1946 年）版。

（宋）徐梦莘：《三朝北盟会编》，清勤志馆抄本。

（宋）无名氏：《大唐三藏取经诗话》，古典文学出版社 1954 年版。

（宋）洪皓：《松漠纪闻》，陶宗仪：《说郛三种》第五册，上海古籍出版社 1986 年版。

（宋）文惟简：《虏廷事实》，陶宗仪：《说郛三种》第五册，上海古籍出版社 1986 年版。

（元）马可波罗口述，陈开俊等人汉译：《马可·波罗行纪》，福建科学技术出版社 1982 年版。

（元）郝经：《郝文忠公集》，清乾隆三年（1738 年）凤台王鏐编刻本。

（元）郑所南：《心史》，明崇祯十二年张国维刻本。

（元）谢枋得：《谢叠山集》，见王云五主编：《丛书集成·初编》，商务印书馆，"中华民国"二十五年（1936 年）版。

（元）熊梦祥：《析津志辑佚》，北京古籍出版社 1983 年版。

（元）脱脱等撰：《金史》，上海古籍出版社、上海书店 1986 年版《二十五史》本。

（元）忽思慧著，尚衍斌等注释：《饮膳正要》，中央民族大学出版社 2009 年版。

（元）许有壬：《至正集》，清宣统三年本。

（元）苏天爵：《元朝名臣事略》，中华书局 1962 年版。

《元典章》，中国书店 1990 年版。

（元）程端礼：《畏斋集》，清乾隆翰林院抄本。

［波斯］拉施特著，余大钧、周建奇译：《史集》，商务印书馆 1992 年版。

（元）俞希鲁：《至顺镇江志》，江苏古籍出版社 1999 年版。

（元）李志常著，纪流注译：《成吉思汗封赏长春真人之谜》，中国旅游出版社 1988 年版。

（元）黄溍：《金华黄先生文集》，四部丛刊本。

（元）刘敏中：《中菴先生刘文简公文集》，北京图书馆古籍珍本丛刊。

（元）陆文圭：《墙东类稿》，收入《丛书集成续编》第 108 册、集部，上海书店出版社 1994 年版。

（元）顾瑛：《玉山名胜集》，文渊阁《四库全书》本。

（元）顾瑛：《草堂雅集》，《四库全书》本。

（元）贡师泰：《玩斋集》卷，《四库全书》本。

（元）袁桷：《清容居士集》，王云五主编：《丛书集成·初编》，商务印书馆，"中华民国"二十五年（1936）版。

（元）朱经：《青楼集·序》，见俞为民等主编：《历代曲话汇编》（唐宋元编），黄山书社 2006 年版。

（元）陶宗仪：《南村辍耕录》，中华书局 1959 年版。

（元）夏庭芝：《青楼集志》，陈良运主编：《中国历代赋学曲学论著选》，百花洲文艺出版社 2002 年版。

（元）钟嗣成：《录鬼簿》(外四种)，上海古籍出版社 1978 年版。

（元）胡祗遹：《优伶赵文益序》，《紫山大全集》，《四库全书》本。

（明）无名氏(或曰贾仲明)著：《录鬼簿续编》，《录鬼簿》(外四种)，上海古籍出版社 1978 年版。

（明）臧懋循：《元曲选》，中华书局 1958 年版。

（明）胡侍：《真珠船》卷四，《丛书集成初编》。

（明）宋濂等撰：《元史》，中华书局 1976 年版。

（明）叶子奇：《草木子》，中华书局 1959 年版。

（明）王世贞：《读书后》，天随堂刊本。

（明）王骥德著，陈多、叶长海注释：《王骥德曲律》，湖南人民出版社 1983 年版。

（明）曾敏行：《独醒杂志》卷五，上海古籍出版社 1986 年版。

（明）江万里：《宣政杂录》，商务印书馆，“中华民国”四年(1915年)版。

（明）徐渭原著，李复波、熊澄宇注释：《南词叙录注释》，中国戏剧出版社 1989 年版。

（明）徐渭：《南词叙录》，中国戏剧出版社，古典戏剧论著译著丛书，1958 年版。

（明）王世贞：《曲藻》，明万历八年，茅一相刻本。

（明）张楚叔：《衡曲麈谭》，明崇祯十年张师龄刻本。

（明）朱权：《太和正音谱》，上海古籍出版社 1978 年版。

（明）叶子奇：《草木子》，中华书局 1959 年版。

（明）李昌祺：《秋千会记》，见(明)瞿佑等著：《剪灯新话》(外二种)卷四，中华书局 1962 年版。

（明）顾起元：《客座赘语》，《北京图书馆古籍珍本丛刊·66》子部·杂家类，书目文献出版社 1998 年版。

（明）焦循：《剧说》卷四，古典文学出版社 1957 年版。

（明）何良俊：《四友斋丛说》，中华书局 1997 年版。

（清）赵翼著、王树民校释：《廿二史劄记校证》，中华书局 1984 年版。

（清）顾嗣立等编：《元诗选》，中华书局 2001 年版。

（清）梁廷楠：《曲话》，中国戏曲研究院编：《中国古典戏曲论著集成》第八册，中国戏剧出版社 1990 年版。

二、现当代著作文献

胡适：《胡适文存》，上海亚东图书馆 1926 年版。

［日］中弥三郎编：《书道全集》，东京：平凡社，1930 年版。

阿英：《元人杂剧史》，见《剧本》1954 年第 4 期。

（明）吴承恩：《西游记》，人民文学出版社 1955 年版。

郑振铎：《插图本中国文学史》，人民文学出版社 1957 年新 1 版。

傅惜华：《元代杂剧全目》，作家出版社 1957 年版。

［日］羽田亨：《羽田博士史学论文集——历史篇》，京都：东洋史研究会 1957 年版。

郑振铎：《插图本中国文学史》，人民文学出版社 1957 年新 1 版。

周贻白：《中国戏剧史长编》，人民文学出版社 1960 年版。

［俄］普列汉诺夫：《普列汉诺夫哲学著作选集》，生活·读书·新知三联书店 1962 年版。

［德］恩格斯：《反杜林论》，《马克思恩格斯全集》，人民出版社 1963 年版。

［德］恩格斯：《卡尔·马克思的葬仪》，《马克思恩格斯全集》，人民出版社 1963 年版。

翦伯赞：《中国史纲要》，人民出版社 1963 年版。

隋树森编：《全元散曲》，中华书局 1964 年版。

［德］恩格斯：《家庭、私有制和国家的起源》，《马克思恩格斯选集》，人民出版社 1972 年版。

　　[英]李约瑟著,《中国科学技术史》翻译小组译:《中国科学技术史》第五卷,科学出版社 1976 年版。

　　李则芬:《元史新讲》,台北中华书局 1978 年版。

　　游国恩等主编:《中国文学史》,人民文学出版社 1979 年版。

　　道润梯步译注:(新译简注)《蒙古秘史》,内蒙古人民出版社 1979 年版。

　　中国科学院文学研究所中国文学史编写组编写:《中国文学史》,人民文学出版社 1979 年版。

　　翦伯赞:《关汉卿戏剧集·序言》,《翦伯赞历史论文集》,人民出版社 1980 年版。

　　[德]恩格斯:《致瓦·博尔吉乌斯》,《马克思恩格斯列宁斯大林论文艺》,人民文学出版社 1980 年版。

　　额尔登泰、乌云达赉校勘:《蒙古秘史》(校勘本),内蒙古人民出版社 1980 年版。

　　鲁迅:《鲁迅全集》,人民文学出版社 1981 年版。

　　[意]鄂多利克著,何高济译:《鄂多利克东游录》,中华书局 1981 年版。

　　徐扶明:《元代杂剧艺术》,上海文艺出版社 1981 年版。

　　刘大杰:《中国文学发展史》,上海古籍出版社 1982 年版。

　　王国维:《红楼梦评论》,《王国维遗书》第五册,上海古籍书店 1983 年影印版。

　　蔡美彪等:《中国通史》,人民出版社 1983 年版。

　　郭沫若:《郭沫若古典文学论文集》,上海古籍出版社 1985 年版。

　　胡适:《西游记考证》,《胡适作品集》,台北远流出版事业股份有限公司 1986 年版。

　　王季思校注,张人和集评:《集评集注西厢记》,上海古籍出版社 1987 年版。

　　胡适:《胡适古典文学研究论集》,上海古籍出版社 1988 年版。

孙楷第:《戏曲小说书录解题》,人民文学出版社 1990 年版。

赵相璧:《历代蒙古族著作家述略》,内蒙古人民出版社 1990 年版。

冯天瑜等:《中华文化史》,上海人民出版社 1990 年版。

翁独健主编:《中国民族史纲要》,中国社会科学出版社 1990 年版。

程湘清编:《宋元明汉语研究》,山东教育出版社 1992 年版。

胡适:《胡适学术文集》,姜义华主编,中华书局 1993 年版。

黑勒、丁师浩译,浩·巴岱校订:《江格尔》汉文全译本(第一册),新疆人民出版社 1993 年版。

黑勒、丁师浩译,浩·巴岱校订:《江格尔》汉文全译本(第二册),新疆人民出版社 1993 年版。

萧启庆:《蒙元史新研》,台北允晨文化实业公司 1994 年版。

幺书仪:《戏曲》,人民文学出版社 1994 年版。

王国维:《宋元戏曲史》,华东师范大学出版社 1995 年版。

李修生主编:《元曲大辞典》,江苏古籍出版社 1995 年版。

王国维:《宋元戏曲史》,东方出版社 1996 年版。

章培恒、骆玉明主编:《中国文学史》,复旦大学出版社 1996 年版。

郭英德:《元杂剧与元代社会》,北京师范大学出版社 1996 年版。

幺书仪:《元人杂剧与元代社会》,北京大学出版社 1997 年版。

葛剑雄主编:《中国移民史》,福建人民出版社 1997 年版。

[德]傅海波、[英]崔瑞德编:《剑桥中国辽西夏金元史》,中国社会科学出版社 1998 年版。

乌兰杰:《蒙古族音乐史》,内蒙古人民出版社 1998 年版。

萧启庆文见萧氏《元朝史新论》,台北允晨文化实业公司 1999 年版。

李修生主编:《全元文》(第五册),江苏古籍出版社 1999 年版。

李修生主编:《全元文》(第六册),江苏古籍出版社 1999 年版。

李修生主编:《全元文》(第七册),江苏古籍出版社 1999 年版。

李修生主编:《全元文》(第八册),江苏古籍出版社 1999 年版。

王季思主编:《全元戏曲》,人民文学出版社 1999 年版。

吕薇芬:《名家解读元曲》,山东人民出版社 1999 年版。

吴梅:《顾曲麈谈》,上海古籍出版社 2000 年版。

朝戈金:《口传史诗诗学·冉皮勒〈江格尔〉程式句法研究》,广西人民出版社 2000 年版。

钟敬文:《序》,见朝戈金:《口传史诗诗学·冉皮勒〈江格尔〉程式句法研究》,广西人民出版社 2000 年版。

李修生主编:《全元文》(第 11 册),江苏古籍出版社 2000 年版。

李修生主编:《全元文》(第 15 册),江苏古籍出版社 2000 年版。

李修生主编:《全元文》(第 19 册),江苏古籍出版社 2001 年版。

桂栖鹏:《元代进士研究》,兰州大学出版社 2001 年版。

邓绍基主编:《元代文学史》,人民文学出版社 2001 年版。

奚海:《元杂剧论》,河北教育出版社 2001 年版。

方龄贵:《古典戏曲外来语考释词典》,汉语大辞典出版社、云南大学出版社联合出版 2001 年版。

青木正儿著,隋树森译:《元人杂剧序说》,《元曲研究》(乙编),台北里仁书局印行 2001 年版。

黄仕忠:《中国戏曲史研究》,中山大学出版社 2001 年版。

李修生、查洪德主编:《辽金元文学研究》,北京出版社 2001 年版。

李修生主编:《全元文》(第 21 册),江苏古籍出版社 2002 年版。

李修生主编:《全元文》(第 23 册),江苏古籍出版社 2002 年版。

李修生主编:《全元文》(第 24 册),江苏古籍出版社 2002 年版。

李修生:《元杂剧史》,江苏古籍出版社 2002 年版。

冯俊杰编著:《山西戏曲碑刻辑考》,中华书局 2002 年版。

扎拉嘎:《比较文学:文学平行本质的比较研究——清代蒙汉文学关系论稿》,内蒙古教育出版社 2002 年版。

周华斌:《中国戏剧史新论》,北京广播学院出版社 2003 年版。

费孝通:《中华民族多元一体格局》,中央民族大学出版社 2003 年版。

郑传寅:《中国戏曲文化概论》,武汉大学出版社 2003 年版。

柏杨:《丑陋的中国人·人生文学与历史》,台北古吴轩出版社 2004 年版。

李修生主编:《全元文》(第 27 册),凤凰出版社 2004 年版。

李修生主编:《全元文》(第 28 册),凤凰出版社 2004 年版。

李修生主编:《全元文》(第 30 册),凤凰出版社 2004 年版。

李修生主编:《全元文》(第 31 册),凤凰出版社 2004 年版。

李修生主编:《全元文》(第 32 册),凤凰出版社 2004 年版。

李修生主编:《全元文》(第 36 册),凤凰出版社 2004 年版。

罗常培:《语言与文化》,北京出版社 2004 年版。

李修生主编:《全元文》(第 38 册),凤凰出版社 2004 年版。

高益荣:《元杂剧的文化精神阐释》,中国社会科学出版社 2005 年版。

贺昌群:《元曲概论》,中国书籍出版社 2006 年版。

俞为民等编:《历代曲话汇编》(唐宋元编),黄山书社 2006 年版。

罗斯宁:《元杂剧和元代民俗文化》,广东高等教育出版社 2007 年版。

田同旭:《元杂剧通论》,山西教育出版社 2007 年版。

三、文章文献

孙楷第:《吴昌龄与杂剧西游记》,《辅仁学志》第八卷第一期,1939 年。

渊实:《中国诗乐之迁变与戏曲发展之关系》,见阿英《晚清文学丛钞·小说戏曲研究卷》。

洪金富:《元代汉人与非汉人通婚问题初探》,台湾《食货》(复刊),1977年,第6卷第12期、第7卷第1、2期合刊。

萧启庆文见台湾:《汉学研究》1977年第5卷第1期。

萧启庆:《元朝多族士人的雅集》,香港中文大学:《中国文化研究所学报》1979年第6期。

金逸人:《试论元杂剧兴盛的原因》,《唐山师专学报》1982年第2期。

任崇岳:《关于元杂剧繁荣原因的几个问题》,《历史教学》1982年第1期。

周良霄撰:《元朝的统一在中国历史上的意义》,《文史知识》1985年第3期。

任崇岳:《元杂剧繁荣原因新探》,《殷都学刊》1985年第1期。

僧格仁钦:《关于湖北省洪湖县陆氏蒙古人问题》,《内蒙古师范大学学报》1987年第3期。

陈建华:《元末东南沿海城市文化特征初探》,《复旦大学学报》1988年第1期。

王星琦:《关于元杂剧繁盛原因的纵向求索》,《中华戏曲》1988年第五辑。

李春祥:《试论元杂剧的繁荣》,《元杂剧论稿》,河南大学出版社1988年版。

王季思:《悲喜相乘》,《戏曲艺术》1990年第1期。

许金榜:《北曲音乐和元曲的形式与风格》,《天津师范大学学报》1990年第6期。

杨志玖:《山东的蒙古族村落和元朝墓碑》,《历史教学》1991年第1期。

张大新:《金元文士之沉沦与元杂剧的兴盛》,《文学评论》1994年第6期。

萧启庆:《元朝多族士人的雅集》,《中国文化研究所学报》,香港中文大学 1997 年第 6 期。

张云生:《石君宝论》,《冀东学刊》1997 年第 2 期。

幺书仪:《石君宝》,张月中主编:《元曲通融》,山西古籍出版社 1999 年版。

王季思:《元杂剧的形成和兴起》,张月中主编:《元曲通融》,山西古籍出版社 1999 年版。

郭英德:《元曲与少数民族文化》,张月中主编:《元曲通融》,山西古籍出版社 1999 年版。

严望舒、吴晓铃:《谈元曲的蒙古方言》,张月中主编:《元曲通融》,山西古籍出版社 1999 年版。

幺书仪:《谈元杂剧的大团圆结局》,见张月中主编:《元曲通融》,山西古籍出版社 1999 年版。

刘景亮、谭静波:《中和之美与大团圆》,《艺术百家》2001 年第 1 期。

张大新:《石君宝杂剧对爱情婚姻题材的拓展与深化》,《河南教育学院学报》2000 年第 4 期。

陈茂琼:《元代文人与元杂剧兴盛相互关系论争综述》,《信阳师范学院学报》2002 年第 5 期。

黄天骥说见李修生:《元杂剧史·序》,江苏古籍出版社 2002 年版。

扎拉嘎:《游牧文化影响下中国文学在元代的历史变迁——兼论接受群体之结构变化与文学发展的关系》,《文学遗产》2002 年第 5 期。

林红、沈玲:《宋元之际民族融合下的文学转型》,《长春大学学报》2003 年第 6 期。

王永炳:《元剧曲中的蒙古语及其汉语音译问题》,《民族文学研究》2003 年第 1 期。

李成:《民族文化交融与辽金元文学转型—兼谈中国古代戏曲繁荣的原因》,《大连大学学报》2004 年第 3 期。

郑传寅:《古典戏曲大团圆结局的民俗学解读》,《中国戏曲学院学报》2004 年第 2 期。

陈才训:《古典戏剧大团圆结尾的审美透视》,《重庆社会科学》2004 年 1 月(创刊号)。

刘军华:《古代戏剧大团圆结局的社会心理透视》,《陕西师范大学继续教育学报》2005 年第 3 期。

单有方:《大众品味与中国古典戏剧大团圆结局》,《河南大学学报》2006 年第 4 期。

彭恒礼:《关汉卿杂剧中的族群意识》,《河南大学学报》2006 年第 6 期。

乌恩:《论草原文化的价值系统》,《论草原文化》第二辑,内蒙古教育出版社 2006 年版。

徐子方:《元代文化转型与古典文学》,《文艺研究》2007 年第 2 期。

王桂清:《试论石君宝笔下的三位妇女形象》,《影视与舞台艺术》2007 年第 2 期。

牧兰:《简析元明杂剧中的蒙古语》,《赤峰学院学报》2007 年第 1 期。

韩晓莲:《试析元杂剧团圆结局的成因》,《四川戏剧》2007 年第 5 期。

包双喜:《谈元杂剧中蒙古语的运用》,《内蒙古民族大学学报》2008 年第 5 期。

冯文楼:《"大团圆"结局的机制检讨与文化探源》,《陕西师范大学学报》2008 年第 4 期。

郭远霜:《元杂剧中的"抢妻"现象及其文化阐释》,《大理学院学报》2009 年第 1 期。

张鹏飞:《中国传统戏曲的"大团圆情结"》,《重庆广播电视大学学报》2009 年第 3 期。

吴正荣:《大团圆情结的生命关怀意蕴》,《滁州学院学报》2009 年第 4 期。

崔美子:《元杂剧大团圆结构模式的成因》,《文学教育》2009 年第 6 期。

后　记

　　《民族文化交融与元杂剧研究》一书,系中央民族大学"211 工程"三期重点建设项目,也是我多年从事民族文化交融与中国古代文学教学科研的阶段性成果。回顾我 30 多年来的教学科研工作,始终未离开民族文化交融,特别是蒙汉文化交流与中国古代文学研究这一领域。起初历史的跨越度比较大,涉及元、明、清及民国年间,出版有《蒙汉文学关系史》、《蒙汉文化交流侧面观——蒙古族汉文创作史》等著作。后逐步收缩,集中于元代,出版了《元代蒙汉文学关系研究》及相关的《中国元代科技史》、《中国元代建筑雕塑史》、《耶律楚材》等著作。其中《元代蒙汉文学关系研究》包括"诗歌关系研究"、"杂剧关系研究"、"散曲关系研究"等内容。接着对这三种关系进行系统深化研究。之前出版的《民族文化交融与元散曲研究》是"散曲关系研究"的深化,本书又是"杂剧关系研究"的深化及其成果。现本人承担的中央民族大学"985 工程"重点学科建设项目《民族文化交融与元代诗歌研究》又是"诗歌关系研究"的深化。

　　从民族文化交融的角度研究元杂剧难度不小。虽然这方面的研究成果不少,但总的来看或者是不成体系,或者是囿于传统观念,有不尽如人意的地方。本人选取这一富有挑战性的选题，虽然尽量想做到客观公正，但不足之处或者说需深入探讨的地方还不少。如关于蒙古族及北方其他少数民族文化等对元杂剧繁荣兴盛之影响，俗文学成为元代文坛主流论，民族文化交融与元杂剧之爱情婚姻剧，元杂剧大团圆结局与民族文化交融等问题。

现在本书要正式付梓出版了，一方面有一种如释重负之感，另一方面惴惴不安之情也油然而生。真心希望学界同人批评指正！同时，在这里要衷心感谢中央民族大学少数民族语言文学院将本书列入中央民族大学"211 工程"三期重点建设项目，衷心感谢本书的责任编辑吴继平先生所付出的辛勤劳动！

我这么多年能全身心投入专业研究和管理工作，与我夫人塔娜女士的全力帮助是分不开的，她除了帮助我查阅一些资料外，承担了全部的家务劳动，谨以此书献给她！

作　者

2012 年 3 月于北京

责任编辑:吴继平
封面设计:周方亚
版式设计:陈　岩

图书在版编目(CIP)数据

民族文化交融与元杂剧研究/云　峰　著. -北京:人民出版社,2012.5
ISBN 978－7－01－010830－8

Ⅰ.①民…　Ⅱ.①云…　Ⅲ.①元曲-文学研究-中国-元代
　Ⅳ.①I207.37

中国版本图书馆 CIP 数据核字(2012)第 074322 号

民族文化交融与元杂剧研究
MINZU WENHUA JIAORONG YU YUANZAJU YANJIU

云　峰　著

人民出版社 出版发行
(100706　北京朝阳门内大街 166 号)

环球印刷(北京)有限公司印刷 新华书店经销

2012 年 5 月第 1 版　2012 年 5 月北京第 1 次印刷
开本:710 毫米×1000 毫米 1/16　印张:19
字数:280 千字　印数:0,001-3,000 册

ISBN 978－7－01－010830－8　定价:39.00 元

邮购地址 100706　北京朝阳门内大街 166 号
人民东方图书销售中心　电话 (010)65250042　65289539